Sündhafte Eifersucht

(Wicked Horse Vegas, Buch Drei)

von
Sawyer Bennett

Copyright

Besuchen Sie Sawyer im Netz!
sawyerbennett.com
twitter.com/bennettbooks
facebook.com/bennettbooks

Ebenfalls von Sawyer Bennett

Wicked Horse Vegas – Die Serie:
Sündhafter Gefallen (Buch Eins)
Sündhaftes Begehren (Buch Zwei)
Sündhafte Eifersucht (Buch Drei)
Sündhafte Vermählung (Buch Vier)
(ab Ende Februar 2019 erhältlich)

The Wicked Horse – Die Serie:
Wicked Fall (Buch 1)
Wicked Lust (Buch 2)
Wicked Need (Buch 3)

Inhalt

PROLOG

Avril

Siebzehn Jahre zuvor …

»ICH WÜSSTE ZU gern, wie er das macht«, sagt Andrew, während wir Dane dabei beobachten, wie er sich durch die überfüllte Bar einen Weg zu uns bahnt.

»Du meinst, die Aufmerksamkeit jeder Frau in einem Radius von fünfzig Kilometern auf sich zu ziehen?«, frage ich.

Andrew grinst, dann trinkt er den letzten Rest von dem Bier, das sich noch in seinem Glas befindet. Als er es wieder auf dem zerkratzten Tisch abstellt, wirft er mir einen durchdringenden Blick zu. »Es ist diese merkwürdige Gesichtsbehaarung, die er sich wachsen lässt. Aus irgendeinem Grund stehen die Frauen darauf.«

Ich lache und blicke erneut zu Dane hinüber. Er ist zweifellos der bestaussehende Mann, den ich jemals gekannt habe. Groß, gut gebaut und der Traum einer jeden Collegestudentin. Er trägt sein dunkles Haar an den Seiten kurz, oben etwas länger und lässt sich diesen seltsamen, aber dennoch lässigen Bart stehen, der eine Mischung aus Unterlippen- und Kinnbart ist und wirklich scharf aussieht. Aber wenn ich ehrlich bin, ist das nicht der tatsächliche Grund, warum er anziehend auf Frauen wirkt. Ich kenne Dane Hawthorne besser als jede andere Frau, die gerade um seine Aufmerksamkeit buhlt. Er besitzt einen messerscharfen Verstand und einen Intelligenzquotienten, der dem eines Genies nahe kommt, und das macht ihn so viel attraktiver als sein Gesicht und sein Körper, die ihm von Gott gegeben wurden. Wenn man in seine Augen blickt, sieht man einen Mann, der in Bestform sein wird – ganz egal, worauf er sich in seinem Leben einlassen wird.

Selbstverständlich kursiert das Gerücht, dass er fantastisch im Bett sein und ein Gehänge wie ein Rennpferd besitzen soll. Darüber kann ich keine Auskunft geben, obwohl er einer meiner engsten Freunde ist. Wir sind nie so weit gegangen, und das ist auch sehr gut so. Es würde nur die Freundschaft ruinieren.

Andrew ist mein anderer enger Freund. So ist es seit unserem allerersten Jahr in Berkeley gewesen. Dane, Avril und Andrew – die drei Musketiere.

Dane drängt sich durch einen Pulk naiv aussehender Frauen und trägt dabei mit Leichtigkeit drei Biergläser in seinen großen Händen. Er stellt sie auf dem Tisch ab und nimmt auf dem Stuhl Platz, den er vor nicht einmal zehn Minuten verlassen hat, um die nächste Runde zu holen. Obwohl wir alle im gleichen Jahrgang studieren, ist Dane zwei Jahre älter als Andrew und ich, weil er nicht direkt nach der Highschool mit dem College begonnen hat. Stattdessen reiste er zwei Jahre lang durch die Vereinigten Staaten und Europa und hat in seinem Zelt oder billigen Jugendherbergen übernachtet, um all die Dinge zu erleben, die außerhalb seiner Vorstellungskraft lagen, weil er in einer Pflegefamilie aufgewachsen ist. Er hat sich die Reise finanziert, indem er jeden Groschen, den er während seiner Teilzeitarbeit nach der Schule verdiente, gespart hat, was vermutlich ein Hinweis darauf war, wie willensstark er sein kann.

Das bedeutet nicht nur, dass Dane bereits volljährig ist und Alkohol für uns kaufen kann, es bedeutet ebenfalls, dass er sehr viel reifer und weltgewandter ist als Andrew und ich. Es fasziniert mich immer noch manchmal, dass Dane sich so darüber zu freuen scheint, mit zwei Strebern wie uns so eng befreundet zu sein, aber ich bin mir seiner Freundschaft zu uns sehr sicher.

»Drei frische Biere für meine besten Freunde auf der ganzen Welt«, verkündet Dane grinsend, als er nach dem Glas greift, das ihm am nächsten steht. Er hält es hoch, um uns zuzuprosten, und ich kann an dem Glänzen in seinen Augen erkennen, dass er auf dem besten Wege ist, betrunken zu werden.

Und mir geht es ganz genauso. Auf diese Weise lassen wir am Ende einer Woche des sturen Lernens etwas Dampf ab.

»Prost«, sagt Andrew und ich tue es ihm gleich und

hebe mein Bier, damit wir mit unseren Gläsern in der Mitte des Tisches anstoßen können.

»Schon eine Ahnung, welche Frau du heute Abend mit nach Hause nehmen wirst?«, will Andrew von Dane wissen, bevor er einen großen Schluck von seinem Bier trinkt.

Dane dreht sich um und lässt seinen Blick über das Gedränge in der Bar schweifen. Er sieht gelangweilt und gänzlich unbeeindruckt aus, aber sowohl Andrew als auch ich wissen, dass er sich eine der Frauen hier aussuchen wird. Wir drei sind nämlich nicht nur beste Freunde, sondern teilen uns ebenfalls eine Wohnung und haben uns bereits daran gewöhnt, dass mehrmals pro Woche Lustschreie aus Danes Schlafzimmer dringen. Früher war mir das peinlich, da ich aus einer ziemlich konservativen Familie im mittleren Westen stamme, aber heutzutage ignoriere ich es einfach.

Zu meiner Überraschung zuckt Dane mit den Schultern und wendet sich Andrew zu. »Ich weiß nicht. Langsam fangen sie alle an, mir gleich vorzukommen.«

Ich schnaube und beginne zu lachen. »Dane Hawthorne ... du erzählst wirklich nur Mist. Solange die Mädchen hübsch sind und nicht zu viel reden, bist du vollkommen fasziniert von ihnen.«

Dane sieht tatsächlich beleidigt aus. »Das klingt so, als sei ich nicht gerade sehr anspruchsvoll.«

Andrew und ich schauen unseren Freund mit hochgezogenen Augenbrauen an.

»Was denn?«, murrt Dane, während er seinen Blick zwischen uns hin und her wandern lässt.

Auf Andrews Gesicht breitet sich ein Grinsen aus. Er legt die Unterarme auf den Tisch und beugt sich nach vorn. »Hör zu, du bist einer der großartigsten Menschen, die ich kenne. Aber du bist ebenfalls eine Hure, Kumpel. Doch das ist schon okay. Avril und ich lieben dich trotzdem.«

Als ich sehe, wie der Ausdruck auf Danes Gesicht immer bestürzter wird, kann ich ein Lachen nicht unterdrücken. Bevor er überhaupt versuchen kann, sich zu verteidigen, tätschele ich über den Tisch hinweg seinen Unterarm. »Wir lieben dich wirklich noch immer«, versichere ich ihm. »Auch wenn du sehr wahrscheinlich an irgendeiner Geschlechtskrankheit sterben wirst.«

Andrew bricht in Gelächter aus und schlägt mit der Hand auf den Tisch. Er sieht mich mit spitzbübischem Blick an und sagt: »Aber dann würde Dane vermutlich einfach ein Heilmittel erfinden, um die Krankheit zu behandeln, die er sich eingefangen hat.«

Ich nicke begeistert. »Daran besteht kein Zweifel.«

Das bezieht sich darauf, dass Dane einer der klügsten Menschen ist, die ich kenne. Jeder Professor der chemischen Technologie in Berkeley hat ein Auge auf Dane Hawthorne geworfen. Er hat sich bereits ein System patentieren lassen, das Medikamente über ein Pflaster abgibt und die Werte drahtlos zu dem Arzt des

Patienten sendet, damit dieser die Dosierung anpassen kann.

»Ihr beide könnt mich mal«, schmollt Dane. »Und ich ziehe hiermit außerdem mein Angebot zurück, dass ihr beide in meinem Unternehmen anfangen dürft, sobald ich erst einmal das nötige Startkapital von risikobereiten Investoren aufgetrieben habe, um damit die Welt zu verändern.«

Andrew und ich sehen uns über den Tisch hinweg an und unser Grinsen wird nur noch breiter. Wir nehmen ihn ganz und gar nicht ernst. Dane ist wegen unserer Scherze nicht sauer, denn dafür ist sein Ego viel zu groß. Und auch wenn keiner von uns einen Zweifel hat, dass er erfolgreicher werden wird, als wir uns jemals vorstellen können, so vertrauen wir trotzdem nicht auf seine Worte, dass er uns eine Anstellung in seiner Firma verschaffen wird. Genau wie Dane habe auch ich Chemietechnik als Hauptfach gewählt, doch trotzdem strebe ich nicht danach, die Welt zu verändern. Ich will einfach nur forschen und gutes Geld verdienen. Andrews Hauptfach ist Molekularbiologie und nach unserem Abschluss wird er vermutlich Medizin studieren. Es macht mich traurig, dass sich unsere Wege irgendwann trennen werden und diese großartige Freundschaft, die wir drei momentan haben, sich vermutlich verlaufen wird.

Ich nehme meinen ersten Schluck von dem Bier, das Dane mir herübergereicht hat, und genieße das kühle

Prickeln der Kohlensäure, die meine Kehle hinunterläuft. Bis ich nach Berkeley kam und während meines ersten Jahres Dane und Andrew traf, war ich überhaupt keine Biertrinkerin. Ich trank viel lieber Wein, weil meine Eltern immer einen Vorrat im Haus hatten und er am einfachsten zu klauen war.

Nachdem ich mein Glas abgesetzt habe und von meinem Barhocker heruntergerutscht bin, schwanke ich etwas, als meine Füße den Betonboden berühren. Andrew streckt einen Arm aus, um mich festzuhalten. »Bist du betrunken?«

Ich zucke mit den Schultern. »Wahrscheinlich. Wir trinken bereits seit einigen Stunden.«

»Stehst du jetzt sicher?«, fragt er und drückt kurz meinen Ellbogen, bevor er mich loslässt.

Ich salutiere zum Spaß und lächele. »Mir geht es wunderbar. Wenn ich in fünf Minuten nicht zurück bin, schickt einen Suchtrupp.«

»Bist du dir sicher, dass nicht einer von uns mit dir mitgehen soll?«, fragt Dane.

Ich schenke ihm ein liebevolles Lächeln und klimpere mit den Wimpern. »Ihr seid beide sehr süß, aber ich kann ganz wunderbar alleine pieseln gehen.«

Bevor einer meiner besten Freunde ein weiteres Wort sagen kann, gelingt es mir, mich problemlos umzudrehen und, ohne zu stolpern, in Richtung Toilette zu marschieren.

Zum Glück ist die Schlange nicht sehr lang und ich

brauche nur wenige Minuten, um mein Geschäft zu erledigen. Beim Händewaschen betrachte ich mich kritisch im Spiegel. Ich hätte meine Handtasche mitnehmen sollen, um meinen Lippenstift aufzufrischen, der bis auf die Ränder bereits abgenutzt ist. Weil mein Eyeliner etwas verlaufen ist, nehme ich ein Papierhandtuch, um die verschmierten Stellen zu säubern. Einen Augenblick lang wünsche ich mir, etwas anderes mit meinem blonden Haar getan zu haben, als es nur zu einem schnellen Pferdeschwanz festzubinden, ich bin aber trotzdem der Meinung, dass mein neuer Pony, den ich mir habe schneiden lassen, mich ein klein wenig lässiger als gewöhnlich aussehen lässt.

Wenn man Andrew, Dane und mich nebeneinander hinstellen und jemanden fragen würde, was wir drei gemeinsam haben, so wäre es nicht das überragend gute Aussehen, und das wäre mir anzulasten. Während Dane mit seinem abgefahrenen Ziegenbärtchen dunkel und mysteriös wirkt, hat Andrew im Wesentlichen das Aussehen eines Surfers aus Südkalifornien. In seinem dunkelblonden Haar leuchten von der Sonne gebleichte Strähnen, aber er trägt es sehr kurz geschnitten. Er hasst es, sich zu rasieren, und wechselt deswegen immer zwischen Dreitagestoppeln und einem Vollbart hin und her. Seine warmen braunen Augen verbergen seine scharfe Intelligenz und geben ihm eine Art Hundeblick.

Und ich? Ich bin nur ein unscheinbares Durchschnittsmädchen mit einem schlauen Kopf, einem offenen Herzen und einem Sinn für Humor, der diesen beiden Idioten hier gefallen hat. Deswegen haben wir uns von Anfang an gut verstanden.

In unserer Gruppe ist Dane die männliche Hure. Andrew »Hundeblick« Collings erregt die Aufmerksamkeit der Frauen aus einem ganz anderen Grund, denn er ist die Art von Mann, der auf der Suche nach der wahren Liebe ist. Von uns dreien ist er der Romantiker und seit der Highschool mit demselben Mädchen – Claudia – zusammen. Sie besucht die Universität von Los Angeles und ich mag sie eigentlich sehr. Ich bin mir ziemlich sicher, dass Andrew ihr die Frage aller Fragen stellen wird, noch bevor wir unseren Abschluss machen.

Nachdem ich meinen Eyeliner wieder in Ordnung gebracht habe, wische ich mir den Rest von meinem Lippenstift ab. Ich habe mir mehr Mühe gegeben als üblich, denn eigentlich bin ich heute Abend ja nur mit meinen beiden besten Freunden unterwegs, um etwas zu trinken. Ich bin nicht auf der Suche nach einem festen Freund und will ebenfalls niemanden abschleppen. Was spielt es also für eine Rolle, wie ich aussehe?

Ich trete aus der Damentoilette und versuche, mir nicht zu viele Gedanken darüber zu machen, dass sich in meinem Kopf alles dreht. Ich kann ziemlich viel Alkohol vertragen – und bei Freunden wie Andrew und Dane muss ich das auch –, aber mir fällt auf, dass ich seit dem Frühstück heute Morgen nichts weiter gegessen habe. Ich musste einen wichtigen Vortrag in meinem Kurs über

Differenzialgleichungen halten und habe die Mittags-
pause durchgearbeitet, um ihn fertigzustellen.

»Avril … du siehst heute Abend einfach total heiß
aus«, höre ich eine Stimme hinter mir sagen.

Bevor ich mich umdrehen kann, legt sich bereits ein
riesiger, fleischiger Arm um meine Taille und zieht mich
an eine schweißnasse Achselhöhle. Mir gelingt es, meinen
Kopf zurückzubiegen, wo ich in das betrunkene,
anzüglich grinsende Gesicht von Jordan Massie starre,
einem weiteren Chemietechnikstudenten.

Ich ziehe eine Grimasse und versuche, mich aus
seinem Griff zu befreien. »Lass mich los, Jordan!«

Er kommt meiner Aufforderung nicht nur nicht
nach, sondern hält mich nur noch fester. Dann drückt er
mit seiner anderen Hand meinen Hintern und zieht
mich vor sich. Seine Worte sind schludrig und er lallt,
was darauf hinweist, dass er vollkommen betrunken ist.
»Komm schon, Baby. Ich bin es leid, dass du mich
ständig anmachst.«

»Ich mache dich nicht an, du Arschloch! Du bist
abscheulich und widerlich, und dein Atem riecht immer
nach vergammeltem Käse.«

Meine Worte schrecken Jordan nicht ab, aber weil er
so betrunken ist, habe ich das auch nicht wirklich
erwartet. Ich versuche es etwas taktvoller.

»Du lässt mich besser los, bevor Dane und Andrew
dich sehen.«

Damit bekomme ich seine Aufmerksamkeit. Jeder

weiß, dass Dane, Andrew und ich ein Dreiergespann sind. Gut, wir sind nur miteinander befreundet, aber wir machen immer alles gemeinsam. Beide sind sehr fürsorglich veranlagt, wenn es um mich geht. Jordan wäre nicht der erste Kerl, den sie in die Schranken weisen würden, wenn wir miteinander ausgehen.

Jordan lässt seinen Blick langsam durch die Bar schweifen und sieht mich dann mit einem heimtückischen Zwinkern an. »Ich kann deine beiden Freunde nirgends sehen. Vielleicht sind sie schon gegangen.«

Für den Bruchteil einer Sekunde mache ich mir Sorgen. Aber dann wird mir klar, dass es lächerlich ist, weil sie mich hier niemals allein lassen würden. Jordan muss sie an unserem Tisch übersehen haben. Trotzdem wende ich mich um und bin vollkommen entsetzt, als ich sehe, dass der Tisch von anderen Personen besetzt ist und weder Dane noch Andrew irgendwo zu finden sind.

Das scheint Jordan zu ermutigen, denn er schiebt seine Hand an meinem Hintern hinab und versucht, seine Finger zwischen meine Beine zu drücken. Er legt den Kopf schief, sodass sich sein Mund an meinem Ohr befindet, und sagt: »Was geht da mit dir und diesen beiden Typen vor sich? Fickst du sie beide gleichzeitig?«

Ich knurre empört und schlage mit den Händen auf Jordans Brust, aber er ist doppelt so breit wie ich und bewegt sich keinen Zentimeter. Er grinst lediglich auf mich herab und zieht mich noch näher an sich. Ich kann spüren, wie sich sein Schwanz gegen meinen Bauch presst.

Und dann … ist er weg.

Einfach weg.

»Komm, Avril«, sagt Andrew, als er meine Hand in seine nimmt und anfängt, mich wegzuziehen.

Ich blicke mich suchend um. Dann sehe ich Jordan, der auf dem Boden liegt und versucht, seinen Kopf mit den Armen zu schützen, während Dane wutentbrannt auf ihn einprügelt.

»Aber … du musst Dane helfen!«, schreie ich Andrew an, als er mich durch die Menge hinter sich herzieht.

Andrew lacht. »Sieht es so aus, als würde er Hilfe benötigen?«

Ich schaue zu, wie Dane einen kräftigen Schlag auf Jordans Nase landet und das Blut spritzt. Aber dieses Bild verschwindet, als Andrew mich aus der Bar herauszerrt.

Meine beiden Helden.

Ich liebe diese Jungs.

Ich hoffe, diese Freundschaft bleibt für immer bestehen.

KAPITEL 1

Dane

ICH HALTE MEINE Einlasskarte an das Lesegerät, um die schweren Glastüren von Caterva BioTech zu öffnen. Es dauert noch eine Stunde, bis die restlichen Mitarbeiter – eine breitgefächerte Gruppe von Wissenschaftlern, Programmierern, Forschungsassistenten und anderem Betreuungspersonal – erscheinen werden. Und dennoch liege ich hinter meinen Partnern vermutlich bereits eine Stunde zurück.

Avril wird als Erstes angekommen sein, für gewöhnlich gegen sechs Uhr. Andrew hat vermutlich nicht lange auf sich warten lassen, aber er hält auf dem Weg zur Arbeit gern bei seinem Lieblingscafé an und flirtet mit der niedlichen Barista, die dort arbeitet. Oder zumindest war das das Letzte, was ich gehört habe. Mit seinem Liebesleben geht es neuerdings bergab.

Normalerweise komme ich nicht viel später als die beiden. Aber heute früh wurde mir von einem verspielten Rotschopf aufgelauert, der darauf bestanden hat, meinen

13

Tag mit einem fantastischen Blowjob einzuläuten, und wer bin ich schon, dass ich dazu Nein gesagt hätte?

Ich mache mir nicht die Mühe, die Lampen in der Eingangshalle einzuschalten. Durch die Glaswände auf der Ostseite des Gebäudes dringt genügend Licht herein, um mir den Weg zu den Fahrstühlen zu weisen. Ich halte meine Karte erneut an ein Lesegerät und fahre in den vierten Stock, wo sich die Büros der Geschäftsführung befinden. Im Erdgeschoss gibt es die Eingangshalle, die Cafeteria und den Pausenraum für die Mitarbeiter, der mit einer Vielzahl von weichen Sofas, einem Fernseher, Spielautomaten und Schlafkabinen ausgestattet ist. Im ersten und zweiten Stock sitzt die Forschungs- und Entwicklungsabteilung. Im der dritten Etage befinden sich die Verwaltung und das Betreuungspersonal. Der vierte Stock beherbergt die Büros der Geschäftsführung, die Marketingabteilung und zusätzliche Konferenzräume inklusive eines riesigen Saals für den Firmenvorstand, in dem ein speziell angefertigter Tisch steht, an dem dreißig Personen Platz finden.

Es ist so sehr Silicon Valley, wie es in der Wüste Nevadas eben sein kann. Caterva hat in der Bay Area von San Francisco angefangen, weil die Biotech-Unternehmen dazu neigen, sich nebeneinander in Regionen anzusiedeln, von denen bereits bekannt ist, dass sie reichlich mit wissenschaftlichem Talent, Unmengen an risikofreudigen Anlegern und elitären Forschungsunternehmen gesättigt sind, die kontinuierlich die klügsten Köpfe der ganzen Welt aufnehmen, die wiederum mit Erfindungen, Patenten und Technologien aufwarten, die kommerzialisiert werden können. Drei Viertel der Biotech-Unternehmen in den Vereinigten Staaten finden sich in Boston, San Francisco, San Diego, New Jersey und dem Forschungsdreieck in North Carolina.

Aber nachdem Caterva seine erste Finanzierung zugesichert bekommen hatte, um sich weiterzuentwickeln, war ich nicht unbedingt an Kalifornien gebunden. Avril und Andrew erging es ähnlich, nachdem sie dazu gestoßen waren, und sie waren bereit, unseren Betrieb zu verlegen. Wir haben uns lange und gründlich umgesehen, uns jedoch auf Nevada konzentriert, weil die Grundstücke günstig sind, keine staatliche Einkommensteuer erhoben wird und es nur sehr wenig Regierungsbürokratie gibt, die überwunden werden muss. Wir waren nicht das erste Biotech-Unternehmen, das sich in dem Bundesstaat niedergelassen hat, aber bis jetzt sind wir das größte.

Die Lichter sind bereits alle eingeschaltet, als ich im vierten Stock ankomme. Ich trete aus dem Aufzug und wende mich nach links, um im Uhrzeigersinn außen um die Bürofläche herumzugehen. Mein Büro befindet sich auf der rechten Seite, aber es ist an jedem Arbeitstag meine Routine, an den Büros von Andrew und Avril vorbeizugehen, um sie zu begrüßen. Ich tue das nicht nur aus Höflichkeit; ich liebe meine besten Freunde, die zu meinen Partnern geworden sind, und beginne gern meinen Tag damit, die beiden zu sehen. Das lässt mich vielleicht wie ein Trottel wirken, aber sie sind für mich das, was einer Familie am nächsten kommt, und das werde ich nie als selbstverständlich ansehen.

Zuerst erreiche ich Avrils Büro. Ich bin sehr erstaunt zu sehen, dass die Lichter noch ausgeschaltet sind, was bedeutet, dass sie noch nicht da ist. Eigentlich ist es sogar schockierend. Seit ich Avril vor vierzehn Jahren in die Firma geholt habe, kann ich an einer Hand abzählen, wie oft ich vor ihr im Gebäude war.

Ich gehe an ihrem Büro vorbei und mache mich auf den Weg zu Andrew. Schon als ich den langen, westseitigen Flur entlanggehe, erkenne ich, dass das Licht in seinem Büro eingeschaltet ist. Vielleicht befindet sich Avril ja dort mit ihm.

Seine Tür steht offen. Als ich meinen Kopf hineinstecke, um ihm einen guten Morgen zu wünschen, bin ich ein weiteres Mal erstaunt, Avril hier ebenfalls nicht zu erblicken. Andrew sitzt am Schreibtisch, trinkt seinen Kaffee und liest etwas auf dem Computerbildschirm.

»Was gibt's?«, frage ich und sein Kopf fährt nach oben. Auf seinem Gesicht breitet sich ein freundliches Lächeln aus, denn genauso ist Andrew. Fröhlich, entspannt und so gut wie nie schlecht gelaunt, ich mache keine Witze.

»Guten Morgen!«, sagt er vergnügt.

»Avril ist noch nicht da«, entgegne ich und betrete

sein Büro.

»Seltsam, nicht wahr?«, erwidert Andrew, aber er scheint nicht übermäßig besorgt zu sein. »Vielleicht hat ihr Wecker nicht geklingelt oder so etwas.«

»Kann sein«, sage ich schulterzuckend und entschließe mich, mir keine Sorgen zu machen. Bis zur Öffnung der Haupttüren dauert es immer noch eine Stunde und es ist nicht so, als hätten die Führungskräfte feste Arbeitszeiten einzuhalten. Wir arbeiten alle mehr als achtzig Stunden in der Woche, deswegen interessiert es wirklich niemanden, wenn sich jemand dazu entschließt, sich einen faulen Vormittag zu machen.

Es ist nur … solch ein Verhalten sieht Avril ganz und gar nicht ähnlich.

Andrew antwortet nicht, aber das liegt nur daran, dass unsere Aufmerksamkeit auf unsere Telefone gelenkt wird, die beide gleichzeitig eine eingegangene Textnachricht vermelden. Ich ziehe mein Handy aus der Tasche, Andrew nimmt seins vom Schreibtisch. Ich sehe, dass es sich um eine Nachricht von Avril handelt, die an uns beide gerichtet ist.

Ich komme heute nicht ins Büro.

Andrew schaut mich an und sein Blick wird sofort besorgt, als er auf meinen trifft. Avril hat sich noch nie – und ich meine, noch nie – einfach so einen Tag freigenommen, ohne es im Vorfeld geplant zu haben. Sie hat niemals auch nur einen Krankheitstag gehabt und sogar mit einer schweren Grippe am Schreibtisch gesessen, obwohl sie sich während der Arbeit ständig übergeben musste. Sie hat nie auch nur einen Tag blaugemacht. Nie die Arbeit geschwänzt, um zu einem Footballspiel zu gehen. Sie ist nicht nur die am härtesten arbeitende Frau, die ich kenne, sondern der am härtesten arbeitende Mensch überhaupt.

Weit und breit.

Manchmal denke ich, dass sie Vorsitzende und Chefin dieses Unternehmens sein sollte und nicht nur leitende Geschäftsführerin, weil sie einfach so verdammt phänomenal ist.

»Ich fahre zu ihr nach Hause«, sagt Andrew und steht von seinem Schreibtischstuhl auf.

»Ich komme mit dir«, entgegne ich, ohne zu zögern, wende mich zur Tür und folge ihm hinaus.

Es ist vollkommen unmöglich, dass Avril denkt, sie könne einfach so eine Nachricht schreiben und wir würden nicht mit wehenden Fahnen angeritten kommen, auch wenn ich weiß, dass sie sauer sein wird, wenn wir plötzlich bei ihr auf der Matte stehen.

◆

AVRIL LEBT IN Summerlin. Ich kenne mich in der Gegend gut aus, denn mein Haus befindet sich ebenfalls in diesem Vorort. Nur ist meins sehr viel größer und hat einige Millionen mehr gekostet. Andrew mag es nicht so geräumig und zieht es vor, in einer Eigentumswohnung in der Stadt zu leben, auch wenn er trotzdem sehr viel

Zeit in meinem oder Avrils Haus verbringt.

Andrew biegt zuerst auf die Einfahrt ein, ich parke direkt hinter ihm. Wir sind mit zwei Autos hergekommen, weil die Umstände es eventuell erfordern, dass einer von uns hierbleibt und der andere zurück ins Büro fährt.

Avrils Haus spiegelt ihre Persönlichkeit wider. Moderne, glatte Linien und minimalistisches Design. Es ist aus braunem Stuck und Stein gebaut und sieht aus, als hätte jemand drei Reihen von Kisten verschiedener Größe aufeinandergelegt. Ihre Art der Landschaftsgestaltung lässt sich beinahe schon als »kahl« bezeichnen, da es in ihrem Vorgarten lediglich braunen Kies und einige Kakteen gibt. Das Einzige, was in irgendeiner Form als farbig angesehen werden kann, ist ihr Swimmingpool hinter dem Haus, in dem sie gewissenhaft morgens und abends schwimmt, um sich fit zu halten.

Angesicht der Einfachheit des Designs ist es wirklich auffällig, dass auf der Veranda vor dem Haus drei große Koffer stehen. Zahlreiche Kisten befinden sich auf dem Betonweg, der zur Eingangstür führt, und an der Seite der Veranda liegt ein riesiger Kleiderhaufen neben einer großgewachsenen Agavenpflanze.

»Was zum Teufel?«, höre ich Andrew fluchen, als ich aus meinem Wagen steige. Er sieht sich einen Moment lang im Vorgarten um, dann werden seine Augen zu schmalen Schlitzen und sein Blick fokussiert sich entschlossen auf die Eingangstür. Er schiebt sich an mir vorbei. Bevor er überhaupt die Veranda erreicht, öffnet sich die Tür und Avril tritt mit einer weiteren großen Kiste in den Händen hinaus.

Als sie Andrew sieht, hält sie ruckartig an.

Und dann schwankt sie leicht nach hinten und korrigiert scheinbar ihre Haltung, aber nur, um sich leicht nach vorne zu beugen. Ihre Augen sehen glasig und blutunterlaufen aus. Der dicke Pony, der ihr normalerweise bis zu den Augenbrauen reicht, ist verschwitzt und nach hinten gestrichen, der Rest ihres Haares ist zu einem schiefen Pferdeschwanz zusammengebunden.

»Was tut ihr beide hier?«, fragt sie und auch die Aggression in ihrer Stimme kann nicht im Geringsten verbergen, dass sie lallt.

»Bist du betrunken?«, entgegnet Andrew mit entsetztem Gesichtsausdruck im Gegenzug. Keiner von uns kann sich daran erinnern, wann wir Avril das letzte Mal so stark alkoholisiert erlebt haben. War es auf dem College?

»Leider werde ich schon wieder nüchtern«, antwortet sie trocken und lässt die Kiste auf die Veranda fallen. Dann dreht sie sich um und geht zurück ins Haus.

Andrew und ich folgen ihr. Avril geht direkt zu einer Bar, die in dem offenen Raum die Küche vom Wohnzimmer trennt. Sie fängt an, Gläser aus dem unteren Regal zu nehmen – Weingläser, Martinigläser, Bierkrüge –, und lässt sie ohne Umschweife in einen Karton fallen, der sich auf dem Boden befindet. Jedes einzelne klirrt, als es der Schwerkraft begegnet.

»Was zum Teufel ist hier los?«, knurrt Andrew beinahe schon, als er auf Avril zugeht. Bevor sie ein weiteres Glas in die Kiste werfen kann, hält er ihr Handgelenk fest.

Obwohl ihre Augen glasig sind, kann ich dort ein kleines Feuer auflodern sehen. Trotzdem klingt ihre Stimme auf merkwürdige Weise kontrolliert, als sie sagt: »Ich sortiere einige Sachen aus.«

»Sieht ganz so aus, als wären es hauptsächlich Jamies Sachen, die du aussortierst«, beobachte ich, während ich zu dem Karton auf dem Boden hinüber schlendere und das zerbrochene Glas darin betrachte. Es handelt sich um Jamies persönliches Bar-Set, das er gekauft hat, als er vor fast zwei Jahren bei Avril eingezogen ist. Ihm gefällt es, den Gastgeber zu spielen und seine Freunde so oft wie möglich zu sich nach Hause einzuladen.

»Mehr oder weniger«, sagt sie mit einem Kichern, das jedoch ganz und gar nicht belustigt, sondern eher bitter klingt. Sie greift nach einem weiteren Glas, doch Andrew nimmt es ihr geschickt aus der Hand. Nachdem er es auf der Bar abgestellt hat, nimmt er sie am Ellbogen, führt sie ins Wohnzimmer und direkt zum Sofa, wo er ihr einen kleinen Stoß gegen die Brust versetzt. Avril lässt sich sofort seufzend nach hinten auf das Polster fallen und daran sehe ich, dass sie keine Kraft mehr hat.

Ich stelle mich ihr gegenüber auf die andere Seite des

Wohnzimmertisches, Andrew nimmt neben ihr Platz. Er legt ihr eine Hand auf die Schulter und drückt einmal fest zu. »Sprich mit uns, Av. Was ist los?«

Sie lässt den Kopf sinken, wodurch ihre Augen verdeckt werden, und seufzt. Mit den Händen auf dem Schoß, die Finger ineinander verknotet, sagt sie: »Ich habe Jamie letzte Nacht dabei erwischt, wie er mich betrügt.«

»Verdammtes Arschloch«, murmele ich. Dann umrunde ich den Tisch und setze mich an das Ende des Sofas, meine Knie nur Zentimeter von Avrils entfernt.

Andrew steigt die Zornesröte ins Gesicht. »Wie hast du es herausgefunden?«

Avril hebt den Kopf und ihr Blick wirkt nun etwas schärfer. »Ich hätte erst heute von meiner Reise nach San Diego zurückkommen sollen, aber es ist mir gelungen, früher abzureisen. Als ich in der vergangenen Nacht nach Hause kam, lag er in unserem Bett.«

»Wichser«, presse ich hervor, denn Arschloch ist noch zu freundlich.

»Er war mit einem Mädchen zusammen, das nicht älter als einundzwanzig aussah, wenn sie überhaupt so alt war«, sagt Avril leise und senkt ihren Blick wieder. »Mit ganz glatter Haut und biegsamen Gliedmaßen.«

»Ich bringe ihn um«, verspricht Andrew und lässt seine Hand von Avrils Schulter zu ihrem Nacken wandern.

Er zieht sie seitlich an sich und sie ergibt sich. Ich bin

etwas neidisch auf die körperliche Zuneigung, die Andrew und Avril sich all die Jahre schon immer haben zeigen können. Sie ist vollkommen platonisch, aber trotzdem hat sie etwas Intimes. Dieses Verhalten hat bereits einige Funken der Eifersucht entfacht, weil er auf diesem Gebiet einfach einen besseren Draht zu ihr hat als ich. Trotzdem versuche ich, das nicht zu nahe an mich heranzulassen. Ich bin einfach nicht dazu in der Lage, diese Art von extrovertierter Zuneigung zu zeigen, obwohl ich Avril sehr liebe. Genauso wie ich Andrew liebe.

Weil ich in zahlreichen Pflegefamilien aufgewachsen bin und immer von Haus zu Haus geschoben wurde, um bei einer anderen Familie zu wohnen, die sich nicht wirklich für mich, sondern nur für das Geld interessierte, das sie für meine Pflege bekommen hat, wurde mir leider nie beigebracht, wie man jemanden umarmt.

Oder mit jemandem kuschelt.

Oder sich mit einem Vertrauten Sachen zuflüstert.

Diese Dinge schmerzen mich sehr. Ich weiß es, weil ich versucht habe, sie zu tun, und es handelt sich dabei einfach um nichts, das mir von Natur aus leichtfällt. Deswegen versuche ich, es damit zu kompensieren, dass ich meine beiden besten Freunde und Geschäftspartner wissen lasse, wie sehr ich sie mag, respektiere und von ihnen anhängig bin. Ich halte mich nicht zurück, ganz egal ob wir zusammen oder alleine sind, denn ich habe ihnen schon lange vor unserem Abschluss in Berkeley alle meine Geheimnisse darüber erzählt, wie ich aufgewachsen bin. Ich bin besser darin, einfache Worte der Bestätigung zu finden, als jemanden zu berühren oder meine Gefühle zu offenbaren.

Und weil die beiden mich so gut kennen, haben sie auch nicht versucht, mich in den Arm zu nehmen, als sie einige der schlimmsten Dinge gehört haben. Andrew hat mir nur leicht auf die Schulter geboxt und gesagt: »Das hat dich stärker gemacht, Kumpel.«

Avril hat mich auf diese verständige Art angelächelt und gemeint: »Lass dich von deiner Vergangenheit nicht definieren. Und bleib immer nur dir selbst treu.«

Diese Worte waren kryptisch und ich habe mit ihnen gehadert, aber in den vergangenen Jahren habe ich diesen Rat so gut es ging befolgt.

»Wo ist Jamie jetzt?«, will Andrew wissen.

»Ich habe ihn letzte Nacht selbstverständlich vor die Tür gesetzt«, sagt Avril. »Ich habe ihm gesagt, er kann sich seine Sachen am Ende des Tages abholen. Nachdem die Tür hinter ihm geschlossen war, habe ich mir während des Packens einige Flaschen Wein gegönnt.«

»Dann wirfst du also alles einfach nur in deinen Vorgarten?«, frage ich und lache leise. Zum ersten Mal sehe ich, dass sich Avrils Lippen leicht nach oben bewegen.

»Ich habe Jamie nicht erzählt, in welchem Zustand seine Sachen sein würden«, teilt sie mir mit einem hinterlistigen Grinsen mit. »Nur dass alles zur Abholung bereit wäre.«

Dann zuckt sie mit den Schultern. »Ich war wirklich betrunken, als ich angefangen habe, sein Zeug zusammenzusuchen und nach draußen zu schaffen. Ihr beide seid wie Beruhigungsmittel und jetzt geht mir meine Energie flöten. Ich brauche wahrscheinlich einfach nur einen weiteren Drink.«

»Nein, das tust du nicht«, sagen Andrew und ich gleichzeitig.

Avril schürzt die Lippen und nörgelt: »Das ist nicht fair.«

»Ich werde uns Kaffee machen«, sagt Andrew und erhebt sich vom Sofa. »Dann werden Dane und ich dir beim Packen helfen. Und danach kommst du mit uns ins Büro, damit du nicht hier bist, wenn er sein Zeug abholt.«

»Es gibt nicht mehr viel zu tun«, sagt Avril, als sie mit einem reuigen Seufzer aufsteht. »Nur seine Musikinstrumente im Obergeschoss.«

Jamie Priest sieht sich selbst als kompetenten Musiker an und spielt gemeinsam mit einer Gruppe anderer spießiger Büroangestellter in einer Lokalband, die allesamt denken, sie seien deswegen ein klein wenig lässiger. Avril war mehr als drei Jahre mit Jamie zusammen. Seit ich sie kenne, war es das erste Mal, dass sie sich wirklich verliebt hatte. Auf dem College schien sie zu unbeholfen zu sein, danach hat sie all ihre Zeit in Caterva investiert und sich nicht dafür interessiert, sich fest an jemanden zu binden. Aber in den letzten Jahren hat sie sich selbst gefunden. Als ein gemeinsamer Freund ihr den talentierten plastischen Chirurgen vorstellte, dauerte es nicht lange, bis sie ihr Herz an ihn verloren hatte.

Ich persönlich habe jedoch gespürt, dass etwas nicht stimmt, denn sonst hätte dieser Wichser ihr längst einen Antrag gemacht. Es tut mir leid ... aber wenn man drei Jahre lang mit einer Frau wie Avril zusammen ist und zwei davon mit ihr zusammenlebt, ohne den nächsten Schritt zu gehen, dann nimmt jemand diese Beziehung wohl nicht wirklich ernst.

Avril hätte, ohne zu zögern, Ja gesagt, weil sie sich mehr als nur einmal über ihr fortschreitendes Alter beklagte – obwohl ich bei diesen Worten mit den Augen rolle, weil sie erst siebenunddreißig und in keiner Weise altersschwach ist – und gesagt hat, dass sie Kinder haben möchte, bevor ihre Eierstöcke austrocknen. Auch Jamie hat gewusst, dass sie Ja sagen würde, deswegen spricht es Bände, dass er sie nie gefragt hat.

»Ist es okay, wenn du hierbleibst?«, frage ich Andrew, als ich ihm und Avril in die Küche folge. »Ich werde zurück ins Büro fahren und die Stellung halten.«

»Klar, Mann«, antwortet Andrew beschwingt und macht sich an ihrer hochmodernen Espressomaschine zu schaffen. Wieder spüre ich einen neidvollen Stich, weil Andrew sich in Avrils Haus viel selbstverständlicher bewegt als ich und einfach davon ausgegangen wird, dass er derjenige von uns ist, der sich um sie kümmert.

Aber ich mache mir darüber nicht zu viele Gedanken, weil ich auf andere Art und Weise ihr weißer Ritter sein kann. Sie oder Andrew werden es nicht sehen, aber mir wird es ein wunderbares Gefühl geben.

Ich habe vor, hier zu sein, wenn Jamie kommt, um seine Sachen abzuholen, und er wird es bereuen, dass ich es bin, mit dem er sich wird auseinandersetzen müssen.

KAPITEL 2

Avril

ICH BIN AUF dem Weg zu Andrews Büro. Es ist Freitagabend und für gewöhnlich würde ich ihn mit Jamie verbringen. Selbstverständlich war das mein altes Leben. Seit ich vor drei Tagen seine persönlichen Habseligkeiten auf dem Rasen vor meinem Haus verteilt habe, rede ich mir ein, dass großartige Dinge vor mir liegen. Und auch wenn ich mir meinen eigenen Trick abnehme, hilft er dennoch nicht gegen den Schmerz in meiner Brust, und zwar wegen der Art, wie er mich betrogen hat.

Ich habe ehrlich geglaubt, dass er *der Eine* wäre. Ich hätte damit nicht falscher liegen können.

Als ich etwa drei Meter von Andrews offener Bürotür entfernt bin, höre ich Danes tiefe Baritonstimme: »Komm schon, Kumpel … Du musst wieder aufs Pferd steigen. Dein Schwanz wird noch verschrumpeln und abfallen, wenn du ihn nicht benutzt.«

Ich verkneife mir ein lautes Lachen und stelle mich

seitlich neben den Türrahmen, damit mich keiner von beiden sehen kann. Ich habe keinerlei Skrupel, mich an die Wand zu lehnen und meine besten Freunde dabei zu belauschen, wie sie über ihr Liebesleben sprechen.

»Es ist ja nicht so, als würde ich im Zölibat leben«, sagt Andrew zu Dane.

»Ach ja?«, antwortet Dane und klingt dabei gerade abfällig genug. »Wann hattest du das letzte Mal Sex?«

Andrew antwortet nicht, aber ich kann hören, wie er auf seinem Schreibtisch mit Papieren raschelt.

Dane bricht in schallendes Gelächter aus und verspottet seinen Freund. »Wie ich es mir gedacht habe … Du kannst dich an das letzte Mal nicht einmal erinnern.«

Ich kann mir sehr gut den Blick auf Andrews Gesicht vorstellen. Eine Mischung aus Verstimmung und tiefer Verlegenheit. Er tut mir beinahe schon leid. Aber ehrlich gesagt ist es in all den Jahren zu einer Art Tradition geworden, dass Dane Andrew anstachelt, um ihn dazu zu bringen, seine Komfortzone zu verlassen. Ich nehme an, dass diese Taktik ebenfalls für Sex gilt.

»Du kommst heute Abend mit mir ins Wicked Horse«, sagt Dane. »Es wird höchste Zeit, dass du dich der besten sexuellen Ausschweifung hingibst, die Las Vegas zu bieten hat.«

»Ich brauche keinen Sex-Club«, brummt Andrew. »Ich bin sehr gut dazu in der Lage, mir selbst eine Frau zu suchen.«

»Das bist du zweifellos«, sagt Dane düster. »Aber warum willst du nicht dorthin gehen, wo es um ein Vielfaches einfacher ist?«

An diesem Punkt entschließe ich mich, Andrew aus seiner misslichen Lage zu befreien. Ich stoße mich von der Wand ab und betrete sein Büro. Ich tue so, als ob mir Andrews dunkelrotes Gesicht nicht auffallen würde, während es deutlich zu sehen ist, dass er sich fragt, ob ich ihr Gespräch mitangehört habe. Dane zwinkert mir zu, als ich mich auf den Stuhl neben ihm fallen lasse.

»Wie geht es dir?«, fragt Dane mich vorsichtig und das ist keine Höflichkeitsfloskel. Er will wirklich wissen, wie es mir geht.

Ich zucke gleichgültig mit den Schultern. »Ich bin darüber hinweg.«

Dane dreht sich auf seinem Stuhl und beugt sich zu mir herüber, dabei stützt er sich mit einem Ellbogen auf der Armlehne ab. »Dem äußeren Anschein nach sicherlich. In den letzten drei Tagen bist du früher als sonst im Büro erschienen, hast sensationelle und fehlerfreie Arbeit geliefert und das alles mit einem Lächeln auf dem Gesicht getan. Aber ich frage noch einmal ... Wie geht es dir?«

Ich knirsche mit den Zähnen, denn ich will nicht über Jamie sprechen. Ich weiß zwar, dass Andrew und Dane es gut meinen und sich nur Sorgen um mich machen, trotzdem ist es mir sehr peinlich, dass meine Beziehung in die Brüche gegangen ist und ich es nicht habe kommen sehen. Und ich werde ihnen das auch nicht sagen, denn ich habe immer noch nicht herausgefunden, was ich wegen dieser furchtbaren Gefühle unternehmen werde, die Jamie in mir hervorgerufen hat. Denn zusätzlich zu der Traurigkeit und meinem gebrochenen Herzen bin ich auch noch wütend. Ich bin momentan so sauer auf Jamie, weil er etwas so Dämliches hat tun können, das uns unsere Beziehung gekostet hat, dass ich schon die ganze Zeit Magenschmerzen habe, die einfach nicht weggehen wollen.

»Komm schon, Avril«, fügt Andrew hinzu. »Lass deinen Schmerz raus. Es gibt nichts, was du uns nicht erzählen kannst.«

Das stimmt. Ich würde diesen beiden Männern so gut wie alles anvertrauen. Sie sind nicht nur dem Titel nach meine besten Freunde. Die beiden sind die Menschen, denen ich auf der ganzen Welt am meisten vertraue. Sie stehen mir so nahe wie Familie, wenn nicht sogar noch näher.

Aber nur weil ich die beiden über alles liebe, bedeutet das nicht, dass ich ihnen in diesem Moment alle meine Gefühle mitteilen will, ganz besonders, wo sich meine Wut am Siedepunkt befindet und es sehr wahrscheinlich ist, dass ich wie ein Vulkan explodiere. Meine Freunde brauchen das nicht zu sehen, denn es dient sowieso keinem Zweck und davon einmal abgesehen habe ich ein wesentlich dickeres Fell. Nachdem ich alles verdaut und mich mit meinen Fehlern abgefunden habe, wird der

Ärger verfliegen. Denn seien wir doch ehrlich ... ich bin auf mich selbst ebenso wütend wie auf Jamie.

Und der beste Weg zu vermeiden, diese Tatsache meinen Freunden mitteilen zu müssen, besteht darin, vom Thema abzulenken.

Ich blicke Andrew an und schenke ihm ein kleines Grinsen. »Ich würde viel lieber mit dem Gespräch darüber fortfahren, dass du seit mindestens hundert Jahren keinen Sex mehr hattest.«

Dane hustet sich verstohlen in die Hand. Andrew funkelt ihn kurz an, bevor er sich wieder mir zuwendet. »Seit wann habt ihr beide so großes Interesse an meinem Sexleben?«

»Mann«, sagt Dane, lehnt sich auf seinem Stuhl zurück und schlägt locker ein Bein über das andere, »du bist mein bester Freund. Warum würde ich mich nicht für dein Sexleben interessieren?«

»Ich mache mir ebenfalls Sorgen um dein Sexleben«, sage ich mit ernstem Kopfnicken. »Darum geht es doch eigentlich bei allem, also musst du auf den Zug aufspringen.«

Andrews Mund öffnet sich vor Erstaunen und ich bin mir sicher, dass er denkt, es sei ein heikles Thema für mich, weil es erst wenige Tage her ist, seit ich Jamie mit einer anderen Frau im Bett erwischt habe. Aber ehrlich gesagt habe ich bereits entschieden, dass der Sex in unserer Beziehung nicht schlecht war. Wir hatten ein aktives und gesundes Sexleben. Ich bin abenteuerlustig und Jamie ist meistens mit einem Lächeln zu Bett gegangen, daher weiß ich, dass es nicht am Sexmangel gelegen hat.

Ein rascher Blick zu Dane sagt mir, dass er von dieser Tatsache bereits weiß – dass Sex das Wichtigste im Leben ist. Ich nehme stark an, dass das der Grund für seine Mitgliedschaft im Wicked Horse ist. Dabei handelt es sich um einen exklusiven Sex-Club hier in Las Vegas, dem er angehörig ist, seit dieser vor drei Jahren eröffnet hat. Es ist nicht so, als würde er sich mit seinen Eroberungen dort brüsten, denn um ehrlich zu sein, haben wir keine Zeit, um uns über solche Dinge zu unterhalten. Aber er macht daraus auch kein Geheimnis und mich hat es nie gestört. Ich bin mir ziemlich sicher, dass es auch Andrew nie etwas ausgemacht hat, oder zumindest hat es das nicht getan, bis Dane ihn vor einigen Minuten eingeladen hat, mit ihm zu kommen.

»Andrew«, sage ich, um seine Aufmerksamkeit zu bekommen. »Du solltest mit Dane ins Wicked Horse gehen. Ich meine, warum würdest du diesen Vorteil nicht nutzen wollen?«

»Ich weiß nicht –«, sagt er verlegen, aber Dane unterbricht ihn.

Er stützt die Ellbogen auf die Knie, beugt sich nach vorn und sieht Andrew über den Schreibtisch hinweg an. Sein Blick ist ernst, etwas, das ich schon oft an Dane gesehen habe. Er ist so ein aufrichtiger Mensch. Wenn er diesen Blick bekommt, dann hört man wirklich zu, was er zu sagen hat. »Vertrau mir, Kumpel. Es ist eine befreiende Erfahrung. Einen Ort wie diesen zu betreten und zu wissen, dass sich dort nur Menschen mit der gleichen Gesinnung befinden. Du kannst dir nicht vorstellen, wie großartig es sich anfühlt zu wissen, dass die Dinge, die in diesem Gebäude geschehen, dir ein besseres Gefühl geben werden als alles, was du jemals zuvor empfunden hast. Wenn du den Club verlässt, geht dein Leben zwar wieder seinen gewohnten Gang, aber dein Lächeln ist breiter und dein Schritt beschwingter.«

Andrew lacht bei seinen Worten, aber ich lausche ihnen ehrfürchtig. Er ist noch nicht fertig und seine Stimme wird eine Oktave tiefer. »Es ist Hedonismus ohne Schuldgefühle. Du kannst dich von deinen Zwängen befreien. Es geht darum, ganz genau herauszufinden, wer du wirklich bist, und – was noch viel wichtiger ist – dir wird am Ende gefallen, was du herausgefunden hast. Wenn du dich auf diese Weise gehen lässt, wirst du den Eindruck haben, als würden alle deine Sorgen dahinschmelzen.«

Herausfinden, wer du bist?

Gefallen finden an dem, was du herausfindest?

Ich blicke Dane lange und starr an, während er Andrew ansieht und auf eine Reaktion seiner Rede wartet. Ich weiß nicht, ob Andrew von diesen Worten bewegt ist, aber ich bin es ganz sicher. In den letzten drei Tagen konnte ich lediglich mit absoluter Sicherheit sagen, dass ich keine Ahnung habe, wer ich bin. Ich meine, ich weiß selbstverständlich einige Dinge. Ich bin intelligent und eine kluge Geschäftsfrau. Ich liebe meinen Beruf. Die Menschen um mich herum sind mir wichtig. Ich habe ein gutes Leben.

Aber davon einmal abgesehen bin ich mir nicht sicher, was Avril Carrigan sonst noch ausmacht. Vor nur drei Tagen war ich noch bis über beide Ohren in jemanden verliebt.

Und heute … stelle ich jedes einzelne Gefühl infrage, das ich je für Jamie hatte. Ich weiß, dass es etwas gibt, das mir nicht aufgefallen ist, und ich muss herausfinden, was ich an mir habe, das mich davon abgehalten hat, die Wahrheit zu erkennen. Ich würde sicherlich einen Psychologen benötigen, um die verschiedenen Schichten von Jamie Priest abzutragen, damit ich Antworten auf diese Fragen finden kann. Aber weil die Trennung darauf gründet, dass er Sex mit einer anderen Frau hatte, bin ich der Meinung, dass es vielleicht einen anderen Weg gibt, um die Dinge klarer zu sehen.

Wenn ein Besuch im Wicked Horse wirklich so befreiend ist, wie Dane behauptet, dann sollte ich es mit intaktem Selbstbewusstsein wieder verlassen. Jamie hat es zwar nicht zerstört, aber er hat dennoch einen Vorschlaghammer genommen und einige große Löcher darin hinterlassen.

»Ich komme mit dir«, sage ich und richte mich auf meinem Stuhl auf.

Dane fährt mit seinem Kopf so schnell nach links,

um mich anzusehen, dass ich schwören könnte, seine Knochen knacken zu hören. Er zieht die Augenbrauen zusammen. »Du kommst auf gar keinen Fall mit mir mit!«

»Ja, ich halte das ebenfalls für keine gute Idee, Avril«, stimmt Andrew zu.

Ich blicke erst zu Andrew, dann wieder zurück zu Dane. Mit ruhiger, gleichmäßiger Stimme sage ich: »Ich hoffe, euch beiden ist bewusst, wie frauenfeindlich und sexistisch ihr gerade seid.«

Danes Gesichtsausdruck verhärtet sich nur weiter, aber Andrew muss ich zugutehalten, dass er seinen Blick beschämt von mir abwendet.

»Wir wollen dich nur beschützen, wir sind nicht sexistisch«, sagt Dane bestimmt.

Ich lehne mich auf meinem Stuhl zurück, verschränke die Arme vor der Brust und blicke Dane mit sarkastischem Ausdruck an. »Ach, wirklich? Ihr wollt mich vor einem Ort beschützen, an dem sich alles nur um Befreiung, Ungezwungenheit und Selbstfindung dreht? Das klingt ja sehr gefährlich.«

»Komm schon, Avril«, sagt Andrew leise und ich bemerke, dass er mich direkt anblickt. »Es ist kein Ort, an den du gehen musst. Momentan bist du sehr verletzlich. Das ist es, was Dane meint, wenn er sagt, wir wollen dich beschützen.«

Ich bin mir nicht sicher, warum mich das so wütend macht, aber ich weiß, dass das Geschlechtervorurteil eine große Rolle dabei spielt. Ich kann mich an keine andere Situation erinnern, in der die Tatsache, dass ich eine Frau bin, mich davon abgehalten hätte, die gleichen Dinge zu tun, die meine besten Freunde auch tun können.

Sicher, Andrew und Dane sind sehr unterschiedlich, wenn man sich unsere Freundschaft betrachtet. Andrew ist derjenige, mit dem ich über persönliche Dinge sprechen kann. Es ist nicht so, dass ich das mit Dane nicht ebenso tun würde. Ich habe das auch getan, wenn wir drei zusammen waren. Es ist nur so, dass Andrew über all die Jahre zu meinem persönlichen Vertrauten geworden ist.

Auf der anderen Seite ist Dane derjenige, der mich dazu anspornt, das Beste aus mir herauszuholen. Er ist immer derjenige, der meine Fähigkeiten bestätigt und anerkannt hat; er hat mich zum richtigen Zeitpunkt gelobt und mich korrigiert, wenn ich auf dem falschen Kurs gelegen habe. Dane war mein ganz persönlicher Ego-Booster.

Trotz dieser Unterschiede innerhalb unserer Freundschaft habe ich mich bis jetzt nicht ein einziges Mal ausgegrenzt gefühlt.

Ich erhebe mich von meinem Stuhl und blicke auf Dane herab, bevor ich meinen Körper so platziere, dass ich Andrew ebenfalls anschauen kann. Ich lasse meinen Blick zwischen den beiden Männern hin und her wandern, dann sage ich ihnen ganz genau, was passieren wird: »Während unserer siebzehnjährigen Freundschaft hat mir keiner von euch beiden auch nur ein einziges Mal das Gefühl gegeben, euch nicht ebenbürtig zu sein. Ganz besonders als du, Dane, mir vorgeschlagen hast, mit dir bei Caterva zu arbeiten. Du hast mir eine überaus verantwortungsvolle Stelle in der Geschäftsführung gegeben und dies getan, ohne auch nur eine Sekunde wegen der Tatsache zu zögern, dass ich eine Frau bin.«

Dane ist einer der klügsten Männer, die ich kenne, und ich kann an seinem Gesichtsausdruck erkennen, dass er weiß, worauf ich hinauswill. Er versucht, mich mit einem gelangweilten Rollen seiner Augen zu Fall zu bringen. »Du kannst deinen Platz in der Vorstandsetage doch nicht mit einem Sex-Club vergleichen.«

»Das kann ich sehr wohl«, fauche ich. »Ich schäme mich für dich, dass du der Meinung bist, ich sei es wert, für eine Sache, jedoch nicht für eine andere berücksichtigt zu werden. Das ist vollkommen sexistisch.«

Das Arschloch – das trotzdem immer noch mein bester Freund ist – sieht in keiner Weise betreten aus.

Andrew steht von seinem Stuhl auf und geht um seinen Schreibtisch herum. Ohne zu zögern, legt er mir vorsichtig die Hände auf die Schultern und drückt sie beruhigend. »Avril … es wäre einfach nur bizarr.«

Ich schenke Andrew ein strahlendes Lächeln und bohre ihm meinen Finger leicht in die Brust. »Genau! Es wäre vollkommen bizarr. Wenn das der Grund ist, warum ihr nicht wollt, dass ich mitkomme, dann akzeptiere ich es. Ich finde es auch nicht reizvoll, mir eure Dinger anzusehen oder mir von euch auf meine Teile starren zu lassen.«

Danes Stimme klingt belustigt, als er sagt: »Ich fühle mich beleidigt, dass du meinen Schwanz lediglich als ›Ding‹ bezeichnest.«

Ich drehe mich um und schaue Dane direkt an. »Ich habe deinen Schwanz tatsächlich sogar schon einmal gesehen, Dane. Im Abschlussjahr bin ich in unser Apartment gekommen und habe mitbekommen, wie du so eine Tussi auf dem Sofa gevögelt hast. Glaub mir, für mich ist er kein Geheimnis mehr.«

Dane antwortet grinsend: »Dann wirst du ja auch kein Problem damit haben zuzugeben, dass er es verdient, mit etwas Besserem als nur ›Ding‹ betitelt zu werden.«

Ich mache mir nicht die Mühe, Dane zu antworten, weil er es nicht nötig hat, dass ich sein Ego befeuere. Er ist der selbstbewussteste Mensch, den ich je in meinem Leben getroffen habe. Ich weiß, dass er gut bestückt ist, und den Beweis dafür trägt er zwischen seinen Beinen.

Ich wende mich wieder Andrew zu, denn er ist derjenige, mit dem ich persönliche Dinge besprechen kann. »Komm, Drew. Schauen wir uns diesen Ort einmal an. Wir müssen dort ja nicht einmal etwas machen. Wir können einfach nur verklemmt und peinlich berührt herumstehen. Das wird lustig. Später lachen wir dann darüber.«

So wie Andrew mich anlächelt, weiß ich, dass ich ihn an der Angel habe. Er dreht sein Gesicht weg und schüttelt amüsiert den Kopf.

Ich sehe zu Dane und ziehe lediglich fragend meine Augenbrauen nach oben.

Der Blick, den er mir zuwirft, ist nichtssagend und nicht annähernd so belustigt wie Andrews. Er sieht mich einen Moment lang schweigend an, dann erhebt er sich von seinem Stuhl.

»Ich passe«, sagt Dane und wendet sich zur Tür.

Ich bin erstaunt und mehr als nur ein klein wenig verstimmt, weil Dane die Tatsache, dass ich einen Sex-Club besuche, offensichtlich doch sehr stört. Er ist bereit, Andrew mitzunehmen, mich jedoch nicht, und das ist einfach nicht fair. Ich kann nichts weiter tun, als es Dane anzukreiden, wenn er sich weigert anzuerkennen, dass die Dienstleistungen des Wicked Horse in gleichberechtigter Weise mir ebenso zur Verfügung stehen sollten, wie es bei ihm und Andrew der Fall ist. Zum ersten Mal in unserer sehr langen Freundschaft spüre ich ein kleines Körnchen des Zweifels, ob Dane Hawthorne vielleicht doch nicht auf dem hohen Podest steht, das ich ihm zugesprochen habe.

»Wenn du deine Meinung änderst«, rufe ich ihm nach, »weißt du ja, wo du uns findest.«

Dane hebt die Hand, um meine Aussage zumindest zu bestätigen, dann verschwindet er durch die Tür.

KAPITEL 3

Andrew

»MACHEN WIR DAS wirklich?«, frage ich Avril, nachdem ich mir einen großen Schluck aus der Wodkaflasche genehmigt habe. Ich wische mir den Mund mit dem Handrücken ab und reiche ihr die Flasche.

»Wir machen das wirklich«, sagt sie selbstbewusst und nimmt mir den Schnaps ab. Sie lehnt sich gegen den Kofferraum ihres Wagens, weil sie bei mir vorbeigefahren ist, um mich von meinem Apartment in der Innenstadt abzuholen. Jetzt befinden wir uns in einem Parkhaus unter dem Onyx Casino und trinken uns mit Wodka Mut an.

»Sieht ganz so aus, als würden wir heute Abend mit dem Taxi zurück zu mir fahren«, sage ich, um Small Talk zu betreiben. »Du bekommst das Sofa.«

»Ich bekomme immer das Sofa, wenn ich bei dir übernachte«, antwortet sie.

Das stimmt. Avril hat schon zahlreiche Male bei mir

geschlafen, besonders wenn wir bis spät in die Nacht gearbeitet haben und sie keine Lust mehr hatte, danach noch nach Hause zu fahren. Oder manchmal, wenn Jamie sich auswärts bei einem Seminar befand und sie nicht alleine sein wollte. Ich habe eine Zweizimmerwohnung und obwohl ich ihr immer angeboten habe, im Schlafzimmer zu übernachten, hat sie es nie annehmen wollen.

Aber das ist typisch für Avril. Sie ist weder zimperlich noch anspruchsvoll. An ihr gibt es keinerlei Allüren. Sie ist eine Frau, der es nichts ausmacht, nur mit einer Decke und einem Kopfkissen auf dem Sofa zu schlafen. Weiter braucht sie nichts.

Das ist der Grund, warum ich immer noch wütend darüber bin, was Jamie ihr angetan hat. Sie lässt sich sicherlich nichts anmerken, aber so wie ich Avril kenne – und ich kenne sie gut –, ist sie verletzt und gleichzeitig rasend vor Wut. Ich würde wetten, dass sie vermutlich wütender als verletzt ist, und ich muss annehmen, dass dies Teil des Grundes dafür ist, warum wir beide heute Abend hier stehen und kurz davor sind, einen Sex-Club zu betreten.

Avril reicht mir wieder die Flasche und ich schüttele den Kopf. Sie zuckt mit den Schultern und schraubt den Verschluss zu, dann stößt sie sich vom Wagen ab. Sie wirft die größtenteils leere Schnapsflasche auf den Rücksitz und verriegelt die Türen. Dann dreht sie sich zu mir, stellt sich aufrecht hin und sagt: »Gehen wir.«

»Gehen wir«, antworte ich zustimmend und wir machen uns auf den Weg zum Aufzug, der uns in die sechsundvierzigste Etage bringen wird, in der sich das Wicked Horse befindet, Las Vegas' elitärer, privater Sex-Club. Ich kann nicht fassen, dass wir das wirklich tun.

»Warte«, sage ich. Mir ist etwas eingefallen und ich halte abrupt an. Avril sieht mich an und legt fragend den Kopf schief. Sie trägt ein für sie sehr untypisches blutrotes Kleid, das sich wie ein Handschuh an ihren Körper schmiegt, und ich muss zugeben, dass sie darin absolut umwerfend aussieht. »Wenn einer von uns jemanden findet, dann darf der andere nicht zusehen, okay?«

»Abgemacht«, sagt sie grinsend und rümpft dann die Nase. »Denn … igitt!«

Ich seufze erleichtert auf und muss zugeben, dass ich mir nicht sicher bin, warum mir das auf der Seele gelegen hat. Sicher, Avril ist meine beste Freundin, aber ich sehe sie nicht als meine Schwester an. Ich finde es nicht ekelhaft, sie mir nackt vorzustellen, und würde lügen, wenn ich sagte, dass es in all den Jahren nicht Phasen gegeben hat, in denen ich schmutzig von ihr geträumt habe.

Ich glaube, es ist mir hauptsächlich unangenehm, weil ich tief in meinem Herzen weiß, dass es nichts gibt, was Avril und mich daran hindern würde, diese Grenze zu überschreiten. Wir kennen einander bereits so un-wahrscheinlich gut. Wir haben so viele Dinge miteinander getan, dass es kein Geheimnis ist, wer genau die andere Person ist. Wir beide respektieren uns sehr.

Wir lieben einander auf die beste Art und Weise, wie Freunde es tun können.

Aber ich sehe sie nicht als eine Schwester an und trotz ihres »Igitt« von gerade eben glaube ich ebenfalls nicht, dass sie so über mich denkt.

Und das macht den heutigen Abend an einem Ort wie diesem gefährlich. Ich will Avril nicht zusehen, weil ich Angst davor habe, was ich eventuell wollen könnte und es immerzu die uralte Frage aufwirft: Wenn Freunde diese Grenze überschreiten, ist dann die Freundschaft ruiniert?

Ich bin nicht bereit, dieses Risiko einzugehen.

»Gut, gehen wir«, sage ich und wende mich zum Aufzug. Avril geht neben mir her und das Klackern ihrer Absätze hallt durch das Parkhaus. Während sie sich an einer kleinen schwarzen Handtasche festklammert, verschränkt sie beinahe schon schützend die Arme vor der Brust, aber ich kenne sie zu gut und weiß daher, dass diese Haltung nichts mit Nervosität zu tun hat. Ihr ist bloß kalt.

Wortlos lege ich ihr den Arm um die Schultern und ziehe sie an mich. Ich lege meine Hand auf ihren nackten Arm und versuche so, sie zu wärmen. Sie kuschelt sich an mich und wir gehen im perfekten Gleichschritt miteinander zum Aufzug.

Ich drücke auf den Knopf und es dauert einige

Minuten, bis der Aufzug kommt. Bevor wir eintreten, macht Avril einen Schritt zur Seite, um mir in die Augen zu sehen. »Ganz egal, was heute Abend passiert, es wird nichts daran ändern, wie wir uns morgen ansehen, nicht wahr?«

»Natürlich nicht«, teile ich ihr selbstbewusst mit, denn es ist mir egal, ob sie hergekommen ist, um Sex zu haben. Gut für sie, würde ich sagen. Sie wurde verletzt und ist sauer, und wenn sie heute Abend nur eine Stunde damit verbringen kann, sich in guten Gefühlen zu verlieren, würde mich das glücklich machen. Ich hatte nicht die Befriedigung, die Dane bekam, nachdem er einen kräftigen Aufwärtshaken in Jamies Magen gelandet hat, als dieser am Mittwoch erschien, um seine Sachen abzuholen. Ich war nicht überrascht, dass Dane Jamie auf Avrils Veranda aufgelauert hat, und ebenfalls nicht darüber, dass er diesem Idioten eine verpasst hat.

Avril weiß selbstverständlich nichts von der Gerechtigkeit, die Dane hat walten lassen. Genauso wenig wie sie eine Ahnung von dem Ausmaß der Zerstörung hat, die Dane in unserem ersten Jahr in Berkeley dem Gesicht von Jordan Massie zugefügt hat. Das ist einfach nur Danes Art, mit den Dingen umzugehen.

Wir haben alle unsere Rollen. Während ich derjenige bin, der die Kälte abwehrt, wenn Avril friert, ist Dane derjenige, der Rache in ihrem Namen übt. Auch wenn sie niemals erfahren wird, dass es passiert ist.

Wir drei gehen durch dick und dünn.

Als Dane in seinem Abschlussjahr auf dem College eine Geschäftsidee hatte und eine Maschine entwickeln wollte, die einen Tropfen Blut von der Größe einer Nadelspitze auf Krankheiten untersucht, hat niemand gedacht, dass er verrückt sei. Ich nicht. Avril nicht. Und auch niemand der Professoren, die er in seine Idee einweihte.

Als er seinen Abschluss machte, war er auf dem besten Weg, Geld zu beschaffen, um mit der Forschung und Entwicklung zu beginnen. Er hat mir und Avril sofort Positionen in seinem Unternehmen angeboten, das er Caterva BioTech genannt hat, und sein bereits entwickeltes Patent verkauft, um die Stellen für uns zu finanzieren.

Aber wir waren noch nicht bereit dazu, aktiv in der Firma mitzuarbeiten. Dane wollte, dass Avril ihren Abschluss in Betriebswirtschaftslehre macht und ich mich weiter dem Studium der Molekularbiologie verschreibe. An dem Tag, als sie ihr Diplom erhielt, stieß Avril offiziell zum Unternehmen und ich kam zwei Jahre später als wissenschaftlicher Leiter an Bord, nachdem ich meinen Doktortitel in Molekularbiologie gemacht hatte. Meine Bezeichnung bedeutete nicht, dass ich alles über Blutanalysen wusste, sondern eher, dass ich die Forschung und das Design der Maschine überwachte, die wir zu konstruieren versuchten. Spulen wir fünf Jahre vor und wir hatten ein Produkt entwickelt, das sich auf dem

Markt in der Testphase befand, und Caterva hatte es als Unternehmen auf die Liste der Fortune 500 geschafft. Dane bot uns sensationelle Wertpapieroptionen an, die uns unfassbar reich machten und unsere Beteiligung an der Firma vergrößerten.

Während der langen Fahrt im Aufzug hinauf zum Wicked Horse denke ich über unsere gemeinsame Vergangenheit nach. Nach allem, was wir zusammen erlebt haben, hätte ich nie erwartet, dass ich mit Avril einmal einen Sex-Club besuchen würde, damit wir beide unsere Befriedigung erhalten können.

Aber Dane hatte recht. Bei mir herrscht schon seit Längerem Trockenzeit und ich arbeite so verdammt hart, dass es unmöglich ist, Frauen kennenzulernen. Davon abgesehen habe ich mir an der »Liebe« schon so oft die Finger verbrannt, dass ich einfach nicht die Kraft habe, mich um etwas zu bemühen, das Arbeit bedeutet. Meine Erfahrung ist die, dass das alles eh umsonst ist, zumindest habe ich angefangen, die Dinge so zu sehen, nachdem Claudia und ich uns nach fast vier gemeinsamen Jahren auf dem College getrennt haben.

Als sich die Aufzugtüren öffnen, bin ich bei dem Anblick, der sich mir bietet, nicht überrascht. Wir treten in einen Raum, der wie eine vornehme Bar wirkt, in der Dutzende schick angezogene Menschen mit Getränken in der Hand in Grüppchen herumstehen und sich unterhalten. Es ist genau das, was ich erwartet habe, als Dane mir erzählt hat, dass dieser Ort edel sein würde.

Der Eintrittspreis von fünfhundert Dollar pro Nacht, wenn man keine jährliche Mitgliedschaft besitzt, stellt sicher, dass die Gäste, die in diesem Club verkehren, vermutlich Goldbarren scheißen können.

Wir gehen zu einem Podium, wo uns eine Frau begrüßt, die so schön ist wie ein Model auf dem Titel eines Magazins. »Guten Abend. Haben Sie reserviert?«

»Das haben wir«, sage ich und ziehe mein Telefon hervor. Das Wicked Horse ist so modern geworden, dass die Abendpässe mit einem Barcode online erworben werden können und an der Tür vorgezeigt werden müssen. Die Frau hinter dem Podium scannt mein Handy, auf dem die beiden Pässe angezeigt werden, die ich heute gekauft habe, nachdem Dane mein Büro verlassen hatte. Avril und ich haben uns dazu entschieden, einfach online zu gehen und die verdammten Dinger zu kaufen, damit wir uns nicht davor drücken würden. Ich habe sie bezahlt, etwas, worüber Avril geschwiegen hat, aber sie wird am Montag sehr wahrscheinlich einen Scheck auf meinem Schreibtisch hinterlassen, um mir das Geld zurückzuzahlen.

Die Frau nimmt sich einige Momente Zeit, um uns den Club, die zur Verfügung stehenden Zimmer und die Regeln zu erklären. Das meiste davon ist mir bereits bekannt, weil Dane sich nie damit zurückgehalten hat, von seinen Heldentaten hier zu berichten. Wenn es eine Sache gibt, bei der Avril heute im Büro recht hatte, dann ist es die Tatsache, dass sie anders behandelt wird, weil sie eine Frau ist. Dane würde ihr das alles niemals erzählen und ich vermute stark, dass das ebenfalls der Grund ist, warum er heute Abend nicht mit von der Partie ist.

Uns wird eine Führung angeboten, die wir jedoch ablehnen, weil wir annehmen, dass wir heute Abend nur hier sind, um dem Treiben zuzusehen und uns zu amüsieren. Avril kauft uns beiden je einen Wodka auf Eis. Mit unseren Gläsern in der Hand gehen wir in Richtung der Doppeltür am hinteren Ende des Raumes, durch die wir zu den verschiedenen Zimmern gelangen, in denen die Menschen Sex haben können.

◆

MEIN SCHWANZ TUT weh und ich bin so verdammt scharf, dass ich ihn an Ort und Stelle herausholen und mir einen runterholen will. Aber das wäre dumm, wo es hier doch so viele Muschis gibt, die darauf warten, genommen zu werden. Ich bin über die Peinlichkeit meiner Erektion vor etwa einer halben Stunde hinweggekommen, als Avril sich zu mir hinüberbeugte und mir ins Ohr flüsterte: »Andrew … ich bin mir nicht sicher, ob mich das zu einer Schlampe macht, aber ich werde heute Abend definitiv Sex haben.«

Ich musste lachen, war aber gleichzeitig auch erleichtert. So vielen Menschen beim Sex zuzusehen, während wir durch die verschiedenen Zimmer gingen, hatte eine tiefschürfende Wirkung auf mich. Ich bin über die Lustgrenze hinaus erregt und kann nur noch ans Vögeln denken.

Ich betrete das Orgienzimmer und lasse meinen Blick über die abgedunkelte Einrichtung wandern. An der Decke gibt es eingelassene Lichter, die auf die einzelnen Möbelstücke scheinen, die benutzt werden und auf denen sich windende, nackte, fickende Körper befinden. Ich kann Avril nicht sehen, was mich beruhigt, denn wir haben einander versprochen, uns nicht gegenseitig zuzusehen. Meine Augen erspähen eine Blondine, mit der ich mich zuvor bereits unterhalten habe. Wir haben miteinander geflirtet und sie hat Avril und mich ohne Umschweife zu einem Dreier eingeladen, den ich jedoch abgelehnt habe, weil ... naja, auf keinen Fall werde ich einen Dreier mit Avril haben.

Auf gar keinen Fall.

Avril und ich haben uns auf dem Deck entschieden, getrennte Wege zu gehen, weil wir beide fest entschlossen waren, das Geld, das wir ausgegeben haben, um diese Räumlichkeiten betreten zu können, gut zu nutzen.

Ich gehe zu der Blondine hinüber und sie lächelt mich auf eine Weise an, die mir sagt, dass sie immer noch bereit dazu ist, nur für mich ihre Beine zu spreizen.

»Du bist zurückgekommen«, sagt sie heiser, als ich sie erreiche. »Und du bist allein.«

»So kann ich mich ganz auf dich konzentrieren«, entgegne ich. Ihr gefällt diese Antwort und ich weiß, dass sie bereit ist, denn sie legt ihre Hand auf meine Erektion.

KAPITEL 4

Dane

HÄTTE ICH GEWUSST, wie qualvoll das hier sein würde, dann wäre ich heute Abend zu Hause geblieben.

Aber der Gedanke an Avril und Andrew, die alleine im Wicked Horse herumwandern, hat mir Sorgen bereitet.

Gut, seien wir ehrlich. Eigentlich bereitet mir der Gedanke an Avril im Wicked Horse Sorgen. Andrew kann seinen Mann stehen und davon einmal abgesehen ... wenn es nur Andrew wäre, würde ich dort an seiner Seite sein, während er sich von einer kurvigen Blondine den Schwanz lutschen lässt.

Ich sehe dem Treiben von einem Privatclub aus zu, der sich innerhalb des privaten Clubs befindet, dem ich angehöre. Er trägt den einfachen Namen »Das Apartment« als Hommage an die Tatsache, dass es sich bei den Räumlichkeiten um die ehemaligen Wohnräume von Clubbesitzer Jerico Jameson handelt. Er hat sich dazu entschlossen, sie zu einem Privatclub umzugestalten, wo man für eine zusätzliche jährliche Gebühr herkommen und sich in einer abgeschlossenen, persönlicheren Umgebung aufhalten kann. Im Apartment wird ebenfalls gevögelt, aber nicht so viel wie in den anderen Zimmern. Die Mitgliedschaft für diese Räume ist auf fünfzig Plätze beschränkt und Nichtmitglieder dürfen ohne vorherige Erlaubnis nicht mitgebracht werden. Es gibt eine Anmeldung und man muss ebenfalls Referenzen vorbringen. Da ich jedoch zu den Förderern der Eröffnung des Wicked Horse gehöre, ist es selbstverständlich, dass ich Zugang bekomme.

Meistens halte ich mich hier auf, wenn ich dem Klatschen von Fleisch und dem Orgasmusgestöhne entkommen will. Manchmal komme ich auch zuerst hierher, um in Ruhe einen Drink zu genießen.

Ab und zu nehme ich an einer Pokerrunde teil, die immer hier stattzufinden scheint. Tatsächlich ist es so, dass ich darüber nachdenke, bei der nächsten Runde einzusteigen, die in Kürze beginnt.

Aber momentan betrachte ich mir große Bildschirme in Hochauflösung, die sich in einem Raum an einer Wand befinden, der vermutlich einmal als Jericos Wohnzimmer gedient hat. Es gibt einen Bildschirm für das Orgienzimmer, das Silo, das Deck und das Wasserfallzimmer. Jeder Bildschirm ist in vier weitere Bildschirme unterteilt, wobei verschiedene Kameras in jedem Zimmer verschiedene Blickwinkel zeigen.

Ich beachte die Bildschirme in der Regel kaum, denn wenn ich dem Treiben zusehen will, gehe ich einfach in eines der Zimmer und bin ganz nahe am eigentlichen Geschehen dran. Aber weil ich weiß, dass Avril und Andrew heute Abend hierherkommen, habe ich die Monitore genauer beobachtet, als ich zugeben möchte.

Die beiden sind vor etwa einer Stunde angekommen und ich habe jedes Mal den Atem angehalten und auf ihre Reaktion gewartet, wenn sie ein anderes Zimmer betreten haben. Ich wusste, dass Andrew angeturnt war, weil ich sehen konnte, wie sich seine Erektion unter der Hose abzeichnete, aber bei Avril konnte ich es nicht sagen.

Zunächst noch nicht.

Aber dann ist mir aufgefallen, wie sie unruhig wurde und nervös auf ihrem Daumennagel herumgekaut hat, während sie beobachtete, was im Club vor sich geht. Sie und Andrew haben kaum miteinander gesprochen, aber ich nehme an, dass es furchtbar unangenehm gewesen sein muss.

Ich meine … wir halten zusammen wie Pech und Schwefel, aber ich kann mir nun wirklich ganz und gar nicht vorstellen, Avril dabei zuzusehen, wie sie Sex hat. Das wäre einfach nur falsch.

So unfassbar falsch, dass ich wüsste, es würde sich richtig anfühlen, und das ist genau der Grund, warum ich den beiden gesagt habe, ich würde heute Abend nicht mit ihnen ausgehen. Wenn es um Sex geht, gefallen mir all die bösen, schlechten Sachen, denn auf diese Weise hole ich mir meine echte Befriedigung. Andrew diese Seite von mir zu offenbaren würde mir nicht im Geringsten etwas ausmachen, denn als Mann habe ich ihm von meinen Eroberungsgeschichten erzählt und als er nicht in einer festen Beziehung war, hat er mich ebenfalls an seinen Erlebnissen teilhaben lassen.

So machen Kerle das nun einmal. Ich bin mir ziemlich sicher, dass Frauen das untereinander auch tun, aber ich kann mir nicht vorstellen, dass Avril und ich so etwas miteinander tun könnten.

Falsch, falsch, falsch.

Aus diesem Grund frage ich mich auch, was für ein bösartiges Arschloch ich bin, dass ich sie in diesem Moment auf dem Bildschirm beobachte, der das Deck zeigt. Sie und Andrew haben sich vor nicht allzu langer Zeit getrennt und ich habe das als Zeichen verstanden, dass sie sich dazu entschlossen haben, heute Abend zu vögeln. Der Gedanke daran hat mich entsetzt und angeregt – dass Avril solch einen Schritt wagt. Sie ist niemand, der große Risiken eingeht, und ich weiß, dass momentan sämtliche tiefgehende Emotionen in ihr rumoren.

Obwohl ich meinen Blick abwenden will, gelingt es mir nicht. Sie steht in der Nähe der Plexiglaswände, durch die man über das nächtliche Las Vegas blicken kann, und flirtet mit Kynan McGrath. Er ist in dem Augenblick auf sie zugekommen, in dem Andrew ihre

Seite verlassen hat, und ich kann nicht einmal sagen, dass ich überrascht bin. Der große blonde Brite, dem jetzt die Jameson Group gehört – Jericos ehemaliges privates Sicherheitsunternehmen –, ist im Wicked Horse bekannt. Er ist charmant, lustig und ein verdammter Hengst – ich habe noch nie eine Frau gesehen, die ihm einen Korb gegeben hat.

An der Art, wie Avril ihn anlächelt, sich ihr Haar hinters Ohr streicht und ihn mit seinen Fingern über ihren nackten Arm streicheln lässt, weiß ich, dass die beiden miteinander vögeln werden, und das Gefühl, das ich dabei habe, gefällt mir ganz und gar nicht.

Ich sollte mich abwenden. Poker spielen gehen.

Ich drehe den Kopf und blicke über meine Schulter. Es sieht ganz so aus, als würde gerade eine neue Runde beginnen.

Aber ich sehe wieder auf die Bildschirme, wo mein Blick auf dem für das Orgienzimmer hängen bleibt. Andrew hat keine Zeit verschwendet, um sich mit jemandem zusammenzutun. Die Frau, die seinen Schwanz lutscht, lässt sich dabei Zeit und Andrew sieht aus, als stünde er kurz davor, seine Ladung zu verschießen. Aber ich hatte diese Frau ebenfalls schon einmal und sie ist eine qualvolle Versuchung. Sie wird es nicht zulassen, dass er in ihrem Mund abspritzt.

Ich beobachte wieder das Deck. Einen Augenblick lang kann ich Avril nicht entdecken. Aber dann sehe ich aus einem anderen Winkel, wie sie mit Kynan, der sie an der Hand genommen hat, das Deck verlässt und ihm ins Orgienzimmer folgt.

Sie erscheinen auf demselben Bildschirm, auf dem ich Andrew beobachtet habe, und ich halte den Atem an, um zu sehen, ob sie einander bemerken. Ich wette, dass sie nicht in demselben Raum vögeln wollen und sich deswegen getrennt haben.

Kynan führt Avril weg von Andrew zu der entgegengesetzten Ecke des Zimmers und mein Magen zieht sich zusammen, weil er nicht einen Moment lang zögert. Er zieht sie sofort in seine Arme und küsst sie leidenschaftlich. Ich beobachte, wie ihr Körper sich an seinen schmiegt, während sie sich mit den Fäusten an seinem Hemd festkrallt. Als er eine Hand sinken lässt, ihren Hintern ergreift und fest zudrückt, durchfährt mich ein Lustblitz und mein Schwanz schwillt an.

Einfach nur großartig.

Dreh dich um, Dane. Geh Poker spielen.

Ich blicke zu Andrew, der die Haare der Frau fest in seinen Händen hält, während er seine Hüften vor- und zurückbewegt. Seine Augen sind geschlossen und die Muskeln in seinem Hals sind angespannt.

Ich sehe wieder zu Avril. Kynan hat nun seine Hand zwischen ihre Beine geschoben. Angesichts der Tatsache, wie sie ihre Hüften bewegt, hat er mindestens zwei Finger in ihr.

Scheiße.

Zurück zu Andrew. Die Blondine hält jetzt seinen

Schwanz in den Händen und streift ihm ein Kondom über. Die beiden geben sich einen wilden Zungenkuss, dann dreht Andrew sie um und beugt sie über die Rückenlehne einer Chaiselongue. Er richtet sich auf, positioniert sich und dringt tief in sie ein.

Als Reaktion beginnt mein Schwanz zu zucken.

Scheiße.

Zurück zu Avril und meine Güte … Kynan hat sie gegen die Wand gedrückt, ihr Rock ist bis über ihre Taille hochgeschoben. Er geht auf die Knie, legt sich eins ihrer Beine über die Schulter und presst sein Gesicht an den Spitzenslip, der ihre Muschi bedeckt.

Mein Schwanz beginnt, feucht zu werden.

Scheiße. Scheiße. Scheiße.

»Möchten Sie noch etwas trinken, Mr. Hawthorne?«, höre ich eine Stimme neben mir und sehe, dass Lucy dort steht. Sie ist eine hinreißende Brünette mit riesigen Titten.

»Ich hätte es lieber, wenn du mir den Schwanz lutschst«, entgegne ich rau.

In ihren Augen lodert das Feuer und ihr Lächeln wird unzüchtig. »Das würde ich sehr gern tun.«

Als sie vor mir auf die Knie geht und meinen Schwanz herausholt, blicke ich wieder auf den Bildschirm. Ich stöhne, als sie ihn in ihren heißen Mund nimmt, und sehe zu, wie Kynan Avrils Slip zur Seite schiebt, damit er ihr die Klitoris lecken kann. Avril lässt den Kopf zurückfallen und drückt ihm ihre Muschi entgegen. Sie legt eine Hand an seinen Hinterkopf und ich beobachte, wie sie ihn näher an sich heranzieht. Ihr nur dabei zuzusehen, wie sie ein klein wenig Kontrolle erlangt, bringt mich dazu, unbedingt kommen zu müssen. Ich greife mit meiner eigenen Hand in das Haar der Frau vor mir und verlangsame ihre Bewegungen. Sie gibt sehr einfach nach. Um etwas durchatmen zu können, schaue ich mir wieder Andrew an.

Und heilige Scheiße … sein Blick ist fest auf Avril und Kynan auf der anderen Seite des Zimmers gerichtet. Er hat sie gesehen. An seinem Gesichtsausdruck kann ich erkennen, dass es ihn ebenso erregt wie mich, zu beobachten, wie sie ausgeleckt wird. Sein Kiefer ist angespannt, sein Blick starr auf die andere Seite des Raumes gerichtet, während er seinen Schwanz tief und fest in die Frau rammt, die er von hinten nimmt. Es ist beinahe so, als würde er sich bei jedem Stoß vorstellen, dass es Avril ist, die da unter ihm liegt, und das ist so verdammt falsch.

Genauso falsch wie meine Vorstellung, dass ich es bin, der sich mit seinem Mund zwischen ihren Beinen befindet, oder sie es ist, die ihre Lippen um meinen Schwanz gestülpt hat.

Meine Hoden fangen an zu kribbeln, als ich genau in dem Moment wieder zu Avril blicke, in dem sie ihren Orgasmus erlebt. Die Aufnahme hat zwar keinen Ton, aber ihr Mund öffnet sich und ich erkenne, dass ihr ein Schrei der Erleichterung entfährt, während sie sich an

Kynans Mund reibt. Und dann ist er bereits aufgestanden und zieht ein Kondom aus der Tasche. Avrils Hände nesteln hastig an seinem Reißverschluss. Nachdem sein Schwanz befreit ist, nimmt sie ihm das Kondom aus der Hand, um es ihm überzurollen.

Ich schaue zurück zu Andrew, der in die Blondine hinein hämmert und sich dabei mit den Zähnen auf die Unterlippe beißt. Sein Blick ist gierig auf Avril gerichtet, was mich dazu anspornt, auch wieder in diese Richtung zu sehen, damit ich erkennen kann, was er beobachtet.

Kynan hebt sie an und schlingt sich ihre Beine um die Taille, damit er sie auf seinen Schwanz hinabsenken kann. Er tut es ganz langsam. Als er in ihr drin ist, drückt er seinen Mund auf Avrils und presst sie mit einem tiefen Kuss gegen die Wand. Sie vergräbt ihre Hände in seinem Haar und erwidert seinen Kuss mit ebenso viel Kraft.

Dann beginnt Kynan, sie zu vögeln. Seine Hose sitzt unter seinem Hintern und seine Muskeln spannen sich bei jedem tiefen Stoß an. Er hat einen großen Schwanz, deswegen weiß ich, dass Avril vollkommen ausgefüllt ist. Sie lehnt ihren Kopf an die Wand und lässt ihn zur Seite fallen, während er sie langsam und tief fickt. Sie sieht so aus, als befinde sie sich in einer anderen Sphäre, und ihr steht die Lust ins Gesicht geschrieben.

So viel Lust, dass ich einen Stich der Eifersucht verspüre. Ich bin mir nicht sicher, ob ich eifersüchtig bin, weil Kynan sie fickt oder weil sie sich in diesem Moment so verdammt großartig fühlt.

Plötzlich öffnet Avril die Augen und hebt den Kopf. Als ob sie ihn in dem Zimmer bemerkt hätte, schaut sie über das Meer der zuckenden Körper hinweg und ihr Blick findet den von Andrew. Ich kann den Schock auf Avrils Gesicht erkennen und dann ein Aufflackern von Demütigung. Aber dann stößt Kynan tief in sie hinein und die Lust kehrt zurück.

Trotzdem wendet sie ihren Blick nicht von Andrew ab.

Ich schaue zwischen den beiden hin und her, während ich meinen Griff an dem Kopf der Brünetten lockere, damit sie mich schneller lutschen kann.

Andrew fickt die Frau fest von hinten, Avril wird hart von Kynan genommen.

Beide starren einander beinahe schon trotzig an.

Kynan bewegt sich schneller und ich sehe, wie Avril sich anspannt. Ihr Kopf fällt noch einmal zurück und sie schließt die Augen, als sie kommt. Ich richte meine Aufmerksamkeit auf Andrew. Er hat sich tief in die Frau geschoben, sein Kopf ist zurückgeworfen und er stöhnt seinen eigenen Höhepunkt heraus.

Und dann explodiere ich mit einem lauten Ächzen im Mund der Brünetten.

Scheiße, ich fühle mich wegen dem, was gerade passiert ist, richtig dreckig. Während die Frau auf Knien vor mir die letzten Reste meines Spermas ableckt, kann ich nicht verhindern, dass sich auf meinem Gesicht ein teuflisches Grinsen ausbreitet.

KAPITEL 5

Avril

E S IST MONTAGMORGEN und ich sitze in meinem Büro. Ich weiß, dass Andrew hier ist, denn ich habe aus meiner Tür herausgespäht und gesehen, dass das Licht in seinem Büro eingeschaltet ist.

Ich bin sauer, weil er nicht gekommen ist, um mir einen guten Morgen zu wünschen, was bedeutet, dass ihm die Dinge, die wir am Freitag im Wicked Horse getan haben, immer noch schrecklich peinlich sind und er sich von ihnen abgestoßen fühlt. In jener Nacht habe ich ein Taxi genommen und bin nach Hause gefahren, weil ich mich nach meinem eigenen Bett gesehnt habe. Bevor sich unsere Wege auf dem Bürgersteig vor dem Onyx trennten, habe ich ihm das Versprechen abgerungen, dass zwischen uns alles in Ordnung sei.

Ich habe ihn in eine feste Umarmung gezogen und dann losgelassen, um ihm in die Augen zu sehen. »Versprich mir, dass alles okay ist. Dass sich durch diese Sache nichts zwischen uns ändert.«

Er hat gelächelt und es hat so echt gewirkt. Er hat mein Gesicht in beide Hände genommen, sich hinuntergebeugt, um mir in die Augen zu sehen, und gesagt: »Es ändert sich gar nichts.«

Lügner.

Und ich bin es leid, darüber nachzugrübeln, was ihm wohl im Kopf herumgeht. Ich stehe von meinem Schreibtischstuhl auf und marschiere aus meinem Büro. Mit den Augen fest auf seine Tür gerichtet denke ich daran, was für eine Offenbarung das Wicked Horse für mich gewesen ist. Ich bin zwar immer noch nicht schlauer, warum Jamie mich betrogen hat, aber ich habe den Club verlassen und plötzlich sehr viel über mich selbst verstanden.

Ich habe gelernt, dass ich von Sex eigentlich keine Ahnung habe. Ich meine, zum größten Teil war mein Sexleben nicht schlecht und ich glaube wirklich, dass ich Jamie befriedigt habe. Dennoch bin ich der Meinung, dass mir bis Freitagabend die Wichtigkeit von Sex nicht bewusst war. Wie ein Geheimnis, das plötzlich gelüftet wird, habe ich diesen Sex-Club verlassen und erkannt, dass das Lustpotenzial grenzenlos ist und nicht nur im Rahmen einer Beziehung stattfinden muss. Ich denke, es hat mir dahingehend Trost gespendet, zu wissen, dass ich noch genügend Kraft besitze, um an anderen Orten Intimität und Lust zu suchen und zu erfahren, wenn auch auf etwas unkonventionelle Weise.

Ohne zu klopfen, stoße ich Andrews Tür auf und

bereite mich auf jeden möglichen Gesichtsausdruck vor, mit dem er mich ansehen wird.

Er blickt auf und ich erkenne Peinlichkeit, gefolgt von Schuld, weil ihm bewusst ist, dass er sich vor mir versteckt und mir das nicht entgangen ist. Er schaut schnell wieder auf seinen Computerbildschirm und sagt: »Ich bin gerade ziemlich beschäftigt, Avril. Kann es warten?«

Nein. Das kann es nicht.

Ich gehe direkt zu seinem Schreibtisch und ziehe das Stromkabel aus seinem Bildschirm.

»Was zum Teufel, Av?«, fährt Andrew mich an und sieht zu mir auf.

»Tu das nicht«, sage ich nur.

Er zieht die Augenbrauen zusammen. »Was soll ich nicht tun?«

»Brich nicht das Versprechen, das du mir gegeben hast«, antworte ich leise. »Du hast mir versprochen, dass zwischen uns alles okay ist.«

»Zwischen uns ist auch alles okay«, sagt er, aber ich kann die Lüge aus seiner Stimme heraushören.

Ich trete einige Schritte zurück, streiche meinen Rock glatt und nehme auf einem der Stühle Platz, die auf der anderen Seite von seinem Schreibtisch stehen.

Ich falte meine Hände im Schoß, beuge mich nach vorn und blicke ihm in die Augen. »Erinnerst du dich an die Silvesterparty in unserem Abschlussjahr?«

Andrews Augen werden ganz dunkel. »Ja ... warum?«

»Um Mitternacht habe ich dich geküsst. Und du hast meinen Kuss erwidert.«

»Ich erinnere mich«, murmelt er. »Und dann hast du Dane geküsst. Und er hat deinen Kuss erwidert.«

»Wir waren betrunken und bekifft«, erinnere ich ihn. »Aber am nächsten Tag haben wir darüber gelacht.«

»Das ist ein bisschen was anderes«, sagt er leise.

»Aha!«, antworte ich, als ich vom Stuhl aufstehe und mit ausgestrecktem Finger auf ihn zeige. »Dann bereust du also *tatsächlich*, was im Wicked Horse passiert ist.«

Andrew errötet, dann erhebt er sich von seinem Stuhl. »Naja, Scheiße, Avril … einem Typen dabei zuzusehen, wie er dich vögelt, ist schon eine andere Nummer als ein betrunkener Kuss um Mitternacht.«

Ich schüttele den Kopf. »So anders ist es gar nicht. Freitagabend waren wir beide von der Lust und dem Sex vollkommen high und haben uns dementsprechend verhalten. Sicher … was wir getan haben war sehr viel intimer, aber der Punkt ist doch … du lässt es zu, dass sich dadurch etwas zwischen uns verändert.«

Andrew seufzt und reibt sich mit der Hand über die Bartstoppeln. Sein Blick ist besorgt und das tut mir weh. »Findest du es denn nicht im Geringsten seltsam? Bereust du es nicht, so etwas Impulsives und Bizarres getan zu haben?«

Ich wende mich von Andrew ab und gehe zum Fenster, um über die Stadt zu blicken. Draußen ist es kalt und grau, aber das Wetter passt nicht zu meiner

Stimmung. Letztes Wochenende habe ich zu viele Dinge gelernt, die in meinem Bauch ein Feuer entzündet haben. Eine dieser Sachen war, dass es mich sehr angeturnt hat, Andrew zuzusehen. Auch er hat mich beobachtet, aber anstatt Ekel zu empfinden, hat es mich … neugierig gemacht.

Ich verschränke die Arme vor der Brust und starre weiter aus dem Fenster. »Weißt du, was ich bereue? Ich bereue es, so viele Jahre meines Lebens verbracht zu haben, ohne meinen Wert als Frau zu kennen.«

»Avril«, rügt Andrew mich, aber ich winke ungeduldig mit der Hand ab.

Als ich mich wieder zu ihm umdrehe, stelle ich klar: »Ich spreche nicht über Gleichberechtigung oder meinen Wert in der Vorstandsetage. In dieser Beziehung haben du und Dane mich nie als minderwertig angesehen. Ich spreche über meinen Wert als Frau.«

»Geht es hier um Jamie?«, fragt Andrew.

Ich zucke mit den Schultern. »Vielleicht. Teilweise. Aber hauptsächlich geht es um mich.«

»Ich verstehe nicht.«

Ich gehe um seinen Schreibtisch herum und setze mich wieder auf den Stuhl. Andrew tut es mir gleich und legt seine Unterarme auf die Tischplatte.

»Andrew«, sage ich mit tiefer Stimme, in der eine Offenbarung rumort. »Freitagabend … hatte ich Macht. Keine bessere Art von Macht als die, die ich bei meiner Arbeit ausübe, aber eine Macht, die genauso wichtig ist.

Eine Macht, von der ich niemals wusste, dass ich sie besitze.«

»Sex«, entgegnet er zögernd.

»Die Macht, selbst danach zu suchen, und sei es auch nur aus dem einzigen Grund, um mich gut zu fühlen«, stelle ich klar. »Dane hatte recht. Es war befreiend. Als ich das Gebäude verließ, kannte ich mich plötzlich besser, und Andrew … Gott hilf mir … aber ich habe mich gut gefühlt bei dem, was ich dort getan habe. Ich habe mich lebendig gefühlt und aus diesem Grund bereue ich ganz und gar nichts. Tatsächlich war ich am Samstagabend noch einmal dort.«

Andrew blickt mich mit großen, starren Augen an. Als er endlich seine Sprache wiederfindet, ist seine Stimme rau. »Wirklich?«

Ich nicke begeistert und lache. »Ich habe mir gedacht, wenn Jamie sich schon vergnügt und heißen Sex hat, warum sollte ich nicht das Gleiche tun?«

»Darum geht es dir also? Du machst das nur, um Jamie eins auszuwischen?« Sein Gesichtsausdruck ist verschlossen, trotzdem kann ich die Sorge erkennen.

Ich schüttele den Kopf und verwerfe diese Idee mit einem weiteren Wink meiner Hand. »Natürlich geht es nicht darum, Jamie eins auszuwischen. Er wird ja nie erfahren, was ich getan habe. Es geht darum, sich gut zu fühlen. Als ich am Samstag aufgewacht bin, ist mir klar geworden … ich wollte unbedingt noch einmal dorthin gehen. Ich wollte mich noch einmal gut fühlen und sexy und mächtig. Also habe ich es getan.«

Andrew lässt sich auf seinem Stuhl nach hinten fallen, stützt seinen Ellbogen auf der Armlehne ab und balanciert sein Kinn auf der Handfläche, um mich zu mustern. Schließlich fragt er mich: »Warst du … mit demselben Mann zusammen?«

»Nein, war ich nicht«, ist alles, was ich ihm sage. Ich weiß nicht einmal den Namen des Typen, mit dem ich es getan habe, und es interessiert mich auch nicht. Ich weiß nur, dass er mich draußen auf dem Deck von hinten gevögelt hat und es fantastisch war.

Zwischen uns herrscht ein unangenehmes Schweigen, während Andrew mich einfach nur anstarrt. Zumindest betrachtet er mich nicht so, als sei ich eine Idiotin, aber ich kann erkennen, dass er etwas Neues über seine Freundin lernt, von dem er niemals gedacht hätte, dass er es herausfinden würde.

»Was Freitagabend passiert ist …«, sage ich leise und er blickt mir in die Augen. »Hat das unserer Freundschaft geschadet?«

»Du willst wissen, ob ich siebzehn Jahre Freundschaft wegwerfen werde, weil wir uns zufällig dabei beobachtet haben, wie wir Sex mit anderen Personen hatten?«

Ich nicke und grinse schlitzohrig.

»Nein«, sagt er mit einem Seufzen. »Selbstverständlich nicht. Es ist verrückt, wie oft ich Dane schon unbeabsichtigt beim Sex mit jemandem gesehen und nie auch nur einen Gedanken daran verschwendet habe. Ich denke, ich muss dich einfach nur in dieselbe Kategorie einordnen.«

Bei seiner Offenbarung kann ich nichts weiter tun, als zu nicken, denn was er gesagt hat, war das Beste, das ich mir hätte wünschen können. Ich sage ihm jedoch nicht, dass ich sehr wohl der Meinung bin, unsere Freundschaft habe sich verändert.

Ich erinnere mich an Freitagabend und an die Art und Weise, wie Andrew und ich uns angestarrt haben, während wir beide mit anderen Partnern im Lustrausch gefangen waren. Peinlich berührt haben wir uns geweigert, den Blick vom jeweils anderen abzuwenden, und genau dieser Moment hat alles verändert.

Er hat meine Gefühle für Andrew noch stärker gemacht. Er hat meine Verbindung zu ihm gefestigt. Er hat mich dazu gebracht, ihn noch mehr zu respektieren, weil wir etwas so Wildes und Ungehemmtes miteinander erlebt haben und immer noch hier sitzen können, um festzustellen, dass unsere Freundschaft genauso stark ist, wie sie es immer schon war.

Der Freitagabend im Wicked Horse hat alles zwischen Andrew und mir verändert, aber ich glaube nicht, dass ihm bereits klar ist, in welchem Ausmaß es geschehen ist.

Dennoch gebe ich ihm einen Hinweis. »Als wir Freitag in deinem Büro darüber gesprochen haben, ins Wicked Horse zu gehen, war Dane ganz und gar nicht erbaut darüber, dass ich mitkomme, nicht wahr?«

»Du hast ihn damit einfach überrumpelt«, sagt Andrew, um seinen Freund zu verteidigen. Darüber muss ich lächeln, denn das ist etwas, was wir drei regelmäßig tun … sich schützend vor jemanden zu stellen, der von dem anderen herausgefordert wird.

Aber dann wird mein Lächeln nüchtern und ich sage Andrew die Wahrheit. »Es war das erste Mal, dass ich mich von euch beiden ausgeschlossen gefühlt habe.«

»Er hat es nicht so gemeint –«

»Mit dir Freitagabend im Orgienzimmer zu sein … während wir all dies miteinander erlebt haben, das gut, einvernehmlich und erfüllend war. Es war schön, das mit dir zu erfahren, Andrew.«

Nicht gerade unerwartet steigt Andrew die Röte ins Gesicht, doch sein darauffolgendes Lächeln ist aufrichtig.

»Es hat mir wirklich gezeigt, dass ich auf jede erdenkliche Weise gleichberechtigt mit dir sein kann«, füge ich leise hinzu. »Und weil wir jetzt dazu in der Lage sind, hier zu sitzen und darüber zu sprechen, und du mich nicht ansiehst, als wäre ich verrückt … nun, das bedeutet mir alles.«

Andrew steht von seinem Stuhl auf und kommt um den Schreibtisch herum. Sein Blick ist während des gesamten Weges fest auf mich gerichtet, sogar als er sich vor mich hinhockt. Er nimmt eine meiner Hände und drückt sie. »Es gibt nichts, was du tun könntest, um meine Meinung über dich zu verändern, Av. Und ich meine, absolut gar nichts.«

Ich war noch nie eine übermäßig emotionale Frau und weine eigentlich nur bei traurigen Filmen oder wenn ich ein verletztes Tier sehe. Ich bin sicherlich temperamentvoll, habe jedoch Glück, dass es sich meistens erst in eisiger, gründlicher Überlegung äußert, bevor ich auf etwas reagiere.

Naja … mit der Ausnahme, dass ich mich betrunken und Jamies Sachen in meinem Vorgarten verteilt habe. Ich denke, dass ich mich an diesem Tag wie eine betrogene Frau verhalten habe, deren Herz gebrochen und deren Stolz verletzt war.

Das war jedoch letzte Woche und heute ist heute, und meine Augen werden leicht feucht.

Während ich mich nach vorne beuge und meine Hand aus Andrews herausziehe, umarme ich ihn. Er steht auf und ich habe keine andere Wahl, ich muss mich ebenfalls erheben, weil ich meine Arme um seine Schultern geschlungen habe.

Er erwidert es, indem er mich fest in die Arme nimmt und mit mir vor und zurück schaukelt. Mit einem letzten Drücker lässt er mich schließlich los und wir treten einen Schritt auseinander.

Andrew hustet leise, blickt zu Boden und dann wieder zurück zu mir. »Also … äh, ich gehe dann mal besser wieder an die Arbeit.«

»Ich auch«, sage ich lächelnd. »Danke für das Gespräch.«

»Ja … sicher.«

Ich wende mich zum Gehen, doch bevor ich die Tür öffnen kann, fragt Andrew: »Wirst du noch einmal hingehen?«

Meine Hand erstarrt auf der Türklinke und ich drehe den Kopf, um ihn über die Schulter hinweg anzusehen. »Ich schon. Und du?«

Andrew zuckt mit den Schultern. »Vielleicht. Ich bin mir nicht sicher.«

»Wenn es dir gefallen hat«, teile ich ihm geradeheraus mit, »solltest du noch einmal gehen.«

Zu meiner Überraschung wird die Türklinke von jemandem auf der anderen Seite heruntergedrückt. Ein schnelles Klopfen ertönt, die Tür öffnet sich und ich trete zurück. Dane steckt den Kopf herein, blickt zuerst mich an, dann Andrew und dann wieder mich.

»Guten Morgen«, sage ich und strahle ihn an.

»Morgen«, sagt er und lächelt ebenfalls, jedoch weniger strahlend und tatsächlich beinahe schon zögernd. »Hattest du ein gutes Wochenende?«

»Ich hatte ein fantastisches Wochenende«, sage ich zu ihm. Ich winke Andrew zu, bevor ich an Dane vorbei in den Flur trete. Im Weggehen rufe ich beiden Männern zu: »Bis später!«

KAPITEL 6

Dane

»WENN ES NICHTS mehr zu besprechen gibt, dann lass uns doch gehen«, sage ich, während ich mich im Konferenzsaal umschaue. Es geht auf zwanzig Uhr zu und ich habe gerade unsere vierteljährliche Versammlung für den Caterva Technologiebeirat beendet.

Meine Idee, die Durchführung von Blutanalysen zu revolutionieren, war zwar wegweisend, ist aber dennoch ein schwerer Kampf. Nachdem ich mein Diplom in Chemietechnik erhalten hatte, habe ich mich nicht weiter fortgebildet, aber ich wusste, wenn ich diese Idee vorantreiben wollte, würde ich mich mit sehr vielen Beratern umgeben müssen. Der Technologiebeirat ist voll mit führenden Pharmazeuten, Diagnostikexperten und Universitätsprofessoren. Andrew sitzt im Beirat, gemeinsam mit meinem ehemaligen Professor in Berkeley, der als leitender Fakultätswissenschaftler im nationalen Labor der Schule tätig ist.

Es dauert noch eine weitere halbe Stunde, bis sich alle verabschiedet und die Hände geschüttelt haben. Die meisten fliegen noch heute Abend zurück, was nicht anders zu erwarten war. Wir sind außerhalb der Arbeit nicht miteinander befreundet und alle haben andere Jobs zu verrichten, wenn sie nicht als meine Berater fungieren.

Nachdem das letzte Mitglied gegangen ist, blicke ich zu Andrew, der die Versammlungsmaterialien in seinem Rucksack verstaut. Er ist leitender Wissenschaftler eines Biotech-Unternehmens und läuft immer noch mit einem abgewetzten North-Face-Rucksack herum. Während ich einen teuren maßgeschneiderten Anzug trage, fühlt er sich in Jeans, einem langärmligen T-Shirt und Turnschuhen wohl, aber es ist mir auch vollkommen egal, was er trägt oder wie er seine Unterlagen transportiert. Mich interessiert nur, dass er mit Avril und mir in diesem Unternehmen arbeitet.

»Sollen wir heute Abend etwas essen gehen?«, frage ich und er hebt den Kopf. »Ich wette, dass Avril immer noch hier ist und arbeitet. Lass uns Sushi essen gehen.«

»Avril ist schon weg«, sagt Andrew und blickt auf den Tisch, um einen kleinen Ordner zu nehmen und in seinen Rucksack zu packen. Nachdem er den Reißverschluss geschlossen hat, schaut er wieder zu mir und jagt mir einen Mordsschreck ein. »Sie geht heute Abend noch einmal ins Wicked Horse.«

»Was?« Meine Stimme klingt leicht schrill, weil ich wegen dieser Aussage so überrascht bin.

Andrew schwingt sich seinen Rucksack über die Schulter, steckt eine Hand locker in seine Jeanstasche und sieht mich mit einem Blick an, der beinahe schon anklagend wirkt. »So wie es aussieht, hast du ein Monster geschaffen.«

»Ich habe ein Monster geschaffen?«

»Nun ja, der Club hat ein Monster geschaffen«, murmelt Andrew. »Sie ist am Freitag dort gewesen und es hat ihr so gut gefallen, dass sie Samstag gleich noch einmal gegangen ist. Und sie hat mir vor einer Weile eine Nachricht geschrieben, um mir mitzuteilen, dass sie heute Abend wieder dort sein wird.«

»Was zum Teufel?«, knurre ich und lasse meinen Blick über die Skyline von Las Vegas wandern, die von einer Million Lichtern durchzogen ist.

»Sie hat mich eingeladen mitzukommen«, sagt Andrew und ich schaue sofort wieder zu ihm.

»Wie meinst du das … sie hat dich eingeladen, sie in den Club zu begleiten?«, frage ich, um die Sache richtig zu verstehen. Ich persönlich weiß zwar, dass Avril und Andrew am Freitagabend Spaß hatten, aber ich hätte mir niemals vorstellen können, dass einer von ihnen den Club noch einmal besucht. Und obwohl ich weiß, wie die beiden sich angesehen haben, während sie eine neue sexuelle Bindung eingingen, hatte ich dennoch nicht das Gefühl, dass sie das Ganze noch weiter vertiefen würden.

Andrew schüttelt den Kopf. »Nein, nicht auf diese Weise. Nur als Freunde, jeder macht sein eigenes Ding.«

»Oh Gott«, sage ich ungläubig und lasse mich auf dem nächstbesten Stuhl nieder. Über den Tisch hinweg starre ich ins Nichts.

»Ich mache mir Sorgen um sie«, bemerkt Andrew und erscheint plötzlich in meinem Blickwinkel, als er auf dem Stuhl neben mir Platz nimmt.

»Warum?«, frage ich zögernd.

Ich gehe davon aus, dass sie gestern früh in seinem Büro darüber gesprochen haben, weil ich eine bedrückte Stimmung bemerkt habe, als ich die Tür öffnete. Ich wusste, dass diese gemeinsame Erfahrung etwas verändern würde, und war darüber besorgt. Ich habe mir ebenfalls ins Gedächtnis zurückgerufen, wie verdammt sexy es war, die beiden in besagter Nacht zu beobachten, und ich weiß, dass sich auch in mir etwas verändert hat.

Ich weiß nur nicht genau was.

»Ist dieser Club gefährlich?«, will Andrew wissen und weigert sich, meine Frage zu beantworten.

Ich schüttele den Kopf. »Überhaupt nicht. Er ist vollkommen sicher. Das Wicked Horse hat exzellente Sicherheitskräfte. Soweit ich weiß, hat es dort noch nie ein Problem gegeben.«

»Es gefällt mir nicht«, sagt Andrew leise.

»Was gefällt dir nicht?«, bohre ich nach. »Der Club selbst oder die Tatsache, dass du etwas Intimes mit Avril erlebt hast und es deine Gedanken durcheinanderbringt?«

Er sieht mich an und seine Augen verengen sich zu

schmalen Schlitzen, weil meine Aussage so überzeugt klingt, dass ich zu wissen scheine, wovon ich spreche. »Woher weißt du, dass wir etwas Intimes miteinander erlebt haben?«

»Ich war dort ... in einem kleineren Privatclub. Ich habe euch beide auf einem Bildschirm beobachtet.«

»Scheiße«, murmelt Andrew, während er den Blick von mir abwendet. Seine Beschämung könnte nicht deutlicher sein. »Das ist alles so verdammt kompliziert.«

»Wie geht es Avril?«, frage ich. Ich kann sehen, dass Andrew sich sorgt, aber ich will mehr über Avril wissen, weil sie diejenige ist, für die ich mich immer jeder Herausforderung gestellt habe, um sie als Frau zu beschützen. Ich sehe sie nicht als weniger wert oder schwächer an, aber ich habe trotzdem das dringende Bedürfnis sicherzustellen, dass es ihr an nichts fehlt.

Solange ich sie kenne, war das schon immer so.

Andrew hebt den Kopf und sieht mir in die Augen. Seine Stimme ist tonlos. »Sie ist vollkommen verrückt nach diesem Laden. Sie hat gar nicht aufgehört, mir zu erzählen, wie befreiend es für sie war und dass sie eine neue Form der Macht gefunden hat oder so etwas. Aber ich denke, dass sie Jamie einfach nur eins auswischen will.«

»So ist sie nicht«, widerspreche ich.

Andrew seufzt. »Ja ... ich weiß. Es ist nur einfacher, das zu glauben, als zu akzeptieren, dass sie sich über Nacht in ein Sexkätzchen verwandelt hat.«

Und ich kann es sehen.

Es steht ihm eindeutig ins Gesicht geschrieben.

Die Tür wurde geöffnet und Andrew sieht Avril nun in einem vollkommen anderen Licht. Er ist scharf auf sie.

»Wusstest du, dass du und Avril am Freitagabend zur gleichen Zeit gekommen seid?«, frage ich und bekomme die Reaktion, die ich beabsichtigt habe. Sein Körper zuckt zusammen, seine Augen verengen sich und er beißt die Zähne aufeinander.

»Verdammt noch mal, Dane!«, knurrt Andrew. »Hast du dir die gesamte Nummer angeschaut? Ich dachte, du hättest uns nur gesehen, als wir durch den Club gegangen sind.«

Ich beuge mich nach vorne und sage meinem besten Freund die Wahrheit, damit er aufhört, sich davor zu verstecken, und etwas dagegen unternimmt. »Ich habe euch beiden zugesehen, wie ihr andere Partner gevögelt und euch dabei durch das Zimmer hindurch angestarrt habt. Während ich das getan habe, habe ich mir von einem Mädchen den Schwanz lutschen lassen. Ich habe abgespritzt, als ihr beide gekommen seid.«

Und Scheiße … allein schon diese Worte auszusprechen bringt meinen Schwanz dazu anzuschwellen, denn es war eine der schärfsten Sachen, die ich je in meinem Leben gesehen habe.

»*Du* warst von dem angeturnt, was *du* gesehen hast«, teile ich ihm leise, aber dennoch selbstbewusst mit.

Er starrt mich an, ohne zu blinzeln, aber sein Kiefer

ist angespannt.

»Mich hat es ebenfalls angemacht. Man müsste tot sein, um davon nicht erregt zu werden.«

Durch zusammengepresste Zähne sagt Andrew: »Ich wollte nie auf diese Art an sie denken.«

Ich beuge mich über den Tisch, falte die Hände und blicke ihn durchdringend an. »Kumpel ... das war auch niemals meine Absicht. Deswegen war ich von Anfang an gegen diese Idee. Aber dieser Zug ist nun abgefahren.«

»Und was jetzt?«, fragt Andrew in aggressivem Ton und beugt sich ebenfalls nach vorne, wo er seine Handflächen auf den Tisch drückt. »Ich denke einfach nicht mehr daran? Ich tue so, als sei es nicht geschehen?«

»Wenn es das ist, was du tun musst«, sage ich kopfnickend. »Oder ... du akzeptierst, dass es passiert ist, und lässt es hinter dir.«

»Ich soll es hinter mir lassen?«

Ich antworte nicht sofort, denn ich muss erst meine Gedanken ordnen. Ich habe die Macht, Andrew entweder zu beruhigen oder ihn dazu zu bringen, etwas anderes in Betracht zu ziehen. Ich entscheide mich für die zweite Option, denn ich kenne Andrew. Es wird ihn umbringen, so zu tun, als sei es ihm egal, weil er derjenige mit dem sensibelsten Gewissen von uns dreien ist. Er muss sich seinen Schuldgefühlen stellen und erkennen, dass an dem, was er und Avril in dieser Nacht getan haben, absolut nichts Verwerfliches ist.

Ich bin mir sehr sicher, dass ich deswegen keine

Schuldgefühle habe, auch wenn ich etwas erleichtert bin, dass Avril von dem Club begeistert zu sein scheint.

»Andrew ... wir drei haben das stärkste Fundament für eine Freundschaft, das sich jemals irgendjemand vorstellen könnte«, beginne ich. »Wir sind Geschäftspartner. Wir bewundern und respektieren einander. Wir unterstützen uns gegenseitig. Ich wollte Avril zwar wirklich nicht in dieser Umgebung wissen, hauptsächlich weil sie gerade erst eine Trennung hinter sich hat, aber jetzt ist es passiert und ich muss ehrlich sagen, dass ich sogar froh darüber bin. Es freut mich, dass ihr beide einen Teil meiner Welt gesehen habt, von dem ihr zwar wusstest, den ihr aber nie wirklich verstanden habt. Aber da Avril nun dorthin geht und dich einlädt mitzukommen, denke ich, dass sie es sehr gut versteht. In diesem Club gibt es nichts Falsches. Und ich denke, sie hat dir bewiesen, dass sie das Geschehene hinter sich lassen und in unsere normale Routine außerhalb dieses Ortes zurückkehren kann.«

Andrew seufzt tief und reibt sich mit den Händen übers Gesicht. Er blickt mich wieder an und ich erkenne noch immer den Kampf in seinen Augen. »Ich verstehe dich und werde darüber nachdenken. Aber danke, dass du mit mir darüber gesprochen hast. Zu wissen, dass du nicht schockiert bist, beruhigt mich ein wenig.«

Das erleichtert mich ... die Tatsache, dass er seine Grundhaltung hinterfragt. Ich glaube, es würde ihn in eine Welt voller Schmerz stürzen, wenn er vor sich selbst verleugnet, dass er Avril begehrt. Er braucht dahingehend nichts zu unternehmen und wird es vielleicht auch nicht, aber er kann nicht so tun, als existiere dieses Gefühl nicht. Das wäre für niemanden gut.

Ich schenke Andrew ein selbstbewusstes Lächeln, damit er nicht bemerkt, dass ich selbst meine eigenen Sorgen habe. Ich bin zwar nicht schockiert und fühle mich auch in keiner Weise schlecht, aber trotzdem empfinde ich etwas. Glücklicherweise fragt Andrew mich nicht nach meinen Gefühlen, weil ich nicht dazu in der Lage wäre, ihn anzulügen.

Gott steh mir bei … ich begehre Avril ebenfalls.

Ich weiß zwar, dass Andrew heute Abend vermutlich allein nach Hause gehen wird, weil er es momentan noch nicht schafft, seine Gefühle zu akzeptieren. Ich jedoch werde es auf gar keinen Fall schaffen, dem Wicked Horse fernzubleiben, jetzt, wo ich weiß, dass Avril dorthin geht.

Ich habe nicht vor, irgendetwas zu tun. Ich werde sie höchstens aus der Anonymität des Apartments heraus beobachten. Aber ich freue mich schon sehr darauf, Avril dabei zuzusehen, wie sie ihren Horizont erweitert.

KAPITEL 7

Avril

ICH MACHE MIR nicht die Mühe, die anwesenden Gäste im Gesellschaftszimmer – der Umgebung, die sich direkt außerhalb des Eingangsbereiches vom Wicked Horse befindet – mit mehr als einem flüchtigen Blick zu bedenken. Ich habe in den vergangenen Tagen sehr viel über mich selbst gelernt und eine dieser Erleuchtungen war, dass ich mich nicht gern unter Leute mische.

Das Gesellschaftszimmer ist der Ort, an dem sich die Club-Besucher unterhalten, flirten und einen Cocktail trinken, bevor sie sich der eigentlichen Sache widmen, für die sie tatsächlich hergekommen sind. Am ersten Abend habe ich sehr viele Menschen in diesem Zimmer beobachtet und erkannt, dass es voll ist mit den Gästen, die nicht sicher sind, was sie wollen. Sie könnten nervös sein oder vielleicht auch unentschlossen.

Aber in Wirklichkeit ist das Gesellschaftszimmer für diejenigen, die nicht furchtlos die Initiative ergreifen, und das ist nun wieder etwas, worin ich sehr gut bin.

Oder ... es ist ein Ort für diejenigen, die nach ihrer Beute Ausschau halten, denke ich, während mein Blick an einem großgewachsenen Mann hängen bleibt, der am Ende der Bar steht, und ich sehe, dass es sich um Dane handelt.

Er nippt an etwas, das aussieht wie Whisky, und sein Blick wandert hungrig durch den Raum. Ich habe keinen Zweifel, dass er auf der Suche nach seiner nächsten Herausforderung ist.

Nicht dass es für ihn eine große Herausforderung wäre. Ich kann mir nicht vorstellen, dass irgendeine Frau jemals Nein zu ihm sagen würde. Mit neununddreißig ist er sogar noch attraktiver als während seiner Collegezeit, auch wenn sein dunkles Haar noch immer etwas zu lang und zerzaust ist und er einen Bart trägt, der an Tony Stark erinnert. Die Tatsache, dass sich in seinem Bart am Mundwinkel und an den Schläfen die ersten grauen Härchen zeigen, lassen ihn meiner Meinung nach nur noch anziehender wirken.

Ich denke darüber nach, ihn zu ignorieren, aber dann treffen sich unsere Blicke und er verzieht die Lippen zu einem erkennenden Lächeln. Ich gerate ins Wanken. Bevor ich weiß, was ich tue, gehe ich auch schon in seine Richtung. Es wird vermutlich notwendig für uns sein, uns zu unterhalten, wenn wir denselben Ort aufsuchen, um unsere Befriedigung zu erhalten.

Während ich mich nähere, winkt Dane den Barkeeper zu sich. Ich weiß, dass er mir einen Rotwein bestellt haben wird, sobald ich ihn erreiche.

»Was für ein Zufall, dich hier zu treffen«, sage ich, nachdem ich meine Handtasche auf dem Tresen abgelegt habe. Ich stütze meinen Ellbogen auf und drehe mich, damit ich Dane ansehen kann. An der Bar gibt es keine Stühle, um die Gäste zu ermutigen, herumzugehen und sich zu unterhalten.

Dane mustert mich von oben bis unten und ich frage mich, was er wohl von dem hautengen saphirfarbenen Kleid mit tiefem Ausschnitt hält, das mir kaum bis über den Hintern geht. Mit Ausnahme von einigen formellen Anlässen, bei denen ich ein Abend- oder Cocktailkleid getragen habe, kennt er mich eigentlich nur adrett gekleidet im Büro und in Jeans am Wochenende.

Als er mir in die Augen sieht, sagt er: »Hübsches Kleid.«

»Gefällt es dir?«, frage ich frech und drehe mich langsam einmal um mich selbst.

Als ich wieder vor ihm zum Stehen komme, durchströmt mich ein sofortiges Gefühl der Befriedigung, weil seine haselnussbraunen Augen noch dunkler werden, denn er hat soeben gesehen, dass das Kleid rückenfrei ist.

»Schau dich nur einmal an, Avril«, sagt er mit heiserer, anerkennender Stimme. »Du bist ja vielleicht aufgeblüht.«

Ich kann ein Lachen nicht unterdrücken und boxe ihm gegen die Brust, bevor ich ihn schelte: »Verunsichere mich nicht. Du weißt ganz genau, dass ich so normalerweise nicht herumlaufe.«

»Du machst definitiv Eindruck«, lobt er und der anschließende Lustschauer, der durch die Anerkennung in seiner Stimme hervorgerufen wird, überrascht mich. Es hat mich zuvor noch nie interessiert, ob Dane oder Andrew mich attraktiv finden.

Okay, Moment mal.

Das stimmt nicht ganz. Als ich Dane in unserem ersten Jahr in Berkeley traf, gab es einmal eine Phase, in der ich so fasziniert von seinem Aussehen und Charme war wie jedes andere Mädchen auch – die im ersten, im zweiten und sogar die im Abschlussjahr. Als wir im ersten Semester als Laborpartner zusammengetan wurden, konnte ich kaum mit ihm sprechen, weil ich Angst hatte, ich würde dabei anfangen zu sabbern.

Aber dann habe ich schnell festgestellt, dass ich nicht der Typ Frau bin, den Dane attraktiv findet. Während er absolut die Art von Mann war, der bei mir all die richtigen Knöpfe drückte, war ich weder sexy noch vollbusig noch genügend empfänglich für das, was er wollte.

Am Ende hat sich dann alles gefügt, denn was mit einer Arbeitsgemeinschaft im Labor begann, ist zu einer wirklich engen Freundschaft geworden. Wir haben Andrew während diesem ersten Semester in einem Wissenschaftsclub getroffen, in den wir eingetreten waren, und naja … der Rest ist Geschichte.

Der Barkeeper bringt meinen Wein und ich trinke

einen Schluck, bevor ich wieder zu Dane aufsehe. »Hat Andrew dir erzählt, dass ich wieder hierherkomme?«

Dane nickt und ich kann an seinem Gesichtsausdruck erkennen, dass Andrew ihm vermutlich auch seine Sorgen mitgeteilt hat.

»Wirst du versuchen, es mir auszureden, oder mir deswegen ein schlechtes Gewissen machen?«, frage ich angriffslustig.

Als Antwort schallt mir sofort ein herzliches Lachen entgegen und er schüttelt den Kopf. »Avril ... ich unterstütze dich voll und ganz in deinem Vorhaben, hier zu sein.«

»Anfangs wolltest du gar nicht, dass ich hier bin«, erinnere ich ihn. Zumindest hat er die Anmut, verärgert auszusehen.

Dane beugt sich zu mir und blickt mich verständnisvoll an. »Es tut mir leid, ich wollte dich nicht ausschließen. Ich war mir nicht sicher, ob es so kurz nach der Trennung von Jamie das Richtige für dich sein würde, aber es sieht ganz so aus, als hätte ich falschgelegen.«

Als ich meine Schultern vor Erleichterung sinken lasse, wird mir klar, dass ich nicht bemerkt habe, wie angespannt ich war oder wie wichtig seine Antwort für mich sein würde. Ich atme befreit durch und gestehe Dane dann: »Andrew ist davon nicht ganz so begeistert.«

Dane nickt. »Das stimmt, aber ich habe ihm gesagt, dass er es akzeptieren und gut sein lassen soll.«

»Er hat mir geschworen, dass unsere Freundschaft sich deswegen nicht verändern würde«, sage ich nachdenklich und fahre mit meinem Finger über den Rand meines Weinglases.

»Es hat die Freundschaft vollkommen verändert, Av«, entgegnet Dane und ich blinzele überrascht, als ich ihn wieder ansehe.

»Was meinst du?«, frage ich und kann die Angst in meiner Stimme nicht verbergen. Ich wusste, dass sich etwas verändert hat, aber ich fürchte, dass Dane mehr weiß als ich.

»Entspann dich«, sagt er beruhigend und legt seine Hand auf meine Schulter, die mit Ausnahme eines dünnen Spaghettiträgers nackt ist. Seine warme Handfläche auf meiner Haut lässt mich erschaudern. »Die Freundschaft ist intakt und stark. Aber er kann nicht ungesehen machen, was sich ihm in jener Nacht geboten hat.«

Ich zucke ein klein wenig zusammen und Dane drückt als Reaktion darauf meine Schulter. »Er hat dir die Details erzählt?«

Danes Augen glitzern mit etwas, das ich als dunkle Belustigung bezeichnen würde, und bei seinen Worten macht mein Magen einen Salto. »Ich habe euch beide beobachtet. Von einem Privatclub aus, in dem ich Mitglied bin.«

Die Hitze, die mich durchfährt, als mir klar wird, dass meine beiden besten Freunde mir beim Sex zugesehen haben, breitet sich in meiner Brust aus und steigt durch meinen Hals hinauf in mein Gesicht. Mein Herz hämmert mit dem Bewusstsein, dass ich von dieser Tatsache leicht erregt bin.

Anstatt darüber nachzudenken, dass ich peinlich berührt bin, erzähle ich Dane, was ich Andrew gestern gesagt habe. »Es ist bestärkend. Es hat mir gefallen und ich werde auch weiterhin hierherkommen. Tatsächlich habe ich sogar eine Mitgliedschaft abgeschlossen. Ich glaube nicht, dass Andrew sich bereits damit abgefunden hat, aber ich hoffe, dass du damit zurechtkommst.«

Dane nickt höflich und verständnisvoll. »Avril ... du bist eine erwachsene, schöne Frau, die immer schon selbstbewusst gewesen ist. Du erkundest lediglich einen Teil von dir selbst, den du eventuell bislang ignoriert hast.«

»Dann verachtest du mich also nicht? Denkst nicht, dass ich mich wie eine Hure verhalte?«

Dane wirft den Kopf in den Nacken und lacht laut los. Das ist seine Weise, mir zu sagen, wie lächerlich er das findet. Als er mir wieder in die Augen blickt, schüttelt er den Kopf. »Avril ... wenn ich denken würde, dass es die Frauen hier zu Huren macht, würde ich nie Sex haben. Ich bin der Meinung, dass die Frauen, die hierherkommen und ihre Sexualität ausprobieren, das absolut Beste sind, was mir je passiert ist. Das macht es um ein Vielfaches einfacher, mit jemandem zusammenzukommen, wenn du verstehst, was ich meine.«

Ich weiß ganz genau, was er meint. Es ist der Grund, warum ich keine Lust habe, mich hier unter die Leute zu mischen. Ich kann eine selbstbewusste Frau sein, die auf der Suche nach einer großartigen sexuellen Erfahrung ist, und hier gibt es Hunderte von Gleichgesinnten, die das ebenfalls wollen.

Dane nimmt seinen Whisky und leert das Glas mit einem großen Schluck. Er schiebt es von sich und schüttelt zum Barkeeper gerichtet den Kopf, um ihm zu signalisieren, dass er keinen weiteren Drink möchte.

Er sieht mich wieder an und tritt einen Schritt auf mich zu, sodass wir uns nun mit den Zehenspitzen berühren. Ich muss meinen Kopf in den Nacken legen, um ihm weiterhin in die Augen blicken zu können. »Einen Tipp habe ich jedoch.«

»Und der wäre?«

»Halte alles separat«, sagt er einfach nur.

»Wie bitte?«

»Trenne das hier von deinem restlichen Leben«, erklärt er. »Was du hier drinnen machst, ist erfüllt von der Intimität der Sache, die du tust, aber wenn du diese Räume verlässt, dann ist es vorbei. Die alleinstehenden Personen hier sind nicht auf der Suche nach Beziehungen. Die Swingerpaare hier sind nicht auf der Suche nach einem dauerhaften Dritten. Alles, was hier passiert, ist flatterhaft und kurzlebig, lass dich also nicht mit dem Herzen darauf ein.«

»Eine Beziehung ist nun wirklich das Letzte, was ich

suche«, widerspreche ich sofort und das ist die Wahrheit. Was ich während meiner bisherigen Erfahrungen am meisten genossen habe – mit Ausnahme der herausragenden Orgasmen, die Jamie mir nie verschafft hat – ist die Tatsache, dass ich mir um die Person keine Sorgen machen musste, nachdem sich unsere Wege getrennt hatten.

»Ich verstehe dich«, sagt Dane freundlich. »Ich glaube dir. Aber je länger du hier bist, desto mehr wirst du dich mit einigen dieser Menschen auf irgendeine Weise anfreunden. Denk nur immer daran, dass es nicht mehr ist. Vögeln und Freundschaft.«

»Eine Fickfreundschaft«, sage ich trocken. »Ich glaube, mit diesem Konzept komme ich zurecht.«

Verdammt, ich habe das über die Jahre schon unzählige Male getan, weil ich, bis ich Jamie traf, nie wirklich die Zeit oder die Lust besessen hatte, mich auf eine wirklich feste Beziehung einzulassen.

Dane beugt sich nach unten, um mich etwas näher zu betrachten, und es scheint, als wolle er sichergehen, dass ich auch wirklich glaube, was ich gerade gesagt habe. Ich halte seinem Blick stand.

Dann überrascht er mich mit einem Kuss auf die Wange und murmelt mir ins Ohr: »Viel Spaß heute Abend, Av. Ich weiß, dass ich heute ins Silo gehen werde.«

Bei dem Gedanken an Dane im Silo spüre ich ein ungebetenes, vielleicht sogar unwillkommenes Pulsieren zwischen meinen Beinen. Die Art und Weise, wie Andrew und ich uns Freitagabend gegenseitig beobachtet haben, war zwar mehr als nur bizarr, aber in Wirklichkeit haben wir nicht viele Einzelheiten erkennen können. Vor ihm stand eine Frau, die sein Geschlechtsteil verdeckt hat, und Kynan hat mit Sicherheit den Großteil meines Körpers unsichtbar gemacht. Die Intensität, dies miteinander zu erleben, war nur in seinem Gesicht zu sehen gewesen und an der Art und Weise, wie sich die Lust dort ausgebreitet hat.

Ich verabschiede mich nicht einmal von Dane, als er sich an mir vorbeischiebt, wenngleich ich mich kurz umdrehe, um ihm nachzusehen, wie er durch die Doppeltür geht, die zu den hinteren Zimmern führt. Nachdem er verschwunden ist, wende ich mich wieder meinem Wein zu, nippe einige Minuten daran und starre auf die Schnapsflaschen hinter der Bar, um nicht angesprochen zu werden.

Dane hat mir in jener Nacht also auch zugesehen. Er befand sich irgendwo in einem Privatzimmer, wo er uns auf einem Bildschirm beobachtet hat. Heute Abend hat er sich nicht beleidigt oder abweisend verhalten. Angesichts der Tatsache, dass er derjenige war, der mich anfangs gar nicht erst hierher einladen wollte, scheint er jetzt keinerlei Problem damit zu haben, dass ich hier bin.

Ich frage mich ebenfalls, ob das bedeutet, dass er keine Scheu hätte, wenn ich ihm zusehen würde, so wie er mir zugesehen hat, weil es mir nicht in den Sinn gekommen ist, ihn dafür zu kritisieren oder mir Sorgen darüber zu machen, dass es sich negativ auf unsere Freundschaft auswirken könnte.

Ich führe mein Glas an den Mund und trinke einen letzten Schluck Wein, bevor ich den nur zur Hälfte geleerten Kelch von mir wegschiebe. Ich brauche keine Mutmacher, denn ich lasse mich von meiner Kraft und Initiative leiten. Ich nehme meine Handtasche vom Tresen und gehe in Richtung der Tür, die mich zum Silo führen wird.

◆

ICH WAR NUR einmal an meinem ersten Abend in diesem Zimmer und auch nur, um dem Treiben zuzusehen. Aber von allen Zimmern fasziniert dieses mich über alle Maße. Es ist kreisförmig, mit verglasten Räumen an der Außenseite, in denen die Menschen Sex haben können. Es gibt Fetischräume mit Sexmaschinen und sogar Räume, in denen sich lediglich Matratzen oder Möbelstücke befinden, auf denen man es treiben kann. Es ist der Ort, an dem sich die Gäste einfinden, die eine Show abziehen und ein Publikum ansprechen wollen. Der Zweck dessen ist, die Leute anzuregen und Lust zu verbreiten.

Ich betrachte mir die Räume, die alle in Benutzung sind. Im ersten befindet sich ein erhöhtes Podium, auf dem eine mit Seide überzogene Matratze liegt. In der Mitte haben drei Männer Sex miteinander. Einer ist auf allen vieren, während er von hinten gefickt wird und dem anderen den Schwanz lutscht. Alle drei sind wunderbar durchtrainiert und tätowiert, und ich sehe ihnen einige Minuten lang zu, denn aus irgendeinem Grund ist ihr Akt ebenfalls erotisch.

Aber dann gehe ich weiter und betrachte mir die Menschen in den anderen Räumen. Eine Frau erregt meine Aufmerksamkeit. Sie hängt in einem Geschirr von der Decke und wird von zwei Männern gleichzeitig gevögelt, von einem von vorn und vom anderen von hinten. Als ich meinen Kopf zur Seite lege, erkenne ich, dass ihre beiden Schwänze gleichzeitig in ihrer Muschi stecken, und ich bekomme große Augen, weil mir bislang nicht bewusst war, dass so etwas möglich ist.

Ich hatte keine Ahnung.

Ich richte meinen Blick auf das Gesicht der Frau. Sie ist vollkommen gefangen in der Lust, stöhnt und schreit und fleht die Männer an, sie härter zu nehmen.

Verdammt … ich spüre, wie mein Höschen feucht wird und stehe vor Erregung sofort in Flammen.

Ich drehe mich um und betrachte mir die anderen Gäste im Silo. Die meisten stehen in Grüppchen herum, einige von ihnen vögeln auf den vorhandenen Sofas oder sogar an der Bar. Weil ich Dane nicht sehen kann, gehe ich weiter an den verglasten Räumen entlang und betrachte mir die Menschen dort drinnen.

Alles, was ich sehe, erweckt in mir das brennende Verlangen nach etwas.

Und dann erspähe ich ihn.

Dane ... in einem der Räume mit einer Frau und einem weiteren Mann.

Dane Hawthorne, mein bester Freund und Geschäftspartner ... wunderbar nackt mit gemeißelten Muskeln und einem sehr steifen und beeindruckend großen Schwanz. Ganz ohne Reue starre ich ihn an. Er streichelt sich träge selbst, während er eine Weile dabei zusieht, wie der Mann und die Frau es miteinander treiben. Der Mann liegt auf dem Rücken und die Frau reitet ihn leidenschaftlich. Dane beobachtet das Paar und seine Augen brennen vor Lust.

Ich trete an die Glasscheibe heran und es ist mir nicht im Geringsten peinlich, dass ich zusehe. Neben mir stehen weitere Gäste, die ebenfalls zusehen, und es ist nur gerecht ... schließlich hat Dane am Freitagabend mich beobachtet.

Dane ist pure, männliche Perfektion, als er zu dem Paar hinübergeht und sich hinter die Frau kniet. Wie aus dem Nichts hat er sich ein Kondom übergestreift und hält eine Flasche Gleitmittel in der Hand. Er legt seine riesige Handfläche auf den Steiß der Frau und drückt sie nach vorne, bis ihre Hände sich neben den Schultern des Mannes auf der Matratze befinden.

Ich sehe fasziniert, angeturnt und sogar ein klein wenig erschrocken zu, wie mein bester Freund die Pobacken der Frau auseinander drückt, um das Gleitmittel dort zu verteilen. Mein Herzschlag beschleunigt, als

Dane anfängt, ihren Hintern zu fingern … mit einem Finger, dann zwei und schließlich drei.

Heilige Scheiße. Die Frau windet sich und schreit. Sie hat vollkommen die Fähigkeit verloren, sich auf dem anderen Mann zu bewegen. Aber das macht nichts, denn er fickt sie einfach von unten, indem er seinen Schwanz in sie hinein hämmert.

Und dann wird mein Mund trocken, als Dane die Spitze seines kondombedeckten Schwanzes an ihrem Hintern platziert und sich langsam in sie hineinschiebt. Es gibt kein Vor und Zurück, keine rein-raus-Bewegung. Er drückt sich einfach hinein und Zentimeter um Zentimeter seines riesigen Schwanzes verschwinden so in der Frau.

Ich spüre, wie mein eigener Hintern demütig mitfühlend pulsiert. Ich bin zwar sehr neugierig, wie es sich wohl anfühlt, aber ich könnte wetten, dass es durchaus ein wenig schmerzhaft ist.

Am Gesicht der Frau kann man das jedoch nicht ablesen.

Sie stöhnt, beißt sich auf die Lippe und ihre Augen sind lusterfüllt, während die beiden Männer sie dominieren. Beide legen ein schnelles Tempo in ihrem Körper vor und ich starre fasziniert auf die Schwänze, die sich in ihr bewegen.

Plötzlich schießt mir ein Bild durch den Kopf. Ich befinde mich nackt zwischen Andrew und Dane und bei diesem Gedanken zieht sich meine Muschi tatsächlich zusammen. Die Reaktion meines Körpers überrascht mich so sehr, dass ich mich von der Sexszene abwende.

Ich drehe mich um. Mein Slip ist durchnässt und mein Verlangen groß.

Ich muss jemanden finden, der es mir besorgt, und zwar schnell.

Ich lasse meinen Blick suchend durch das Silo wandern und sehe einen Mann, der mich anstarrt. Er ist sehr attraktiv, hat rotbraunes Haar, einen Bart und durchdringend blaue Augen. Er lockt mich mit dem Finger zu sich und an seinem Gesichtsausdruck kann ich sehen, dass er mein Bedürfnis kennt.

Und an der Art und Weise, wie er mich zu sich bittet, weiß ich, dass er es mir erfüllen kann.

KAPITEL 8

Andrew

Drei Wochen später ...

F ABRON LEMAIRE SITZT mir gegenüber am Tisch und
schneidet in aller Seelenruhe in sein Steak, während
er gleich zur Sache kommt. Bevor er das Stück Fleisch
aufspießt, blickt er nach rechts zu Dane, nach links zu
Avril und dann wieder zu mir, weil er meine Sprache
spricht.

»Mein Bild-Zytometer ist beispiellos und wurde von
der Arzneimittelbehörde zugelassen. Ich bin zuversichtlich, dass wir es an Ihr Analysegerät anpassen können«,
sagt er mit seinem starken französischen Akzent.

»Wir müssten zuerst einige Tests durchführen«,
entgegne ich, denn ich bin nicht bereit, mich auf etwas
einzulassen, das nur darauf basiert, wie gut sein Patent
mit standardmäßigen Blutanalysegeräten funktioniert
hat.

»Dazu bin ich bereit«, stimmt er nickend zu, »aber
ich würde gern meine eigenen Wissenschaftler daran

arbeiten lassen.«

Bevor er seine Forderungen weiter ausführen kann, schüttele ich den Kopf. »Unmöglich. Alles wird in einem versiegelten Labor durchgeführt.«

»Ich werde eine Geheimhaltungserklärung unterschreiben«, beharrt er.

»Wir werden keiner Konkurrenzfirma Zutritt zu unseren Laboren gewähren, um daran zu arbeiten. Sie würden auch nicht wollen, dass wir bei Ihnen herumschnüffeln.«

»Dann bieten Sie mir eine Partnerschaft an«, sagt Fabron. Als ich das Glänzen in seinen Augen sehe, wird mir klar, dass dieses Thema für ihn die höchste Priorität hat.

Ich blicke zu Dane, der belustigt aussieht und sich entspannt auf seinem Stuhl zurücklehnt. Fabron wendet sich ihm zu und sieht ihn ebenfalls an. »Dane … Ihnen ist der Ruf meiner Firma bekannt. Mein Patent ist solide. Ich verstehe zwar die Technologie nicht, die Sie bislang entwickelt haben, aber von dem wenigen, was Sie mir erzählt haben, bin ich mir sicher, dass mein Zytometer das ist, was Sie brauchen, um Ihrer behördlichen Zulassung näher zu kommen.«

Dane beugt sich nach vorn und sagt zu Fabron: »Wir haben unsere eigenen Leute, die ein Zytometer entwickeln. Warum sollten wir es nicht einfach dabei belassen?«

Avril tritt mich unter dem Tisch leicht gegen das

Bein und ich blicke sie an. Ich tue das mit dem Wissen, dass ich Fabron und Dane ab diesem Moment nicht mehr zuhören muss. Von nun an werden die Geschäftsführer der beiden Biotech-Unternehmen die Einzelheiten besprechen. Wenn Fabron eine Partnerschaft will, fällt das nicht mehr in meinen Zuständigkeitsbereich, sondern in Danes.

Avril blickt mich durchdringend an und ich kann die Zweifel in ihren Augen erkennen.

Holt Dane diesen Kerl in die Firma?

Ich zucke mit den Schultern und sehe wieder zu Fabron, der die Vorzüge seines Unternehmens bei Dane lobpreist. Fabron ist Anfang fünfzig, sieht jedoch rund zehn Jahre jünger aus. Er hat in den Vereinigten Staaten studiert und ist dann zurück in seine Heimatstadt Paris gegangen, um Révéler Biotech zu gründen, wo er Pionierarbeit für die Methodik zur Erkennung von Krankheiten in seinem Land geleistet hat.

»Nun, warum würde ich mich nicht mit Caterva zusammenschließen wollen?«, fragt Fabron. »Ihr Biotech-Unternehmen ist weltweit in aller Munde. Ihr Firmenvorstand besteht aus drei US-Senatoren, einem Fünf-Sterne-General und einem ehemaligen Außenminister. Die ganze Welt hat ihre Augen auf Caterva gerichtet, weil Sie die Art und Weise verändern können, wie die Medizinbranche Krankheiten diagnostiziert, sobald Ihre Maschine sicherheitsüberprüft und schließlich zugelassen wird. Dieses Gerät ist Milliarden wert.«

»Erzählen Sie mir doch etwas, das ich nicht bereits weiß«, sagt Dane mit einem unbeschwerten Lachen. Er mag Fabron und hat ihn einst gefragt, ob er nicht im Beratungsausschuss sitzen wolle, doch er hat damals ablehnen müssen, weil er zu dieser Zeit familiären Verpflichtungen nachkommen musste.

»Von denjenigen, die bei Ihnen die Forschung und Entwicklung leiten, sind Sie einer der Menschen mit dem schärfsten Verstand«, sagt Fabron und nickt anerkennend in meine Richtung. Dann blickt er zu Avril und seine Augen bekommen einen warmen Ausdruck. »Und Ihre Geschäftsführerin ist klüger als jeder von euch Männern, und darüber hinaus auch noch unbestreitbar hübsch.«

Ich rolle mit den Augen, weil das einfach nur typisch Fabron ist, der Franzose und Charmeur. Er hat bei früheren Besuchen nie ein Geheimnis daraus gemacht, wie attraktiv er Avril findet, aber er bewundert wirklich auch ihre Intelligenz. Zu meiner Überraschung wird Avril nicht rot, wie ich es erwartet hätte. Sie war nie besonders gut darin, ein ehrliches Kompliment ihr Aussehen betreffend anzunehmen.

Doch stattdessen blickt sie ihm fest in die Augen und zieht belustigt die Mundwinkel nach oben. »Votre flatteur est inutile.«

Fabron lacht und zeigt dann auf Dane und mich, als er sagt: »Je ne cherche pas à te flatter c'est la vérité. Viens travailler pour moi. Tu seras bien plus heureuse qu'avec ses deux prétentieux.«

»Ich hasse es, dass du Französisch sprichst«, murmelt Dane.

»Was sagt ihr beide da?«, frage ich Avril mit einem freundlichen Lächeln.

Weil sie eine Streberin ist, hat sie noch lange Zeit weiter Französisch gelernt, sogar nachdem sie die Anforderungen für ihr Diplom erfüllt hatte. Sie ist viel durch Frankreich gereist, weil sie Freude daran hatte, und verbringt auch jedes Jahr ihren Urlaub dort.

Avril stützt sich mit den Ellbogen auf dem Tisch auf. Lachend winkt sie Fabron zu. Ihre Stimme ist abweisend und dennoch etwas kokett. »Ich habe ihm gesagt, dass er mir keinen Honig ums Maul zu schmieren braucht. Er hat geantwortet, dass er nur die Wahrheit sagt, und mir dann einen Job angeboten.«

Dane lacht, aber mir fällt auf, dass sich die Belustigung nicht in seinen Augen widerspiegelt. Er beugt sich zu Fabron und gibt ihm einen leichten Klaps auf die Schulter. »Mein Freund ... auf der einen Seite wollen Sie mit mir ins Geschäft kommen, aber dann versuchen Sie, eine meiner meistgeschätzten Mitarbeiter und meine Freundin abzuwerben? Das ist nicht gerade die Art und Weise, wie ich Ihnen raten würde fortzufahren.«

Fabron lacht leise und nickt Dane zu. Er wirft Avril einen schnellen Blick zu und senkt den Kopf. »Avril ... ich habe jedes Wort so gemeint, wie ich es gesagt habe, aber nur, wenn ich Ihren Partner nicht davon überzeugen kann, mich bei Caterva einsteigen zu lassen, um Ihnen zu helfen. Wenn er das nicht tut, dann ist alles möglich.«

Interessanterweise verhärtet sich Danes Gesicht bei diesen Worten, denn auch wenn ich der Meinung bin, dass Fabron es nicht ernst meinen könnte, so sieht Dane es dennoch als Bedrohung an.

Zum Glück zerstreut Avril die Situation. »Ich fühle mich tatsächlich sehr geschmeichelt, dass Sie mich würdig erachten, für Ihre Firma zu arbeiten, Fabron, aber ich bin mir ziemlich sicher, dass es nichts gibt, was Sie mir jemals anbieten könnten, um diese beiden Kerle hier zu verlassen. Wie haben Sie sie doch gleich genannt? Pfauen?«

Fabron gibt ein herzliches Lachen von sich und sieht nicht im Geringsten verärgert darüber aus, dass er uns auf Französisch Pfaue genannt oder Avril ihn vor ihren Geschäftspartnern bloßgestellt hat.

Das ist mein Mädchen.

Aber Dane und ich lachen ebenfalls, denn wenn wir ehrlich sind, mögen wir Fabron alle gern. Er ist ein exzellenter Unternehmer, seine Firma gehört zu den meistgeschätzten der Welt und er besitzt einen makellosen Ruf, wenn es um faire Geschäfte geht. Darüber hinaus haben unsere Anleger es uns sehr ans Herz gelegt, darüber nachzudenken, ihn in die Firma einzubringen.

Das Abendessen geht weiter und wir lassen das

Geschäftliche hinter uns. Wir kennen Fabron bereits seit Jahren und haben uns bei Konferenzen mit ihm getroffen. Avril hat ihn und seine Familie sogar einige Male in Paris besucht und bei ihnen übernachtet, wenn sie gereist ist.

Ich frage mich, ob sie das immer noch tun würde, denn wie sich herausstellte, lagen die familiären Verpflichtungen, die Fabron davon abgehalten haben, Vorstandsmitglied bei uns zu werden, darin, dass er und seine Frau in eine schlimme Scheidungsschlacht verwickelt waren. Ich denke, dass sein neuer Single-Status und das anerkennende Glänzen in seinen Augen, als er Avril als hübsch bezeichnet hat, zu erwarten waren.

Ich frage mich, was Fabron wohl denken würde, wenn er wüsste, dass Avril neuerdings einen Sex-Club besucht, um sich ihre Befriedigung zu holen, und sie wahrscheinlich kein Interesse daran hätte, eine Fernaffäre mit einem Franzosen zu führen.

Seit diesem einen Tag in meinem Büro haben wir uns nicht mehr über das Wicked Horse unterhalten. Ich bin nicht noch einmal hingegangen und Avril hat mich nicht eingeladen. Ich weiß, dass sie immer noch dorthin geht, weil Dane mir gesagt hat, dass er sie ab und zu dort sieht. Ich wollte ihn noch weiter ausquetschen, habe dazu bis jetzt aber nicht den Mut aufgebracht.

Ich meine ... was würde ich denn fragen?

Beobachtest du sie?

Beobachtet sie dich?

Treibt ihr beiden es miteinander?

Ich schüttele den Kopf, um diesen Gedanken zu verdrängen. Auf gar keinen Fall treiben es die beiden miteinander. Wenn es so wäre, würde es mir auffallen, und wenn wir drei uns innerhalb der Grenzen unserer professionellen Beziehung miteinander befinden, verhalten wir uns so, wie wir es immer schon getan haben. Ich kann absolut keine Veränderung an Avrils und Danes Beziehung zueinander erkennen, obwohl ich widerwillig zugeben werde, dass Avril bei der Arbeit fröhlicher und entspannter wirkt. Ich frage mich, ob das daran liegt, dass ihre Welt nun regelmäßig in einem Sex-Club aus den Angeln gehoben wird.

Das Essen neigt sich dem Ende entgegen und Fabron lädt uns ein, in der Bar des Hotels, in dem er übernachtet, noch etwas mit ihm zu trinken. Avril lehnt ab, weil sie am nächsten Tag eine frühmorgendliche Besprechung mit dem Marketingchef hat, aber Dane und ich stimmen zu. Es ist das, was man für das Geschäft tut, und bis zum Ende der Mahlzeit hatten wir uns auf noch nichts geeinigt.

Nichts wird heute Abend entschieden werden, aber ich weiß, dass Dane sich so viel wie möglich mit Fabron unterhalten will, und es gibt keinen besseren Weg, als dies bei einigen Getränken zu tun, weil dort die Zungen lockerer werden.

Nachdem wir einen Platz in der Bar gefunden haben und unsere Getränke vor uns auf einem niedrigen Tisch in der Ecke stehen, nimmt Fabron seinen Gin Tonic und rührt nachdenklich darin herum. Als er zu Dane aufsieht, sagt er: »Ich meine es wirklich ernst, Dane. Meine Firma könnte für Ihre Firma sehr gut sein.«

Dane nickt ergeben. »Es gibt sehr vieles, von dem wir beide bei einer Partnerschaft profitieren könnten. Aber ich gehe sehr vorsichtig vor. Bitte seien Sie nicht gekränkt, weil ich mir Zeit nehme, dieses Angebot zu überdenken.«

»Natürlich«, antwortet er unbeschwert … beinahe schon herablassend, aber ich weiß verdammt gut, dass er noch nicht aufgegeben hat. Bevor der Abend vorüber ist, wird er dieses Thema noch einmal anschneiden. Aber als er sich entscheidet, über etwas anderes zu sprechen, tut er das mit einer überschwänglichen Geste. Er blickt zwischen uns hin und her und sagt: »Ich weiß, dass Sie beide unheimlich eng mit Avril befreundet sind. Und obwohl wir auch Freunde sind, so stehen wir uns dennoch nicht sehr nahe. Ich bin neugierig … ist sie immer noch mit diesem Doktor zusammen?«

Ich schaue zu Dane und unsere Blicke treffen sich. Wenn ein Mann versuchen würde, persönliche Informationen über Avril zu bekommen, würden wir gewöhnlich darüber lachen. Aber wenn ich mich gefragt habe, ob sich etwas verändert hat, seit sie angefangen hat, das Wicked Horse zu besuchen, dann habe ich jetzt meine Antwort. Der Blick, den Dane mir zuwirft, ist der gleiche, mit dem auch ich ihn ansehe.

Oh, auf gar keinen Fall wird dieser französische Mistkerl sich an Avril heranmachen.

»Sie ist immer noch mit ihm zusammen und führt eine ernste Beziehung«, ertappe ich mich dabei, wie ich Fabron offen ins Gesicht lüge. »Ich erwarte, dass sie in nicht allzu langer Zeit heiraten werden.«

»Sie sind bereits seit einigen Jahren zusammen, oui?«, bohrt er nach. »Ich bin überrascht, dass er ihr bis jetzt noch keinen Antrag gemacht hat.«

Dane hat selbst auch eine Frage für Fabron. »Wie läuft es denn bei Ihnen seit Ihrer Scheidung?«

Fabron rümpft die Nase, bevor er einen Schluck von seinem Drink nimmt. »Die Scheidung war furchtbar, aber nicht weil wir uns darum gestritten haben, wer die Kristallgläser bekommt. Sie wollte einen Anteil von Révéler Biotech und nun ja … das wollte ich auf gar keinen Fall zulassen. Ich bin sehr froh, dass nun alles geregelt ist.«

»Naja, da Avril vergeben ist, werden Sie sich wohl anderweitig umsehen müssen«, sagt Dane freundlich und man könnte sein Lächeln sogar mit Belustigung verwechseln. Aber ich kenne meinen Freund gut genug, um zu wissen, dass er hier als Avrils Beschützer auftritt.

Fabron zuckt mit den Schultern. »Es gibt viele schöne Frauen auf der Welt. Aber nur wenige sind so klug wie Avril.«

Dane ist sichtlich gereizt, denn die Bedrohung gilt nun nicht mehr nur unserer Freundin, sondern auch unserer Geschäftsführerin. Ich kann erkennen, dass Dane Fabrons Absichten ganz und gar nicht schätzt, ich weiß jedoch nicht, was ihn mehr stört … sein persönliches oder sein berufliches Interesse an ihr.

Was mich betrifft, so werde ich gestehen, dass ich über beide Dinge nicht erbaut bin, aber ich besitze nicht das Recht dazu, so zu empfinden. Was Avril in ihrem Privatleben tut, geht mich nichts mehr an. Ich habe mir Danes Rat zu Herzen genommen. Ich habe mich entschlossen zu akzeptieren, was an jenem Abend im Wicked Horse geschehen ist, und es hinter mir zu lassen.

Ich bin mir nur nicht sicher, wohin mich das führen wird.

KAPITEL 9

Dane

NACH ETWA EINER Stunde gelingt es mir, unser Gespräch mit Fabron zu beenden, weil ich vorgebe, dass ich wie Avril früh aufstehen müsse.

Aber genau wie Avril lüge ich über die Gründe, warum ich gehen muss.

Avril hat sich nicht vor den Drinks mit Fabron gedrückt, weil sie am nächsten Morgen eine Besprechung hat. Sie kommt immer zeitig ins Büro, ganz egal wie lange sie wach bleibt.

Avril wollte, wie ich auch, dass das Treffen vorbeigeht, weil wir beide die Absicht haben, heute Abend ins Wicked Horse zu gehen. In den vergangenen drei Wochen sind wir uns dort immer mal wieder begegnet. Manchmal unterhalten wir uns, aber meistens versuchen wir, einander zu ignorieren. Nicht weil es uns unangenehm wäre – schließlich haben wir Frieden darüber geschlossen, dass wir als Freunde und Geschäftspartner denselben Sex-Club besuchen –, sondern hauptsächlich, weil ich denke, dass wir beide unterbewusst die Gefahr realisieren, die existiert, wenn wir beide dort zu viel Zeit miteinander verbringen. In diesen letzten Wochen habe ich Avril aus der Ferne beobachtet und muss sagen, dass sie mutiger und abenteuerlustiger geworden ist. Sie hat sich der Erfahrung geöffnet und schreckt vor so gut wie nichts zurück. Es ist unsagbar sexy, aber es verdreht mir auch den Kopf, weil es nicht ein einziges Mal gegeben hat, bei dem ich ihr zugesehen habe und nicht mitmachen wollte.

Dennoch habe ich mich zurückgehalten, und außerhalb des Clubs sind wir weiterhin Geschäftspartner und Freunde.

Wir wollen den Club unbedingt heute Abend besuchen, weil dort der vierteljährliche Maskenball stattfindet. Vier Mal im Jahr verbergen die Leute ihr Gesicht hinter aufwändig gearbeiteten Masken, um einen Hauch von Geheimnis zu wahren und wegen der Anonymität neue Mitglieder anzulocken. Dort zeigen sich für gewöhnlich ebenfalls die perversesten, schmutzigsten und rohsten sexuellen Akte, denn das Anlegen einer Maske ist etwas, das einem zusätzliche Macht verleiht. Mit einer Maske tut man Dinge, die normalerweise tabu wären. Ich weiß das aus Erfahrung, weil ich bei diesen Maskenbällen bereits meine eigenen Grenzen ausgelotet und bei zwei Gelegenheiten sogar meine Bisexualität getestet habe.

Es ist nicht so, dass ich eine Maske brauche, um mit

einem Mann intim zu werden. Es ist normalerweise nur nicht meine Präferenz, weil bei mir die Muschi an erster Stelle steht, wenn es darum geht, meine Befriedigung zu bekommen. Aber beim Maskenball kann ich meinen regulären Pfad verlassen und etwas anderes ausprobieren. So hat mir einmal ein Mann einen geblasen und ein anderes Mal habe ich einen Kerl gefickt. Ich muss sagen, dass ich immer noch den Arsch einer Frau dem eines Mannes vorziehe, aber es hat Spaß gemacht und ich habe beide Male ordentlich abgespritzt.

Avril hat mich vor einigen Tagen wegen des Maskenballs gefragt und wollte wissen, ob es sich lohnt hinzugehen. Ich sagte ihr, dass es sich in der Tat lohnen würde, auch wenn meine Antwort nicht ganz uneigennützig war. Ich habe Avril zwar nie angefasst – und das ist ein kluger Zug, seien wir doch einmal ehrlich –, es bereitet mir jedoch viel Freude, sie in Aktion zu sehen. Ich finde es ebenfalls sehr anregend, wenn sie mir zusieht. Ich habe über Avril fantasiert, aber weiter wird diese ganze Sache niemals gehen. Sie scheint sich wohlzufühlen mit dem, was sie tut, und naja ... ich denke, mir geht es genauso.

Das Wicked Horse ist an diesem Abend gerammelt voll, aber ich habe auch nichts anderes erwartet. Ich trage eine einfache, schwarze Maske und anstatt meines Hemdes und der Anzughose habe ich mir zerschlissene Jeans und ein enges T-Shirt angezogen. Es wird meine Identität zwar nicht vor denen im Club verbergen, die mich gut kennen, aber bei denen, die nicht wissen, wer ich bin, werde ich die Überhand haben.

Ich finde Avril im Silo, wo sie gebannt etwas beobachtet, was in einem der Räume passiert. Sie trägt eine hauchdünne weiße Bluse, die ihr an einer Schulter herunterhängt, und Shorts, die den unteren Teil ihres Hinterns freigeben. Ihre Augen sind hinter einer weißen Spitzenmaske verborgen, mit der sie jedoch niemals ihre Identität vor mir verbergen könnte. Ich kenne die Form dieser Lippen und die Kontur ihres Kinns. Ich könnte ihre Ohrläppchen aus Hunderten anderer erkennen. Und dieses Haar mit dem Pony, der gerade lang genug ist, um ihre blauen Augen zu betonen, sind typisch für Avril und ich würde sie überall wiedererkennen.

Diese wunderschönen Augen sind fest auf das Glas vor ihr gerichtet. Ich habe gehört, dass Jerico heute Abend eine Sexmaschine aufstellen lassen wollte, und als ich näher herantrete, spüre ich bei dem sich mir bietenden Anblick einen Schmerz in der Lendengegend.

In einem der verglasten Räume befindet sich eine Maschine, auf der sich ein Dildo von unten durch einen Ledersitz bewegt. Eine Frau sitzt rittlings darauf und der Dildo dringt in sie ein und fährt wieder hinaus. Sie sieht wunderbar aus, trägt einen Kopfschmuck, der gleichzeitig eine Maske ist und aus blauen Pfauenfedern besteht. Normalerweise würde ich den Mann in dem Raum nicht erkennen, weil sein Gesicht von einer Ledermaske überzogen ist, aber ich weiß zufällig, dass es sich bei ihm um Walsh Brooks handelt. Er ist derjenige, der mir von der Sexmaschine erzählt und mir verraten hat, dass er sie enthüllen wird.

Ich blicke zu Avril, die näher am Glas steht als ich. An der Art und Weise, wie sie von einem Fuß auf den anderen tritt, erkenne ich, dass sie mehr als nur ein klein wenig erregt von dem ist, was sie da sieht. Die Frau wird von dem Dildo so lange gevögelt, bis sie einen Orgasmus herausschreit, dann hilft Walsh ihr von der Maschine herunter und drückt sie gegen die Scheibe, wo er sie hart rannimmt.

Es ist verdammt erotisch und mein Schwanz reagiert dementsprechend darauf, auch wenn er wirklich erst stark anfängt zu zucken, als ich sehe, wie Avril sich in die Brustwarzen kneift. Ich unterdrücke das Stöhnen, das mir entfährt, murmele aber immer noch leise: »Scheiße.«

Es hat zwar viele Momente gegeben, in denen ich Avril vögeln wollte, doch es ist mir nicht schwergefallen, Abstand zu ihr zu halten, weil es einfach keine gute Idee ist.

Aber wenn sie sich jetzt zu mir umdrehen und mich ansehen würde.

Wenn sie mir auch nur das kleinste Zeichen geben würde.

Ich würde alle Prinzipien über Bord werfen, um in sie einzudringen.

Tatsächlich seufze ich jedoch erleichtert auf, als Kynan plötzlich neben Avril auftaucht. Es überrascht mich nicht, dass er sich nicht einmal die Mühe gemacht hat, eine Maske aufzusetzen. Es interessiert ihn nicht, wer ihn hier kennt oder nicht kennt. Nachdem er ihr kurz etwas ins Ohr geflüstert hat, lächelt sie zu ihm auf und nickt. Ich sehe, wie die beiden Hand in Hand das Silo verlassen und ja … ich folge ihnen.

Die beiden gehen auf das Deck, das sich sechsundvierzig Stockwerke über dem Strip befindet. Der Boden und die Wände auf dem Deck bestehen aus Plexiglas, das dick genug ist, um uns sicher zu tragen, und trotzdem durchsichtig genug, um die glitzernden Lichter von Las Vegas unter uns und um uns herum erkennbar zu machen. Es hier draußen zu treiben gibt einem einen Adrenalinstoß, ganz besonders wenn man nur im geringsten Maße an Höhenangst leidet.

Ich gehe zur Bar und bestelle mir etwas zu trinken, während Kynan Avril zu einer Chaiselongue aus Acryl führt. Draußen ist es kühl, aber das Deck ist ausreichend mit Außenheizungen ausgestattet, die köstliche warme Luft verströmen. Es ist immer noch kalt genug, um Brustwarzen aufrecht stehen zu lassen, aber die Heizöfen gestatten es, dass man sich hier oben nackt wohlfühlen kann.

Ich sauge den Whisky durch meine Zähne, sodass das Eis an ihnen klappert, und sehe Kynan dabei zu, wie er Avril einen vertrauten Kuss gibt. Er hat sie mehr als nur einmal gehabt. Vermutlich ist er sogar ihr regulärer Mann hier im Club. Manchmal frage ich mich, ob sie wohl Gefühle für ihn entwickelt, aber sie vögelt weiterhin auch andere Männer. Sie weiß, dass er es offensichtlich mit anderen Frauen treibt, aber jetzt, wo ich die beiden beobachte, wird mir klar ... sie ist mit ihm auf einer tieferen Ebene intim als mit anderen.

Als sie nackt sind, ergreift Kynan Avrils Pferdeschwanz und drückt sie vor sich auf die Knie. Ich liebe es, Avril unterwürfig zu sehen, weil es das komplette Gegenteil dessen darstellt, was sie eigentlich ist. Mein verdammter Schwanz wird steinhart, als Kynan in ihren Mund eindringt und dabei nicht gerade zimperlich vorgeht.

Aber Avril ist erregt und obwohl es ihr schwerfällt, nicht an seinem Schwanz zu ersticken, verliere ich beinahe die Kontrolle, als ich sehe, dass sie sich ihre Hand zwischen die Beine schiebt, um an ihrer Klitoris herumzuspielen.

Oh Gott, das war keine gute Idee. Heute Abend bin ich noch schärfer als sonst und ich spiele mit dem Feuer, wenn ich Avril noch länger zusehe.

Ich nehme einen weiteren großen Schluck von meinem Whisky, denn ich habe vor, auszutrinken und zu gehen. Aber als ich das Glas absetze, sehe ich, dass Avrils Blick auf mich gerichtet ist, während Kynan ihren Mund fickt. Ihr Mund ist voll mit seinem Schwanz, aber die Art und Weise, wie ihr Blick einen Moment lang weich wird, bevor das Feuer aus ihren Augen lodert, sagt mir ganz deutlich, dass es ihr gefällt, wenn ich ihr zusehe.

Es ist der gleiche verdammte Blick, mit dem sie Andrew in dieser ersten Nacht angesehen hat.

Es ist ebenfalls bezeichnend, denn obwohl sie weiß, dass ich sie zuvor schon beobachtet habe, hat sie mir doch noch nie solch einen Blick zugeworfen.

Kynan bemerkt, dass sie mich ansieht, und dreht den Kopf, um über seine Schulter zu blicken. Er schaut mich an und sein Mund verformt sich zu einem spitzbübischen Grinsen. Der Wichser zwinkert mir zu und wendet sich dann wieder Avril zu, während er seinen Schwanz aus ihrem Mund zieht.

Er hockt sich vor sie hin und flüstert ihr etwas ins Ohr. Sie sieht mich während der ganzen Zeit an, doch als Kynan beendet hat, was auch immer er gesagt hat, lächelt sie mich sinnlich an.

Mein gesamter Körper spannt sich an, als Avril eine Hand hebt und mich mit dem Finger zu sich lockt, um bei ihnen mitzumachen.

Sie gibt mir ein Zeichen, bei dem Treiben mitzumischen und es mit ihr zu tun.

Ich sollte auf dem Absatz kehrtmachen und zusehen, dass ich hier wegkomme. Ich werde Avril später erklären, dass es eine schlechte Idee wäre, diese Grenze zu überschreiten, und wir es später bestimmt bereuen würden.

Aber anstatt das Deck zu verlassen, bewegen sich meine Beine in ihre Richtung. Ich beobachte Avril jetzt seit fast drei Wochen und es hat kein einziges Mal gegeben, bei dem ich mir nicht vorgestellt habe, dass ich derjenige bin, der sie vögelt. Sie hat mich nie dazu aufgefordert und ich habe es nie erzwungen.

Heute Abend ist alles anders.

Als ich sie erreiche, erhebt Kynan sich, doch Avril bleibt auf Knien und sieht zu mir auf. Ich strecke die Hand aus und ergreife mit meinem Daumen und Zeigefinger ihr Kinn. »Bist du dir sicher?«

Sie nickt leicht, aber in ihren Augen erkenne ich ihre Antwort. Sie will das hier so sehr wie ich und interessiert sich nicht für die Konsequenzen.

»Außerhalb des Clubs«, sage ich zu ihr, »bleibt alles beim Alten.«

»Alles bleibt beim Alten«, flüstert sie mir zu und dann schwillt mein Schwanz nur noch mehr an, als sie ihren Blick senkt und sich über die Unterlippe leckt.

»Alles bleibt beim Alten«, bestätige ich noch einmal, dann öffne ich meinen Gürtel und den Reißverschluss meiner Hose.

Mir stockt der Atem, als Avril ihre Hand ausstreckt, um mir zu helfen. Als ich ihre warme Haut spüre, durchfährt mich ein Schauer, weil alles so unwirklich ist. Meine beste Freundin und Geschäftspartnerin drückt meinen Schwanz und ich glaube nicht, dass ich je etwas Besseres gefühlt habe.

»Setz dich«, murmelt sie und nickt zu der Chaiselongue aus Acryl, die hinter mir steht. Ich komme ihrem Wunsch nach und spreize die Beine.

Avril rutscht auf dem Plexiglas entlang und ich frage mich, ob ihre Knie wehtun. An ihrem Gesichtsausdruck kann ich es nicht erkennen, denn ich sehe lediglich den Hunger in ihren Augen, während sie mich streichelt.

Auf meinem Schwanz bildet sich ein Lusttropfen und mir entfährt ein Stöhnen, als Avril mich mit der Zungenspitze dort berührt, um mich zu kosten. Sie schließt die Augen, als würde sie es genießen, und dann öffnet sie ihren Mund weit und nimmt mich tief in sich auf.

Heilige Scheiße, das fühlt sich gut an. Ich weiß, dass Avril gut Schwänze lutschen kann, weil ich ihr dabei zugesehen habe, aber diese vollen Lippen über meinen Schwanz gestülpt zu haben, während sie mit diesen babyblauen Augen zu mir aufsieht, lässt es bereits jetzt in meinen Hoden kribbeln, weil ich abspritzen will. Ihre Berührung ist beinahe schon magisch und erinnert mich an unser Abschlussjahr auf dem College, als wir uns um Mitternacht geküsst haben. Wir waren betrunken, bekifft und außer Kontrolle, aber ihr Mund war auf meinem und es war einfach großartig. Avril hat sich verhalten, als würde es nichts bedeuten, und hat Andrew ebenfalls geküsst, aber ich habe danach noch eine sehr lange Zeit an diese Lippen denken müssen.

Und jetzt hat sie meinen Schwanz im Mund und saugt ihn wie ein Profi. Sie geht meinen Schwanz an, wie sie sich allem im Leben stellt – mit absoluter Hingabe, geballter Kraft und blindem Ehrgeiz, ihre Aufgabe zu erfüllen. Das ist der absolut beste Blowjob meines Lebens und ich bin kein Narr. Ich weiß es, weil er von Avril kommt.

Avrils Körper taumelt ein wenig. Sie lässt einen Arm zu Boden sinken, um sich nach vorne zu beugen, während sie mit der anderen Hand meinen Schwanz streichelt und ihn gleichzeitig bläst. Kynan befindet sich nun auf Knien hinter ihr und sein fetter Schwanz ist mit einem Kondom überzogen. Er spreizt ihre Beine und fährt mit seiner Hand dazwischen. Ich weiß den genauen Moment, in dem er seine Finger in sie schiebt, weil sie an mir stöhnt und die Augen vor Verzückung schließt.

Kynan fingert sie ein wenig, dann platziert er sich an ihrer Muschi. Während er sich in sie hineindrückt, sieht er mich an und Avril entfährt ein langes, vibrierendes Stöhnen, das mich beinahe dazu bringt, in ihrem Mund zu explodieren, wenn sie nicht aufgehört hätte, sich zu bewegen, damit sie das Gefühl genießen kann, wie Kynan in sie eindringt. Ihr Mund wird weich und mein Schwanz zuckt leicht, während er auf ihrer Zunge aufliegt.

Mit seinen Händen an ihren Hüften legt Kynan ein schnelles Tempo vor und vögelt sie fest genug, dass sie jedes Mal nach vorne auf meinen Schwanz geschoben wird. Einen Augenblick lang scheint Avril etwas verloren zwischen dem Gefühl eines Mannes, der sie vögelt, und dem Verlangen, mich mit ihrem Mund zum Orgasmus zu bringen. Ich helfe ihr, sich wieder zu orientieren, indem ich ihr Gesicht in meine Hände nehme und meine Hüften nach oben drücke. Als meine Schwanzspitze ihren Rachen berührt, blinzelt sie und fängt wieder an, mich zu lutschen.

Einfach nur pure Wonne.

Avril, die von hinten gefickt wird, während sie mir einen bläst, und die Lichter von Las Vegas, die um uns herum funkeln, geben dem Abend ein magisches, außerweltliches Gefühl.

Je näher Avril dem Höhepunkt kommt, desto schwieriger wird es für sie, ihren Blick auf mich gerichtet zu halten. Als sich ihre Augen schließen, sehe ich Kynan an. Er stößt fest und schnell in sie hinein und keucht dabei. Ihm gelingt es, mir ein verschwörerisches Grinsen zuzuwerfen, bevor er sich seinen Finger in den Mund schiebt, um ihn anzufeuchten. Meine Hoden ziehen sich nach innen, als er eine von Avrils Pobacken mit dem Daumen zur Seite drückt. Ohne aus dem Rhythmus zu kommen, steckt er ihr seinen Zeigefinger in den Arsch.

Avril schreit an meinem Schwanz, ihr gesamter Körper zittert vor Ekstase. Und genau das bringt mich zum Kommen. Mein Schwanz explodiert und ich fange an, in ihrem Mund abzuspritzen. Auf irgendeine Weise bringt sie ihren Schluckreflex in Gang und nimmt alles von meinem Samenerguss auf.

»Das ist verdammt scharf«, murmelt Kynan, der noch einige weitere Male in sie hinein hämmert, bevor auch er seinen eigenen Orgasmus heraus stöhnt.

Avril entfährt ebenfalls ein leises Stöhnen, das durch meinen gesamten Körper fährt und in meiner Brust endet, wo es sich zusammenzieht, während ich mich langsam erhole.

Kynan zieht seinen Finger aus ihrem Hintern und seinen Schwanz aus ihrer Muschi. Avrils Augen sind geschlossen, als sie meinen Schwanz freigibt und ein klein wenig über meine Spitze leckt.

Auf ihrem Gesicht breitet sich ein befriedigendes Lächeln aus und als sie die Augen öffnet, blickt sie mich direkt an. »Das war großartig.«

Es war verdammt großartig, doch mir fehlen die Worte, um ihr das zu vermitteln. Stattdessen verstaue ich meinen Schwanz wieder in meiner Hose, während Kynan von hinten an sie herantritt, um sie zu umarmen. Er zieht sie an sich, sodass ihr Rücken seiner Brust zugewandt ist. Über ihre Schulter hinweg starrt er mich neugierig an, aber Avril ist die Einzige, die mich interessiert.

Ich lege ihr meine Handfläche an die Wange. »Alles klar zwischen uns?«

»Alles klar«, antwortet sie mit einem selbstbewussten Lächeln. »Bis Montag im Büro.«

Ich blicke sie einen Moment lang an, um sicherzugehen, dass ich auch wirklich keine Zweifel oder Schuld in ihren Augen entdecke, aber sie scheint wirklich glücklich, befriedigt und überzeugt zu sein.

Vielleicht wird zwischen uns tatsächlich alles okay

sein.

Ich beuge mich nach vorne und berühre sie mit meinem Mund leicht an der Schläfe. »Bis Montag, Av.«

»Bis später, Dane«, erwidert sie leise, während ich von der Chaiselongue aufstehe.

»Bis dann, Kumpel«, sagt Kynan. Als ich an ihnen vorbeigehe, höre ich, wie er Avril zuflüstert: »Lust auf eine weitere Runde?«

Ich kann ihre Antwort nicht hören, aber der Klang ihres süßen Lachens versetzt mir einen Schlag in den Magen. Ich will für eine weitere Runde bleiben, aber das kann ich nicht. Ich bin mir jedoch sehr sicher, dass es mir aus irgendeinem Grund nicht gefallen wird, wenn sie es noch einmal mit Kynan treibt.

Oh Gott … ich wusste, dass diese Sache alles komplizierter machen würde.

KAPITEL 10

Avril

T ROTZ ALL MEINER Gespräche mit Andrew und
Dane, wegen meiner Eskapaden in einem Sex-Club
nicht peinlich berührt zu sein, ertappe ich mich nun
selbst dabei, wie es mir unangenehm ist.

Samstagabend im Club hatte ich mit Kynan und
Dane die fantastischste sexuelle Erfahrung meines
Lebens. Der Abend, der mit dieser Frau auf der Dildo-
Maschine im Silo anfing, war so unwirklich. Allein schon
diesem Treiben zuzusehen, hat mich so erregt und feucht
gemacht, dass mich Kynan, kaum dass wir auf dem Deck
angekommen waren, bereits mit wenigen Bewegungen
seiner Finger in meinem Slip zum Orgasmus gebracht
hat.

Und dann hat er mich auf die Knie gezwungen.

Mit seinem Schwanz in meinem Mund, direkt nach
einem aufwühlenden Orgasmus und mit der Macht, die
durch mich hindurch pulsierte, war es vorauszusehen,
dass Dane kommen und mir zusehen würde.

Ich frage mich, ob ich selbst jemals den Mut dazu gehabt hätte, Dane einzuladen, bei uns mitzumachen, doch ich glaube es nicht.

Aber Kynan hat mir nur einige sündhaft scharfe Worte ins Ohr geflüstert. »Schau dir Dane an. Schau dir an, wie sehr er dich begehrt. Fordere ihn auf, bei uns mitzuspielen.«

Und schon habe ich ihn zu mir gewunken.

Es war fantastisch. Die Gefühle, die diese beiden Männer in mir hervorgerufen haben, waren überwältigend und ich habe mich an diesem Abend vollkommen in der Lust verloren. Aber Dane in meinem Mund zu haben … ihn so intim zu berühren und auf eine Art und Weise, die ich niemals für möglich gehalten hätte, ist genau das, was es zu der großartigsten Erfahrung überhaupt gemacht hat.

Aber jetzt ist es mir unangenehm und ich war heute Vormittag kaum fähig, Dane anzusehen. Wir haben in einer Besprechung nach der anderen gesessen, wo ich meinen Blick dauerhaft von ihm abgewandt hatte. Ich habe auf meinem Laptop getippt und so getan, als würde ich mir akribisch Notizen machen. Wenn ich die Leute während der Sitzung direkt ansprechen musste, habe ich das getan, ohne Dane anzublicken.

Genauso, wie ich gerade versuche, den Blickkontakt mit ihm zu vermeiden, als unser Finanzchef John McEntyre mit mir und Dane die vierteljährlichen Berichte durchgeht. Ich folge, indem ich meinen Kopf in dem kleinen Konferenzraum, den wir für diese Besprechung gebucht haben, über den Tisch gebeugt halte. Ich weiß, dass ich mich feige verhalte und es das genaue Gegenteil von dem ist, wie ich mich am Samstagabend benommen habe, als ich zugelassen habe, dass mich zwei Männer gleichzeitig nehmen.

Die Erinnerung daran lässt mich erröten und ich riskiere einen kurzen Blick auf Dane, der mir am Tisch gegenübersitzt. John redet langatmig über Finanzabweichungen und ich blicke ganz langsam auf.

Mein gesamter Körper zuckt zusammen, als ich sehe, dass Danes haselnussbraune Augen auf mich gerichtet und in ihnen so viele Gefühle gleichzeitig zu erkennen sind. Ohne nur ein Wort sagen zu müssen, teilt er mir sehr viele Dinge mit.

Das wird auch verdammt noch mal Zeit, dass du mich ansiehst.

Ich habe etwas Besseres von dir erwartet. Du hast gesagt, es bleibt alles beim Alten.

Ich wusste, dass es die Dinge verkomplizieren würde.

Aber das muss es nicht.

Und wie sehr ich dich jetzt über diesen Tisch beugen und hart vögeln will.

Ja, sein Gesichtsausdruck sagt mir all diese Dinge. Er ist wütend, durcheinander und voller Lust, obwohl wir hier mit unserem Finanzchef sitzen und über Zahlen sprechen.

Nachdem ich meinen Blick wieder auf die

gedruckten Berichte gesenkt habe, presse ich unter dem Tisch meine Beine zusammen. Die plötzliche Feuchtigkeit erinnert mich daran, dass mein Körper Dane immer noch begehrt, ganz egal, wie unangenehm mir diese Situation ist.

John redet noch weitere zwanzig Minuten. Dane stellt einige Fragen, aber ich weigere mich, ihn anzusehen, während er spricht.

Als die Besprechung vorüber ist, raffe ich schnell meine Sachen zusammen, um hinter John aus der Tür zu eilen, aber Dane hält mich mit einigen befehlenden Worten zurück: »Avril … komm bitte in mein Büro, damit wir einige Dinge durchgehen können.«

»Kann es warten?«, frage ich und richte die Unterlagen aus, was vollkommen unnötig ist und ich nur deswegen tue, um Augenkontakt zu vermeiden.

»Nein, das kann es nicht«, antwortet er und wendet sich zur Tür. Nachdem er gegangen ist, atme ich tief und hörbar aus, aber das lässt mein Herz nur noch schneller schlagen.

Ich könnte Dane ignorieren, denn es ist ja nicht so, als könne er mich einfach so wegen Befehlsverweigerung entlassen. So funktioniert unsere Partnerschaft nicht.

Oder ich könnte meinen ganzen Mut zusammennehmen und zu ihm gehen, um das unangenehme Gefühl anzusprechen, unter dem ich leide.

Mit einem weiteren Seufzer – dieses Mal reuevoll und resigniert – klemme ich mir meine Unterlagen unter den Arm und mache mich auf den Weg zu Danes Büro. Die Tür ist geschlossen und seine Sekretärin sieht lächelnd zu mir auf.

»Mr. Hawthorne erwartet Sie bereits«, sagt sie freundlich, ich jedoch fühle mich, als würde ich geradewegs ins Verderben laufen.

Es gelingt mir, ihr ein selbstbewusstes Lächeln zu schenken, bevor ich die Klinke herunterdrücke und die Tür öffne.

Mein Blick wandert zu seinem Schreitisch, aber dort ist Dane nicht. Ich trete ein und als ich mich umdrehe, um die Tür zu schließen, sehe ich ihn dort stehen. Er bedeckt meine Hand auf der Klinke mit seiner und drückt die Tür zu.

Ich spüre, wie mein Herz in meiner Brust anfängt zu hämmern. Wir starren einander zwei Sekunden lang an, dann nimmt er mein Gesicht in seine Hände und zieht mich für einen Kuss an sich.

Ich stöhne so laut, dass ich Angst habe, seine Sekretärin könnte mich gehört haben, und trotzdem hält es mich nicht davon ab, sein Hemd mit Fäusten zu ergreifen und ihn noch näher an mich zu ziehen.

»Scheiße«, flüstert Dane an meinem Mund, bevor er seine Zunge hineinschiebt.

Er küsst mich mit brutaler Aggression und ich weiß, dass er sauer auf mich ist, weil ich mich geweigert habe, ihn anzusehen. Er ist sauer, weil ich die Dinge heute unangenehm gemacht habe, und ich vermute, dass ihm ebenfalls die Tatsache missfällt, dass er das Gefühl hat, mich jetzt küssen zu müssen.

Dane legt eine Hand an meinen Nacken und wickelt meinen Pferdeschwanz darum. Einen Moment lang vertieft er seinen Kuss, dann zieht er an meinen Haaren und unsere Münder entfernen sich voneinander. Ich bekomme flüchtig den wilden Ausdruck in seinen Augen zu sehen, bevor ich den Blick senke.

»Sieh mir verdammt noch mal in die Augen, Avril«, knurrt er.

Ich will ihn anschauen, aber ich kann nicht. Ich habe solche Angst davor, eventuelle Ablehnung ihn ihnen zu entdecken, weil ich ihn dazu verführt habe, sich auf eine Art und Weise zu verhalten, die er jetzt bereut.

»Du wirst mich verdammt noch mal ansehen!«, warnt er mich, bevor er mein Haar loslässt und mich auf seine Arme nimmt. Er geht zu seinem Schreibtisch, doch anstatt mich darauf zu setzen, stellt er mich auf dem Boden ab. Ich schwanke ein wenig und verliere beinahe das Gleichgewicht, weil meine Knie weich werden, als er mir unsanft den Rock hochzieht.

Angesichts seines aggressiven Verhaltens geht mein Atem schwer und meine Muschi beginnt, sich zusammenzuziehen. Irgendwo tief in mir meldet sich leise eine Stimme, die mir sagt, ich solle besser aufhören, doch ich ignoriere sie. So sehr ich auch der Lust im Wicked Horse zum Opfer gefallen bin, ist das hier jedoch eine Million Mal verführerischer und die Gefahr macht es für mich nur noch reizvoller. Diese Stimme sagt mir, dass meine Freundschaft mit Dane auf dem Spiel steht, aber mein Körper bringt sie mit seiner Reaktion auf diesen Mann sehr schnell zum Schweigen.

Mein Herz rast, meine Lunge funktioniert kaum und mein Slip ist vollkommen durchnässt. Hinzu kommt eine zitternde Angst davor, ertappt zu werden, und ich fühle mich, als stünde ich kurz davor zu explodieren.

Dane hebt mich ohne Schwierigkeiten hoch und setzt mich auf die Schreibtischkante. Während er sich über mich beugt, greift er hinter mich und schiebt seinen Laptop zurück, doch davon abgesehen ist sein Schreibtisch makellos. Er leidet unter einem kleinen Ordnungszwang. Eine meiner Lieblingsbeschäftigungen ist es, in sein Büro zu kommen und die Dinge auf seinem Schreibtisch ein wenig zu verschieben, bevor er zur Arbeit erscheint, um ihn wahnsinnig zu machen.

Er legt eine Hand auf meine Brust und drückt mich so weit nach hinten, bis ich mit dem Rücken auf der Tischplatte liege. Dann zieht er meinen Slip herunter, befreit ihn jedoch nur von einem Bein. Ich spüre, wie das Spitzenmaterial über meinem anderen Fuß hängt.

Während dieser ganzen Zeit weigere ich mich, Dane ins Gesicht zu blicken. Stattdessen konzentriere ich mich auf die Gefühle.

Als er jedoch seine Hände unter meine Oberschenkel schiebt und meine Beine weit spreizt, sehe ich ihm direkt in die Augen.

»Jetzt schaust du mich an, nicht wahr?«, verhöhnt er mich mit Wut und Missachtung angesichts der heiklen Situation, in die er uns gerade gebracht hat.

»Dane«, sage ich leise, aber dann schnappe ich nach Luft, denn er geht auf die Knie und legt sich meine Beine über die Schultern.

Ich ertrage es nicht zuzusehen, weil ich weiß, dass mich dieses Bild ruinieren wird, also blicke ich zur Decke.

»Sieh mich an, Av«, flüstert Dane und ich kann seinen Atem auf meiner Haut spüren. Ich erschaudere wegen seiner Nähe, weigere mich jedoch, den Blick von der Decke abzuwenden.

Als ich seine Zunge spüre, die er in absolutem Kontrast zu seiner bisherigen Dominanz über mich ganz leicht gegen meine Klitoris drückt, schiebe ich die Hüften nach oben. Ich beiße die Zähne aufeinander, um nicht zu wimmern, und schließe die Augen. Ich bereite mich auf den Angriff seines Mundes vor und mein gesamter Körper erstarrt vor Aufregung.

Stattdessen spüre ich einen Moment lang seine Hand zwischen meinen Brüsten, bevor er den Stoff meiner Seidenbluse ergreift und meinen Oberkörper vom Schreibtisch hochzieht. Überrascht öffne ich die Augen und blicke Dane an, der zwischen meinen Beinen kniet.

Aus seinen Augen lodern die Flammen und seine Haut ist gerötet. Er legt den Kopf zur Seite und berührt mit dem Mundwinkel die Innenseite meines Beines.

Dabei kitzelt sein dämlicher Rockstarbart mich leicht. Mein Bein zuckt unter seiner Berührung zusammen und Dane grinst mich anzüglich an.

»Sieh zu, Avril«, sagt Dane und zupft leicht an meiner Bluse, wo er mich noch immer festhält. »Stütz dich mit deinen verdammten Ellbogen auf dem Tisch ab, mach die Beine breit und sieh mir zu, wie ich dir die Muschi auslecke.«

Ich sauge hörbar die Luft ein und spüre, wie mein Herzschlag in meiner Klitoris pulsiert. Mein Blick ist fest auf Danes gerichtet und in diesem Moment bin ich mir nicht sicher, ob ich wegsehen kann.

»Du wirst dabei zusehen, wie dein bester Freund deine Muschi ausleckt«, fährt er fort. »Genauso wie ich dir dabei zugesehen habe, wie du mir den Schwanz gelutscht hast. Du wirst zusehen und es wird alles beim Alten bleiben, wie du es versprochen hast.«

»Dane«, sage ich leise, aber dieses Mal schwingt eine Entschuldigung in meiner Stimme für das Chaos, das ich veranstaltet habe.

»Sieh einfach zu«, sagt er nun energischer. »Du hast diese Tür geöffnet, ich bin eingetreten und so wie es aussieht, trete ich nicht wieder heraus. Sieh also einfach zu.«

Wenn ich ihn richtig einschätze, klingen seine letzten Worte beinahe schon flehentlich, und weil er mein bester Freund ist und es nichts gibt, was ich nicht für ihn tun würde, kann ich nur zustimmend nicken.

»Gut«, murmelt er, bevor er seine Lippen an meine Klitoris presst.

»Oh Gott«, stöhne ich auf, als meine Hüften von dem Gefühl zucken. Dane lässt meine Bluse los und bevor ich nach hinten fallen kann, stütze ich mich auf den Ellbogen auf, damit ich aufrecht genug sitze, um ihm zuzusehen.

Die Lust ist mehr als nur intensiv und weil ich von Danes Aggression so erregt bin, spüre ich bereits, wie ein Orgasmus in mir brodelt.

Ich habe meinen Körper nicht unter Kontrolle und meine Hüften krümmen sich und schieben sich nach vorn, um Danes Zunge näher zu sein und mehr von ihm zu bekommen. Er gibt es mir jedoch nicht, sondern bewegt nur seinen Mund und seine Lippen, um mir nicht mehr zuzugestehen als ein zärtliches Lecken und Saugen.

»Bitte«, flehe ich ihn nach mehr an.

Doch anstatt mir meine Bitte zu erfüllen, richtet er sich auf und blickt mir tief in die Augen. »Oh Gott … was machen wir hier?«

Wegen seines Moments des Zweifels blinzele ich überrascht, denn er war sich soeben doch noch so sicher. Bevor ich jedoch irgendetwas erwidern kann, schüttelt er den Kopf und murmelt: »Was soll's. Wir tun, was sich gut anfühlt.«

Und dann taucht er wieder ab und dieses Mal brauche ich mich nicht einen Zentimeter zu bewegen, um ihn näher an mir zu spüren. Er attackiert mich mit nur einem Ziel: mich schnell und heftig zum Orgasmus zu bringen.

Ich befinde mich in einem Strudel, mein Gehirn kämpft gegen meinen Körper. Ich weiß, dass Dane bei mir ist, doch für ihn gibt es nun kein Halten mehr. Er verschlingt mich mit seinem Mund, bearbeitet meine Knospe auf magische Weise mit seiner Zunge, und als er zwei Finger in mich hineinschiebt, schießt meine Hüfte in die Höhe und mein Rücken biegt sich vor Lust durch. Der Orgasmus donnert durch mich hindurch und ich beiße mir fest auf die Unterlippe, um nicht zu schreien. Es hält jedoch nicht das lange, tiefe Stöhnen auf, das durch meine Zähne dringt, und Dane stöhnt als Antwort darauf ebenfalls.

Er hebt den Kopf, um mich anzusehen, sein Gesichtsausdruck ist ernst und trotzig. »Ich werde mich dafür nicht entschuldigen.«

»Warum solltest du?«, gebe ich barsch zurück, weil ich in seiner Stimme ebenfalls eine Art Vorwurf höre, ganz so, als sei ich schuld an allem. »Ich bin einfach nur spektakulär gekommen.«

Dane seufzt, steht auf und blickt auf mich herab. Ich fühle mich sehr verletzlich, wie ich mit hochgeschobenem Rock und gespreizten Beinen vor ihm liege. Ich versetze ihm einen leichten Stoß gegen die Brust, damit er zurücktritt, und rutsche vom Schreibtisch herunter. Dane wendet sich von mir ab, während ich mir peinlich berührt meinen Slip wieder anziehe und meinen Rock herunter schiebe. Ich muss meine Bluse neu hineinstecken und frage mich, wie respektabel ich tatsächlich aussehe. Wird seine Sekretärin mich merkwürdig beäugen, wenn ich auf dem Weg nach draußen an ihr vorbeigehe?

Ich wende mich zum Gehen, aber Dane hält mich am Ellbogen fest.

Ich blicke ihn über die Schulter hinweg an und ziehe bloß eine Augenbraue hoch.

Er seufzt noch einmal und zieht an meinem Arm, sodass ich gezwungen bin, mich umzudrehen und ihn anzusehen.

»Es tut mir leid«, sagt er leise und jede Spur von Angriffslust und Anspannung entweicht aus mir.

Ich zögere keine Sekunde. Ich trete nur an seinen warmen Körper und schlinge die Arme um ihn. Dane war nie jemand, der gern umarmt und gekuschelt hat, aber zu meiner Überraschung erwidert er meine Geste. Es ist die leichte Umarmung eines Freundes – auch wenn die meisten Freunde einem nicht die Erektion gegen den Bauch drücken.

Ich versuche das jedoch zu ignorieren und frage ihn: »Wird das mit uns wieder in Ordnung kommen?«

Dane drückt mich, bevor er sich von mir löst und ich gezwungen bin, zu ihm aufzusehen. »Ich bereue es nicht. Auch nicht das, was wir vorgestern Abend getan haben. Ich wollte es so sehr und es war besser, als ich es mir hätte vorstellen können. Trotzdem ist es nur Sex, Avril. Und du bist diejenige, die mir heute nicht in die Augen schauen wollte. Deswegen bist du vielleicht auch diejenige, die herausfinden muss, ob das mit uns wieder in Ordnung kommt.«

Ich horche in mich hinein und konzentriere mich auf das dumpfe Gefühl in meinem Bauch. Ja, ich spüre etwas Unbehagen, aber wenn ich wirklich tief in mich gehe, bereue ich nichts.

»Ich bin okay«, sage ich zu ihm und blicke ihn fest an, damit er weiß, dass ich die Wahrheit sage. »Keine Reue.«

»Und wie soll es weitergehen?«, will er wissen und bei dieser Frage ziehe ich mich leicht von ihm zurück.

»So weit habe ich noch gar nicht gedacht«, gestehe ich. »Was wäre dies denn dann? Freunde mit Vorzügen?«

»Beste Freunde mit Vorzügen«, stellt er mit einem schiefen Lächeln klar.

Obwohl Dane mir soeben einen der größten, stärksten und längsten Orgasmen meines Lebens beschert hat und mein Körper mir sagt, ich solle es akzeptieren, muss ich kurz innehalten. Im Wicked Horse herumzustreifen, um mich allen meinen Fantasien auf eine reuelose, wenn-ich-hier-rausgehe-lasse-ich-alles-hinter-mir Art und Weise hinzugeben ist eine Sache, aber kann ich das mit Dane wirklich auch tun?

Ich liebe ihn schon als meinen besten Freund und würde das Risiko eingehen, ihn am Ende als etwas anderes zu lieben. Es ist deswegen ein sehr großes Risiko, weil Dane nicht dafür geschaffen ist, Liebe so vollkommen zu erwidern.

Seine Mutter ist bei der Geburt gestorben. Nachdem er fünf Jahre mit seinem drogenabhängigen Vater zusammengelebt hatte und von ihm vernachlässigt worden war, hat man ihn in immer wechselnden Pflegefamilien untergebracht. An sich ist Dane ein Einzelgänger. Er hat Vertrauens- und Verlustängste. Er ist neununddreißig Jahre alt und hat noch nie in seinem Leben eine feste Beziehung geführt. Wenn ich mich in ihn verliebe, würde meine Liebe nicht erwidert werden.

Die Frage ist, ob ich mich davor schützen kann, mein Herz an ihn zu verlieren …

»Lass mich darüber nachdenken«, sage ich zu ihm.

»Natürlich«, antwortet er beinahe schon höflich, aber eigentlich will er damit sagen, dass er es mir nicht übel nehmen würde, wenn ich so nicht weitermachen kann.

KAPITEL 11

Dane

»NOCH EINE RUNDE?«, fragt der Barkeeper und ich ziehe nickend mein Portemonnaie hervor. Während er drei günstige Fassbiere für uns zapft, blicke ich über meine Schulter und sehe, wie Andrew und Avril lachen und miteinander scherzen. Ich schaue mich im Inneren der Kellerbar um, zu dessen Besuch wir uns heute aus nostalgischen Gründen entschlossen haben. Avril, Andrew und ich wurden von unserer Alma Mater eingeladen, einen Vortrag vor einem unternehmerischen Fakultätsrat zu halten und darüber zu sprechen, wie Studenten weiterentwickelt und gefördert werden können.

Anstatt zurück nach Las Vegas zu fliegen, haben wir drei uns entschlossen, uns den Nachmittag freizunehmen und über den Campus zu schlendern, uns mit einigen ehemaligen Professoren zu treffen und ein paar Biere an einem unserer Lieblingsorte zu trinken. Wir sind bereits seit einigen Stunden hier und es fühlt sich ein bisschen an wie eine Zeitreise. Wir haben nicht über die Arbeit gesprochen, sondern uns stattdessen an die guten Zeiten erinnert, die wir drei auf dem College miteinander erlebt haben.

Es ist so, wie es immer war, und doch ist es das nicht.

Nicht wenn ich Avril jetzt von einer anderen Seite betrachte.

Vor drei Tagen hat sie mir versprochen, sie wolle über unsere gemeinsame sexuelle Zukunft nachdenken, und ich war mehr als bereit dazu, ihr diese Zeit zu geben. Avril weiß jetzt, wie sich kompromissloser Sex anfühlt, der einem die Freiheit gibt, ihn vollkommen ohne Schuldgefühle oder drohende Konsequenzen zu genießen. Die Frage, ob sie ihn mit mir fortführen kann, bleibt jedoch nach wie vor offen.

Ich werde sie zwar nicht zu einer Entscheidung drängen, aber ich hoffe trotzdem, dass sie es sich bald überlegt, damit ich entweder damit fortfahren kann, jeden Zentimeter ihres Körpers kennenzulernen, oder zu unserer Freundschaft zurückkehre, wie sie vorher war. Seit ich ihre Muschi auf meinem Schreibtisch ausgeleckt habe, war ich jeden Abend im Wicked Horse und habe auf ihr Erscheinen gewartet. Den größten Teil der Zeit habe ich im Apartment gesessen, Poker gespielt und die Videokameras beobachtet.

Sie hat sich nicht gezeigt. Jeden Abend bin ich gegangen und habe an dem Wert meines Vorschlages gezweifelt, dass wir weiterhin miteinander vögeln könnten.

Ich habe ihr die Wahrheit gesagt. Ich bereue nichts von dem, was wir miteinander getan haben, weil ich einfach kein reuevoller Mensch bin. Ich gehe mit den Gefühlen meiner Freundin nicht fahrlässig um, aber Avril ist diejenige, die mich als Erste zum Spielen eingeladen hat. Und weil sie auf meine Aufforderung hin beim zweiten Mal ebenfalls bereitwillig mitgemacht hat, wusste ich, dass sie es ernst meint. Darüber hinaus ist sie eine kluge Frau und weiß um die engen Grenzen, in denen wir zusammen sein können.

Deswegen, nein ... ich bereue nichts, was ich mit ihr getan habe. Sollte sie sich dazu entschließen, die Sache hinter sich zu lassen, bin ich mir sicher, dass es unserer Freundschaft nicht geschadet haben wird.

Aber das mit Andrew ist etwas ganz anderes.

Avril und ich haben nicht darüber gesprochen, wie es sich auf Andrew auswirken könnte. Oder ob er überhaupt davon erfahren sollte. Es ist eine komplizierte Situation, über die ich mir jetzt jedoch keine Gedanken machen kann. Und es ist ja nun auch nicht so, als wüsste Andrew nicht sehr gut über Avrils neu entdeckte Lust im Wicked Horse Bescheid. Er hat einen intimen Moment mit ihr erlebt. Nicht so intim, wie wir beide gewesen sind, aber ihre Freundschaft ist dadurch neu interpretiert worden.

Der Barkeeper stellt die Biergläser vor mir ab und überreicht mir mein Wechselgeld. Ich gebe ihm fünf

Dollar Trinkgeld und trage die Getränke zurück zu dem Tisch, an dem wir sitzen. Wir sind bei Weitem die ältesten Gäste in der Bar und haben bereits einige Seitenblicke von Studenten bekommen, was ich ziemlich lustig finde.

Als ich die Biere abstelle, schlägt Andrew mit der Handfläche auf den Tisch. Er lacht laut auf und sagt: »Erinnerst du dich daran, als Dane dabei erwischt wurde, wie er die Freundin des Quarterbacks in einer der Toiletten gevögelt hat?«

Avril lacht und nickt. »Und an den Quarterback, der sich den Zeigefinger gebrochen hat, als er Dane eine verpasst hat und die nächsten drei Spiele aussetzen musste?«

»Oh, haltet die Klappe, ihr zwei«, brumme ich, aber innerlich muss ich grinsen. Meine Güte, ich war damals aber auch wirklich eine männliche Hure und immerzu bereit, jede feuchte Muschi zu vögeln. Seitdem ist mein Geschmack etwas anspruchsvoller geworden. Wenn ich mir meine Befriedigung nicht im Club hole, kann ich zahlreiche Frauen ansprechen, die bei formellen Anlässen fabelhafte Begleitungen abgeben und gleichzeitig fantastisch meinen Schwanz blasen.

»Du hast dich in all den Jahren nicht verändert«, sagt Andrew, während er weiterhin freundlich lacht und dabei etwas lallt. Heute Abend haben wir die Biere nur so hinuntergegossen. »Nur heutzutage lässt du es dir in einem Sex-Club besorgen.«

Ich schaue zu Avril und sehe, dass sie genauso überrascht ist wie ich, dass Andrew den Club zur Sprache gebracht hat. Seit wir das letzte Mal darüber geredet haben, hat er ihn nicht ein Mal erwähnt, und das ist schon über einen Monat her. Ich bin mir nicht sicher, ob er weiß, dass Avril und ich ihn regelmäßig besucht haben und uns dort begegnet sind.

Ganz sicher hat er jedoch keine Ahnung davon, dass wir miteinander intim waren.

»Wo wir gerade von Sex-Clubs sprechen«, fährt Andrew fort und bemerkt nicht, dass Avril und ich plötzlich still geworden sind, als er das Wicked Horse erwähnt hat. »Ich denke darüber nach, noch einmal hinzugehen. Wenn meine beiden Kumpel ihn besuchen, habe ich mir gedacht, dass ich das ebenso tun könnte, nicht wahr?«

Avril sieht mich an. Ich kann die Sorge in ihren Augen erkennen, weiß jedoch nicht, worum sie sich sorgt.

Darüber, dass sie und ich es eines Abends miteinander treiben und Andrew uns erwischen könnte?

Oder vielleicht sorgt sie sich auch nur im Allgemeinen, weil Andrew sagt, er geht aus keinem anderen Grund als dem, dass Avril und ich uns unsere Befriedigung dort holen. Das ist nun der absolut falsche Grund, einen Sex-Club zu besuchen, weil nicht jeder die seelische Verfassung besitzt, um damit umzugehen. Andrew ist der Liebende und Träumer von uns dreien.

Er ist derjenige, der heiraten und Kinder haben will. Wenn seine letzte Freundin ihm nicht so sehr das Herz gebrochen hätte, als sie ihn vor sechs Monaten verlassen hat, hätte er vielleicht schon damit angefangen, sich nach ernsthaften Verabredungen umzusehen, um zu versuchen, seine Seelenverwandte zu finden.

Ich boxe Andrew leicht gegen die Schulter und grinse breit: »Komm schon, Kumpel. Trink aus. Wir haben bessere Dinge zu besprechen als Sex.«

»Nichts ist besser als Sex«, widerspricht Andrew. »Aber ich habe davon keine Ahnung, weil ich derzeit mit niemandem schlafe.«

»Ich denke nicht, dass dir das Wicked Horse viel geben würde«, sagt Avril zu Andrew und wir blicken sie beide an. »Du warst nie ein Mann für nur eine Nacht. Du vögelst mit dem Herzen, Drew. In einem Sex-Club ist kein Platz für ein Herz.«

Ich muss die Zähne fest aufeinanderpressen, damit mir bei Avrils unfassbar präzise geäußerter Weisheit nicht die Kinnlade herunterfällt, nicht nur mit dem, was sie über unseren Freund sagt, sondern ebenfalls, was die Leute betrifft, die einen Sex-Club besuchen. Sicher, es gibt dort auch liebende, monogame Paare, die Sex in der Öffentlichkeit haben oder Partnertausch vollziehen, aber größtenteils gehen die alleinstehenden Mitglieder dorthin, um zu vögeln und zu vergessen.

Andrew zuckt zusammen und sieht Avril gequält an. »Und du hast kein Problem damit?«

Avril blickt einen Moment lang auf ihr Bier, ganz so, als würde sie über die richtigen Worte nachdenken. Als sie wieder aufsieht, holt sie kurz Luft und antwortet: »Ich habe eine Seite an mir entdeckt, von der ich nicht wusste, dass sie existiert, Andrew. Ich habe sie an dem Abend entdeckt, an dem du und ich zum ersten Mal dorthin gegangen sind. Und ich denke, du weißt sehr genau, dass es für dich zwar eine lustvolle Erfahrung war, es aber nicht das ist, was dich wirklich ausmacht. Andernfalls wärst du bereits noch einmal hingegangen.«

Die Wahrheit von Avrils Worten durchfährt mich und mir wird plötzlich klar ... sie ist mir so viel ähnlicher, als Andrew es ist. Ich erkenne ganz deutlich, dass es hier nicht um Geschlechter geht. Entweder steht man auf schmutzigen Sex oder man tut es nicht, und Andrew tut es einfach nicht.

Avril blickt mich an und sieht, dass ich sie verstehe. Ich kann an ihren Augen ebenfalls erkennen, dass sie mir ihre Antwort gegeben hat.

♦

DIE TÜR ÖFFNET sich nur eine Sekunde, nachdem ich geklopft habe, was bedeutet, dass sie auf mich gewartet hat. Sie tritt zurück, als ich ihr Hotelzimmer betrete, und schließt die Tür hinter mir. Ich bin wie Avril etwas betrunken, aber das wird rein gar nichts ändern.

»Beste Freunde mit Vorzügen, richtig?«, sagt sie mit heiserer Stimme.

Ich nicke und gehe auf sie zu. »Und der Sex ist nur das ... Sex. Nichts darüber hinaus.«

»Du hältst immer noch die perfekte Balance zwischen Professionalität am Tag und schmutzigem Sex im Wicked Horse bei Nacht«, antwortet sie mit einem hinterhältigen Grinsen, während sie einen weiteren Schritt zurücktritt.

»Wir befinden uns gerade aber nicht im Wicked Horse«, stelle ich klar und mache einen großen Schritt nach vorne, um mit meiner Hand ihren Nacken zu berühren.

Avril legt den Kopf nach hinten und blickt mich mit diesen großen blauen Augen an, in denen nichts als Selbstbewusstsein über die Entscheidung, die sie getroffen hat, zu sehen ist. »Ich denke, wir können einige Ausnahmen machen.«

Ich schenke ihr ein Lächeln, bevor ich mich nach unten beuge, um meinen Mund auf ihren zu drücken. Sie stöhnt, öffnet die Lippen und lässt meine Zunge hineinschlüpfen. Ich verschwende keine Zeit, denn ich brauche sie nicht zu verführen. Mit meiner freien Hand öffne ich den Knopf ihrer Jeans und schiebe meine Handfläche nach unten in ihren Slip. Mit meinem Mittelfinger reibe ich durch die seidige Feuchte ihrer Muschi, bevor ich ihn tief in sie einführe.

»Ja«, flüstert Avril und drückt ihre Hüfte nach vorn, um meinen Finger noch tiefer in sich hineinzuziehen.

Ich gebe ihren Mund frei und drücke meinen Finger

noch tiefer in sie hinein. Die Lust steht ihr ins Gesicht geschrieben und ihre Augen sind geschlossen, um das Gefühl zu genießen. Ich ziehe meinen Finger heraus, streichele über ihre Klitoris und beginne, sie mit kreisenden Bewegungen zu stimulieren. Avril stöhnt und ich sehe dabei zu, wie sich ihr Gesicht verzieht, während sie sich auf die Unterlippe beißt.

Ich bewege meinen Finger schneller und ihre Hüften antworten, indem sie zucken und sich an mir reiben.

So scharf.

»Dane, ich werde –«

Sie kommt mit einem Schrei, ihre Augen öffnen sich schlagartig und sie blickt mich an. Sie sieht beinahe schon überrascht aus, dass es so schnell passiert ist.

»Verdammt noch mal«, knurre ich und reibe weiter über ihre empfindliche Knospe. »Zieh dich aus, Avril. Und beeil dich bitte, damit ich das noch mal machen kann.«

Sie blinzelt ein paar Mal, dann zieht sie meine Hand aus ihrem Slip. Die Kleidungsstücke fliegen durch die Gegend, während wir uns in Windeseile ausziehen.

Und dann liegen wir auf dem Bett und meine Zunge befindet sich wieder in ihrem Mund, während sie mit der Hand nach meinem Schwanz greift, um ihn zu streicheln. Ich kann mich nicht beherrschen und drücke mich einige Male an sie, bevor mir bewusst wird, dass es einfach nicht ausreicht.

Ich drehe sie auf den Rücken und stütze mich mit

einer Hand neben ihrem Kopf auf der Matratze ab. Sie hilft mir dabei, meinen Schwanz an ihrer Muschi zu positionieren, und als die Spitze ihre feuchte Spalte berührt, kann ich ein lustvolles Zischen nicht unterdrücken, das meinem Mund entfährt.

Wir starren einander an und jetzt gibt es kein Zurück mehr von dem gefährlichen Spiel, das wir beide entschieden haben, miteinander zu spielen.

Ich berühre mit der anderen Hand ihr Gesicht, lege sie an ihre Wange und beuge mich hinab, um sie anzusehen. »Ich vertraue niemandem auf dieser Welt mehr als dir. Willst du, dass ich mir ein Kondom überziehe?«

Avrils Augen werden warm und sie lächelt mich süß an. »Bei mir brauchst du das nicht. Ich vertraue niemandem mehr als dir, wenn du mir also sagst, dass wir ungeschützt vögeln können, dann vögeln wir ungeschützt.«

Oh Gott, allein das Wort »vögeln« von Avril in dieser heiseren, sexy Stimme zu hören ist beinahe schon zu viel für mich. Aber sie hat mir grünes Licht gegeben. Zwischen uns sind keine weiteren Worte notwendig und ich stoße mit einem festen Ruck meiner Hüften in sie hinein.

Avrils Rücken drückt sich durch und sie schreit auf, als ich in sie eindringe. Ihre Muschi ist eng, feucht und vielleicht das Beste, das mein Schwanz in seinem Leben jemals erfahren hat.

Es macht mir schreckliche Angst, dass es sehr wahrscheinlich die beste Muschi ist, die ich jemals in meinem Leben gespürt habe, weil es Avrils Muschi ist. Weil ich die Frau kenne, die sich hinter dieser Lust verbirgt.

Avril öffnet die Augen und lächelt mich an. Dabei wackelt sie ein wenig mit den Hüften, um mich anzuspornen.

Wunderschöne Augen.

Der Meinung war ich schon immer.

Voller Vertrauen darin, dass das, was wir tun, okay ist und uns später nicht verletzen wird.

Ich hoffe bei Gott, dass sie recht hat, denn noch bevor ich zum Höhepunkt komme, weiß ich bereits, dass sich die Dinge zwischen uns ein weiteres Mal verändert haben.

KAPITEL 12

Avril

D ANE BEFINDET SICH in mir und es fällt mir schwer, das zu verarbeiten.

Mein bester Freund und Geschäftspartner, Dane Hawthorne, befindet sich in mir.

Vögelt mich.

Naja, so richtig vögelt er mich noch nicht. Ich drücke meine Hüften nach oben und versuche, ihn tiefer in mich hineinzuziehen, aber er starrt nur auf mich hinab.

»Stimmt etwas nicht?«, frage ich und hebe meine Beine an, um sie in seine Rippen zu stemmen.

»Nein, alles in Ordnung«, versichert er mir lächelnd und kreist leicht mit den Hüften.

Und oh wow ... das fühlt sich fantastisch an!

»Mehr«, sage ich zu ihm, denn ich will es endlich zu Ende bringen. Ich habe in den letzten Tagen ernsthaft über diese Sache nachgedacht. Jeden Abend habe ich auf meinem Sofa gesessen, Wein getrunken und innerlich über das Für und Wider einer sexuellen Beziehung mit meinem Freund debattiert. Ich wusste, dass die Folgen verheerend sein könnten, und das war auch der Grund, warum ich mich nicht sofort entscheiden konnte.

Aber schließlich habe ich mich dazu entschlossen, Dane zu vertrauen. Ich habe mich entschieden, unserer Verbindung zu trauen. Unsere Freundschaft besteht seit mehr als siebzehn Jahren und während der Zeit war nicht immer nur alles eitel Sonnenschein. Wir haben einander durch einige schwere Zeiten hindurch geholfen und ich vertraue darauf, dass wir beide dafür sorgen werden, den jeweils anderen nicht zu verletzen.

Dane lässt immer noch nur ein wenig seine Hüften kreisen, also drücke ich mit den Händen gegen seine Brust. »Dane?«

Er lässt seinen Blick kurz über mein Gesicht wandern, bevor er mir wieder in die Augen sieht. Er lächelt mich an. »Du bist wunderschön.«

Dieses Kompliment jagt mir einen wohlig warmen Schauer durch den Körper, weil Dane in siebzehn Jahren nicht ein einziges Mal so etwas Intimes zu mir gesagt hat. Ich habe seinen Schwanz gelutscht, er hat mich ausgeleckt, und dennoch trifft mich seine Aussage, dass ich wunderschön bin, mitten ins Herz.

Ich schnappe kurz nach Luft wegen der Bedeutung dieser Worte, und ich bin mir nicht sicher, was Dane auf meinem Gesicht erkennen kann, aber er zieht sich ein wenig zurück. Er schüttelt leicht den Kopf, ganz so, als wolle er ihn entleeren, und zieht seinen Schwanz dann so plötzlich aus mir heraus, dass ich aufschreie. Einen Augenblick lang denke ich, dass er schlagartig seine Meinung geändert hat, aber dann hebt er mich an und wirft mich zurück aufs Bett, sodass sich mein Kopf nun am Fußende befindet. Dann dreht er mich unsanft auf den Bauch.

Ich habe kaum meine Sinne beisammen, da zieht er mich auch schon an den Hüften auf alle viere und dringt ohne ein Wort der Erklärung von hinten in mich ein.

»S-c-h-e-i-i-i-ß-e«, stöhnt er, während er sich an mir reibt.

Ich stöhne ebenfalls, denn in dieser Position fühlt er sich unfassbar riesig an und ich bin vollkommen ausgefüllt. Ich lasse den Kopf nach vorne fallen, weil ich mich plötzlich so schwach wie ein Katzenbaby fühle, denn mir wird klar, dass es Dane schmerzt, mir ins Gesicht zu blicken, nachdem er mich wunderschön genannt hat, und mich deswegen nun von hinten fickt.

Aber dann wird mein Kopf hochgezogen, denn Dane hat mein Haar in seiner Faust und ich schnappe überrascht nach Luft, als ich erkenne, dass er uns vor dem großen Spiegel positioniert hat, der über der Kommode an der Wand hängt.

Und dort bin ich … Arme durchgestreckt, Beine gespreizt und Brüste, die mit harten Nippeln herum schaukeln, während ich mein Spiegelbild anstarre.

Und da ist Dane, direkt hinter mir mit seinem

großen, muskulösen Oberkörper und dem Waschbrett-
bauch und seinem Schwanz, der in mir steckt. Unsere
Blicke treffen sich im Spiegel und er murmelt:
»Unglaublich schön.«

Von der Hitze in seiner Stimme bin ich gebannt,
aber das vergeht schnell, als er seine andere Hand auf
meine Hüfte legt, um mehr Hebelwirkung zu haben.

Dann fickt er mich und er tut es erbarmungslos. Sein
riesiger Körper bewegt sich an meinem, sein Schwanz
hämmert in meine feuchte Muschi, wo er etwas berührt,
das sich sehr tief in mir befindet. Meine Titten hüpfen
und ich hasse den Gedanken daran, wie mein Arsch wohl
aus seiner Perspektive aussieht, aber Gott steh mir bei –
es fühlt sich so verdammt gut an.

»Fester!«, bringe ich stöhnend zwischen keuchenden
Atemzügen hervor und sehe, wie Danes Gesichtsausdruck dunkel und leidenschaftlich wird.

Ein wildes Lächeln breitet sich auf seinem hübschen
Gesicht aus und ihm entfährt ein sündhaft gefährliches
Lachen. »Das ist mein Mädchen.«

Mit beiden Händen an meinen Hüften zieht Dane
seinen Schwanz langsam in seiner vollen Länge aus mir
heraus. Die Geschwindigkeit, mit der er das tut, ist
quälend und lustvoll zugleich. Bevor die Schwanzspitze
aus mir herausgleitet, bohrt er seine Finger in mein
Fleisch und stößt ihn wieder so fest in mich hinein, dass
das Aneinanderklatschen unserer Haut sich wie ein
Donnerschlag anhört.

»Scheiße!«, schreie ich auf, denn was auch immer er da in mir getroffen hat, war jedem anderen Mann bisher auf geheime Weise verborgen geblieben.

Dane entnimmt meinem Fluch nicht, dass ich Schmerzen habe, sondern interpretiert ihn als einen Lustschrei, denn er tut es sogleich noch einmal. Er zieht sich langsam zurück und stimuliert jedes Nervenende in mir, bevor er noch einmal brutal zustößt und diese süße Stelle trifft.

Bei jedem Stoß stöhne ich auf.

Ich verfluche ihn, weil es auf so wunderbare Weise wehtut.

Ich flehe ihn an, nicht aufzuhören.

Ich flehe ihn an, mich noch schneller zu vögeln.

Er gibt mir nichts weiter als diesen unerträglich süßen Rückzug und die unerbittliche Eroberung, wenn er wieder in mich eindringt. Jedes Mal wenn er auf diese Stelle trifft, markiert er dort sein Revier.

Nach nur wenigen dieser kraftvollen Stöße beginnt meine Muschi, sich von innen zusammenzuziehen. Ich spüre, dass sich die Mutter aller Orgasmen in mir zusammenbraut. Ich muss so dringend kommen, dass ich mir eine Hand zwischen die Beine schieben will, aber Dane, dessen Blick im Spiegel auf mich gerichtet ist, ertappt mich dabei.

»Nein«, sagt er barsch und ich platziere meine Hand wieder auf der Matratze. »Ich werde es dir geben, wenn ich der Meinung bin, dass du es haben darfst.«

»Oh Gott, Dane«, stöhne ich jämmerlich und lasse den Kopf sinken. »Du dreckiges, sadistisches Arschloch.«

Sogar als er sich zurückzieht und seinen Schwanz wieder in mich hinein rammt, lacht er leise und schürt das Feuer in mir noch weiter.

Mit jedem einzelnen Stoß … mit jedem Grunzen, das ihm entfährt …

… komme ich ein kleines bisschen näher, bis ich schwankend am Abgrund stehe.

Und dann wird er nur ein klein wenig langsamer, damit ich nicht falle, das Feuer jedoch ebenfalls nicht erlischt. Er hält mich direkt über dem Abgrund fest und ich weiß nicht, ob es sich hierbei um Folter oder nur schmerzhafte Lust handelt.

Die Muskeln in Danes Hals spannen sich an und sein Stöhnen scheint mit jedem Stoß tiefer aus seiner Brust zu kommen. Er scheint konzentriert und entschlossen zu sein, ein bestimmtes Ziel zu erreichen, aber weil er mich nicht fallen lässt, erfahre ich nicht, worum es sich handelt.

Und dann tut er etwas, das ich mein Leben lang nicht mehr vergessen werde.

Dane stößt tief in mich hinein. Er bringt eine Hand von vorne zwischen meine Beine und schnippt mit dem Finger gegen meine Klitoris. Ich brauche nur diese kleine zusätzliche Stimulation, um mit solcher Wucht zu explodieren, dass ich schreie.

Ich sehe mir im Spiegel zu, wie mein Mund weit

geöffnet ist, während die Lust durch mich hindurch rauscht, und ich spüre, wie sich ein zweiter Orgasmus in mir löst, als Dane mich an der Hüfte ergreift und seine Augen schließt. Ohne ein weiteres Mal hineinzustoßen, und beinahe so, als ob er darauf gewartet hätte, dass mein Orgasmus ihn beschleunigt, fängt er an, in mir zu kommen.

Mit angespanntem Kiefer und fest zusammengepressten Augen entfährt ihm ein langes, tiefes Grollen. Ich spüre, wie sein Schwanz in mir pulsiert, während er mit stiller Kraft abspritzt.

Dane zieht mich an meinen Hüften näher an sich und saugt die Luft durch die Nase ein. Dann öffnet er die Augen und blickt mich im Spiegel an. Auf seinem Gesicht breitet sich langsam ein Lächeln aus und er summt vor Befriedigung: »Mmmmm.«

»In der Tat«, murmele ich und erwidere sein Lächeln.

Dane beugt sich nach vorne, schlingt die Arme um meinen Oberkörper und zieht mich nach oben, sodass ich mich lediglich auf Knien vor ihm befinde. Die volle Länge seines Schwanzes steckt noch immer in mir und ich möchte, dass dieses Gefühl niemals verloren geht.

Dane drückt mich an sich und legt sein Kinn auf meinem Kopf ab, während er mich im Spiegel ansieht. »Ich muss mich ein paar Minuten ausruhen und dann können wir weitermachen.«

Meine Muschi zieht sich zusammen und er lacht,

weil seine Worte eine so große Wirkung auf mich haben.

Mit einem Arm über meinen Brüsten schiebt Dane seine andere Hand über meine Muschi und krault meine Schamhaare. Unsere Blicke sind im Spiegel fest miteinander verankert.

»Mit uns ist alles okay, nicht wahr?«, fragt er schließlich.

»Alles okay«, verspreche ich.

»Du wirst mir bei der Arbeit in die Augen sehen, richtig?«, bohrt er nach.

»Und wenn ich dir den Schwanz lutsche«, antworte ich anzüglich.

Er zwickt mich dafür in die Klitoris und ich zucke so stark zusammen, dass sein Schwanz aus mir herausgleitet. Dane seufzt reuevoll, sagt jedoch: »Auch gut … wir müssen uns vielleicht doch kurz unterhalten.«

Dane lässt sich mit mir aufs Bett fallen und dreht mich um, damit ich ihn ansehen kann. Er streicht mir das Haar aus dem Gesicht, nicht weil es notwendig wäre, sondern weil ich sehen kann, dass er seine Gedanken sortiert. Als er mich wieder anblickt, sagt er: »Erinnerst du dich daran, als mein Vater in unsere Wohnung gekommen ist?«

Ich verspanne etwas, denn die Erinnerung daran ist nicht gerade positiv, trotzdem nicke ich.

»Dann weißt du es ja«, sagt er leise.

Mein Herz zieht sich zusammen, denn ja, ich weiß tatsächlich, was Dane im Inneren mit sich herumträgt.

Es ist das Nichts.

Zu Beginn unseres Abschlussjahres befanden Dane und ich uns in unserer Wohnung und lernten. Ich kann mich nicht erinnern, wo Andrew war – wahrscheinlich hatte er Unterricht oder so etwas –, aber ich saß auf dem Sofa und Dane auf dem Fußboden, vor sich auf dem Kaffeetisch ein aufgeschlagenes Buch.

Damals wusste jeder bereits, dass Dane mit seiner Begabung und seinem Weitblick Geschichte schreiben würde. Niemand besaß auch nur den geringsten Zweifel daran, dass er später einmal höchst erfolgreich sein würde, ganz egal welchen Weg er auch einschlägt. Der Grund dafür lag nicht nur darin, dass er unvorstellbar klug war. Er besaß darüber hinaus ebenfalls einen absoluten Ehrgeiz, mit dem sich nur wenige Menschen rühmen können. Und das war ziemlich beeindruckend, wenn man bedenkt, dass er ohne jegliche Stabilität aufgewachsen ist. Er wurde seinem drogenabhängigen Vater mit fünf Jahren weggenommen und in das Pflegesystem aufgenommen, weil er keine anderen Verwandten hatte. Er wurde von Pflegefamilie zu Pflegefamilie gereicht und blieb niemals lange an einem Ort.

Man könnte denken, dass ein kluger, hübscher Junge wie er Chancen auf eine Adoption gehabt hätte, aber dem war augenscheinlich nicht so. Dane hat so gut wie nie Ärger gemacht, aber die Tatsache, dass er trotz seines guten Benehmens und exzellenter Leistungen in der

Schule nie dauerhaft von einer Familie aufgenommen wurde, hat ihn schwer getroffen.

Als er älter wurde, hat er gelernt, dass er sich nur auf sich selbst verlassen kann, und sich geweigert, auf anderer Menschen Hilfe zu vertrauen.

Bis zu dem Tag, an dem sein Vater auftauchte.

Ich öffnete die Tür und sah einen Mann mittleren Alters mit kurzem, dunklem Haar und haselnussbraunen Augen dort stehen. Rückblickend muss ich sagen, dass die Ähnlichkeit mit Dane verblüffend war, doch damals fiel es mir nicht auf. Ich bemerkte lediglich die Nervosität auf seinem Gesicht, als er fragte: »Wohnt Dane Hawthorne hier?«

Ich blickte über die Schulter und Dane hob den Kopf. Als ich von der Tür wegtrat, damit er den Besucher sehen konnte, wusste Dane sofort, um wen es sich handelte.

Sein gesamter Körper erstarrte und seine Augen wurden dunkel, als er den Mann anblickte. Keiner von ihnen sagte ein Wort, während sie für einige unangenehme Sekunden starr Augenkontakt hielten.

Schließlich sagte der Mann: »Dane … erkennst du mich? Ich bin dein Vater.«

Bei diesen Worten zuckte ich zusammen und warf den Kopf herum, um meinen besten Freund anzusehen. Zum ersten Mal, seit ich ihn kennengelernt hatte, sah ich reinen Schmerz in diesen haselnussbraunen Augen. Dane schluckte schwer und drehte dann seinen Kopf ein wenig, um mich anzublicken.

Seine Stimme klang rau, aber seine Worte waren deutlich. »Avril ... wimmele ihn ab und sag ihm, er soll nicht wiederkommen.«

Ich habe keine Ahnung, warum Dane dem Mann, der vorgab, sein Vater zu sein, diese Dinge nicht selbst sagen konnte, aber ich habe seine Aufforderung nie infrage gestellt. Ich drehte Dane den Rücken zu, stellte ich mich wieder in den Türrahmen und wurde zum ersten Mal zu seiner Beschützerin.

Ich verschränkte die Arme vor der Brust und sagte: »Sie müssen gehen. Sie sind hier nicht erwünscht, kommen Sie also nicht wieder.«

»Aber wenn ich nur kurz –«

Ich beugte mich zur Seite und nahm den Baseballschläger, der hinter der Tür lehnte. Er gehörte Andrew und ich schwang ihn vor mir herum. »Ich werde Ihnen eins überziehen, wenn Sie nicht sofort verschwinden.«

Der Mund des Mannes verzog sich traurig nach unten und er versuchte, an mir vorbei in unsere Wohnung zu spähen. Ich hob den Schläger an und er trat einige Schritte zurück.

»Es tut mir leid«, sagte er und hielt einen Augenblick lang die Hände hoch, bevor er nach hinten griff und sein Portemonnaie hervorzog. »Ich weiß, dass es schwer für ihn ist. Ich wollte nur wieder Kontakt aufnehmen.«

Ich blieb stumm und starrte ihn durchdringend an,

während er etwas aus seinem Portemonnaie nahm. Er streckte die Hand aus und hielt es mir hin, aber ich weigerte mich, es anzunehmen. Also legte er es stattdessen auf den Betonboden vor meine Füße. »Das ist meine Visitenkarte. Ich lebe nördlich von San Diego. Ich führe Hausprüfungen durch und habe mein Leben wieder im Griff. Ich bin seit einigen Jahren clean. Ich wollte mich nur melden. Ich denke die ganze Zeit an —«

Ich hörte kein weiteres Wort, denn ich trat zurück und schlug ihm die Tür vor der Nase zu.

Als ich mich wieder zu Dane umdrehte, sah er zu mir auf und sagte einfach nur: »Danke.«

Ich nickte und stellte den Schläger zurück an seinen Platz. Dann setzte ich mich aufs Sofa und lernte weiter, obwohl mein Herz mir bis zum Hals klopfte. Ich konnte mir nicht vorstellen, was Dane fühlte, aber ich wusste, dass es etwas Kräftezehrendes sein musste, denn er hätte mich sonst niemals im Leben darum gebeten, ihn zu beschützen. Die Tatsache, dass er es getan hat, zeigt mir, dass es einen Schmerz in ihm hervorgerufen hat, dem er sich einfach nicht stellen konnte.

Ich erinnere mich daran, dass am darauffolgenden Tag, als ich die Wohnung verließ, die Karte seines Vaters nicht mehr dort war. Ich habe keine Ahnung, ob sie weggeweht war oder Dane sie aufgehoben hatte, aber er hat mit mir nie wieder über seinen Vater gesprochen.

Nicht bis gerade eben, während mein Körper von dem Orgasmus, den er mir beschert hat, immer noch unter Strom steht. Und wenn Dane sagt: »Dann weißt du es ja«, wiederholt er tatsächlich nur die Grenzen dessen, was wir beide miteinander haben.

Dane ist zu Liebe oder einer Bindung nicht fähig. Es fällt ihm schwer zu vertrauen, und auch wenn er mir als seiner besten Freundin vertraut, würde er mir niemals mit dem Herzen vertrauen. Er ist ein einsamer Mann, der die ersten neununddreißig Jahre seines Lebens allein gemeistert hat, und er hat vor, dies auch die nächsten neununddreißig Jahre und noch länger so zu handhaben.

Er stellt sicher, ich verstehe wirklich, dass er mir nichts anderes zu geben hat als das, was sich zwischen seinen Beinen befindet.

Ich beuge mich nach vorne und drücke meine Lippen für einen zärtlichen, beruhigenden Kuss auf seine. Als ich mich zurücklehne, blicke ich ihm direkt in die Augen und sage ihm, was er hören muss: »Ja, das weiß ich.«

KAPITEL 13

Dane

DIE LIMOUSINE FÄHRT bei Andrews Stadtwohnung vor. Wir sind gerade erst mit der frühen Maschine aus San Francisco eingeflogen und er ist immer noch verkatert. Während Avril und ich den Restalkohol in ihrem Hotelzimmer verbrannt haben, hat sich Andrew offenbar die Minibar zur Brust genommen und munter weitergetrunken.

Andrew ächzt, als er sich auf dem Sitz mir gegenüber nach vorne beugt. Avril sitzt neben ihm und grinst. Es ist absolut faszinierend, wie Avril und ich die sexuelle Anziehung in Gesellschaft anderer ausknipsen können. Naja, »ausknipsen« ist vielleicht nicht das richtige Wort. Vielleicht wäre »ausblenden« passender, aber dennoch … als wir uns heute früh alle in der Eingangshalle getroffen haben, um auf den Wagen zu warten, der uns zum Flughafen bringt, war zwischen uns dreien alles wie immer. Sie und ich haben uns locker unterhalten, während Andrew nur mit einem Ohr zugehört und zwischendurch wegen seines Katers immer mal wieder gejammert hat.

»Trink viel Wasser und nimm ein paar Aspirin«, sagt Avril und klopft ihm auf die Schulter, bevor er über das Polster zur Tür rutscht.

Er dreht sich zu ihr um und rollt mit den Augen. »Ich bin nur ein wenig verkatert. Ich werde heute trotzdem arbeiten.«

»In deiner Schlafanzughose, ganz bequem vom Bett aus, nicht wahr?«, ziehe ich ihn auf.

»Halt die Klappe«, murmelt er und steigt aus der Tür aus, die der Fahrer für ihn offenhält. Als er auf dem Bürgersteig steht, geht der Fahrer zum Kofferraum, um seinen Koffer herauszuholen. Andrew bückt sich und blickt mit düsterer Miene in den Wagen. »Wenn wir drei das nächste Mal gemeinsam nach Berkeley fahren, trinken wir nie wieder – und ich wiederhole –, nie wieder so viel Alkohol.«

Avril lacht und ruft ihm ins Gedächtnis zurück: »Du würdest dich nicht so elend fühlen, wenn du die Finger von der Bar in deinem Zimmer gelassen hättest.«

»Aber diese Flaschen waren so winzig«, verteidigt sich Andrew mit einem schiefen Grinsen. »Sie haben harmlos ausgesehen, weil sie nur so klein waren.«

Wir lachen alle drei und Andrew winkt uns zu, bevor er die Tür schließt. Avril lehnt sich auf ihrem Sitz zurück und schlägt die Beine übereinander. Sie und ich sind auf dem Weg ins Büro und haben uns heute früh dementsprechend gekleidet. Avril hat sich für die Arbeit schon immer professionell angezogen, genau wie ich. Es ist komisch, denn ich weiß, dass sie sich genau wie Andrew privat in Jeans viel wohler fühlt, aber ich glaube, dass sie als Frau niemals anderen Angestellten oder Führungskräften die Möglichkeit geben will zu denken, sie sei weniger fähig, ihre Arbeit zu erledigen, weil sie sich lässiger kleidet.

Nicht dass ich so denken würde. Avril könnte sich eine Papiertüte als Kleid anziehen und mit ihrer Superenergie immer noch eine Aufsichtsratsversammlung leiten.

Sie hat den Kopf über ihr Telefon gebeugt und ihre Daumen fliegen nur so über den Bildschirm, weil sie zweifellos mindestens zwei Dutzend E-Mails beantwortet, die sie bekommen hat, seit wir gelandet sind. Wir sind alle ständig mit unseren Telefonen beschäftigt, aber für Avril ist es ausschließlich Arbeit, die sie damit verrichtet, während Andrew und ich ab und zu auch zum Vergnügen im Internet surfen.

»Unsere Besprechung um ein Uhr wurde gerade abgesagt«, bemerkt Avril mit forscher und effizienter Stimme, ohne zu mir aufzusehen. Was für ein Unterschied zu ihren heiseren Schreien der letzten Nacht!

Bei diesen Erinnerungen fängt mein Schwanz an zu zucken. Als ich letzte Nacht ihr Zimmer verließ, gab es keinen Zentimeter ihrer Haut, den ich nicht geleckt oder anderweitig gekostet hätte, und ich warte darauf, dass mich eine Welle von Schuldgefühlen oder Reue überkommt.

Aber das passiert nicht. Entweder weil ich keine Seele und auch kein Gewissen besitze oder weil es wirklich nichts Verwerfliches an dem gibt, was wir tun. Ich meine, das Privatleben ist privat und unser berufliches Leben scheint bislang problemlos zu funktionieren.

»Dr. Lane hat uns gerade einen neuen Forschungsvorschlag zugesendet«, informiert sie mich, als sie aufsieht. »Ich bin mir sicher, dass Andrew ihn lesen und uns seine Meinung darüber mitteilen wird.«

»Klingt gut«, sage ich und ziehe mein Telefon aus der Innentasche meiner Jacke. Ich entsperre den Bildschirm und öffne meinen Kalender, um nachzusehen, was bei mir heute Abend ansteht.

Abendessen, Sharon um zwanzig Uhr abholen.

Scheiße. Das habe ich vollkommen vergessen.

Obwohl ich regelmäßig im Wicked Horse verkehre, lasse ich mich trotzdem immer mal wieder auf Verabredungen ein. Ganz besonders, wenn es sich um eine Flugbegleiterin handelt, die ganz fantastische Dinge mit ihrer Zunge anstellen kann.

Ich blicke zu Avril hinüber, deren Aufmerksamkeit immer noch auf ihrem Telefon liegt.

Wir haben nicht darüber gesprochen, ob wir einander treu sein sollen, aber angesichts der Tatsache, dass wir beide Mitglieder in einem Sex-Club sind, bin ich mir nicht sicher, was in dieser Situation von mir erwartet wird. Sie hat mit den Frauen, die ich im Club gevögelt habe, nicht im Geringsten etwas gemeinsam, denn ... naja, sie ist Avril.

Ich öffne den Mund, um es anzusprechen, weil es ein Thema ist, über das wir uns unterhalten müssen, aber dann wird mir plötzlich etwas klar.

Ich will Sharon heute Abend nicht treffen. Ich würde heute Abend lieber bis zum Anschlag in Avril stecken ... und eigentlich nicht nur heute, sondern an jedem beliebigen Tag.

Ohne zu zögern, schreibe ich Sharon eine kurze Nachricht. *Tut mir leid. Mir ist etwas dazwischengekommen. Ich muss für heute Abend absagen.*

Normalerweise hätte ich gefragt, ob wir die Verabredung verschieben können, aber das tue ich nicht, weil ich mir nicht vorstellen kann, dass ich sie in der näheren Zukunft treffen möchte.

Fantastisch.

Ich hebe den Kopf und sehe Avril erneut an. Sie hat ihr schulterlanges Haar zu einem Pferdeschwanz gebunden und ihr typischer dicker Pony hängt ihr über die Augen, während sie auf ihrem Telefon herumtippt. Sie trägt einen braungrauen Bleistiftrock und eine violette Bluse. Ihr dazugehöriges Jackett liegt auf dem Sitz neben ihr.

Sie ist Catervas leitende Geschäftsführerin, meine beste Freundin und eine perfekte professionelle

Geschäftsfrau.

Sie ist ebenfalls unheimlich sexy und ich will sie vögeln.

Als ob sie meine Blicke auf sich spürt, hebt Avril langsam den Kopf und legt ihn zur Seite. »Was ist?«

»Komm, setz dich auf meinen Schoß«, fordere ich sie grinsend auf.

Sie zuckt zusammen und verdreht den Hals, um zum Fahrer zu blicken, weil die Scheibe, die uns von ihm trennt, heruntergefahren ist. Dann fährt ihr Kopf wieder herum. »Wie bitte?«

Ich fange an, meinen Gürtel zu öffnen. »Setz dich auf meinen Schoß. Reite meinen Schwanz.«

Avrils Gesicht wird tiefrot und sie starrt mich an, während sie mit dem Daumen über die Schulter zum Fahrer deutet. »Jetzt ist dafür nicht der beste Zeitpunkt.«

Ich fahre lachend die Scheibe hoch und weise den Fahrer an: »Fahren Sie so lange um den Block, bis ich Ihnen andere Anweisungen gebe.«

»Ja, Sir«, höre ich ihn sagen und er blickt mich kurz im Rückspiegel an, bevor sich die dunkle Scheibe schließt.

»Meine Güte, Dane«, brummt Avril und schaut auf meine Hände. »Du veranstaltest vielleicht ein Spektakel.«

Ich öffne den Reißverschluss meiner Hose, hole meinen Schwanz hervor und streichele ihn, bis er vollständig steif ist. Ihre Augen werden groß, während sie mir dabei zusieht.

»Jetzt tu nicht so beleidigt, Av«, ziehe ich sie auf. »Im Wicked Horse treibst du es vor wesentlich mehr Leuten.«

»Aber nicht während der Arbeitszeit mitten am Vormittag vor dem Fahrer unserer Limousine«, brummt sie, aber ihr Blick wandert wieder zu meinem Schwanz.

»Die Scheibe ist oben«, sage ich zu ihr. »Wir haben Privatsphäre.«

Das stimmt nicht wirklich, denn das Glas ist nicht vollständig verdunkelt und ich bin mir sicher, dass der Wagen nicht schalldicht ist, aber was soll's.

»Schieb deinen Rock hoch«, befehle ich ihr, während ich mit dem Daumen den Lusttropfen verteile, der sich auf meiner Schwanzspitze gebildet hat. »Zieh deinen Slip aus und mach dich feucht.«

Sie starrt mich einen Moment lang an, aber es überrascht mich nicht, dass sie tut, worum ich sie gebeten habe. Mir stockt der Atem, als sie mit den Hüften wackelt, um ihren engen Rock nach oben zu schieben. Anstatt ihren rosa Baumwollslip auszuziehen, der durch seine Einfachheit unheimlich sexy ist, wirft sie mir einen trotzigen Blick zu und lässt einfach nur ihre Finger unter das Bündchen gleiten.

Ich weiß genau, wann ihre Finger ihre Knospe berühren, weil sie leicht erschaudert. Ich hingegen stöhne auf, als sie flüstert: »Ich bin bereits feucht. Was weißt du schon?«

»Komm her«, knurre ich, als ich meinen Schwanz loslasse und mich nach vorne beuge, um sie zu packen.

Sie landet rittlings auf mir, mit ihren Händen auf meinen Schultern und ihrem Kopf nach vorne gebeugt, um zwischen uns nach unten zu blicken.

Ich schiebe ihren Slip zur Seite, fahre mit dem Finger durch ihre Schamlippen hindurch und, oh Scheiße, ja … sie ist bereits tropfnass. Ganz allein von dem Gedanken daran, das hier zu tun.

»Ich liebe es, wie reaktionsfreudig du bist«, murmele ich und dringe mit einem Finger in sie ein. Avril schiebt ihre Hüften nach vorne und ergreift meinen Schwanz. Sie streichelt ihn einige Male, was sich absolut großartig anfühlt, aber ihre Muschi würde sich noch besser anfühlen. Ich ziehe meinen Finger aus ihr heraus und lege die Hände an ihre Taille, um sie auf mich herunter-zudrücken.

Avril positioniert mich an ihrem Eingang und kreist mit den Hüften, um ihre Muschi an meiner empfindlichen Spitze zu reiben. Langsam lässt sie sich auf mich hinabsinken und atmet schwer bei dieser Anstrengung, während sie sich für mich dehnt und ihre Muschi meinen Schwanz aufnimmt.

Als ich vollständig in ihr bin, erzeugt sie im hinteren Teil ihres Halses ein summendes Geräusch und lässt ihren Kopf nach vorne fallen, sodass ihre Stirn meine berührt. Ich schließe die Augen und spüre ihren Atem auf meinem Gesicht, als sie anfängt, sich zu bewegen.

Auf und ab, und dabei drückt sie ihre Hände für eine bessere Hebelwirkung in meine Schultern.

Eng. Heiß. Feucht.

Avril.

»Fühlt sich gut an«, haucht sie leise.

»So verdammt gut«, stimme ich zu und neige den Kopf, um sie zu küssen.

Ich behalte die Hände leicht auf ihren Hüften, ohne nachzuhelfen oder sie anzuspornen. Ich will, dass sie das Tempo vorgibt, und ich will, dass sie mich ganz allein zum Höhepunkt bringt. Ich will ebenfalls sehen, ob es ihr gelingt, von meinem Schwanz allein zum Orgasmus zu kommen, aber wenn sie es nicht schafft, werde ich ihr helfen.

Avril reitet mich langsam, während wir uns küssen. Ich bemerke vage, wie der Wagen immer mal wieder nach rechts abbiegt und habe keine Ahnung, wie oft wir um diesen Block herumfahren, während Avril mich fickt.

Aber dann fühlt es sich einfach zu gut an und in meinen Hoden beginnt es zu kribbeln. Meine Instinkte kämpfen mit dem Bedürfnis zu kommen und dem Wunsch, sie zuerst dorthin zu bringen. Ich will sie an den Hüften packen und sie wild auf und ab bewegen, aber ich möchte ebenfalls das Gefühl erleben, wie sich diese Muschi vor Lust um meinen Schwanz zusammenzieht.

Avril löst ihren Mund von meinem und stöhnt: »Ich stehe kurz davor, Dane.«

Dem Himmel sei Dank!

Ich beobachte, wie sich ihr Gesicht verzieht und ihr

Atem stockt. Sie fängt an, sich schneller zu bewegen, bis sie wie verrückt auf meinem Schwanz herumhüpft und mich jeder Stoß in sie ein Stückchen näher an den Abgrund bringt. Ich bewege meine Hand sogar von ihrer Hüfte weg, weil ich darüber nachdenke, ihr mit einem Schnipser gegen die Klitoris zu helfen, aber dann fängt Avril erst an zu wimmern und skandiert dann: »Kurz davor. Kurz davor. Kurz davor.«

Fasziniert von ihren glasigen Augen und den roten Flecken an ihrem Hals blicke ich sie an. Sie saugt mit den Zähnen an ihrer Unterlippe, als würde sie sich konzentrieren, und dann bumm ... versteift sie sich, wirft den Kopf zurück und stößt einen lustvollen Orgasmusschrei aus, von dem ich mir sicher bin, dass ihn der Fahrer und halb Las Vegas gehört haben.

Ihre Muschi verkrampft sich um meinen Schwanz und ich explodiere ebenfalls. Während ich mich in ihr ergieße, knurre ich jeden Fluch heraus, der irgendwann einmal ausgesprochen wurde. Als Avrils Höhepunkt abebbt, beginnt sie, sich erneut leicht an mir zu reiben, und es fällt mir sehr schwer, die Bewegungen an meinem übersensiblen, aber dennoch vollkommen befriedigten Schwanz zu ertragen. Ich halte sie an den Hüften fest und drücke sie auf mich hinab, um zu spüren, wie mein Schwanz einige weitere Male in ihr zuckt.

»Oh Gott«, murmele ich, als sie gegen meine Brust fällt und ihren Kopf auf meine Schulter legt. Wie automatisch schlinge ich die Arme um sie und drücke sie an mich. »Das war einfach unglaublich!«

»Du hast so einen schlechten Einfluss auf mich«, flüstert sie, aber ich kann die Befriedigung in ihrer Stimme hören.

Einige Augenblicke bleiben wir so sitzen, doch dann erhebt Avril sich. Mein Schwanz rutscht aus ihr heraus und sie flucht, als sie sich mit lüstern gespreizten Beinen zurück auf ihren Sitz fallen lässt. »Scheiße … ich brauche etwas, um mich zu säubern.«

»Oh ja«, sage ich, beuge mich nach vorne und richte ihren Slip. »Mir gefällt der Gedanke daran, dass mein Sperma dein Höschen durchnässt und du für den Rest des Tages feucht sein wirst.«

»Meine Güte, Dane!«, antwortet sie lachend und zieht ihren Rock herunter. »Ich hatte wirklich keine Ahnung, dass du so pervers bist.«

»Das wusste ich über dich auch nicht«, entgegne ich und blicke sie durchdringend an.

»Eins zu null für dich«, brummt sie.

Ich drücke auf den Knopf für die Scheibe. Nachdem sie nur wenige Zentimeter heruntergefahren ist, sage ich zum Fahrer: »Sie können uns jetzt zum Büro bringen.«

»Ja, Sir«, bestätigt er. Als er meinem Blick im Spiegel begegnet, kann ich sehen, dass er total scharf geworden ist. Ich wette, er muss sich erst einmal einen runterholen, nachdem er uns abgeliefert hat.

Ich fahre das Fenster hoch und ziehe mich schnell wieder an. Als ich meinen Gürtel schließe, sitzt Avril bereits wieder ruhig und konzentriert auf ihrem Platz und arbeitet auf ihrem Smartphone, als sei soeben nichts geschehen.

Das beeindruckt mich nun wirklich sehr und bestätigt mich darin, dass das, was wir miteinander tun, in Ordnung ist. Wir können wie gewohnt zur Tagesordnung übergehen.

»Gehen wir heute Abend ins Wicked Horse?«, frage ich und sie sieht zu mir auf.

»Das war dir noch nicht genug?«, will sie grinsend wissen.

»Noch lange nicht. Und wenn du mich lässt, besuche ich dich später in deinem Büro und vögele dich dort«, teile ich ihr ernst mit.

»Nein«, antwortet sie und schüttelt den Kopf. »Nicht noch einmal im Büro. Grenzen.«

Ich seufze, aber sie hat recht. Es ist zu verlockend und gegen die Abmachung. »Ist zweiundzwanzig Uhr dann okay?«

»Sicher«, sagt sie beiläufig, während sie auf ihr Telefon blickt. Aus irgendeinem Grund stört mich das. Ich glaube, ich würde es vorziehen, wenn sie mir in die Augen schaute, damit ich sehen kann, wie quälend diese Wartezeit sein wird. Stattdessen zeigt Avril mir, dass sie Privates und Berufliches sehr gut voneinander trennen kann.

Ich sollte mich darüber riesig freuen, weil es bedeutet, dass die Sache mit uns funktionieren kann. Ich habe noch nicht darüber nachgedacht, wie es enden wird, aber vielleicht muss es das ja gar nicht. Vielleicht wird es uns beiden für eine sehr lange Zeit genügen.

KAPITEL 14

Andrew

ICH WUSSTE, DASS eine große Wahrscheinlichkeit besteht, Avril oder Dane heute Abend hier zu treffen. Ich wusste, dass ich ein Zimmer betreten und sie dabei sehen könnte, wie sie die ultimative Lust erleben, doch als ich vor nicht einmal einer Minute das Orgienzimmer betrat, habe ich nicht erwartet, die beiden zusammen zu sehen.

Das Orgienzimmer ist spärlich beleuchtet und besitzt lediglich ausgerichtete Deckenlampen, die auf die zahlreichen Möbelstücke strahlen, auf denen die Gäste Sex haben. Sobald sich die Augen an die Beleuchtung gewöhnt haben, ist es einfach zu erkennen, was dort vor sich geht. Ich bin am Rand des Zimmers entlanggegangen und habe mir das Treiben angeschaut.

Ich wollte heute Abend hierherkommen, um es noch einmal zu probieren. Ich wollte es tun, weil meine beiden besten Freunde hier etwas finden, das sie glücklich macht, und, nun ja … ich will glücklich sein. Es ist etwas, das mir in all den Jahren immer durch die Finger geschlüpft ist, während ich darauf gewartet habe, die richtige Frau zu finden. Ich bin siebenunddreißig und bisher hat es nicht geklappt, also denke ich mir, dass es an der Zeit ist, etwas Neues auszuprobieren.

Avril und Dane sind der Meinung, dass ich für diesen Lebensstil nicht geschaffen bin, und ich habe keine Ahnung, ob sie recht haben oder falschliegen. Ich weiß nur, dass ich es ausprobieren muss, oder ich werde mich immer fragen, wie es wohl gewesen wäre.

Mich konnte jedoch nichts darauf vorbereiten, Dane und Avril zusammen zu sehen. Die beiden liegen auf einer Doppel-Chaiselongue mit geneigter Rückenlehne, die mit dickem Latex gepolstert ist, und beide sind vollkommen nackt. Meine erste Reaktion ist, das Zimmer so schnell wie möglich zu verlassen, weil ich mich fühle, als würde ich in etwas extrem Persönliches hereinplatzen. Aber dann verwerfe ich diesen Gedanken ebenso schnell wieder, weil nichts extrem persönlich sein kann, wenn man es in einem Zimmer treibt, das bekannt für seine Orgien ist.

Gebannt sehe ich dabei zu, wie sie sich küssen und streicheln. Sie müssen gerade erst angefangen haben. Dane hat seine Hand zwischen ihre Beine geschoben und sie streichelt über seinen Schwanz, der steinhart ist.

Mir fällt auf, dass *mein* Schwanz steinhart ist, während ich mich weiterhin am Rand des Zimmers bewege, um einen anderen Blickwinkel zu bekommen.

Ich fühle mich vollkommen überfordert, als ich einen Platz an der Wand finde, gegen die ich mich lehnen kann, um von dort aus zuzusehen. Die beiden sind drei Meter von mir entfernt, vollkommen miteinander beschäftigt, und mein Schwanz fühlt sich an wie Beton. Ich erinnere mich an den Abend vor einigen Wochen, an dem ich Avril dabei beobachtet habe, wie sie gefickt wurde, und frage mich, was zum Teufel mit mir nicht stimmt, dass ich davon so scharf werde. Sie mit Dane zu beobachten ist allerdings eine Million Mal intensiver.

Ich sollte weglaufen und so tun, als hätte ich es nie gesehen. Ich bin mir nicht sicher, wie ich ihnen am Montag im Büro in die Augen blicken soll, aber dieses Risiko ist nicht groß genug, um meine Füße dazu bringen, sich in Bewegung zu setzen. Sie bleiben an Ort und Stelle stehen und ich balle meine Hände zu Fäusten, um mir keinen runterzuholen.

So sehr ich auch fasziniert und angeturnt bin, spüre ich dennoch ein kleines Körnchen der Eifersucht, als ich Dane dabei beobachte, wie er Avril fingert. In jener Nacht, in der wir uns gegenseitig beobachtet haben, haben Avril und ich etwas miteinander erlebt, das außerhalb der Grenzen unserer Freundschaft lag. Es war etwas Sexuelles. Es gab eine Verbindung, aber ich hätte es niemals gewagt, danach zu handeln. Ich bin mir nicht sicher, ob ich Dane hasse oder ihn bewundere, weil er eine Grenze überschritten hat, die ich nicht über-schreiten konnte.

Aber wirklich ... ich kann weder ihn noch sie hassen. Sie genießen das, was sie tun, und ich kann an der Art und Weise, wie sich ihre Hände bewegen und wie sie sich küssen, erkennen, dass sie nicht zum ersten Mal zusammen sind. Die beiden haben ganz offenbar eine Verbindung zueinander und ich würde es ihnen nur dann missgönnen, wenn dadurch unsere Freundschaft ruiniert werden würde.

Das könnte passieren. Aber es könnte auch nicht passieren.

Ich weiß nur, dass ich wie angewurzelt dort stehe, unfähig wegzusehen, und wenn ich mir tatsächlich einen runterhole oder jemand anderen in diesem Zimmer vögele, werde ich härter kommen, als ich vermutlich jemals in meinem Leben gekommen bin.

Keiner von ihnen scheint in Eile zu sein, es zu Ende zu bringen. Sie berühren sich langsam und zärtlich und es macht mich verrückt. Ich ziehe in Erwägung, mir hier drinnen jemanden zum Ficken zu suchen, nur damit ich abspritzen kann, aber dann bin ich überrascht, als Dane sich aufbäumt und Avril umdreht, sodass sich ihr Rücken an der geneigten Lehne befindet und sie nun in meine Richtung schaut. Dane spreizt ihre Beine. Mein Blick wandert sofort zu ihrer Muschi, die feucht glänzt. Dann wird mir die Sicht umgehend versperrt, weil Dane sich auf den Bauch legt und sein Gesicht in sie hineindrückt. Mein Schwanz hüpft, als Avrils Rücken sich vor Lust durchbiegt, und ich habe keine andere Wahl, als anzufangen, mir leicht über die Beule in meiner Jeans zu streicheln.

Scheiße, Scheiße, Scheiße.

Danes Kopf bewegt sich vor und zurück, während er Avrils Muschi leckt, und es ist das Erotischste, das ich je gesehen habe. Mir läuft das Wasser im Mund zusammen und das kleine Körnchen der Eifersucht wird ein wenig größer. Ein Teil von mir möchte Dane anerkennend auf die Schulter klopfen, aber der andere Teil will ihn von ihr herunterziehen, damit ich sie mit meiner Zunge zum Orgasmus bringen kann.

Es dauert gar nicht lange, da schießt Avrils Kopf auch schon in die Höhe und ihre Hände krallen sich in Danes Haar, um ihn näher an sich heranzuziehen. Sie schreit ihren Höhepunkt heraus und kreist mit den Hüften, um eine größere Reibung zwischen seinem Mund und ihrer Klitoris zu erzeugen. Er leckt sie weiter und ich kann hören, wie sie »Stopp« ruft, während sie an seinem Kopf zieht.

Und sobald er den Kopf hebt, um sie anzuschauen, wandert Avrils Blick an ihm vorbei und landet direkt auf mir. Das alles passiert innerhalb weniger Augenblicke, aber es kommt mir so vor, als würde ich es in Zeitlupe erleben.

Ihre Augen werden vor Schreck ganz groß, dann erkenne ich Schuld in dieser blauen Iris. Ich sehe die Reue jedoch nur eine Sekunde lang, bevor Flammen aus ihren Augen lodern, als ihr bewusst wird, dass ich Dane soeben dabei zugesehen habe, wie er sie ausgeleckt hat, und einem Teil von ihr gefällt das.

Avril murmelt etwas, das ich zwar nicht verstehen kann, Dane dafür jedoch umso besser, denn er richtet sich auf und blickt mich über seine Schulter hinweg an. Auf seinem Gesicht sehe ich keine Spur von Schuldbewusstsein, aber ich erkenne eine Offenheit, die ich erwarten würde, wenn ich eine Bar beträte, um mich mit ihm auf einen lange überfälligen Drink zu treffen.

Avril lehnt sich zur Seite, um an Dane vorbeisehen zu können, und tut dann das absolut Undenkbare. Sie hebt den Arm, dreht ihre Handfläche nach oben und streckt sie in meine Richtung aus. Ihre Augen sind heiß und fiebrig. Als ich Dane anblicke, kann ich sehen, dass er von der Aussicht auf das, was Avril mir gerade still anbietet, angeturnt ist.

Sie gibt mir ein Zeichen, mit ihnen zu spielen, und mein Gewissen entschließt sich endlich dazu, sein hässliches Gesicht zu zeigen. Ich trete einen Schritt zurück, werde jedoch von der Wand hinter mir aufgehalten. Danes Gesicht nimmt einen besorgten Ausdruck an und Avril steht von der Chaiselongue auf und geht in meine Richtung.

Ich betrachte ihren Körper von oben bis unten, während sie auf mich zukommt. Es ist der erste vollkommen uneingeschränkte Blick, den ich auf sie werfen kann, weil ich an dem Abend, an dem wir beide andere Partner hatten, nicht sehr viel von ihrem Körper erkennen konnte. Sie sieht umwerfend aus … schwere Brüste mit festen Brustwarzen und gestutztes, blondes Haar an ihrer Muschi, das in der Mitte wegen der Nässe etwas dunkler ist. Mein Schwanz beginnt zu schmerzen, als sie näher kommt, und ich bin vor Angst wie gelähmt.

Avril kommt nur wenige Zentimeter vor mir zum Stehen und blickt mir direkt in die Augen.

»Bitte komm zu uns«, flüstert sie und ich erkenne deutlich das Flehen in ihrer Stimme. Ich bin mir nicht sicher, ob sie es tut, weil sie Schuldgefühle hat, dass ich die beiden erwischt habe, oder ob sie wirklich mich will, aber ich bin bereits so verdammt scharf, dass ich mir nicht einmal sicher bin, ob mich der Grund überhaupt interessiert. Irgendwo in meinem Hinterkopf ertönt eine warnende Stimme, die mir sagt, ich solle Vorsicht walten lassen, aber es ist Avril, die hier vor mir steht.

Eine Frau, die ich bereits seit langer Zeit genau so liebe, wie Dane es tut.

Der Blick in ihren Augen bittet mich darum, sie in diesem Moment auf eine andere Art zu lieben.

»Ist das nicht falsch?«, frage ich sie.

»Für mich fühlt es sich nicht falsch an«, murmelt sie und ich will so sehr, dass sie mich berührt. Wenn sie mich berührt, wird meine Entscheidung gefallen sein.

Sie tut es jedoch nicht und ich weiß, dass sie mich dazu bringen will, den Rest des Weges aus freien Stücken zu gehen.

Ich blicke an ihr vorbei zu Dane. Er steht nun mit

erigiertem Schwanz neben der Chaiselongue. Die Vorstellung, dass die Frau, dessen Muschi er gerade geleckt hat, mich einlädt mitzumachen, turnt ihn keineswegs ab. Er nickt mir zu und teilt mir mit, dass es in Ordnung ist.

Aber an dieser Sache ist nichts in Ordnung.

Meine beiden besten Freunde.

Meine beiden besten *platonischen* Freunde.

Beide stehen hier nackt vor mir und laden mich zum Mitmachen ein.

»Scheiß drauf«, murmele ich und strecke die Hand aus, um Avril an mich zu ziehen. Sie leistet keinen Widerstand, tritt ganz nahe an meinen Körper heran und presst ihre Lippen sofort auf meine.

Ich stöhne, als ihre Zunge in meinen Mund eindringt, und ich lege ihr die Hände auf den Po, um sie an meinen steifen Schwanz heranzuziehen. Avril seufzt. Es klingt für mich wie Glückseligkeit, also entscheide ich mich zu glauben, dass ich sie glücklich mache.

Sie schiebt ihre Hände zwischen unsere Körper und öffnet meine Jeans. Als ihre Hand meinen Schwanz umschließt, bekomme ich weiche Knie. Ich fange an, mit den Augen zu rollen, reiße sie jedoch wieder weit auf, als Dane sich hinter Avril stellt. Er schlingt die Arme um sie, ergreift mit einer Hand eine Brust und schiebt ihr die andere Hand zwischen die Beine. Avrils Griff um meinen Schwanz wird fester und sie streichelt mich kräftig, während Dane sie fingert.

»Küss mich noch einmal«, flüstert sie und ich tue es,

ohne zu zögern.

Ich bin so erregt, dass ich überrascht bin, nicht in ihrer Hand abzuspritzen, aber die Szenerie ist so unwirklich, dass es mir schwerfällt, die ganzen Empfindungen überhaupt zu verarbeiten.

»Gehen wir zurück zur Chaiselongue«, sagt Dane mit tiefer Stimme. Bevor ich registrieren kann, was passiert, hat er Avril schon bei der Hand gefasst und zieht sie in diese Richtung. Sie wiederum nimmt meine Hand in ihre, doch leider lässt sie dafür meinen Schwanz los. Wir drei gehen nebeneinander zu dem Möbelstück, das regelrecht darum bettelt, etwas Schmutziges auf ihm stattfinden zu lassen.

Weil Dane eben Dane ist, ergreift er sofort die Kontrolle und drückt Avril in Richtung der Chaiselongue. Er positioniert ihren Kopf an der geneigten Lehne, sodass sie sich nun auf allen vieren befindet. Ich sehe fasziniert zu, wie er mit einer Hand über ihren Rücken streichelt, seine Finger durch ihre Pobacken wandern lässt und dann ein wenig hinten an ihrer Muschi herumspielt.

Ich stöhne, als Dane ihr einen leichten Schlag auf die Innenseite des einen, dann des anderen Oberschenkels versetzt, was sie dazu bringt, ihre Beine zu spreizen.

»Fick sie«, sagt Dane leise zu mir, aber für mich klingt es bedrohlich. Als ob sie ihm gehört und er mich gleichzeitig ebenfalls besitzt.

Und trotzdem … ich kann mich nicht zurückhalten.

Ich knie mich erst mit einem, dann mit beiden Beinen hinter Avril auf die Chaiselongue.

Sie verdreht den Hals, um mich über die Schulter hinweg anzusehen, und lächelt mich aufmunternd, aber dennoch sexy an. »Andrew ... ich will es.«

Das ist alles, was mein Körper hören muss, um die Kraft und Kontrolle meines Gehirns zu übernehmen. Ich schiebe meine Jeans etwas weiter nach unten und nehme meinen Schwanz in die Hand. Als ich ihn an ihre feuchte Öffnung drücke, jagt mir ein Schauer des puren Verlangens den Rücken herunter und jegliche Konsequenzen sind mir plötzlich scheißegal.

Ich halte mich mit einer Hand an ihrer Hüfte fest und führe meinen Schwanz langsam in sie ein. Avril lässt den Kopf sinken und stöhnt angesichts meines Geschenks anerkennend. In Avrils Muschi bleibe ich still und sehe Dane dabei zu, wie er zum Kopfende der Chaiselongue geht und Avril am Kinn fasst. Willig öffnet sie den Mund und Danes riesiger Schwanz verschwindet darin. Als Reaktion auf diese Szene zucken meine Hüften, nachdem Avril nun mit uns beiden gefüllt ist, und ich fange an, mich in ihr zu bewegen.

Ich beginne langsam, doch als Dane das Tempo erhöht, in dem er ihren Mund fickt, ertappe ich mich dabei, wie ich versuche, mit ihm mitzuhalten. Avril stöhnt mit dem Schwanz in ihrem Mund, und ihre Muschi zieht sich um meinen Schwanz zusammen, was mich beinahe schon dazu bringt, Sterne zu sehen. Ich lege meine andere Hand auf ihre Hüfte und pumpe fester in sie hinein. Mit jedem Stoß falle ich tiefer und immer tiefer in einen Lustrausch und mich überkommt das unbändige Verlangen zu kommen. In diesem Augenblick spielt es keine Rolle, dass die beiden meine besten Freunde sind oder wir das Schmutzigste tun, das man sich überhaupt vorstellen kann.

Ich will nur zum Höhepunkt kommen. Als Dane seinen Kopf zurückwirft und seinen Orgasmus heraus stöhnt, während er sich tief in Avrils Mund befindet, ist das für mich der Auslöser, eine gefühlte Eimerladung in ihr abzuspritzen. Ich komme heftig und von der exquisiten Lust dieses Orgasmus dreht sich mir der Kopf. So etwas habe ich noch niemals erlebt, weil es etwas unendlich Schmutziges an sich hat, seine beste Freundin zu vögeln, während dein bester Freund sie zur gleichen Zeit nimmt.

Dane zieht seinen Schwanz aus ihrem Mund, beugt sich nach vorne und küsst sie grob. Ich bleibe in ihr, über alle Maße befriedigt, und frage mich trotzdem, wie es jetzt wohl mit uns weitergehen wird.

KAPITEL 15

Avril

ICH TRETE AUS dem Aufzug heraus und wende mich nach rechts, wo ich zu Andrews Wohnung gehe, die sich am Ende des Flurs befindet. Er hat sich während des vergangenen Abends mit mir und Dane zwar vollkommen dem Moment hingegeben, doch nachdem alles vorüber war, hat er sich unter dem Vorwand, er sei wegen der Reise nach Berkeley immer noch müde und ein wenig verkatert, schnell aus dem Staub gemacht.

Dane und ich haben es als das erkannt, was es war, und uns war klar, dass er genauso durcheinander war wie ich, als es zwischen mir und Dane zum ersten Mal passiert ist. Ich habe ihm heute bereits einige Nachrichten geschickt und er hat alle munter und fröhlich beantwortet – soweit man Emotionen in geschriebene Nachrichten hineininterpretieren kann. Er hat jedoch nicht aktiv Fragen gestellt und das bedeutet, dass mit ihm etwas nicht stimmt. Ich kenne ihn gut genug, um zu wissen, dass er jetzt etwas Bestätigung benötigt.

Also verbringe ich den Samstagnachmittag damit, daran zu arbeiten, Andrew seinen Kopf wieder richtig herum aufzusetzen, und ich kann mir nichts Wichtigeres vorstellen. Ich habe sogar Dane angerufen und er hat mir angeboten, ebenfalls vorbeizukommen, aber ich denke, dass Andrew es nur von mir hören muss. Er und ich sind diejenigen, die eine größere emotionale Verbindung miteinander haben, und wenn ich ihn erst einmal dazu bringe, sich zu öffnen, können wir uns in derselben Sprache unterhalten.

Ich klopfe dreimal laut und warte darauf, dass Andrew die Tür öffnet. Er tut es, ohne zu zögern, und scheint nicht überrascht darüber zu sein, mich zu sehen. Aber dann wiederum wäre er es tatsächlich nicht. Er wüsste zweifelsohne, dass ich ihn nie mit etwas allein lassen würde, von dem ich wüsste, dass es ihm Kummer bereitet, und dass ich die Erste wäre, die ihm hilft, damit fertigzuwerden.

Er starrt mich mit leerem Gesichtsausdruck an und ich nutze die Gelegenheit, mich daran zu erfreuen, wie gut Andrew aussieht. Dane ist zwar derjenige, der mir als Mädchen mit seinem perfekten Gesicht und Körper Herzklopfen bereitet hat, aber Andrew besitzt einfach dieses typisch amerikanische gute Aussehen. Er ist die Art von Mann, den man gern nach Hause bringen und seinen Eltern vorstellen möchte, eben weil er so mustergültig aussieht.

»Willst du mich nicht hereinbitten?«, frage ich

lächelnd.

Er blickt mich schüchtern an und tritt von der Tür zurück. »Ja. Sicher. Selbstverständlich.«

Ich betrete seine Wohnung, die aussieht wie immer. Eine Junggesellenwohnung, wie sie im Buche steht, der Boden ist mit Kleidungsstücken übersät, auf dem Sofatisch stehen schmutzige Teller und der Fernseher ist auf den Sportkanal eingestellt. Sein Rucksack liegt auf dem Sofa und sein Laptop befindet sich geöffnet daneben, woran ich erkenne, dass er gearbeitet hat. Wir arbeiten alle die ganze Zeit, egal ob wir im Büro sind oder zu Hause.

»Möchtest du etwas trinken?«, fragt er, als er zum Sofa geht. Er trägt eine schwarze Jogginghose und ein graues T-Shirt der Universität von Berkeley, das an seinem muskulösen Oberkörper ein wenig zu gut sitzt. Das erinnert mich an die Kraft seines Körpers, als er sich gestern Abend hinter und in mir befand, und ich liebte dieses Gefühl.

Mir gefiel es sogar noch besser, dass ich Dane zur selben Zeit hatte, und ich bin mir nicht sicher, zu was für einer Art Frau mich das macht.

»Nein danke«, antworte ich, während ich ihm folge und neben ihm auf dem Sofa Platz nehme. Er greift nach seinem Laptop, als würde er mit seiner Arbeit fortfahren wollen, aber dem schiebe ich sofort einen Riegel vor.

Ich berühre ihn leicht am Arm und sage: »Wir müssen uns unterhalten.«

Andrew dreht langsam den Kopf und sieht mich misstrauisch an. »Was gibt es denn zu besprechen?«

Gut, er will also den Begriffsstutzigen spielen. Dafür habe ich allerdings keine Zeit.

»Wir müssen über die Tatsache sprechen, dass du mich gestern in der Öffentlichkeit von hinten gevögelt hast, während ich Danes Schwanz gelutscht habe«, teile ich ihm grob mit und Andrew zuckt tatsächlich zusammen.

Seufzend erhebe ich mich vom Sofa, gehe um den Tisch herum und stelle mich vor ihn. Er beobachtet mich wortlos und immer noch vorsichtig.

»Als Dane und ich zum ersten Mal intim miteinander waren«, beginne ich, damit ich ihm alle Fakten präsentieren kann, »war ich am nächsten Tag vollkommen von der Rolle. Ich habe gedacht, ich hätte sowohl unsere Freundschaft als auch unsere Geschäftsbeziehung ruiniert. Ich konnte ihn am nächsten Tag nicht einmal ansehen, aber er hat es nicht zugelassen, dass die Dinge zwischen uns so bleiben.«

»Ich sehe dich aber gerade an«, sagt Andrew mit tiefer Stimme.

»Aber du bist wegen dieser Sache immer noch verwirrt«, antworte ich überzeugt. »Ich weiß es, weil du mir so ähnlich bist und ich mich daran erinnere, wie ich mich gefühlt habe.«

Andrew beugt sich auf dem Sofa nach vorne und stützt seine Ellbogen auf den Knien ab. Seine Stimme ist trocken und in ihr schwingt leichter Ärger mit. »Und wie genau bist du darüber hinweggekommen? Was genau hat Dane getan, um dein Gewissen zu erleichtern?«

Ich zögere keine Sekunde. »Er hat mich auf seinen Schreibtisch gelegt, mir die Muschi ausgeleckt und mich gezwungen, ihm dabei zuzusehen. Dann hat er mir gesagt, dass ich aufhören soll, mir Sorgen zu machen, und das habe ich getan.«

»So einfach?«, fragt er sarkastisch.

»Nein, es war nicht einfach«, antworte ich leise. »Aber ich habe gelernt, wie ich es akzeptieren und wertschätzen kann. Was wir haben, ist ein Geschenk, Andrew.«

Er schnaubt. »Ein Geschenk?«

»Ein Geschenk«, bekräftige ich. »Drei Menschen, die eng miteinander verbunden sind, die sich umeinander sorgen und die sich so nahestehen wie eine Familie. Und wir können eine tiefere Stufe der Intimität miteinander erleben. Ich gebe zu, das ist nicht gerade üblich, aber es ist etwas, das wir schätzen sollten.«

Andrew steht vom Sofa auf und während er sich auf mich zubewegt, fragt er: »Was ist also deine Lösung, Avril? Bist du mit deinen sexuellen Reizen hierhergekommen, um für mich alles besser zu machen?«

Ich schüttele den Kopf. »Das war nicht meine eigentliche Absicht, aber ich würde dich in meinem Körper willkommen heißen, wenn du das wolltest.«

Andrew hält abrupt an und flucht, während er sich

mit den Händen übers Gesicht reibt. »Warum musstest du verdammt noch mal so etwas sagen?«

»Weil es der Wahrheit entspricht«, erkläre ich ihm und trete einige Schritte an ihn heran, um die Entfernung zu verringern. Ich nehme seine Hände. »Während dieses ersten Abends im Wicked Horse, an dem wir uns gegenseitig zugesehen haben, habe ich dich bereits gewollt. Ich wusste nicht, dass diese Seite an mir existiert, Andrew, aber jetzt weiß ich es. Ich schäme mich nicht dafür. Aus irgendeinem Grund fühlt es sich für mich einfach richtig an und das werde ich nicht ignorieren.«

»Du meinst, Sex mit verschiedenen Männern zu haben?«, fragt er mich zurückhaltend.

»So hat es angefangen. Ich habe meine Sexualität erkundet. Und diese Erkundung hat mich dazu geführt, dir zuzusehen, dann mit Dane zusammen zu sein und dann mit euch beiden, und es hat mir besser gefallen, als es sollte. Irgendetwas an dem, was wir gestern Abend miteinander getan haben, spricht mich tief im Inneren an, und ich kann nur annehmen, dass es an unserer großartigen Freundschaft liegt. Sie hat alles einfach besser gemacht und es schien alles so richtig zu sein. Hat es sich für dich denn nicht wenigstens ein bisschen richtig angefühlt?«

Andrew lässt seinen aufgestauten Atem entweichen und auf seinem Gesicht macht sich ein schmerzvoller Ausdruck breit. »Es hat sich sowohl sehr richtig als auch sehr falsch angefühlt.«

»Und das Falsche daran ist Teil dessen, was richtig ist«, sage ich zu ihm und bei meinen Worten zuckt er zusammen. Ich erkenne, dass ich den Nagel auf den Kopf getroffen habe. Es ist das Element des Schmutzigen, des Tabus dessen, was wir gestern getan haben, das ihm am besten gefallen hat.

Genau wie mir.

»Ich will niemand anderen«, erkläre ich ihm, damit er weiß, um was es sich hier handelt. »Ich will dich und ich will Dane. Aber es reicht nicht aus, es nur zu wollen. Es muss uns allen damit gut gehen, denn wenn es nur einem von uns zu schaffen macht, müssen wir alle damit aufhören. Wenn du dir nicht vorstellen kannst, dass es funktioniert, oder du dir mich nicht mit Dane vorstellen kannst, dann ist es vorbei. Wir hören alle auf und wir sind einfach nur beste Freunde, die ein Risiko eingegangen sind und den Zeitpunkt erkannt haben, an dem sie aufhören sollten.«

Andrew zieht die Augenbrauen zusammen. »Also, wir haben was … eine Gruppenbeziehung? Ich bin mir nicht einmal sicher, ob das der passende Ausdruck ist, aber wir drei sind also zusammen?«

»Vielleicht«, antworte ich, ohne eine echte Ahnung zu haben, ob das richtig ist. »Ich schätze schon. Wir könnten es gemeinsam tun oder manchmal auch individuell miteinander Zeit verbringen.«

»Wie soll das überhaupt funktionieren?«, will

Andrew frustriert wissen und lässt meine Hände los. »Ich meine ... schlafen wir nachts dann alle zusammen? Und wie zum Teufel erklärst du diesen Mist deinen konservativen Eltern an Thanksgiving? ›Oh, hey Mom ... wir übernachten alle gemeinsam in meinem Schlafzimmer, weil sich bei uns alles um die Liebe zu dritt dreht.‹«

»Ich weiß es nicht, Andrew«, gebe ich erschöpft zu. »Ich weiß nur, dass ich mit dir und Dane zusammen sein will. Ich weiß, dass Dane es will. Die Frage ist, willst du es? Wenn du es nicht willst, ist es in Ordnung und wir werden extrem hart daran arbeiten, dass diese Freundschaft stark bleibt. Aber wenn du es willst, sollten wir nichts überstürzen.«

»Es ist aber doch nur Sex, oder?«, drängt er mich um eine Präzisierung, aber ich kann ihm keine definitive Antwort geben.

»Es macht einen großen Teil aus. Aber wir beide wissen, dass es wegen der Verbindung, die zwischen uns bereits besteht, besser als gewöhnlicher Sex ist. Also ist es ganz sicher mehr als das.«

Andrew schüttelt den Kopf, als könne er nicht fassen, dass wir diese Unterhaltung überhaupt führen. Seine Augen heizen sich vor Wut auf. Er wendet sich von mir ab, geht zwei Schritte und dreht sich dann blitzschnell wieder in meine Richtung. »Das ist vollkommen krank, Avril! Gestern Abend ... mir fehlen verdammt noch mal die Worte, um es zu beschreiben. Es war die beste Erfahrung meines Lebens und trotzdem würde ich wetten, dass die meisten Leute es als durchgeknallten Scheiß ansehen würden.«

»Im Wicked Horse gilt das als nichts Ungewöhnliches«, murmele ich. »Gerade darum geht es in diesem Club doch.«

»Aber wir befinden uns gerade nicht im Wicked Horse, oder?«, fragt er mit tiefer, aufgewühlter Stimme, als er wieder an mich herantritt. Er legt mir seine Hand seitlich an den Hals und berührt mich mit den Fingern im Nacken. »Du hast gesagt, du würdest mich in deinem Körper willkommen heißen. Das scheint etwas ganz anderes zu sein, als einen schmutzigen Dreier in einem Sex-Club zu haben.«

Ich muss meinen Kopf in den Nacken legen, um zu ihm aufzusehen, und hasse die Zerrissenheit, die ich in seinen Augen erkennen kann. Ich will alles tun, damit es für ihn in Ordnung ist. Aber ich habe keine Ahnung wie. Ich weiß nur, dass er sich entscheiden muss, was er tun will.

»Willst du, dass ich bleibe, oder willst du, dass ich gehe?«, frage ich.

Seine Augen bohren sich in meine hinein und er schluckt hörbar, bleibt jedoch still, während er mich weiter ansieht. Seufzend trete ich zur Seite, um an ihm vorbeizugehen, aber er ergreift meinen Arm und wirbelt mich wieder herum.

Sein Gesicht ist wutverzerrt, aber ich erkenne ebenso eine Hitze in seinen Augen, die nichts mit seinen überbordenden Gefühlen zu tun hat. Als mir bewusst wird, was er will, kribbelt es mir im Magen.

»Ich denke, ich will, dass du bleibst«, murmelt er und zieht meine Hand an seinen Schritt. Er hat eine steinharte Erektion und mein gesamter Körper erschaudert vor Vorfreude.

»Gehen wir in dein Schlafzimmer«, schlage ich vor.

Andrew schüttelt wie wild den Kopf. »Nicht dort. Genau hier.«

Bei seinen Worten zieht sich mein Herz zusammen, denn es gibt keinen Zweifel, dass Andrew mich nicht in seinem Schlafzimmer will, weil es zu intim ist. Ich kenne ihn und kann an dem entschlossenen Ausdruck auf seinem Gesicht erkennen, dass er sich auf diese Sache mit mir und Dane nur dann einlassen kann, wenn er die Vorstellung im Kopf behalten kann, dass es sich für ihn nur um Sex handelt. Ich weiß, dass er sich auf diese Weise versucht zu schützen, und für mich ist das in Ordnung. Ich will, dass keins unserer Herzen Schaden nimmt.

Andrews Kuss trifft mich wie ein Donnerschlag und rollt in dröhnenden Wellen durch mich hindurch. Innerhalb weniger Momente sind wir nackt und stolpern rückwärts in Richtung Sofa. Andrew schiebt achtlos seinen Computer samt der Tasche zu Boden und drückt sich dann mit seinem schweren Körper auf mich. Irgendwie gelingt es ihm, seine Hand zwischen meine Beine zu schieben, wo er mit seinen Fingern so lange herumspielt, bis ich mich vollkommen aufgewühlt unter ihm winde.

Er unterbricht einen heißen Kuss, um auf mich herabzublicken. »Gestern Abend ... haben wir kein Kondom benutzt.«

»Ich nehme die Pille und Dane und ich sind gesund. Da du gestern deinen Schwanz in mich hineingesteckt hast, gehe ich davon aus, dass du ebenfalls gesund bist. Ich vertraue dir nämlich.«

Andrew nickt mir verständnisvoll zu, bevor er seinen Mund wieder auf meinen presst. Er küsst mich mit langen, genüsslichen Zungenschlägen, während er meine Klitoris mit seinem Daumen massiert. Schließlich richtet er sich auf, um meine Beine in die Hände zu nehmen. Er spreizt sie breit und drückt mich ein wenig hoch, bevor er seinen Schwanz mit einem entschlossenen Stoß bis zur Wurzel in mir versenkt.

Dann vögelt mich mein bester Freund Andrew Collings so heftig, dass mir der Atem stockt. Er bringt mich zweimal zum Orgasmus, bevor er sein Gesicht an meinen Hals presst und seinen eigenen Höhepunkt heraus stöhnt.

Und für mich ist es wunderbar.

KAPITEL 16

Dane

STILL ZÄHLE ICH Andrews Wiederholungen, während er Schwierigkeiten hat, seine Übung beim Brustdrücken zu Ende zu führen. Er versucht sich an dem dreifachen Gewicht seiner persönlichen Bestleistung und ich halte meine Hände über der Stange, um ihm zu helfen, für den Fall, dass seine Muskeln versagen sollten. Mit einem langen Grunzen, bei dem jede Vene auf seiner Stirn zum Vorschein tritt, drückt er die Hantel zum dritten Mal nach oben und ich helfe ihm, das Gewicht zurück auf das Gestell zu wuchten.

»Gute Arbeit«, lobe ich ihn, nachdem er sich aufgerichtet hat und sich rittlings auf die Bank setzt. Er beugt sich nach unten, hebt das Handtuch vom Boden auf und wischt sich das Gesicht ab.

Dreimal pro Woche trainieren Andrew und ich gemeinsam in Catervas Fitnessstudio. Jeden Sonntag, Dienstag und Donnerstag, wobei wir uns am Sonntag Brust, Schultern und Rumpf widmen. Für gewöhnlich begeben wir uns danach zum Verrichten des Tageswerks in unsere Büros, wo Avril bereits ihren Dienst tut. So ist es immer schon gewesen ... drei hart arbeitende Menschen, die nicht wissen, wie eine Vierzigstundenwoche aussieht.

Mein Motto war schon immer *Schlafen kann ich, wenn ich tot bin,* und aus diesem Grund bin ich auch Mitglied im Wicked Horse. Es sieht ganz so aus, als würde es auch zu Andrews und Avrils Motto werden. Nachdem Avril gestern Abend Andrews Apartment verlassen hatte, rief sie mich an und erzählte mir alles, worüber die beiden gesprochen hatten.

Sie hat mir ebenfalls alles darüber erzählt, was die beiden miteinander getrieben haben, und allein schon darüber nachzudenken hat mir eine steinharte Erektion beschert. Ich will uns drei so bald wie möglich noch einmal zusammenbringen, aber ich muss mich ebenfalls mit Andrew unterhalten, um sicherzugehen, dass ihm die Sache auch wirklich nichts ausmacht.

»Avril hat mir von gestern Abend berichtet«, sage ich und er hebt ruckartig den Kopf, um mich anzusehen. Er scheint zunächst verschlossen zu sein, doch dann seufzt er und steht von der Hantelbank auf.

»Das ist vielleicht eine verrückte Nummer, Bruder«, sagt er erschöpft. »Aber ich konnte gestern einfach nicht Nein zu ihr sagen.«

»Es freut mich, dass du es nicht getan hast.«

»Es macht dir also nichts aus, dass ich mit Avril allein

war?«, fragt er und zieht skeptisch eine Augenbraue nach oben.

Ich öffne den Mund, um mit einem lautstarken »kein bisschen« zu antworten, klappe ihn jedoch wieder zu, nachdem ich eine leichte Besorgnis spüre, bei der sich meine Brust zusammenzieht. Ja, als Avril mir gestern Abend erzählt hat, was die beiden miteinander getan haben, war ich absolut angeturnt. Aber ich war auch ein klein wenig neidisch, dass ich nicht dabei gewesen war.

Ich habe ebenfalls Zeit damit verbracht, darüber nachzudenken, ob Andrew es ihr eventuell besser besorgt hat als ich oder ob sie es mehr genossen hat, sein Sperma zu schlucken als meins. Dann habe ich aber sofort Schuldgefühle bekommen, weil ich über meine beste Freundin in solch anzüglicher Weise nachgedacht habe.

Ich verbanne diese Gedanken aus meinem Kopf und lächele ihn an. »Schon gut, Mann. Wir haben deutlich gemacht, worum es sich handelt, und Grenzen gezogen.«

»Beinhalten die Grenzen andere Männer und Frauen in diesem Szenario?«, fragt er und nun bin ich es, der überrascht blinzelt. Es war mir nicht in den Sinn gekommen, über so etwas wie Exklusivität zu sprechen, weil ich einfach davon ausgegangen bin, dass es selbstverständlich ist. Wenn sich drei enge Freunde dazu entschließen, in einer Dreierkonstellation ungeschützten Sex miteinander zu haben, dann heißt das für mich, dass keiner von uns es mit anderen Partnern treibt.

»Es sind nur wir«, bekräftige ich.

»Avril hat gesagt, sie will nur uns beide. Sowohl gemeinsam als auch einzeln«, teilt Andrew mir mit.

»Dann sind es nur wir drei. Niemand anderes.« Das klingt akzeptabel, ich kann allerdings nicht das immense Gefühl der Erleichterung ignorieren, das mich überkommen hat, als Andrew mir erzählte, dass Avril auch individuell mit uns zusammen sein möchte. Denn obwohl es unfassbar scharf war, dass sie uns vorgestern Abend beide gleichzeitig rangelassen hat, will ich sie auch sehr gern allein verwöhnen.

Andrew begibt sich zu der Maschine, an der er das Schulterdrücken durchführt, und ich folge ihm. Ich denke, er ist mit von der Partie, aber es gibt eine Sache, bei der ich ganz genau wissen muss, wie er dazu steht. »Bist du mit den individuellen Zeiten einverstanden, die Avril mit uns beiden verbringen will?«

Ich glaube, ich stelle ihm diese Frage, weil Andrew derjenige ist, dessen Herz die größte Gefahr läuft, in dem Ganzen verletzt zu werden, aber in Wirklichkeit ... frage ich, weil ich bereits jetzt weiß, dass es mich sehr große Anstrengung kosten wird, nicht eifersüchtig zu sein, wenn Avril und Andrew miteinander allein sind.

Mir sacken beinahe die Beine weg, als Andrew sich zu mir umdreht, mich anblickt und langsam den Kopf schüttelt. »Ich kann mich nicht mit ihr alleine treffen.«

»Was?«, frage ich vollkommen ungläubig. Ich meine ... warum um alles in der Welt würde er Avril nicht alleine in seinem Bett haben wollen?

»Wenn wir drei zusammen sind, dann kann ich so tun, als wäre es nur eine Freundschaft. Dass wir drei nur alles gemeinsam tun, wie wir es bereits seit siebzehn Jahren machen. Alles, was darüber hinausgeht, wird für mich zu verwirrend.«

Ach du lieber Gott, aber er hat den Nagel auf den Kopf getroffen.

Das riesengroße Problem in dieser Sache benannt.

Ich weiß nicht, was ich sagen soll, also verändere ich einfach die Gewichte der Presse und setze mich rittlings auf die Bank. Bevor ich jedoch die Stangen ergreifen kann, fragt Andrew mich: »Was ist mit dir?«

Ich hebe den Blick und sehe ihn an. Weil ich ihn auf gar keinen Fall anlügen kann, erzähle ich ihm eine Wahrheit, die mir einzugestehen sehr schwerfällt. »Ich bin gern mit ihr alleine. Mir gefällt die Verbindung. Ich hatte so etwas noch nie und es macht mir Angst, aber ich fühle mich gleichzeitig sicher, weil ich mit Avril zusammen bin.«

Andrews Augen werden vor Überraschung ganz groß, denn er weiß, dass ich in all den Jahren, die er mich nun schon kennt, noch nie so für eine Frau empfunden habe, wie ich es ihm jetzt gestehe.

»Kumpel ... bist du dir sicher, dass es eine gute Idee ist?«, fragt er leise.

»Ja«, sage ich, ohne zu zögern. »Solange es dir nichts ausmacht, dass ich Zeit mit Avril alleine verbringe, wenn ich es möchte.«

»Das alles ist so verdammt krank«, knurrt Andrew. »Für mich ist es okay, einen Dreier zu haben, weil mir das am unpersönlichsten erscheint. Dir macht es nichts aus, einen Dreier zu haben, du willst aber ebenfalls Zeit mit ihr alleine verbringen, weil du etwas empfindest, das du noch nie zuvor empfunden hast. Und Avril will uns beide auf jede erdenkliche Weise, die sie uns haben kann. Das schreit doch förmlich nach einer Katastrophe.«

»Willst du aufhören?«, frage ich.

Andrew legt den Kopf zurück und blickt einen Moment lang zur Decke, bevor er mir antwortet. »Nein. Ich kann mich diesem Sog nicht entziehen … die Dinge, die wir miteinander tun könnten. Die Dinge, die du und ich gemeinsam mit Avril tun könnten. Aber ich mache mir Sorgen um dich, Dane. Du bist derjenige, der sich hier aufs Glatteis begibt.«

Ich weise seine Bedenken zurück, obwohl ich weiß, dass sie begründet sind. »Mach dir keine Gedanken. Es wird schon alles gut gehen.«

Andrew starrt mich wortlos an, also fasse ich die Griffe der Presse, drücke nach oben und beginne mit meinen Wiederholungen. Nachdem ich fertig bin, verändert er die Gewichte ein wenig und macht seine Übung.

Als wir die Plätze tauschen, erwischt er mich wieder unvorbereitet. »Wenn wir nach Paris fliegen, übernachten wir dann einfach alle in einem Zimmer?«

Mir rutscht das Gewicht ab und ich muss es erneut

hochziehen. Ich behalte meinen Blick auf die gegenüberliegende Wand gerichtet, während ich meine Wiederholungen beende. Nachdem ich das Gewicht abgelegt habe, sage ich: »Darüber habe ich mir noch keine Gedanken gemacht. Vermutlich nicht.«

»Wir könnten uns eine Suite mieten«, schlägt er vor.

Meine Güte, ich kann nicht fassen, dass er darüber nachdenkt! Ich bin derjenige, der sich schuldig fühlt, Zeit alleine mit Avril verbringen zu wollen, und er versucht bereits, den besten Weg zu finden, wie wir drei nächste Woche miteinander vögeln können, während wir Fabrons Firma in Paris besuchen. Er hat uns eine Einladung zukommen lassen, um uns seinen Willen zur Transparenz zu demonstrieren. Er wird uns einen Einblick in seine Technologie gewähren, in der Hoffnung, uns zu beweisen, dass ihm eine Zusammenarbeit sehr ernst ist.

»Das ist gut«, murmele ich und schelte mich sofort dafür, dass ich an Avril gedacht habe. Wenn wir getrennte Zimmer hätten, würde das bedeuten, dass ich mehr Zeit alleine mit ihr verbringen kann, und es ist nicht gut, überhaupt so zu denken.

Wie zum Teufel ich in dieser Situation zu Andrew geworden bin und er meine Rolle eingenommen hat, ist mir absolut unerklärlich und entbehrt jeglicher Logik. Ich nehme an, weil Avril und ich die eine Sache gemeinsam erlebt haben, von der Andrew nichts weiß: wie mein Vater gekommen ist, um mich zu sehen, und welche Auswirkung das auf mich hatte.

Andrew kennt meine Geschichte, er weiß, dass mein Vater mich nicht haben wollte und ich in Pflegefamilien aufgewachsen bin. Er weiß beispielsweise, dass ich die verschiedenen Festtage nie richtig gefeiert habe. Als ich das erste Mal zu Thanksgiving bei ihm zu Hause eingeladen war, war das für mich ganz seltsam. Gut, in all den Jahren wurde ich dazu eingeladen, sowohl Zeit bei Avrils als auch bei Andrews Eltern zu verbringen, und ich mag ihre beiden Familien sehr. Aber Andrew weiß genau wie Avril, dass mich mein Mangel an Erfahrung gepaart mit Verlustängsten davon abhält, eine Beziehung oder eine eigene Familie zu wollen. Ich brauche keine verdammte Therapie, um das herauszufinden, weil ich mich selbst sehr gut kenne.

Avril weiß jedoch mehr über die Situation. Sie ist diejenige, die an jenem Tag zu Hause war, als mein Vater aus heiterem Himmel bei uns aufgetaucht ist. Sie ist diejenige, die meine Reaktion gesehen hat. Sie ist diejenige, der ich meine Verletzlichkeit zeigen musste, weil ich keine andere Wahl hatte, und sie ist diejenige, die sich der Herausforderung gestellt hat, mich zu beschützen.

Avril ist diejenige, die – nachdem alles vorüber war – mich nicht gezwungen hat, darüber zu reden. Sie hat mein Bedürfnis respektiert, es für mich behalten zu wollen, und ich war ihr dafür dankbarer als alles andere.

Doch es gibt noch eine weitere Sache, in der sich

Avril und Andrew über die Jahre voneinander unterschieden haben, und sie weiß nicht einmal, dass ich es weiß.

Wir standen kurz vor dem Ende unseres Abschlussjahres in Berkeley und ich brauchte einige Klebezettel. Sie waren mir gerade ausgegangen, aber wie das bei guten Freunden und Mitbewohnern nun einmal so ist, wusste ich, dass ich mir einige von Avril oder Andrew borgen konnte. Die beiden waren nicht zu Hause, aber wir durften untereinander die Sachen der anderen benutzen. Andrews Zimmer war meinem am nächsten, aber er hatte keine.

Avrils Zimmer war sauber und ordentlich, auf ihrem Schreibtisch befand sich nichts. Ich fing an, in ihren Schubladen nachzusehen. In der letzten fand ich einen Stapel Klebezettel. Ich fand außerdem einen Ordner, der mit dem Namen »Lyndon Hawthorne« auf der Registerkarte versehen war.

Der Name meines Vaters.

Ich konnte mich nicht zurückhalten. Ich zog den Ordner heraus, öffnete ihn und sah zu meinem Erstaunen zahlreiche Seiten voller Notizen in Avrils Handschrift. Wie es aussah, hatte sie meinen Vater irgendwann ausfindig gemacht, nachdem er mich verlassen hatte, und seinen Aufenthaltsort inklusive einer Adresse und Telefonnummer aufgeschrieben. In dem Ordner befand sich außerdem eine Seite mit dem Titel »Pro und Kontra« und es sah aus, als hätte sie eine Liste angefertigt, in der Argumente dafür und dagegen aufgeschrieben waren, ob sie mir diese Informationen zukommen lassen sollte oder nicht.

Einige der Fürs waren Dinge wie »wird ihm dabei helfen, es zu verarbeiten« und »eines Tages wird er eine Familie haben können«. Diese verdammten Worte ließen meine Nase kribbeln, denn mir wurde klar, dass ihr die Mauern bewusst waren, die ich beim Verlassen meines Vaters um mich herum aufgebaut hatte.

Die Gegenargumente lasen sich als »vielleicht ist es zu spät« und »er hat mich nicht gebeten, mich in seine Angelegenheiten einzumischen«.

Am Ende der Seite war eine Zeile, in der stand: »Fazit: Ich habe keine Ahnung, was ich tun soll.«

Ich blätterte noch ein wenig durch die anderen Dokumente, unter denen sich ein polizeiliches Führungszeugnis meines Vaters befand, in dem zu lesen war, dass er wegen Drogendelikten einige Zeit im Gefängnis verbracht hatte, sowie Notizen von Telefonaten mit Leuten, die sie angerufen hatte, um mehr über ihn herauszufinden. Es sah so aus, als würde er Hausprüfungen durchführen oder so etwas und sie hatte Leute kontaktiert, für die er gearbeitet hatte, und vorgegeben, nach Referenzen zu fragen. Ich erinnere mich, dass dort nur positive Dinge vermerkt waren, wie »zuverlässig« und »pünktlich« und »gute Arbeit für einen guten Preis«.

Ich muss an ihrem Schreibtisch gesessen und das Ganze drei-, vielleicht viermal durchgelesen haben, um es zu begreifen. Ich war nicht sauer, dass sie es getan hatte, sondern eigentlich eher fasziniert, dass sie es überhaupt tun würde. Nachdem sie ihn von unserer Wohnungstür abgewiesen hatte, hatte ich keinen Gedanken mehr an ihn verschwendet, sie aber schon.

Am Ende hatte Avril sich dazu entschieden, es mir nicht zu erzählen. Ihren Notizen hatte ich entnommen, dass sie all diese Nachforschungen in den ersten Wochen nach seinem Besuch angestellt hatte. Sie hatte diese Informationen monatelang für sich behalten und sich ganz offensichtlich dazu entschlossen, sie mir nicht mitzuteilen.

Es war dieses Wissen, mit dem mir zum ersten Mal klar wurde, dass ich sie liebe. Es war deutlich geworden, dass wir durch unsere Freundschaft eng zusammengeschweißt waren und dass sich Avril um mein Wohlergehen sorgte.

Ich habe ihr nie gesagt, dass ich diesen Ordner gefunden habe. Ich habe ihn in ihren Schreibtisch zurückgelegt, die Klebezettel genommen und mein Leben weitergelebt.

Ich habe keine Ahnung, ob sie ihn immer noch besitzt, aber zum ersten Mal seit Jahren frage ich mich, ob es vielleicht auf die Umstände vorausgedeutet hat, in denen ich mich jetzt wiederfinde. Tief in mir gibt es etwas, das mehr von Avril will als nur das, auf was wir uns geeinigt haben. Dieses Etwas kämpft gegen mein Bedürfnis, Beziehungen zu vermeiden, und doch ertappe ich mich jetzt dabei, wie ich über diesen verdammten Ordner mit den Informationen über meinen Vater nachdenke.

Ich frage mich wirklich, ob jetzt vielleicht der Zeitpunkt in meinem Leben gekommen ist, an dem ich mich diesem Scheiß stellen sollte.

KAPITEL 17

Avril

MEINE KLINGEL ERTÖNT und ich gehe – unter Schmerzen – zur Eingangstür. Als ich sie öffne, stehen dort Dane und Andrew. Dane hält einen Blumenstrauß in der Hand und Andrew einen Zwei-Liter-Becher mit Eiscreme.

»Okay, das ist jetzt wirklich peinlich«, teile ich den Männern mit, während ich ihre Geschenke beäuge. Ich drehe mich um und gehe zurück ins Haus, denn ich weiß, dass sie mir folgen werden. »Das hier ist keine romantische Verabredung.«

Dane grinst und Andrew lacht leise, bevor er sagt: »Es ist nicht peinlicher als die Art und Weise, wie du dich gerade bewegst.«

Ich verdrehe den Hals und funkele ihn böse an. »Nun ja ... versuch du doch mal, mit einem riesigen Analstöpsel im Arsch zu gehen!«

»Du Arme«, gurrt Dane und schließt die Tür, aber seine Stimme klingt ganz und gar nicht mitfühlend.

Der Idiot hätte auch kein Mitgefühl, denn ich bin mir sicher, dass diese ganze ›es Avril so unbehaglich wie möglich zu machen, während sie an heute Abend denkt‹ Idee von ihm stammt.

Unser Arbeitstag hatte ganz normal begonnen. Ich war als Erste im Büro angekommen, gefolgt von Andrew und dann Dane. An der lockeren Art, wie wir einander begrüßt haben, hätte niemand erkennen können, dass wir in der Nacht zuvor im Wicked Horse gevögelt haben. Tatsächlich bin ich, seit dem Abend, den ich allein mit Andrew verbracht habe, jede Nacht entweder mit Dane oder mit Dane und Drew zusammen gewesen und mit jedem Tag, der vergeht, wird es nur noch aufregender.

Das Einzige, das mir etwas komisch vorkommt, ist die Tatsache, dass Andrew sich an einem der Abende zurückgezogen hat, sodass ich mit Dane allein war, und das war fantastisch. Er und ich haben mit der Dildo-Maschine im Club herumgespielt und dann ist er mit zu mir nach Hause gekommen und über Nacht geblieben.

Obwohl der heutige Tag ganz normal angefangen hat, ist er nicht normal verlaufen. Denn gegen fünfzehn Uhr erschienen Dane und Andrew plötzlich in meinem Büro und schlossen die Tür hinter sich. Einen Moment lang dachte ich, wir hätten etwas streng Vertrauliches zu besprechen.

Das wurde jedoch schnell aufgeklärt, als Dane einen Analstöpsel hervorzog, ihn hochhielt und sagte: »Zieh deinen Slip aus.«

Meine Antwort: »Oh nein, auf gar keinen Fall!«

»Heute Abend ist es soweit, Avril«, sagte er mit einer tiefen, sanften Stimme, bei deren Versprechen, das darin mitschwang, meine Muschi zu prickeln anfing. Ich wusste, was der Stöpsel in seiner Hand bedeutete – heute Abend würde ich sie beide gleichzeitig in mir haben. Ich hatte darum gebeten und mir wurde versprochen, dass wir es auf die richtige Art und Weise tun würden.

»Wir beginnen mit deinen Vorbereitungen schon etwas früher«, sagte Andrew und der verruchte Blick auf seinem normalerweise mustergültigen Gesicht ließ meine Beine erzittern.

So kam es also, dass ich mich mit hochgeschobenem Rock und heruntergezogenem Slip über meinen Schreibtisch gebeugt wiederfand und Andrew so lange mit meiner Klitoris spielte, bis ich zum Orgasmus kam. In diesem Moment drückte Dane den mit Gleitmittel eingeriebenen Stöpsel in meinen Hintern und ich dachte, ich müsste sterben.

»Nimm ihn nicht heraus«, hatte er mich gewarnt und ich muss zugeben ... es fühlte sich gut an. Der Stöpsel war nicht besonders groß und die Tatsache, dass ich ihn bei einer Besprechung um sechzehn Uhr trug, war so unglaublich verdorben. Die wissenden Blicke, die Andrew und Dane mir zuwarfen, ließen mein Höschen feucht werden und es fiel mir schwer, mich zu konzentrieren.

Es wurde für mich sogar noch unangenehmer, als Dane um siebzehn Uhr wieder in meinem Büro auftauchte. Er ließ mir keine Wahl, als mich wieder über den Schreibtisch zu beugen, während er mich zum Höhepunkt fingerte. Als die ersten Zuckungen begannen, zog er den Stöpsel aus mir heraus. Ich musste mir in die Handfläche beißen, um nicht loszuschreien.

Er war jedoch noch nicht fertig.

Er wechselte den vorherigen Stöpsel lediglich gegen einen größeren aus. Als ich mich wieder aufrichtete und mein Unbehagen heraus stöhnte, gab er mir nur einen schnellen Kuss auf den Mund und flüsterte: »Du brauchst das, damit du heute Abend mit meinem Schwanz in deinem Arsch fertig wirst.«

Ich wäre beinahe an Ort und Stelle in Flammen aufgegangen.

Die Männer bestanden darauf, dass wir uns heute Abend bei mir zu Hause treffen. Wir haben zwar sonst jeden Abend im Club verbracht, aber der heutige Abend ist etwas Besonderes, denn ein Mann würde einen Ort in meinem Körper erkunden, den zuvor noch niemand betreten hat. Ich war deswegen furchtbar nervös und sie wussten es beide, weshalb ich auch erleichtert war, dass wir etwas Privatsphäre haben würden, für den Fall, dass ich in dem Augenblick, in dem Dane versucht, mir seinen riesigen Schwanz hineinzuschieben, einen Rückzieher machen würde.

Der Stöpsel war unangenehm zu tragen gewesen und

ich habe das Büro tatsächlich schon etwas eher verlassen, weil ich gleichzeitig schlecht gelaunt und erregt war. Während Andrew und Dane sich also in die Küche begeben, um das Eis in den Gefrierschrank und die Blumen in eine Vase zu stellen – was zugegeben ebenso süß wie seltsam war –, gehe ich in mein Schlafzimmer, denn heute Abend brauche ich keine großen Verführungskünste.

Ich bin bereit.

Ich entledige mich schnell meiner Kleidung, positioniere mich mit gespreizten Beinen in der Mitte meines Bettes und spiele an mir herum, bis sie hereinkommen. Beide bleiben kurz hinter der Tür stehen und blicken mich mit feurigen Augen an. Das Verlangen von uns dreien ist beinahe schon greifbar und ich befehle ihnen mit heiserer Stimme, sich auszuziehen.

Sie gehorchen bereitwillig und es gibt nichts Erregenderes, als zwei attraktiven, durchtrainierten Männern mit riesigen Erektionen dabei zuzusehen, wie sie sich ihre Kleider vom Leib reißen. Das Wissen, dass sich diese beiden Schwänze heute Abend zur selben Zeit in mir befinden werden, hat meine Muschi schon tropfnass gemacht und meine Arschmuskeln ziehen sich um den Stöpsel herum zusammen.

Als das letzte Kleidungsstück auf dem Boden landet, rolle ich mich vom Bett herunter und gehe auf Andrew und Dane zu. Ich stelle mich zwischen die beiden, sodass sie links und rechts von mir stehen, und nehme in jede

Hand einen Schwanz. Ich beginne, sie zu streicheln, und neige meinen Kopf für einen Kuss erst zu Andrew, dann zu Dane. Beide Männer stöhnen in meinen Mund. Nachdem ich meine Lippen von Danes gelöst habe, gehe ich zwischen ihnen auf die Knie.

Ich streichele Andrews Schwanz, während ich mich Dane zuwende, um seinen in den Mund zu nehmen. Seine Hüften schießen beim ersten Kontakt nach vorne und ich muss beinahe würgen, doch er zieht sich wieder etwas zurück und ich finde mich zurecht. Ich sauge einige Augenblicke an ihm und wichse Andrews Schwanz gleichzeitig in einem gleichmäßigen Tempo.

Dann ist Andrew an der Reihe, meinen Mund zu bekommen, und er flüstert: »Scheiße«, als ich ihn in mich aufnehme. Ich ergreife Dane fest mit meiner Hand, weil ich weiß, dass er es gern ein wenig härter mag, und aus seiner Kehle ertönt ein anerkennendes Summen.

Ich wechsele zwischen den beiden hin und her und bin so verloren in dem, was ich tue, dass ich kaum bemerke, wie mich einer von ihnen nach oben zieht. Als ich meine Augen öffne, sehe ich, dass es Dane ist, und bevor ich reagieren kann, liege ich auch schon flach mit dem Rücken auf meinem Bett. Mir werden die Beine auseinander gedrückt und ich schreie auf, als beide Männer sich damit abwechseln, meine Klitoris zu lecken. Ich stütze mich auf die Ellbogen, um ihnen zuzusehen, und bin fasziniert davon, dass diese beiden durch und durch heterosexuellen Männer etwas so Intimes miteinander tun. Ihre Münder berühren sich nicht, aber sie kommen sich sehr nahe und ich würde sehr viel geben, um zu sehen, wie die beiden sich küssen.

Als Andrew drei Finger in mich einführt und Dane fest an meiner Knospe saugt, fährt der erste Orgasmus durch mich hindurch und meine Hüften schießen in die Höhe. Als sie wieder auf der Matratze landen, bewegt sich der Stöpsel in meinem Hintern und befeuert meinen Höhepunkt nur noch mehr.

»Sie ist bereit«, sagt Dane selbstbewusst. Weil ich vollkommen kraftlos bin, kann ich lediglich nach Luft schnappen, als ich wieder vom Bett gezerrt werde. Ich falle in Danes Arme und bemerke nur am Rande, dass Andrew meinen Platz in der Mitte des Bettes eingenommen hat.

Seine Augen sind dunkel und voller Verlangen, wie er da ausgestreckt auf dem Rücken liegt.

Ich schnappe erneut nach Luft, als Dane mich in Andrews Richtung dreht, aber ab jetzt brauche ich keine Hilfestellung mehr. Ich krieche aufs Bett und über Andrews Körper, wo ich mich rittlings über seiner wunderbaren Erektion platziere. Wir blicken einander an, während ich seinen Schwanz mit einer Hand in mich einführe, und ich bin so feucht und entspannt von dem Orgasmus, dass ich ihn in einer glatten Bewegung bis zur Wurzel in mich aufnehme.

»Scheiße, ja!«, stöhnt Andrew und legt seine Hände auf meine Brüste. Er drückt und quetscht sie, während ich meine Hüften ein wenig kreisen lasse, dann kneift er in meine Brustwarzen und zieht leicht daran. Er weiß, dass mich das verrückt macht, also beginne ich, mich wie wild auf seinem Schwanz auf und ab zu bewegen. Jedes Mal wenn mein Arsch auf seiner Hüfte landet, bewegt sich der Stöpsel in mir und es fühlt sich einfach nur großartig an.

Bis er nicht mehr da ist.

Dane befindet sich hinter mir. Mit geübten Fingern zieht er den Stöpsel heraus und ich höre, wie er zu Boden fällt. Ich weiß, was jetzt passiert, aber trotzdem kann ich nicht aufhören, Andrews Schwanz wie wild zu reiten, und ich werde von seinem eigenen schwergängigen Atem und den gemurmelten Lustflüchen nur noch weiter angetrieben.

»Halt still!«, sagt Dane barsch, als er mit seinen Händen meine Hüften ergreift und mich festhält. »Ich will nicht, dass du ihn jetzt schon zum Höhepunkt bringst.«

Andrew entfährt ein Grunzen, das entweder anerkennend oder genervt ist, ich bin mir nicht sicher. Dane legt mir seine Hand auf den Rücken und drückt mich so weit nach vorne, bis mein Oberkörper auf Andrews liegt und meine Brüste gegen ihn gepresst werden.

Unsere Münder sind nur wenige Zentimeter voneinander entfernt und ich lächele ihn an. »Hi.«

»Hi.« Er grinst zurück. »Du fühlst dich gut an.«

»Du dich auch«, antworte ich ihm nach Luft

schnappend, als ich spüre, wie Dane mir Gleitmittel auf den Hintern spritzt. Vor Angst verkrampfe ich und Andrew kann es entweder spüren oder in meinem Gesicht sehen, aber er legt mir seine Hände an die Wangen.

Dann zieht er mich an sich und küsst mich langsam, und für einen süßen Augenblick verliere ich mich in diesem Gefühl. Dann spüre ich die seidige, große Spitze von Danes Schwanz an meinem Arsch und ich hebe überrascht und ja, noch viel verängstigter, meinen Kopf.

»Ganz ruhig, Av«, flüstert Dane hinter mir. »Ich werde ganz langsam machen. Du kannst mich jederzeit bitten aufzuhören.«

Ich nicke und konzentriere mich auf Andrews hübsches Gesicht. Er lächelt mich ermutigend an und sagt: »Du bist so unfassbar sexy, Avril. Ich will so sehr in dir kommen.«

Seine Worte bringen mich vollkommen zum Schmelzen und ich entspanne mich. Dane muss es bemerkt haben, denn er drückt sich nach vorne und seine Spitze dringt in mich ein. Ich spüre ein Brennen, doch es vergeht schnell wieder. Mit einem Mal bin ich dankbar dafür, dass ich den ganzen Nachmittag diesen Stöpsel im Arsch getragen habe.

»Mein Gott, ist sie eng«, sagt Dane und ich weiß, dass er direkt mit Andrew spricht. »Mann ... warte nur ab, bis du diesen Arsch spürst.«

Andrew stöhnt, drückt ungeduldig die Hüften nach

oben und stößt seinen Schwanz tief in mich hinein.

»Oh!«, entfährt es mir, als meine Unterarme auf die Matratze fallen und sich meine Wange gegen Andrews drückt. Ich kann mich nicht wirklich bewegen, weil Andrew mich von unten aufgespießt hat und Dane von hinten mit seiner Schwanzspitze in mir steckt.

»Halt einfach nur durch«, sagt Andrew zu mir und ich nicke, wobei ich seine Bartstoppeln spüre, die an meiner Haut scheuern.

Dane drückt sich noch tiefer in mich hinein und ich dehne mich, es brennt, dann spüre ich eine fantastische Ausgefülltheit. Das Gefühl ist beinahe unbeschreiblich, aber ich fühle mich auf eine gewisse Art und Weise komplett, auch wenn ich nicht wusste, dass etwas gefehlt hat.

Andrew bleibt still, während Dane seinen Schwanz tiefer in meinen Arsch schiebt. Als sich seine Hüfte gegen mich drückt und ich vollständig ausgestopft bin, hebe ich den Kopf und stöhne vor Lust auf. »Oh Gott, das fühlt sich gut an.«

»Bist du okay, Av?«, fragt Dane mich, aber ich kann nur wie wild mit dem Kopf nicken. Ich bin ausgefüllt von Männern und habe tatsächlich Angst vor der Leere, wenn das hier vorüber ist. Ich versuche, mich auf Andrew zu bewegen, werde von Danes Schwanz jedoch an Ort und Stelle festgehalten.

»Beweg dich nicht«, sagt Dane. »Lass uns die Arbeit tun, okay?«

»Okay«, flüstere ich und dann wird mein Mund auch schon wieder von Andrews Zunge vereinnahmt. Er fängt an, mit kurzen, leichten Stößen nach oben in mich hineinzufahren, und das bringt Dane dazu, sich zu bewegen. Er zieht seinen Schwanz fast bis zur Spitze heraus, bevor er sich wieder tief in mich hineindrückt.

Mir entfährt in Andrews Mund ein Schrei, den er herunterschluckt. Meine Lippen werden weich. Mit dem, was da unterhalb meiner Taille vor sich geht, kann ich mich nicht einmal darauf konzentrieren, Andrew zu küssen. Beide Schwänze bewegen sich und reiben durch die dünne Haut, die die beiden voneinander trennt, aneinander. Andrew atmet schwer und Dane grunzt jedes Mal, wenn er sich in mich schiebt. Schon bald klatscht unsere Haut gegeneinander und das Kopfende des Bettes knallt laut gegen die Wand. Die Luft in meiner Lunge scheint gefroren zu sein und ich kralle mich mit den Fingern an der Bettdecke fest, weil ich zu nichts anderem fähig bin, als mich diesen Empfindungen hinzugeben. Ich bin überwältigt, wie gut sich alles anfühlt, und in meinem Kopf beginnt es, sich zu drehen.

Mein Orgasmus überrascht mich und bricht so gewaltsam über mich herein, dass ich aufschreie. Aus meinen Augen fallen die Tränen, weil es sich so großartig anfühlt und immer weitergeht, während beide Männer damit fortfahren, mich gnadenlos zu ficken.

Ich habe das Gefühl, kurz vor der Bewusstlosigkeit zu stehen, spüre, wie ich ohnmächtig werde, aber dann ergreift mich ein weiterer Orgasmus. Dieses Mal schreie ich, weil er so heftig ist.

»Scheiße, ja!«, knurrt Dane und fängt an, in meinen Hintern hinein zu hämmern.

»Ich komme!«, stöhnt Andrew, drückt seine Hüften nach oben und sein Schwanz beginnt in mir zu pulsieren.

Dane stößt so tief in mich hinein, dass er Andrew und mich in die Matratze hineindrückt, und stöhnt seinen eigenen Höhepunkt in typischer Dane-Manier heraus, was bedeutet, dass er jeden existierenden Fluch murmelt und seinen Schwanz dabei weiter in meinen Arsch rammt.

»Oh Gott! Oh Gott! Oh Gott!«, wiederhole ich immer wieder, während mein Orgasmus weiterhin durch mich hindurchfährt und beide Männer sich in meinem Körper entleeren.

Es ist wunderbar angsteinflößend, weil ich nicht weiß, ob ich jemals wieder etwas erleben werde, das dieser Erfahrung hier gleichkommt.

◆

NEIN, ES IST überhaupt nicht seltsam, mit Dane auf der einen und Andrew auf der anderen Seite in meinem Bett zu liegen. Wir sitzen mit dem Rücken am Kopfende, schauen alte Folgen von Seinfeld und teilen uns die Eiscreme.

Der Sexnebel hat sich schon lange verzogen und wir haben uns über das Geschäft unterhalten.

Genauer gesagt, über Fabron und seinen Wunsch, bei Caterva einzusteigen.

Das macht mich tatsächlich sehr glücklich, weil es zeigt, dass wir alle dazu in der Lage sind, zwischen dem zu unterscheiden, was wir im Schlafzimmer und im Sitzungssaal tun, auch wenn wir Geschäftsdinge nackt im Bett besprechen.

Als mein Telefon klingelt, drücke ich Andrew die Eiscreme in die Hand und beuge mich leicht über Dane hinweg, um danach zu greifen. Er legt mir seine Hand auf die Hüfte, um mich festzuhalten, und es könnte eine platonische Geste gewesen sein, außer, dass er mich leicht und liebevoll drückt, als ich wieder in die Kissen sinke.

Ich blicke auf die Nummer, erkenne sie zwar nicht, sehe jedoch, dass es sich um ein Ortsgespräch handelt. Ich nehme den Anruf an und halte mir das Telefon ans Ohr. »Avril Carrigan.«

»Hier ist Jamie«, höre ich meinen Exfreund sagen und er schiebt sofort hinterher: »Leg bitte nicht auf.«

Ich richte mich im Bett auf und kann die Blicke von Andrew und Dane auf mir spüren.

»Was willst du?«, frage ich mit deutlicher Überraschung in der Stimme. In den letzten sechs Wochen seit unserer Trennung habe ich nichts von ihm gehört.

»Ich wollte dich anrufen«, sagt er mit einer Stimme, die ich beinahe schon als müde beschreiben würde. »Ich habe ein Dutzend Mal den Hörer abgenommen, aber mir gedacht, dass du nicht mit mir sprechen würdest.«

»Ich bin mir nicht sicher, ob ich das sollte«, teile ich ihm aufrichtig mit.

»Es tut mir einfach so leid, Av«, sprudelt es aus ihm heraus. »Ich hatte nicht die Gelegenheit, dir das zu sagen, aber ich will, dass du es weißt. Es tut mir leid, dass ich dir Schmerzen zugefügt habe. Ich liebe dich und ich hatte nie vor, so etwas zu tun –«

An diesem Punkt nehme ich das Telefon vom Ohr und drücke auf den Lautsprecher-Knopf. Es ist ja nicht so, als würde ich Andrew und Dane den gesamten Inhalt dieses Gesprächs nicht sowieso erzählen.

»Ich schwöre, es war nur eine einmalige Sache. Ich war so dumm und egoistisch und habe dich vermisst, weil du nicht da warst.«

Dane gibt einen verärgerten Laut von sich, der hörbar genug ist, um Jamie verstummen zu lassen. Dann fragt er zögernd: »Hast du den Lautsprecher einge-schaltet?«

»Ja, das habe ich«, teile ich ihm mit, nachdem ich mich wieder zurückgelehnt habe.

»Wer ist da?«

»Andrew und Dane«, antworte ich mit gleichmäßiger Stimme, obwohl ich eigentlich darüber lachen möchte, wenn ich daran denke, dass Jamie mich jetzt so sehen könnte. »Die beiden sind vorbeigekommen, um abzuhängen und Fernsehen zu schauen.«

»Oh … naja, äh … können wir uns allein unterhalten?«, fragt er verärgert.

»Es ist gerade etwas ungünstig«, sage ich zu Jamie.

»Wann passt es dir denn besser?«

»Vermutlich nie«, gebe ich zurück. »Es ist vorbei, Jamie. Ich habe unsere Beziehung zu den Akten gelegt und das solltest du ebenfalls tun.«

»Ich würde gern noch eine Chance bekommen.« Seine Stimme ist leise und reuevoll, und ein Teil von mir reagiert darauf. Ich denke, ich brauchte seine Entschuldigung mehr, als ich zugeben möchte. »Menschen können sich von diesen Dingen erholen. Wir könnten zu einem —«

»Sie hat gesagt, dass sie kein Interesse hat«, knurrt Dane und beugt sich zum Telefon. »Krieg mal Eier in der Hose und mach dich vom Acker.«

»Fick dich, Dane«, sagt Jamie in sein Telefon. »Du kannst nicht für sie sprechen.«

»Nein, ich spreche für mich«, giftet Dane. Ich blicke Andrew an, der grinsend neben mir sitzt. »Und hör mir gut zu, denn jetzt sage ich dir mal was ... wenn du ihr näher als zwanzig Meter kommst, werde ich dir noch einmal die Fresse polieren.«

»Noch einmal?«, sage ich überrascht und drehe den Kopf, um Dane anzusehen.

Er blickt mich nicht einmal an, sondern streckt die Hand aus und drückt auf dem Display auf den Knopf, der das Gespräch beendet.

»Noch einmal?«, wiederhole ich und schaue Dane

mit hochgezogener Augenbraue an.

Dane zuckt mit den Schultern und lehnt sich zurück. »Ich habe ihm eventuell eine Abschiedsnachricht überbracht, als er herkam, um seine Sachen abzuholen.«

Ich drehe den Kopf wieder zu Andrew. »Das hat er nicht getan.«

»Das hat er«, antwortet Andrew nur und steckt den Löffel zurück in die Eiscreme. »Er ist immer derjenige, der für dich die Typen verprügelt, Av.«

Ich blicke erneut zu Dane und sein Blick ist sanft, aber intensiv, als er mir in die Augen sieht. »Egal, wer dir wehtut, im Gegenzug wird er Schmerzen erfahren. So einfach ist das.«

Und meine Güte, bekomme ich bei diesen Worten Herzflattern.

KAPITEL 18

Dane

O H, DIE VORTEILE, die man hat, wenn man mit einem Privatflugzeug nach Paris fliegt! Es ist nicht das erste Mal, dass wir drei gemeinsam einen Langstreckenflug unternehmen. In den vergangenen Jahren haben wir Biotech-Konferenzen in so vielen Ländern besucht, dass ich mich nicht einmal mehr an alle erinnern kann.

Wir fliegen immer mit einem Privatjet, denn wenn man im Besitz eines Dreißig-Milliarden-Dollar-Unternehmens ist, kann man sich solchen Luxus leisten.

Große, bequeme Sitze, Feinkost und Spirituosen der besten Qualität. Es gibt sogar ein großes Sofa, das bei Bedarf in ein Bett umgewandelt werden kann, und ich habe bis jetzt noch nicht aufhören können, darüber nachzudenken, Avril die Kleider vom Leib zu reißen und in besagtes Bett zu bekommen.

Der aktuelle Nachteil an diesem Privatflug ist allerdings, dass wir ebenso unsere eigene Flugbegleiterin haben, die sich in unserer Nähe aufhält, sollten wir sie benötigen. Ich weiß, dass es Avril gefällt, wenn man ihr im Wicked Horse zusieht, aber ich bezweifele, dass es auch hier gilt.

Abgesehen davon … befindet sie sich im Arbeitsmodus, was ich an dem ernsten Gesichtsausdruck erkenne, mit dem sie auf ein Dokument blickt, über das sie und Andrew die letzten zwanzig Minuten diskutiert haben.

»Das aktuelle Budget gibt es einfach nicht her, diese Forschungsstellen zu schaffen«, teilt Avril Andrew nun schon mindestens zum dritten Mal mit. Die beiden sitzen mir gegenüber auf drehbaren Sesseln und sind so positioniert, dass sie sich anblicken können.

Andrew rollt mit den Augen. »Verdammt noch mal, Avril. Du bist für Millionen von Dollar verantwortlich, die in Risikokapitalanlagen fließen. Zweige davon einige Millionen ab und lass mich unsere Bemühungen verstärken, das Bild-Zytometer zu entwickeln.«

»Wie wäre es, wenn du ein bisschen mehr Geduld hättest?«, faucht Avril ihn an. »Dir ist schon klar, dass wir nach Paris fliegen, um uns mit Fabron zu treffen und uns sein Zytometer ganz genau anzuschauen, oder? Er gibt uns vertraulichen Zugang in der Hoffnung, mit uns ein Bündnis zu schmieden.«

»Wir brauchen keinen weiteren Partner«, gibt Andrew zurück. »Ich habe bereits einen Entwickler in Dänemark im Auge, der uns genau das beschaffen kann, was wir brauchen.«

»Ich habe Nein gesagt!«, schreit Avril. »Lerne, das zu akzeptieren, und respektiere meine Position!«

»Lern du erst mal, etwas lockerzulassen«, entgegnet Andrew. »Der Kontrollfreak steht dir nicht besonders gut.«

»Du kannst mich mal, Collings«, zischt Avril.

»Das habe ich schon getan«, gibt Andrew knurrend zurück. Ich möchte lachen, aber als ich den Blick auf Avrils Gesicht sehe, gelingt es mir nicht.

Sie wird dunkelrot und ihre Augen blitzen wütend auf. »Wage es ja nicht, den Sex hier hereinzubringen!«

Ich sehe an den beiden vorbei zu der Flugbegleiterin, die mit dem Rücken zu uns in der offenen Bordküche steht. Ich bin mir sicher, dass sie jedes Wort hören kann.

»Dane«, sagt Andrew ruhig und ich blicke ihn an. »Wie siehst du das Ganze? Du weißt, dass diese Nummer mit Fabron noch längst keine beschlossene Sache ist. Es besteht die Möglichkeit, dass wir zurückkommen werden und nicht klüger sind als vorher, und wir müssen dringend in die Entwicklung investieren.«

»Es wird ihn schon nicht umbringen, einen Monat länger zu warten«, sagt Avril zu mir und mein Blick geht zu ihr. Was sagt es über mich, dass ich mich einen Dreck dafür interessiere, worüber sich die beiden streiten, sondern dass ich gerade viel lieber ihre Muschi lecken würde?

Ich schüttele den Kopf und hebe meine Hände zur

Beschwichtigung, aber Andrew ist scheinbar noch nicht fertig. Er dreht sich auf seinem Stuhl und sieht Avril an. »Weißt du, ich habe keine Ahnung, was dein Problem ist, aber mir kommt es vor, als würdest du jeden Vorschlag ablehnen, den ich dir unterbreite. Dir ist schon klar, dass ich mehr Ahnung von der Wissenschaft dessen habe, was wir versuchen zu erreichen, oder? Dir ist vollkommen bewusst, Avril, dass es hier um Wissenschaft geht, und trotzdem zollst du mir nicht ein Fünkchen Respekt!«

»Nun, wenn du dich nicht ständig wie ein Kleinkind aufführen würdest, könnte ich dir eventuell ein wenig mehr Respekt entgegenbringen.«

Ich zucke zusammen, denn das war böse und unprofessionell, die Diskussion ist schon lange ausgeartet. »Avril«, sage ich mit warnender Stimme. Sie wirft den Kopf zu mir herum und ihre Augen funkeln so wild, dass ich den Mund zuklappe.

»Warum leckst du mich nicht auch mal, Dane?«, giftet sie und steht dann von ihrem Stuhl auf. Sie geht an mir vorbei, betritt das Badezimmer, das sich hinter uns befindet, und knallt die Tür hinter sich zu.

Ich blicke Andrew an und kann die Befriedigung auf seinem Gesicht erkennen, dass er die Oberhand über ihre Emotionen gewonnen hat, während er auf die geschlossene Badezimmertür starrt.

»Du bist ein Arschloch«, sage ich zu ihm.

Er schaut mich an. »Sie hat angefangen.«

»Wirklich sehr erwachsen«, antworte ich, öffne meinen Sicherheitsgurt und stehe auf.

Ich würde gern sagen, dass es sich hierbei um das unglückliche Ergebnis dessen handelt, dass wir drei uns auf intimes Territorium begeben haben, aber leider sind diese Streitigkeiten in der Vergangenheit schon häufiger vorgekommen. Meine Geschäftspartner sind beide sehr hitzköpfig und das ist auch der Grund, warum ich diesen Weg mit ihnen gehen wollte. Sie nehmen ihre Arbeit sehr ernst, was zu Reibung führen kann, weil der Betriebsleiter oftmals in direktem Konflikt mit Forschung und Entwicklung stehen kann. Es ist ein schmaler Grat, auf dem die beiden sich bewegen müssen, und solche lautstarken Streitereien sind in der Vergangenheit schon öfter vorgekommen.

Als ich am Badezimmer ankomme, klopfe ich leise und drücke die Klinke herunter. Die Tür ist nicht verschlossen, was ich als Erlaubnis ansehe einzutreten, weil Avril von drinnen nichts sagt.

Der Luxus eines Privatflugzeugs, das für internationale Flüge entworfen ist, besteht aus einem Badezimmer in einer ordentlichen Größe, das mit einer Dusche und einem Waschtisch ausgestattet ist. Avril steht am Waschbecken, wo sie sich mit den Händen festklammert und ihr Spiegelbild anstarrt.

»Er macht mich so wütend«, sagt sie mit tiefer Stimme und blickt mich im Spiegel an. »Er ist ein Kind. Naja, ein unreifer Mann.«

Ich denke bei mir, dass sie gestern Abend nicht dieser Meinung war, als er sie gefickt hat, aber ich weiß, dass jetzt nicht der Zeitpunkt ist, um es zu erwähnen. Also trete ich stattdessen von hinten an sie heran und schlinge die Arme um ihre Taille. Ich ziehe sie an mich heran, damit sie sich an mich lehnen kann, und als ich sie im Spiegel anblicke, frage ich: »Was ist hier wirklich los?«

Avril seufzt, legt ihre Hände auf meine Unterarme und lehnt den Kopf an meine Schulter. Es ist eine intime Umarmung. Definitiv nicht die Art, in der wir uns jemals wiedergefunden hätten, bevor wir anfingen, Sex miteinander zu haben, und ich muss zugeben, dass es mir wirklich sehr gut gefällt, sie so zu halten. Es bedeutet nicht, dass mein Schwanz von dem Wissen, dass wir uns in diesem abgeschlossenen Badezimmer befinden und ich sie über den Waschtisch beugen könnte, nicht leicht steif geworden ist, aber das ist nicht der Grund, warum ich zu ihr gekommen bin.

»Er respektiert meine Position nicht und gibt mir immerzu das Gefühl, nichts wert zu sein, wenn ich eine seiner Anfragen ablehnen muss«, murmelt sie. »Und ich bekomme den Eindruck, dass er jetzt, wo er mit mir vögelt, mit diesem Mist noch öfter davonkommt.«

Ich lasse Avril so schnell los, dass sie nach Luft schnappt und es dann erneut tut, als ich sie zu mir herumdrehe. Ich fasse sie an den Schultern, bewege mein Gesicht ganz nahe an ihres und sage mit tiefer, drohender Stimme: »Hör auf damit, Av. Was da draußen zwischen euch vorgefallen ist, ist bereits unzählige Male passiert. Es hat nichts mit dem zu tun, was wir in unserem Privatleben machen.«

Sofort wird ihr Gesichtsausdruck vor Reue ganz weich und sie lehnt ihren Kopf gegen meine Brust. Sie seufzt und sagt: »Ich weiß. Ich verhalte mich wie eine totale Zicke und ich habe keine Ahnung warum.«

Ich schlinge die Arme erneut um sie, dieses Mal, um sie zu drücken. »Ihr beide seid eben so. Ihr zankt euch wie Geschwister.«

Avril kichert und hebt den Kopf. »Wie kommt es, dass wir beide uns nie so streiten?«

»Weil ich der Chef bin und du mich nicht so behandeln kannst«, sage ich grinsend.

Darauf antwortet sie, indem sie sich auf Zehenspitzen stellt und mir einen schnellen Kuss gibt. »Du bist genauso ein Arschloch wie Andrew.«

Großer Fehler, diesen Mund auf meinen gedrückt zu haben.

Meine Umarmung wird fester und ich küsse sie zurück, doch mein Kuss ist nicht so schnell. Im Gegenteil, er ist langsam und tief und ich lasse keinen Zweifel darüber zu, was ich von ihr will, als ich meinen Schwanz an ihr reibe.

»Dane«, flüstert sie mit heiserer, bedürftiger Stimme.

»Oh Gott, ich will dich so sehr«, murmele ich und schiebe ihr den Rock hoch. »Willst du, dass ich Andrew Bescheid sage?«

Sie schüttelt den Kopf. »Ich werde es bei ihm schon wiedergutmachen.«

Ich unterdrücke den Schwall Eifersucht, der in mir aufsteigen will, weil sie uns beide gleichberechtigt behandeln will. Ich sollte glücklich sein, dass ich sie nun für mich habe, und doch bin ich bereits eifersüchtig, weil sie sich ihm ebenfalls widmen will. Was merkwürdig ist, denn soweit ich weiß, war Andrew seit diesem einen Mal in seiner Wohnung nicht mehr mit ihr alleine. Die letzten vier Abende haben Avril und ich im Club verbracht und Andrew hat uns nur zweimal begleitet. Die anderen Male hat er sich mit »zu viel Arbeit« entschuldigt, aber ich weiß, dass er eigentlich Abstand hält. Andrew hat mir erzählt, dass er nur den Dreier will, weil es für ihn der beste Weg ist, um die Intimität zwischen ihm und Avril auf einem Minimum zu halten. Andrew ... beschützt sein Herz und ich frage mich, ob seine Idee vielleicht gar nicht so schlecht war, denn ich verbringe meinerseits viel zu viel Zeit damit, mir zu wünschen, mit Avril zusammen zu sein.

Avril öffnet schnell meine Hose und befreit meinen Schwanz, der bereits steif ist und sich schmerzend nach ihr sehnt. Sie streichelt mich, während wir uns küssen. Weil ich weiß, dass wir nicht allzu lange hier drinnen bleiben sollten, drehe ich sie herum, damit sie sich am Waschbecken festhalten kann.

»Hintern raus«, sage ich zu ihr. Sie beugt den Oberkörper nach vorne und krümmt ihren Rücken, sodass ihr Arsch wunderbar in die Luft gereckt ist.

»Beeil dich«, sagt sie mit dringender Stimme.

Ich schiebe ihren Slip zur Seite und entblöße die Hinterseite ihrer Muschi, die für mich bereits feucht glitzert. Ich zögere keinen Augenblick länger und schiebe meinen Schwanz in sie hinein.

Sie ist eng und obwohl sie bereits feucht ist, ist sie noch nicht ganz bereit, also finde ich meinen Weg mit kurzen Stößen in sie und dringe jedes Mal etwas tiefer ein.

Avril hebt den Kopf und blickt mich im Spiegel an. Nachdem ich mich vollständig in ihr versenkt habe, schenkt sie mir das aufregendste Lächeln, das ich je bei einer Frau gesehen habe. Dann verengen sich ihre Augen zu Schlitzen und sie fordert mich heraus: »Jetzt fick mich fest, Dane. Ich will Sterne sehen!«

Und das tue ich.

Zehntausend Meter in der Luft vögele ich sie so heftig, dass meine Hoden schmerzen, weil sie so fest gegen ihren Hintern klatschen. Avril hält sich nicht zurück, stöhnt laut und schreit meinen Namen. Ich habe keinen Zweifel, dass die Flugbegleiterin und Andrew uns vermutlich hören können, aber das interessiert mich nicht mehr. Ich will nur, dass wir beide einen großartigen Höhepunkt erleben.

AVRIL VERLÄSST VOR mir das Badezimmer und ich folge

ihr den kurzen Gang entlang zurück zu unseren Plätzen. Sie stellt sich vor Andrew, der auf seinem Computer surft und sie keines Blickes würdigt.

Die Flugbegleiterin steht immer noch in der Bordküche. Als ich mich setze, fragt Andrew trocken: »War es so gut, wie es sich angehört hat?«

»Besser«, sagt Avril zickig und ich werfe ihr einen warnenden Blick zu. Sie zuckt mit den Schultern und schaut aus dem Fenster.

»Toll«, murmelt Andrew in einem Ton, der sagen soll, dass es ihn nicht interessiert.

»Gut, ihr zwei«, sage ich ärgerlich. »Als der Besitzer dieses Unternehmens hätte ich jetzt gern, dass ihr euch wie zwei Erwachsene verhaltet.«

Beide blicken mich wütend an, aber das ignoriere ich. »Andrew ... wir werden keine zusätzlichen Entwickler absegnen, bevor wir uns nicht mit Fabron getroffen haben. Abhängig davon, wie unsere Gespräche in dieser Woche verlaufen, werden wir das Thema noch einmal aufgreifen.«

Avrils Mundwinkel verziehen sich zu einem befriedigten Lächeln. Das mache ich jedoch gleich wieder zunichte, indem ich zu ihr sage: »Avril ... ich möchte, dass du dich in der Zwischenzeit daran machst, das Geld zum F&E-Budget hinzuzufügen, denn ganz ehrlich, mein Bauchgefühl sagt mir, dass wir unser eigenes Zytometer entwickeln sollten, und dafür könnten wir die Geldmittel eigentlich schon bereitstellen.«

Jetzt ist Andrew derjenige, dessen Gesicht aussieht wie das der Grinsekatze.

»Und jetzt küsst euch und vertragt euch wieder«, sage ich verschlagen, in der Hoffnung, dass es die Spannung aus der Situation nehmen wird, aber Avril schnaubt lediglich und blickt wieder aus dem Fenster.

Andrew murmelt: »Ich habe Besseres mit meinem Mund zu tun.«

»Oh, verdammt noch mal!«, knurre ich. »Warum geht ihr beide nicht ins Badezimmer und vögelt und vertragt euch danach?«

Avril wird rot und Andrew blickt mich nur noch wütender an. Ich warte, um zu sehen, was die beiden tun werden, denn wenn Andrew mit ihr zusammen sein will, wird sie nicht Nein sagen.

Stattdessen entgegnet er leise: »Ich bin nicht in Stimmung.«

Meine Güte, ich weiß nicht, was das über mich als Freund aussagt, aber mich überkommt eine Welle der Erleichterung, dass er diese Gelegenheit nicht ausnutzt. Dass ein Teil von Avril, zumindest im Augenblick, auch weiterhin nur mir gehört.

Das bedeutet aber nicht, dass ich die Dinge zwischen den beiden nicht wieder ins Lot bringen will. Ich weiß, dass sie sich selbst irgendwann einander wieder annähern werden, weil sie nie lange wütend aufeinander bleiben, aber ich bin der Meinung, dass wir alle eine Gedächtnisstütze dessen vertragen könnten, wie besonders unsere

Verbindung ist, unabhängig davon, dass wir herausragenden, aber schmutzigen Sex miteinander haben.

»Erinnerst du dich daran, als Claudia sich von dir getrennt hat?«, frage ich und Andrew blickt mich wieder an. Ich sehe, wie Avril langsam den Kopf in meine Richtung dreht, aber ich beachte sie nicht. »Avril hat alles stehen und liegen gelassen, um bei dir zu sein. Ich habe gedacht, dass du bis in alle Ewigkeit untröstlich sein würdest, aber das ist nicht geschehen und Avril ist der Grund dafür. Sie ist an deiner Seite geblieben, hat sich mit dir in der Trauer gewälzt und während deiner Trinkexzesse auf dich aufgepasst. Sie hat Wochen damit verbracht, dich aus deiner depressiven Stimmung herauszuholen.«

In dem Moment, in dem Andrews Blick weich wird, wende ich Avril meine Aufmerksamkeit zu. »Und erinnerst du dich daran, als dein Bruder gestorben ist? Andrew hat nicht lange überlegt und ist mit dir nach Hause geflogen. Er ist mehr als eine Woche bei dir geblieben und hat sich geweigert, dich alleine zu lassen, bis du fähig warst, wieder zur Arbeit zu kommen.«

Avrils Augen werden leicht feucht und ich weiß, dass ich eigentlich nichts weiter sagen muss, trotzdem fahre ich fort.

»Wir haben gemeinsam Tode und Trennungen und Krankheiten durchgestanden. Wir hatten Höhen, wie die Gründung dieses Unternehmens, und Tiefen, als die Leute uns gesagt haben, dass es niemals funktionieren würde, und dann wieder Höhen, als wir eine Technologie entwickelten, die die Welt verändern wird. Wir arbeiten sechzehn, siebzehn, ach was, manchmal sogar zwanzig Stunden am Tag und wir tun es gemeinsam. Wir raufen uns frustriert die Haare, wir muntern einander auf und wir machen all diese Dinge seit siebzehn Jahren. Also hört jetzt auf mit diesem Babykram, denn ich sehe es nicht gern, wenn meine beiden besten Freunde wütend aufeinander sind.«

Einen Moment lang starren die beiden mich an, gescholten und gerührt von meiner Rede. Avril bewegt ihren Kopf nach links, um Andrew anzublicken, und murmelt: »Es tut mir leid.«

Er tut es ihr gleich, nur wendet er den Kopf nach rechts und lächelt sie an. »Mir tut es auch leid.«

»Freunde?«, fragt sie und streckt ihm die Hand entgegen.

»Für immer«, antwortet er, nimmt ihre Hand, führt sie an seine Lippen und küsst sie.

KAPITEL 19

Avril

FABRONS HAUS IST prahlerisch, aber andererseits ist Danes das auch. Ich denke, es ist notwendig, wenn man der Chef eines riesigen Biotech-Unternehmens und milliardenschwer ist.

Ich hatte bereits zweimal das Vergnügen, hier zu übernachten, während ich durch Frankreich gereist bin. Damals war Fabron Lemaire sehr freundlich, genau wie seine Frau und die Kinder. Da er nun geschieden ist, ist er noch freundlicher, und wir sind schon seit vielen Jahren beruflich und privat miteinander befreundet.

Er gibt mir ein weiteres Glas Champagner und ich nehme es, ohne zu zögern. Es ist erst mein zweites und Fabron ist ein sehr guter Gesprächs- und Flirtpartner, auch wenn keiner von uns es sehr ernst nimmt. Ehrlich gesagt hätte Fabron es lieber, wenn ich für ihn arbeiten würde, als dass ich sein Bett anwärme, und ich weiß, dass Dane ihm Letzteres sehr übel nehmen würde. Ich glaube, Fabron flirtet nur so schamlos vor Dane und Andrew mit mir, damit es den beiden nicht auffällt, wie gern er mir die Leitung von Révéler Biotech übertragen würde.

»Wie geht es Melisant?«, frage ich Fabron, während wir vor dem Kamin in seinem Wohnzimmers stehen. Er hat die Oberschicht von Paris zu einer Party geladen, doch die meisten der anwesenden Gäste stammen aus der Biotech-Branche. Andrew und Dane haben sich unter die Leute gemischt, um neue Kontakte zu knüpfen, denn bei dieser Art von Veranstaltung trennen wir uns für gewöhnlich.

»Sie ist wütend und verbittert«, antwortet er schulterzuckend. »Zum Glück sind die Kinder alt genug, um ihren Lügen über mich keinen Glauben zu schenken.«

»Das tut mir leid«, sage ich betroffen. »Ich denke, sich scheiden zu lassen ist nie schön, nicht wahr?«

»Ich bin darüber hinweg und hoffentlich wird sie das eines Tages auch sein«, entgegnet er ritterlich. »Ich möchte, dass sie glücklich ist.«

»Ich mag Melisant«, gestehe ich ihm ehrlich. »Sie war immer sehr liebenswürdig zu mir.«

»Sie hat Sie sehr bewundert«, sagt er mit einem herzlichen Lächeln. »Ihre Intelligenz und Ihren Ehrgeiz. Sie hat vieles von sich in Ihnen gesehen, mit der Ausnahme, dass sie sich an die Spitze heiratete, während Sie sich dorthin hochgearbeitet haben.«

Ich weiß nicht, was ich darauf erwidern soll, also trinke ich einen Schluck von meinem Champagner und blicke mich im Raum nach Dane oder Andrew um. Als wir gestern Abend ankamen, sind wir alle in unsere Betten gegangen und haben versucht, trotz des Jetlags zu schlafen. Aber heute Abend werden wir drei zusammen sein und ich weiß es deswegen, weil Dane auf dem Weg zu Fabrons Party zu uns sagte: »Ich habe mir für heute Abend etwas ganz Besonderes ausgedacht. Habt ihr beide Lust auf ein Abenteuer?«

Ich versicherte ihm sofort, dass ich Lust hätte, und er lachte, bevor er mich küsste. Andrew grinste gutmütig und griff sich zum Spaß in den Schritt. »Ich habe immer Lust.«

Es war schwierig, sich auf irgendetwas anderes zu konzentrieren, aber was auch immer es ist, das Dane für uns geplant hat, wenn wir zurück im Hotel sind, so weiß ich, dass es sehr gut werden wird.

»Sie wissen, dass es mir mit dem Jobangebot für Sie sehr ernst ist, Avril«, sagt Fabron leise, aber es bringt mich dazu, ihm wieder meine ungeteilte Aufmerksamkeit zu schenken.

»Sie haben einen sehr kompetenten leitenden Geschäftsführer«, antworte ich abwehrend.

»Nicht so kompetent wie Sie«, entgegnet er. An seinem Gesichtsausdruck kann ich sehen, dass er es vollkommen ernst meint. »Dane ist offensichtlich die treibende Kraft hinter Caterva und Andrew ist ein hervorragender Wissenschaftler, aber das Unternehmen wird von Ihnen zusammengehalten. Diese Männer haben keine Ahnung, mit wie vielen Bällen Sie jeden Tag herum jonglieren müssen, nur um die Dinge am Laufen zu halten.«

»Das wissen sie sehr gut«, sage ich zu ihrer Verteidigung, aber es bringt mich zum Nachdenken. Andrew mit seinen launischen Forderungen und Dane, der meine Bedenken über Andrews Forderungen vom Tisch wischt.

»Vielleicht, vielleicht auch nicht«, sagt er wertfrei. »Aber ich würde Ihr Gehalt verdoppeln, Ihnen eine ansehnliche Menge an Aktienoptionen zusprechen und Sie gemeinsam mit mir zur gleichberechtigten Vorsitzenden des Firmenvorstands machen.«

Ich blinzele ihn überrascht an. »Sie meinen es wirklich ernst, oder?«

»Das tue ich in der Tat«, antwortet er geradeheraus.

»Aber ich dachte, Sie flirten nur mit mir«, sage ich und lache nervös.

»Meine liebe Avril«, sagt Fabron und tritt ein wenig näher an mich heran. »Bei meinem Angebot an Sie handelt es sich in erster Linie um einen Job in meinem Unternehmen, aber Sie haben meine Flirtversuche durchaus richtig interpretiert. Ich fühle mich von Ihnen sehr angezogen und würde es sehr begrüßen, eine Beziehung mit Ihnen einzugehen. Wir wären ein Power-Paar, das ganz Paris schockieren und einschüchtern würde.«

Mir entfährt ein weiteres nervöses Lachen, weil er

mich vollkommen aus dem Konzept bringt. Er macht mir ein ernst gemeintes Jobangebot für eine bessere Position in einem Biotech-Unternehmen mit sensationeller Gehaltserhöhung und teilt mir mit, dass er sich von mir angezogen fühlt.

»Denken Sie einfach darüber nach«, sagt er, nachdem er einen Schritt zurückgetreten ist, und diese kleine Bewegung lässt mich ihn vollkommen anders betrachten. Fabron ist selbstbewusst, intelligent, charmant und äußerst attraktiv. Jede Frau wäre verrückt, wenn sie nicht über sein Angebot nachdenken würde, und trotzdem sehe ich für mich keinen Wert darin.

Ich schenke ihm mein freundlichstes Lächeln und berühre ihn mit der Hand am Unterarm. »Fabron … Ihr Angebot ist fantastisch, sowohl auf privater als auch beruflicher Ebene. Wenn es um das Berufliche geht, so wäre ich verrückt, nicht darüber nachzudenken, denn ich bin Geschäftsfrau und habe so viel Ehrgeiz wie meine Partner. Aber was das Private betrifft … ich befinde mich derzeit in einer Beziehung mit jemandem und –«

»Ah«, sagt er mit wissendem Blick und einem Ton, der ebenfalls dazu passt. »Dane ist ein glücklicher Mann.«

»Was?«, kreische ich und senke dann die Stimme, als ich mich zu ihm beuge. »Warum würden Sie so etwas sagen?«

Fabron lacht leise und legt seine Hand auf meine, die immer noch auf seinem Unterarm ruht. Er drückt sie herzlich und tätschelt sie dann. »Weil ich es sehen kann, wenn er Sie anblickt, und Avril … Sie schauen ihn auf die gleiche Art und Weise an.«

»Aber das tun wir nicht«, plappere ich.

»Das tun Sie«, sagt er bestimmt. »Sie können es vor niemandem verstecken. Ihr Partner Andrew kann es ebenfalls sehen. Ich war mir nur nicht sicher, wie ernst es ist, aber jetzt habe ich meine Antwort.«

Bei seiner Schlussfolgerung fängt in meinem Kopf alles an, sich zu drehen, und ich wage es nicht, ihm zu sagen, dass Andrew nicht nur davon weiß, sondern ebenfalls mit mir schläft. Was mich jedoch unruhig macht ist die Tatsache, dass es offensichtlich, naja … unübersehbar ist.

Scheiße.

Ich blicke mich wild suchend nach Dane um, damit ich ihn zur Seite ziehen und ihm mitteilen kann, dass unser Verhalten auffällig ist.

»Avril«, sagt Fabron, um meine Aufmerksamkeit zu bekommen, »eine Liebesbeziehung mit Dane zu haben ist nichts Verwerfliches. Das passiert in Unternehmen ständig, besonders wenn man unter solch extremen Umständen zusammenarbeitet.«

»Ich weiß«, sage ich, aber meine Stimme zittert so sehr, dass keinerlei Selbstbewusstsein darin zu hören ist. Ich bin mir nicht sicher, warum es mich so stört, aber ich denke, es hat mit einigen Unsicherheiten zu tun, die ich als Frau in einer Männerwelt offenbar habe. Werden die

Leute nun annehmen, dass ich meine Position bekommen habe, weil ich mit dem Chef schlafe?

Ich schüttele den Kopf, weil das einfach lächerlich ist. Fabron hat nur einfach einen Zufallstreffer gelandet.

»Ah«, murmelt Fabron und ich sehe, dass irgendetwas hinter mir seine Aufmerksamkeit erregt hat, »hier kommt er schon und er sieht nicht allzu glücklich aus, dass ich mich hier mit Ihnen so angeregt unterhalte.«

Ich verspanne mich, denn er spricht von Dane.

Anstatt verlegen zu sein, nutzt Fabron die Gelegenheit, näher an mich heranzutreten und mich leicht auf die Wange zu küssen. »Romantik ist für uns zwar nicht vorherbestimmt, chérie, aber mit dem Jobangebot ist es mir sehr ernst. Die Stelle gehört Ihnen, wenn Sie sie wollen.«

Und dann ist er verschwunden und Dane dreht mich zu sich, um mich anzusehen. »Was ist los?«

»Nichts«, sage ich, aber Dane blickt mich nur mit hochgezogener Augenbraue an. Ich rolle mit den Augen und beuge mich zu ihm. »Na schön. Fabron weiß, dass wir miteinander schlafen.«

Dane drückt überrascht sein Kinn nach hinten. »Hast du es ihm erzählt?«

»Nein, ich habe es ihm nicht erzählt«, fauche ich ihn an, bevor ich drei große Schlucke von meinem Champagner trinke. Meine Stimme klingt halbwegs hysterisch, als ich hinzufüge: »Er hat gesagt, dass er es an der Art und Weise erkennen kann, wie wir uns ansehen.

Wie zum Teufel sehen wir uns denn an, Dane?«

Auf seinem Gesicht breitet sich ein spitzbübisches Grinsen aus und er ergreift meine freie Hand. »Naja, wenn es dich irgendwie tröstet, ich habe die ganze Nacht darüber nachgedacht, was ich mit dir tun will, wenn wir zurück im Hotel sind, vielleicht erkennt er einfach nur das.«

Ich ziehe meine Hand aus seiner und versetze ihm einen Schlag auf die Brust. »Mach keine Witze. Wenn es ihm aufgefallen ist, dann haben es alle anderen wahrscheinlich auch bemerkt.«

»Avril«, tadelt Dane mich, »entspann dich. Fabron hat dich vermutlich nur aufgezogen, aber selbst wenn nicht, was ist schon dabei? Ich habe kein Problem damit, wenn die Leute wissen, dass ich mit dir vögele.«

»Ich aber schon«, presse ich hervor. »Ich will nicht, dass irgendjemand denkt, ich würde mich nach oben schlafen.«

»Du bist bereits oben«, stellt er fest. »Du warst dort schon lange, bevor du angefangen hast, meinen Schwanz zu nehmen.«

Ich würde von seinen anzüglichen Worten gern beleidigt sein, aber traurigerweise machen sie mich scharf. Ich nehme seinen Schwanz regelmäßig und es gefällt mir.

Was mir jedoch nicht gefällt ist das Grinsen auf seinem Gesicht, also entschließe ich mich dazu, es ihm auszutreiben. »Er hat mir einen Job angeboten. Ein ernstes Angebot. Gleichberechtigte Vorsitzende seines Firmenvorstands und das Doppelte dessen, was Caterva mir zahlt. Er hat nicht einmal gefragt, was ich verdiene.«

Ich habe gewusst, dass meine Worte Dane bis zu einem gewissen Grad ärgern würden, doch auf die dunkle Wut, die sich auf seinem Gesicht abzeichnet, bin ich nicht vorbereitet. »Diesen Wichser bringe ich um. Ich habe ihm gesagt, dass du tabu bist!«

»Dane«, sage ich und lache nervös. »Du kannst andere Firmen nicht davon abhalten, mir Jobangebote zu machen.«

»Er will mehr von dir als nur deine Arbeit für sein Unternehmen«, sagt er selbstbewusst und nun ... ja, Fabron hat es zugegeben. Aber weil ich Fabron mag und schätze und nicht will, dass Dane ihn verprügelt, versuche ich, ihn zu besänftigen.

»Entspann dich«, murmele ich und blicke in seine dunklen Augen. »Ich würde Caterva niemals verlassen. Diese Firma ist mein Leben.«

»Das tust du besser wirklich nicht«, brummt er, aber seine Augen nehmen ein helleres Olivgrün an. »Denn ich würde dir folgen und dir ordentlich den Arsch versohlen, wenn ich dich finde.«

Ich kichere und blicke mich im Raum um, wo ich Andrew entdecke, der mit einer Gruppe von Leuten spricht, die aussehen wie Forscher. Sie strahlen etwas Streberhaftes aus.

»Denkst du, wir könnten einfach gehen?«, frage ich

Dane, als mein Blick wieder auf ihm landet. »Ich bin gespannt zu sehen, was du für heute Abend geplant hast.«

Danes Lippen verziehen sich nach oben, wobei seine weißen Zähne aufblitzen. »Sagen wir unserem Assistenten Bescheid und fahren zurück ins Hotel.«

»Ist es das, was Andrew ist?«, frage ich lachend und denke bei mir, dass dieser Spitzname äußerst passend ist. »Ein Assistent?«

»Seit diesem ersten Mal hast du ihn nicht mehr allein gevögelt, oder?«, fragt Dane, als wir anfangen, uns einen Weg durch die Gäste zu Andrew zu bahnen.

Ich zucke leicht zusammen, nicht nur, weil es Dane aufgefallen ist, sondern auch wegen des Tons in seiner Stimme. Irgendetwas an dieser Tatsache ist ihm wichtig.

»Das stimmt«, gestehe ich. »Aber das liegt nur daran, dass wir einen Dreier planen und er sich manchmal aus dem Staub macht, richtig?«

Dane hält mitten im Schritt an und ich tue es ihm gleich. Wir blicken uns an und Dane fasst mich mit der Hand am Kinn. Er beugt sich zu mir herunter und flüstert: »Ich liebe es, dich mit Andrew zu ficken. Nichts könnte schärfer sein. Aber ich genieße die Zeit, die ich allein mit dir verbringe, Avril, deswegen bin ich nicht allzu enttäuscht, wenn Andrew nicht dabei ist.«

Danes Worte treffen mich hart und saugen mir die Luft aus der Lunge. Ich habe ihn noch nie so gefühlvoll reden gehört und irgendetwas an diesem Moment berührt mich tief. Etwas in meinem Herzen verändert sich und ich frage mich, ob Dane sich möglicherweise öffnet. Ist es möglich, dass er seine Schutzmauern etwas abträgt?

Und wenn das der Fall ist, wie wird mein Herz darauf reagieren? Zwischen uns hat bislang ein angemessener Abstand geherrscht und Andrew hat das alles überraschenderweise mühelos weggesteckt. Aber wenn Dane es zuließe, dass sein Herz involviert würde, würde sich für mich alles ändern, denn ich habe immer gewollt, dass mein Freund erfährt, was Liebe ist.

Ich hätte niemals gedacht, dass er offen dafür wäre, aber jetzt könnte es für ihn möglich sein und das lässt mich Dane in einem vollkommen anderen Licht sehen.

KAPITEL 20

Andrew

DANE HATTE ZU Avril und mir gesagt, dass wir schon mal anfangen sollten, als wir wieder zurück in der Hotel-Suite waren, und weil ich gerade genügend Champagner intus hatte, war es für mich kein Problem. Avril und ich sind in ihr Zimmer gegangen und haben uns sehr schnell ausgezogen. Ich habe es bisher zwar vermieden, mit Avril alleine zu sein, aber ich denke, dass der Blowjob, den sie mir gerade gibt, während Dane sich im Zimmer nebenan aufhält, nicht zählt, weil er jeden Moment hereinkommen könnte.

Und verdammt, Avril bläst einfach fantastisch. Sie ist eine Frau, der es Spaß macht, und sie summt und stöhnt an meinem Schwanz, während sie mich mit ihrem Mund und ihren Händen bearbeitet.

»Nicht so schnell«, muss ich einige Male murmeln und ihren Kopf mit meiner Hand zurückhalten, aber sie hört nicht auf mich. Sie tut sogar das Gegenteil und bringt mich zu nahe an den Höhepunkt, aber ich bin noch nicht bereit, mich gehen zu lassen. Dane sagte, er hätte für uns heute Abend etwas Besonderes geplant, und ich hebe mir meine Ladung dafür auf.

Vorsichtig erfasse ich Avrils Kopf und ziehe sie von mir herunter. Ihre Augen sind glasig und sie leckt sich über die geschwollenen Lippen. Sie ist vollkommen gefügig, als ich sie hochnehme und in der Mitte des Bettes ablege. Eine ihrer Hände ruht auf ihrem flachen Bauch und die andere neben ihrem Kopf. Sie sieht sexy und wunderbar aus. Es ist eine Pose, die gemalt und über dem Bett ihres Mannes aufgehängt werden sollte, mein Bett würde es jedoch nicht sein.

Ich fasse sie an den Fußgelenken und ziehe sie zur Bettkante. Nachdem ich auf die Knie gegangen bin, lege ich mir ihre Beine über die Schultern. Ich will sie zum Höhepunkt bringen, bevor wir loslegen, denn ich habe das Gefühl, dass sie bereit sein muss für was auch immer es ist, das Dane vorhat. Ich jedenfalls weiß, dass ich startklar bin.

Gerade als meine Lippen Avrils Muschi berühren, höre ich Dane ins Zimmer kommen. Er steht hinter mir und ich kann die Schwere seines Blickes auf uns spüren. Ich schiele nach oben und sehe, dass Avril die Augen geschlossen hat und in dem Gefühl, das ich ihr mit meinem Mund bereite, verloren ist. Je mehr ich mich an ihr bewege, desto schneller rotieren und zucken ihre Hüften auf dem Weg zum Höhepunkt.

Dane tritt zur Seite des Bettes und ich sehe, dass er

bereits nackt und sein Schwanz vollkommen steif ist. Er beugt sich nach vorne und liebkost Avrils Brüste mit dem Mund, während ich sie lecke. Sie stöhnt und spornt mich an, schneller zu werden. Ich behalte meinen Blick auf Dane gerichtet, der mit seinen Zähnen in Avrils Brustwarze beißt, woraufhin sie vor Lust und Schmerz aufschreit. Als ich ihre Klitoris wieder in meinen Mund ziehe und daran sauge, explodiert sie schreiend und ihre Hüften reiben sich schamlos in einer stillen Bitte an mir, ihre Lust zu verlängern.

Oh Gott, das ist einfach nur wunderbar. Wenn das hier irgendwann alles vorbei ist, werde ich es vermutlich am meisten vermissen, Avril zum Höhepunkt zu bringen.

Dane richtet sich auf und ich lecke ein letztes Mal über Avrils Muschi, bevor ich mich erhebe. Wir sehen beide auf sie herab und sie ist bereits vollkommen erschöpft. Sie lächelt träge und befriedigt, während ihr Blick auf Dane ruht.

»Dann leg mal los«, schnurrt sie. Wie es aussieht, ist sie doch nicht so erschöpft.

Dane antwortet, indem er sie hochhebt, woraufhin Avril fröhlich lacht und ihre Arme um seinen Hals schlingt. Danes Augen glänzen, als er ihr Lächeln erwidert, aber dann blickt er zu mir und nickt zum Bett. »Leg dich auf den Rücken, Andrew. Füße auf den Boden.«

Ich zögere nicht. Ich sitze auf der Bettkante und lehne mich zurück, nehme meinen Schwanz in die Hand und streichele ihn. Ich muss meinen Kopf von der Matratze anheben, um zuzusehen, wie Dane sich mit Avril in den Armen vor mich hinstellt. Er lässt sie zu Boden und sagt zu ihr: »Setz dich in der Reiterstellung auf Andrew, aber mit dem Rücken zu ihm.«

Ja, das gefällt mir.

»Mit dem Rücken zu ihm?«, fragt Avril und ich muss über ihre Naivität lachen. Sie hat sich von uns in den Arsch ficken lassen, hat es unzählige Male in einem Sex-Club getan und hat keine Ahnung, dass diese Position existiert.

Dane lächelt sie bloß nachsichtig an, bevor er ihr einen zärtlichen Kuss auf den Mund gibt. Als er sich von ihr löst, sagt er: »Setz dich rittlings auf Andrew, aber so, dass du in meine Richtung am Fußende blickst. Er wird dir auf deinen wunderschönen Hintern schauen, während du ihn fickst.«

Bei dem Gedanken daran zuckt mein Schwanz und ich drücke ihn an der Wurzel fest zusammen, damit er sich beruhigt. Er wird feucht, als Avril auf das Bett kriecht und sich auf mich setzt, wie Dane es ihr erklärt hat. Sie verdreht den Hals und blickt mich über die Schulter hinweg an. »Geht es dir gut, Drew?«

»Mir wird es noch besser gehen, wenn ich erst einmal in dir bin«, antworte ich grinsend.

»Dann lass uns das tun«, flüstert sie und wendet sich von mir ab. Sie beugt den Kopf, um auf meinen Schwanz hinab zu sehen, und ich lasse ihn los, damit sie ihn in ihre kleine Hand nehmen kann. Sie streichelt ihn ein paarmal, was sich einfach fantastisch anfühlt, und positioniert sich dann direkt über der Spitze.

Ich beiße die Zähne aufeinander, als sie sich auf mich hinabsenkt, vollkommen überwältigt von dieser engen, feuchten Hitze. Sie atmet hörbar aus, nachdem sie mich vollständig in sich aufgenommen hat, und erschaudert, als ich mit meinen Fingerspitzen über ihren Rücken streichele.

»Jetzt fick Andrew«, sagt Dane mit rauer Stimme zu ihr. Ich drehe den Kopf zur Seite und sehe, dass er seinen eigenen Schwanz streichelt, während sein Blick dorthin gerichtet ist, wo Avril und ich verbunden sind.

Ich stöhne auf, als Avril sich erhebt. Ihre Muschi bewegt sich die gesamte Länge meines Schwanzes hinauf, bevor sie sich wieder langsam nach unten drückt. Ich fasse sie mit den Händen an den Hüften, um ihr Halt zu geben und vermutlich auch, um irgendwann das Tempo zu erhöhen, aber zunächst gefällt mir das Langsame sehr gut. Ich starre auf ihren Hintern und sehe dabei zu, wie mein Schwanz erscheint, wenn sie sich aufrichtet, und verschwindet, wenn sie sich nach unten drückt.

Dane stößt mich mit den Beinen an und ich drehe wieder den Kopf zur Seite, wo ich sehe, dass er Avril küsst. Ihre Hände ruhen auf seinen Schultern und sie hält sich an ihm fest, um sich auf mir zu bewegen, trotzdem wird dieser Kuss nicht unterbrochen. Er dauert und dauert und es ist sinnlich, dabei zuzusehen.

Als Dane sich von ihr löst, sagt er: »Andrew ... Avril muss sich etwas zurücklehnen. Halt sie fest.«

Ohne nachzudenken, nehme ich meine Hände von ihren Hüften und lege sie auf ihren Rücken, wo ich meine Daumen rechts und links von ihrer Wirbelsäule platziere und meine Finger ihre Rippen umschließen. Avril lehnt sich zurück und drückt ihre Oberschenkelmuskeln auseinander. Ich stelle mir vor, dass sie von vorne großartig aussieht, mit weit gespreizten Beinen und meinem Schwanz, der in ihr steckt.

Zu meiner Überraschung kommt Dane auf das Bett. Mit seinen kräftigen Beinen drückt er meine auseinander und setzt sich auf meine Oberschenkel, seine Knie drücken in die Matratze und sein Schwanz ist aufgerichtet. Ich lehne mich noch weiter zur Seite und sehe, wie er sein linkes Bein anhebt und seinen Fuß neben meinen Oberschenkel stellt.

Ich werde beinahe wahnsinnig, als er Avril ansieht und dann verkündet: »Ich werde mit Andrew gemeinsam deine Muschi ficken, okay?«

»Oh Gott«, stöhnt Avril, lässt den Kopf kurz sinken und hebt ihn dann wieder an. »Können wir das denn tun? Ich meine ... kann ich das tun?«

»Natürlich kannst du das«, antwortet Dane, schiebt seine Hüften nach vorne und drückt seine Schwanzspitze an ihre Öffnung. Ich spüre es an dem Teil von meinem Schaft, der an der Wurzel entblößt wurde, als sie sich zurückgelehnt hat, und unterdrücke ein Stöhnen. Es ist das erste Mal, dass mich der Schwanz eines anderen Mannes berührt, und ich bin hin- und hergerissen zwischen Erregung und Ekel.

Avril saugt hörbar die Luft ein, als Dane seine Schwanzspitze an ihrer Öffnung fester gegen meinen Schaft drückt. Gerade als ich denke, dass das auf gar keinen Fall funktionieren kann, spüre ich, wie er in sie hineingleitet. Sein Schwanz reibt sich an meinem, während er sich tiefer hineinschiebt.

»Bist du in Ordnung?«, will Dane mit angestrengter Stimme von Avril wissen. Mir bricht der Schweiß auf der Stirn aus, während ich vollkommen stillhalte, denn ich will Avril nicht wehtun.

Sie nickt und murmelt: »So voll. Fühlt sich gut an.«

Dane kippt seine Hüften und ich spüre, wie sein Schwanz nun ganz an der Unterseite meines Schaftes entlang reibt, während er sich mit seiner vollen Länge in Avril hineinschiebt.

»Mein Gott«, entfährt es mir, als ich dieses Gefühl begreife. Die Enge ist fast schon überwältigend, ebenso wie das Gefühl des Schwanzes eines anderen Mannes an meinem eigenen.

»Beweg dich nicht, Andrew«, ächzt Dane, als er ein klein wenig aus ihr herausgleitet und sich dann wieder hineindrückt. »Ich will Avril nicht wehtun.«

Sie stöhnt und murmelt etwas Zusammenhangloses.

Oh Scheiße, das fühlt sich gut an, wie sich sein Schwanz an meinem reibt und seine Spitze die empfindliche Unterseite von meinem berührt. Ich werde mich nicht bewegen müssen. Dane wird mich auf diese Weise zum Höhepunkt bringen und ich finde es nicht länger schlimm. Ich will es so sehr.

»Mmmm«, summt Dane, während er ihn rauszieht und wieder hineinschiebt.

Avril und mir entfahren ähnliche Lustgeräusche, während Danes Schwanz uns beide gleichzeitig verwöhnt.

Als er sich sicher ist, dass Avril bereit ist, beginnt er, sich schneller zu bewegen. Ich konzentriere mich darauf, Avril aufrecht zu halten, die nun vollkommen schlaff auf mir hängt, und auf das Gefühl an der Unterseite meines Schwanzes, der vom Schwanz meines besten Freundes gestreichelt wird.

Avril beginnt, laut zu keuchen, gefolgt von kleinen Wimmerlauten. Das ist das Zeichen dafür, dass sie kurz vor dem Höhepunkt steht, und Dane nimmt das zum Anlass, das Tempo noch weiter zu erhöhen. Meine Hoden fangen an, sich zusammenzuziehen, während sich die Lust in meinem Magen zu einem Ball formt. Ich schließe die Augen und konzentriere mich nur auf das Gefühl. Dann lasse ich einfach los und mir entfährt ein lauter Fluch, als ich anfange zu kommen. Ich presse meine Hüften etwas in die Höhe, aber weil ich Dane nicht von mir abwerfen will, drücke ich nur den Kopf zurück und lasse meinen Orgasmus geschehen, während Dane Avril und mich weiter vögelt.

Kurz vor dem Höhepunkt wirft Avril den Kopf hin und her und Dane schlingt eine Hand um ihren Nacken. Er zieht ihren Kopf hoch und zwingt sie, ihn anzusehen. Einen Augenblick lang fühle ich mich wie ein Eindringling. Ihre Blicke sind starr miteinander verbunden, während Dane sie fest durchnimmt. Ihr Atem entweicht nun stoßweise, während sie sich auf den freien Fall vorbereitet, und als Dane schließlich flüstert: »Gib es mir, Av«, schreit sie mit solcher Hingabe, dass ich mir sicher bin, sie wird dieses Gefühl ihr Leben lang nicht wieder vergessen.

Dane stößt einige Male fest in sie hinein und quält meinen erschöpften, aber immer noch halbsteifen Schwanz, dann fällt sein Kopf auf Avrils Schulter, wo er laut stöhnt, während er kommt. Avril flüstert rau in sein Ohr und skandiert dort immer wieder seinen Namen: »Dane, Dane, Dane.«

Ich lasse den Kopf zurück aufs Bett fallen, erfüllt von einem unfassbaren Orgasmus, aber sicherer denn je, dass diese Sache für mich niemals das sein wird, was sie für Avril und Dane ist.

KAPITEL 21

Dane

»DU SIEHST SO aus, als wärst du geboren, um in Paris zu leben«, sage ich, während ich Avril dabei zusehe, wie sie ihren Kaffee trinkt. Wir sitzen auf der Terrasse eines Cafés, nicht weit entfernt vom Hotel, und genießen den Nachmittag.

Avril trägt eine enge, dunkle Jeans, einen Pullover, der eine ihrer Schultern entblößt, und um den Hals einen modischen Seidenschal. Die große runde Sonnenbrille, die sie sich auf den Kopf geschoben hat, lässt sie aussehen wie einen Filmstar, und es kommt mir vor, als könnte ich sie ewig ansehen.

Nach dem Frühstück haben Andrew, Avril und ich uns von Fabron durch Révéler Biotech führen lassen. Ich war gemeinsam mit Avril in ihrem Bett aufgewacht. Andrew hatte es irgendwann mitten in der Nacht verlassen und so wie ich es sehe, will er damit etwas über seinen Platz in dieser Dreierbeziehung sagen. Ich weiß nur nicht genau, was es ist, und muss darüber mit ihm sprechen.

Aber heute Nachmittag wird das nicht passieren. Andrew hat sich entschlossen, heute mit Fabron bei Révéler zu bleiben, und Avril und ich sind währenddessen durch Paris geschlendert. Sie war schon weitaus öfter hier als ich. Und weil sie Französisch spricht, spielt sie für mich eigentlich nur die Touristenführerin.

Sie blickt von ihrem Telefon auf und lächelt. »Ich liebe diese Stadt so sehr.«

»Du solltest öfter hierherkommen«, sage ich zu ihr. »Du nimmst dir während des Jahres nicht genügend Urlaub.«

»Du musst gerade reden«, entgegnet sie lachend. »Wie wäre es, wenn wir hier eine Caterva-Zweigstelle eröffnen und ich die Leitung übernehme?«

Ich grinse und nehme meinen Kaffee, aber bevor ich einen Schluck trinke, gebe ich ihr etwas zu bedenken: »Wenn du hier leben würdest, würde Fabron dir durch die ganze Stadt hinterherjagen.«

Avril schnaubt und ich bin schockiert, als sie gesteht: »Gestern Abend hat er sich an mich rangemacht.«

Ich stelle meinen Kaffee wieder auf dem Tisch ab. »Er hat dir einen Job angeboten. Das sagtest du bereits.«

Sie schüttelt den Kopf. »Er hat mir mehr angeboten. Er hat mir unmissverständlich klargemacht, dass er eine Beziehung mit mir will.«

Mein Magen zieht sich zusammen und in mir beginnt die Eifersucht zu brennen. Es ist nicht die gleiche Eifersucht, die ich empfinde, wenn Avril mit Andrew zusammen ist. Das ist eine sehr milde Form, die normalerweise davon übertroffen wird, wie angeturnt ich von der Art und Weise bin, dass zwei Männer sie zum Orgasmus bringen. Der Name dieser Sünde ist Neid und den kann ich ignorieren, wenn es darum geht, Avril Lust zu bereiten.

Ich kann jedoch nicht ignorieren, dass Fabron nicht nur versucht hat, meine leitende Geschäftsführerin abzuwerben, sondern auch noch privat Interesse an ihr zeigt.

Bevor ich jedoch irgendetwas sagen kann, lacht Avril mich bereits aus. »Oh Mann ... der Blick auf deinem Gesicht! Ich würde jetzt nicht Fabron sein und mich in deiner Nähe aufhalten wollen.«

»Du bist vergeben, verdammt noch mal!«, knurre ich leicht gereizt.

»Das habe ich ihm bereits mitgeteilt«, versichert sie mir, dann blickt sie wieder auf ihren Kaffee. »Aber dann hat er mir erzählt, dass er weiß, dass du es bist, wegen der Art und Weise, wie wir uns ansehen.«

Ich grunze, um anzudeuten, dass ich ihre Aussage zur Kenntnis genommen habe, nehme meinen Kaffee und trinke einen Schluck. Dann kann Fabron eben sehen, dass ich Avril begehre. Ganz große Leistung.

»Er hat das bei Andrew aber nicht bemerkt«, sagt Avril nachdenklich, während sie über die Straße hinweg auf einen riesigen Markt blickt.

Nein, er hätte es bei Andrew nicht sehen können, weil er derjenige von uns dreien ist, dem es gelungen ist, die Dinge voneinander zu trennen. Er hat seine Emotionen unter Verschluss gehalten und wir haben gedacht, dass er derjenige wäre, der verletzt werden würde.

»Andrew zieht sich zurück«, sage ich zu ihr und sie sieht mich wieder an. In ihren Augen erkenne ich Sorge und – ist das Erleichterung?

»Das ist mir auch aufgefallen«, antwortet sie, aber dann senkt sie den Blick, beinahe so, als sei sie zu schüchtern, um weiterzusprechen.

»Was ist?«, ermutige ich sie.

Als sie wieder aufsieht, sind ihre Wangen leicht gerötet. »Die letzte Nacht war intensiv.«

»Untertreibung«, sage ich nur und lächele.

Sie erwidert mein Lächeln, aber es wirkt beinahe schon zerknirscht, während sie den Kopf neigt. »Gestern Abend gab es einen Punkt ... gegen Ende. Da hat es nur uns beide gegeben.«

Ich erwidere nichts, denn ich weiß, wovon sie spricht. Ich habe es auch gespürt, aber ich bin ein zu großer Feigling, um diese Gedanken auszusprechen. Sie scheint meine Zurückhaltung darüber, ihr Glauben zu schenken, nicht zu bemerken, während sie fortfährt.

»Ich meine ... Andrew war in mir. Ich lag auf seinem Körper und er hat sich fantastisch angefühlt. Alles hat sich fantastisch angefühlt. Aber am Ende waren da nur wir beide.«

Und ich kann immer noch nichts erwidern. Es ist nicht so, als wüsste ich nicht, was ich sagen sollte; ich habe Angst davor zu sagen, was ich sollte. Zuzugeben, dass zwischen uns eine tiefere Verbindung herrscht, als wir angenommen haben. Ich kann mich vor ihr nicht zu erkennen geben, weil ich nicht bereit bin, die Konsequenzen zu tragen, sollte ich es tun.

Sie blickt wieder zu mir auf, beinahe schon erwartungsvoll, und meine Kehle schnürt sich noch weiter zusammen. Ihre Augen werden vor Schreck ganz groß, weil sie mein Schweigen interpretiert, als würde ich nichts Gutes zu verkünden haben.

»Oh Gott«, sagt sie nervös. »War das jetzt furchtbar von mir, dass ich dir das erzählt habe? Ich meine … ich weiß, wir sollten diese Dinge voneinander trennen, und ich hätte vermutlich einfach nur meine große Klappe halten sollen. Vergiss einfach, was ich gesagt habe, denn ich bilde mir vermutlich nur irgendetwas ein und du weißt, dass ich mich so verhalte, wenn –«

»Ich weiß von den Dingen, die du über meinen Vater herausgefunden hast«, platze ich heraus, um ihren verrückten Wortschwall zu unterbrechen. Zwei Sekunden lang war es ja ganz süß, aber es musste aufhören.

Avrils Augen werden noch größer, bekommen einen schuldvollen Blick und ihr fällt die Kinnlade herunter. Sie tut nichts weiter, als mich schockiert anzustarren.

»Gegen Ende unseres Abschlussjahres«, sage ich, um es loszuwerden. »Ich habe nach Klebezetteln gesucht und bin in dein Zimmer gegangen. Da habe ich den Ordner in deiner Schreibtischschublade gefunden.«

»Dane«, sagt sie und ihre Stimme ist schmerzerfüllt. »Es tut mir so leid. Ich weiß, dass ich meine Grenzen überschritten habe –«

Ich hebe die Hand und schüttele den Kopf. »Ich bin deswegen nicht böse. Im Gegenteil, hierbei handelt es sich vermutlich um das Netteste, das jemals irgendjemand in meinem Leben für mich getan hat.«

»Ich hätte mich nicht in deine Angelegenheiten einmischen sollen.«

»Avril … du hast meinen Vater mit einem Baseballschläger davongejagt, weil ich dazu nicht in der Lage war. *Das* war das Netteste, das jemals jemand für mich getan hat. Dass du weitere Informationen über ihn eingeholt hast, war das Zweitnetteste, denn ich weiß, dass du es getan hast, weil du gehofft hast, es würde etwas Gutes bewirken.«

»Ich habe sie dir jedoch nie gegeben«, murmelt sie. »Ich habe wirklich nicht gewusst, was ich tun soll.«

»Ich weiß«, sage ich und greife über den Tisch, um ihre Hand zu nehmen. So nahe wir uns auch stehen, so schmutzig der Sex war, den wir miteinander hatten, so etwas Intimes, wie die Hand einer Frau während eines tiefgehenden Gesprächs zu halten, habe ich noch nie getan. »Ich habe alle deine Notizen gelesen … die Liste mit den Pros und Kontras. Ich bin froh, dass du mir den Ordner nicht gegeben hast.«

»Du bist froh?«

»Ja … weil es mir gut geht, ohne etwas über ihn zu wissen.«

Avril kann nicht verhindern, dass in ihren Augen eine leichte Enttäuschung aufblitzt und ihre Mundwinkel sich nach unten ziehen. Es sagt mir, dass sie insgeheim die romantische Vorstellung gehegt hat, ich könnte mit meinem Vater wieder Kontakt aufnehmen, um mit der Vergangenheit abzuschließen.

Sie hustet kurz und lässt meine Hand los. Die kühle Luft, die meine Handfläche berührt, gibt mir eine ungute Vorahnung. »Naja … dann bin ich froh, dass ich es für mich behalten habe.«

»Trotzdem«, sage ich, als ich wieder über den Tisch greife und ihre Hand erneut nehme. Ich drücke sie und halte sie fest. »Danke. Du hältst den Ehrenplatz als der Mensch, der die zwei nettesten Dinge auf der ganzen Welt für mich getan hat.«

Avril errötet erneut und mir fällt auf, dass mir das an ihr gefällt.

Ein letztes Mal drücke ich ihre Hand, dann lasse ich sie los. »Was willst du als Nächstes tun? Ein Museum besuchen? Eine Bootsfahrt unternehmen? Dich an Schokolade überfressen?«

Avril lacht und sieht auf die Uhr. »Uns bleiben noch ein paar Stunden, bevor wir Andrew und Fabron zum

Abendessen treffen. Ich bin zu allem bereit.«

Für gewöhnlich würde ich es vorziehen, sie zurück zum Hotel zu manövrieren und den Rest des Nachmittags im Bett zu verbringen, aber ich bin selbst überrascht, als ich sage: »Lass uns einfach spazieren gehen. Vielleicht etwas einkaufen.«

Avril sieht mich mit hochgezogener Augenbraue an. »Dane Hawthorne ... will einkaufen gehen?«

Ich zucke mit den Schultern, bevor ich mich von meinem Stuhl erhebe. Auch wenn das Geben von Trinkgeld in Europa nicht zwingend ist, werfe ich einige Euros auf den Tisch. Es ist eine amerikanische Angewohnheit, die ich hier scheinbar nicht abschütteln kann.

»Komm«, sage ich und halte ihr meine Hand hin, »ich werde dir etwas Schönes kaufen.«

»Ich brauche nichts Schönes«, antwortet sie, als sie meine Hand nimmt und aufsteht. Ich lasse sie nicht los, sondern führe sie um einige andere Tische herum zum Bürgersteig.

»Hör auf, so praktisch zu sein, Av«, tadele ich sie, ziehe ihre Hand nach oben und platziere sie in meiner Armbeuge. Wir verlassen gemeinsam gemütlich schlendernd das Café und sehen aus wie ein Paar. »Wir befinden uns in der romantischsten Stadt der Welt. Ich will dir etwas Schönes kaufen.«

»Ich hätte lieber Schokolade«, sagt sie lachend. »Oder ein Croissant. Oder irgendein anderes Gebäck.«

Ich fange auch an zu lachen.

Ich habe keine Ahnung, was in der Zukunft mit mir und Avril geschehen wird, weil alles so unklar ist und ich mir meiner selbst nicht sicher bin. Aber es könnte der Tag kommen, an dem ich auf diesen Moment zurückblicke und erkenne, dass dies unsere erste, echte Verabredung war.

Selbstverständlich behalte ich diese Gedanken für mich. Sie laut auszusprechen würde sie nur glaubwürdig machen, und ich bin noch nicht bereit, mir einzugestehen, dass dies die Richtung ist, die ich einschlagen will.

KAPITEL 22

Avril

ICH HÖRE, WIE sich die Haustür öffnet, denn ich habe Dane und Andrew gesagt, dass sie einfach hereinkommen könnten. Ich habe mich entschlossen, sie zum Abendessen zu mir nach Hause einzuladen, auch wenn ich viel zu lange darüber nachgedacht habe, ob es in Ordnung wäre, das zu tun. Bis jetzt sind unsere sexuellen Erfahrungen miteinander genau das gewesen. Sie haben im Club angefangen, aber nachdem wir sie in mein Haus oder die Suite in Paris verlegt hatten, waren sie immer noch nur sexuelle Erfahrungen. Die einzige Ausnahme war der Nachmittag, den Dane und ich in Paris verbracht haben und zusammen einkaufen gegangen sind.

Mir hat es ein bisschen zu gut gefallen, aber das Ganze wurde durch die nächsten beiden Nächte wieder ausgeglichen, in denen wir die üblichen Dreier miteinander vollzogen haben. Bei dem Gedanken daran, dass eine Dreierbeziehung jetzt Teil meines Lebens ist, muss ich kichern.

Die vergangene Nacht war interessant. Ich habe herausgefunden, dass mir Analsex sehr gut gefällt, und gestern war Andrew damit dran, meinen Arsch zu nehmen. Wir nahmen die gleiche Position ein, in der wir es auch das erste Mal getan haben, nur befand sich Dane dieses Mal unten. Immer wenn wir drei gleichzeitig zusammen waren, sind wir auch alle zur ziemlich gleichen Zeit zum Orgasmus gekommen.

Aber letzte Nacht habe ich Dane aufmerksam beobachtet und das wurde mir durch die Tatsache ermöglicht, dass ich seinen Schwanz geritten habe und auf sein Gesicht herabschauen konnte. Ich habe keine Ahnung, ob Andrew es bemerkt hat, aber ich habe es deutlich erkannt. Dane hat seinen Orgasmus zurückgehalten, bis Andrew fertig war. Nachdem Andrew in meinem Arsch abgespritzt und seinen Schwanz aus mir herausgezogen hatte, rollte Dane mich auf den Rücken und vögelte mich fest, bis ich einen weiteren Höhepunkt erlebte und er mit mir kam. Es war ein offenkundiges Zeichen von Besitz und ja ... ich bin mir sicher, dass Andrew das erkannt hat.

Wie hätte er es nicht bemerken können?

Dane betritt meine Küche. Wenn ich dachte, dass dieser Mann in einem Anzug gut aussieht, so muss ich sagen, dass er in Jeans und Pullover noch attraktiver ist. Er lächelt mich an, während ich einige Paprika klein schneide, bevor ich um die Kücheninsel herumgehe. Ich bin erstaunt, als er mir das Messer aus der Hand nimmt, mich in seine Arme zieht und so tief und mit solcher Leidenschaft küsst, dass ich am liebsten seinen Körper hinaufgekrochen wäre, um mich auf ihn zu setzen.

Als er sich von mir löst, flüstere ich: »Wow. Wofür war das denn?«

»Mir war einfach danach«, antwortet er schulterzuckend und lässt mich los. Er stibitzt ein Stückchen rote Paprika und steckt es sich augenzwinkernd in den Mund.

Ich grinse und wende mich wieder dem Schneiden zu. »Auf der Arbeitsplatte steht eine offene Flasche Rotwein.«

Dane gießt uns beiden ein Glas ein, während ich die letzten Paprika klein schneide.

»Was kochst du?«, fragt er, als er mein Glas neben dem Schneidebrett auf der Arbeitsplatte abstellt. Dann geht er lässig und selbstbewusst um die Kücheninsel herum und nimmt auf einem der Stühle dort Platz, ganz so, als würde er dorthin gehören. Ich bin mir nicht sicher, was es über diese verrückte Situation sagt, in der ich mich wiederfinde, aber ich muss zugeben, es gefällt mir wirklich gut, dass Dane sich verhält, als sei er in meiner Küche zu Hause.

»Nudeln mit Hähnchenbruststreifen.« Ich blicke auf die Uhr und sage nachdenklich: »Ich frage mich, ob Andrew überhaupt kommt.«

Heute Abend habe ich die beiden zu mir nach Hause eingeladen, anstatt mit ihnen in den Club zu gehen.

Dane hat sofort lautstark Ja gesagt, von Andrew war zu hören: »Sicher, wenn ich pünktlich aus dem Büro komme.«

»Als ich gegangen bin, saß er immer noch am Schreibtisch«, sagt Dane, aber dann sieht er zu dem Tisch in meiner Küchenecke und sein Blick verhärtet sich. »Von wem sind die denn?«

Ich drehe den Kopf, denn mir waren die Blumen bereits wieder entfallen, die ich auf meiner Treppe gefunden habe, als ich nach Hause gekommen bin. Ich habe sie auf den Tisch gelegt, nachdem ich einen Blick auf die Karte geworfen hatte, und sie dann wieder vergessen, als ich anfing, das Essen vorzubereiten. Ich blicke wieder auf mein Schneidebrett und sage: »Jamie.«

»Und du bist nicht der Meinung, dass es etwas geschmacklos ist, einen Mann zum Essen und etwas Sex zu dir nach Hause einzuladen, während dir dein Exfreund Blumen schickt?«, fragt Dane leise, aber der Zorn in seiner Stimme ist unüberhörbar.

Ich ziehe überrascht die Augenbrauen hoch und mache einen Moment lang große Augen, dann blicke ich ihn durchdringend an. »Wie bitte?«

Er nickt in Richtung der Blumen. »Ich muss mich nicht wiederholen.«

Ich lege das Messer auf der Arbeitsplatte ab und funkele ihn an. »Nun, es tut mir leid, wenn ich dein Zartgefühl verletzt habe. Ich habe sie lediglich dort abgelegt, weil ich in Eile war, das Essen vorzubereiten.

Ich hatte vorgehabt, sie wegzuwerfen, wie all die anderen auch, aber –«

»Die anderen?«, knurrt Dane drohend und mein Ärger aufgrund seiner Reaktion wird größer.

Und dann … verfliegt er einfach und hinterlässt eine blubbernde Wärme, weil ich erkenne, dass es sich um nichts weiter als pure Eifersucht handelt, und ich frage mich, ob Dane so etwas zuvor überhaupt schon einmal empfunden hat. Er scheint damit nicht sonderlich gut umgehen zu können.

»Du nimmst das alles sehr persönlich«, bemerke ich und jetzt ist es Dane, der mich durchdringend anblickt.

»Er hat dich verletzt«, presst er von der anderen Seite der Kücheninsel hervor. »Selbstverständlich nehme ich das persönlich.«

»Es sind doch nur Blumen, Dane«, sage ich grinsend. »Ich habe nicht darum gebeten und ich will sie nicht haben.«

»Dann wirst du wohl auch nichts dagegen haben, wenn ich sie wegwerfe«, murmelt er, steht auf und geht zum Küchentisch. Ich schaue wortlos zu, wie er die Blumen samt Vase nimmt, mit düsterem Blick die Karte liest und sich dann zum Mülleimer wendet, um sie wegzuwerfen.

Als er damit fertig ist, sieht er mich an und ich versuche schnell, mein Lächeln zu verbergen. Ich bin jedoch nicht schnell genug und er murrt: »Ich bin nicht eifersüchtig.«

»Wenn du das sagst«, entgegne ich mit ernstem Blick.

Seine Augen werden dunkel und er kommt auf mich zu. Je näher er kommt, umso schneller klopft mein Herz, und dann befindet er sich an mir. Seine Hände in meinem Haar, sein Mund heiß auf meinem, während er die Belustigung aus mir heraus küsst.

Stöhnend drücke ich mich an ihn und spüre, wie sein Schwanz an meinem Körper steif wird. Er greift mit einer Hand in mein Haar und zieht meinen Kopf gerade ausreichend von seinen Lippen, um aufgeregt zu flüstern: »Ich muss dich jetzt sofort vögeln.«

»Markierst du dein Revier?«, murmele ich und erhalte für meine Frechheit sofort einen festen Schlag auf den Hintern.

Ich kreische, dränge mich jedoch dichter an ihn, weil sich das tatsächlich gut angefühlt hat.

»Mmmmm. Hier lässt sich jemand wohl gern versohlen.« Während er mich noch einmal küsst, reibt er mit seiner Hand über meinen Hintern, dann zieht er mir den Rock hoch. Ich hatte nach der Arbeit noch keine Zeit, mich umzuziehen, und habe mir lediglich meine Pumps im Flur abgestreift.

Dane dreht mich herum und beugt mich über die Arbeitsplatte, wo ich meine Unterarme aufstütze. Er zerrt meinen Slip nach unten und ich steige aus ihm heraus.

»Spreiz die Beine, Baby«, sagt er barsch und ich tue es.

»Was ist mit Andrew?«, frage ich zögernd und denke darüber nach, wie er sich wohl fühlen würde, wenn er uns so miteinander sieht.

»Er ist spät dran«, murmelt Dane und reibt mit seinen Händen über meinen nackten Hintern. »Sein Pech.«

»Aber was, wenn –«

Mir wird das Wort abgeschnitten, als seine Hand klatschend auf meiner Haut landet. Unfreiwillig drücke ich die Hüften nach vorne, um dem Schmerz zu entkommen, obwohl meine Muschi sich vor Lust zusammenzieht.

Er versetzt mir einen Schlag auf die andere Arschbacke. Bevor ich überhaupt nach Luft schnappen kann, landet seine Hand direkt auf meiner Muschi.

Ich kreische: »Oh Gott … Dane!«, und dann stöhne ich auf, als er zwei Finger in mich schiebt.

Leise lachend neckt er mich: »Drei Schläge und schon bist du tropfnass.«

Ich stöhne noch einmal und lasse beschämt den Kopf sinken, aber nicht wirklich. Meine Güte, das hat sich gut angefühlt.

Mein Puls fängt an zu rasen, als ich höre, wie Dane seinen Reißverschluss öffnet, und dann drückt er seinen Schwanz auch schon direkt in mich hinein. Er stößt fest und tief zu, und ohne mir Zeit zu geben, mich an seine Größe zu gewöhnen, fängt er an, mich schnell zu vögeln. Er drückt seine Finger gegen meine Klitoris und hämmert in mich hinein. In weniger als einer Minute bin ich bereits explodiert und schreie seinen Namen. Dane fickt mich weiter und grunzt bei jedem Stoß, bis er unter einem langen, befriedigten Stöhnen in mir kommt.

Anstatt seinen Schwanz herauszuziehen, schlingt Dane seine Arme um meine Schultern und hebt mich leicht an. Er bringt seinen Mund ganz dicht an mein Ohr und sagt: »Es tut mir wirklich sehr leid, dass Jamie dir wehgetan hat. Es macht mich wütend zu sehen, dass er versucht, sich dir wieder anzunähern, und das aus mehr Gründen als nur dem, dass ich nun derjenige bin, der dich fickt.«

Ich lächele und lege meine Arme auf seine. Sein Schwanz steckt immer noch lang und hart in mir. »Hat er mir denn wirklich wehgetan? Ich meine … innerhalb weniger Tage habe ich erst mit Kynan und dann mit dir geschlafen. Ich schlafe momentan mit meinen beiden besten Freunden. Hat er mich verletzt oder mich befreit?«

Der Donner eines Lachens vibriert von Danes Brust in mich hinein. »Wenn ich glauben würde, dass er dich befreit hat, würde ich dem Wichser höchstpersönlich Blumen schicken müssen, um ihm zu danken.«

Ich lache, als Dane aus mir hinausgleitet, und sehe ihm dann sehr gerührt dabei zu, wie er sich hinhockt und mir dabei hilft, meinen Slip wieder anzuziehen. Als er ihn mir über die Hüften zieht, drückt er seine Lippen für einen kurzen Moment auf den Stoff, der meine

Muschi bedeckt, bevor er zu mir aufsieht.

»Du bist nicht frei«, sagt er, blickt mich an und drückt leicht meine Hüften.

»Das bin ich nicht?«

»Du hast mich und Andrew.« Seine Stimme ist leise, aber ich höre Unsicherheit, als er Andrews Namen ausspricht.

»Er ist mehr als eine halbe Stunde zu spät«, sage ich zu Dane, während dieser meinen Rock nach unten schiebt und dann aufsteht, um mich anzusehen.

Er legt mir die Hände auf die Schultern und beugt sich nach vorne, sodass sein Gesicht nahe an meinem ist. »Wir müssen uns von ihm trennen.«

Ich ziehe die Augenbrauen zusammen und ein stechender Schmerz trifft mich in der Magengegend. »Das können wir nicht tun. Es ist gemein.«

Dane schüttelt den Kopf. »Avril ... er will, dass wir uns von ihm trennen. Du weißt, dass es stimmt.«

Ich schüttele den Kopf, aber Dane legt seine Hand an meine Wange, um meine Aufmerksamkeit zu bekommen. Gleichzeitig kommt er noch näher an mich heran. »Er hat es versucht und Abstand gehalten. Aber was mit uns beiden passiert, ist etwas anderes, etwas, das wir nicht geplant haben. Ich kenne Andrew ... er ist nicht hier, weil er uns damit eine Nachricht übermittelt.«

»Eine Nachricht?«

Dane nickt. »Er sieht, was zwischen uns vor sich geht, und ja ... zwischen uns passiert etwas, von dem keiner von uns beiden gedacht hätte, dass es passieren würde. Ich glaube, er will uns mitteilen, dass wir dieser Sache Aufmerksamkeit schenken sollten.«

Mir wird das Herz schwer, obwohl mich eine kleine Erleichterung überkommt. Ich habe das Gefühl, dass er recht hat, trotzdem bleiben einige Zweifel. »Wie können wir das sicher wissen?«

»Das tun wir nicht«, antwortet Dane düster und gibt mir einen flüchtigen Kuss auf die Stirn. »Aber ich werde mit ihm sprechen und ganz genau herausfinden, was er will und braucht.«

Ich zucke überrascht zusammen. »Jetzt sofort?«

»Ja«, sagt er leise. »Ich muss wissen, dass ich sein Verhalten richtig interpretiere.«

»Und wenn das der Fall ist?«, frage ich zögernd. »Was bedeutet das für uns?«

Dane drückt seinen Mund kurz auf meinen. Als er sich zurückzieht, bin ich wegen der gemischten Gefühle auf seinem Gesicht vollkommen zerrissen.

Angst, Aufregung, Verletzbarkeit, Hoffnung.

»Ich habe keine Ahnung, was das für uns bedeutet«, sagt er. »Aber das werden wir schon noch herausfinden.«

KAPITEL 23

Dane

»WAS TUST DU hier?«, fragt Andrew überrascht, nachdem er seine Wohnungstür geöffnet hat. »Du solltest bei Avril sein.«

»Dort war ich auch. Aber du warst nicht da, also habe ich mir gedacht, wir sollten uns unterhalten.«

Andrew lächelt und darin sehe ich Nostalgie, deswegen weiß ich auch ohne ein Wort von ihm, dass es richtig war hierherzukommen.

»Komm rein«, sagt er und tritt einen Schritt zurück.

Ich war schon unzählige Male in Andrews Wohnung, für gewöhnlich am Wochenende, um Sport im Fernsehen zu schauen oder um an einer spontanen Dinnerparty teilzunehmen, die er veranstaltet hat. Andrew ist ein geselliger Mensch und hat sehr viele Freunde.

Für meine Verhältnisse ist das Apartment klein und viel zu beengend. Aber typisch für Andrew hat er es mit leuchtend bunten Möbeln eingerichtet und die Wände mit Pop-Art-Bildern dekoriert.

Ich folge ihm ins Wohnzimmer und sehe, dass er gearbeitet hat. Sein Laptop steht auf dem Sofatisch und auf Tisch, Sofa und Boden sind alle möglichen Papiere ausgebreitet.

»Woran arbeitest du?«, frage ich, nachdem ich mich in einem marineblauen Clubsessel niedergelassen habe.

»Nur an einigen Testberichten«, antwortet er mit einem erschöpften Seufzer und setzt sich aufs Sofa.

»Und du hast dich entschlossen, diese Berichte einem Dreier mit Avril und mir vorzuziehen?«, will ich von ihm wissen.

Sein Lächeln erlischt nicht, aber seine Stimme ist ernst. »Ich kann einfach nicht.«

»Bekommst du keinen hoch?«, bohre ich grob nach, damit wir keine Zeit damit verschwenden, um den heißen Brei herumzureden.

Andrew rollt mit den Augen. »Ich kann die Dinge nicht noch komplizierter machen.«

»Du machst die Dinge komplizierter?«

Andrew beugt sich nach vorne und blickt mich so ernst an, dass ich das Gefühl habe, er wird mir sogleich seinen Rückzug aus der Firma verkünden. »Ich weiß nicht, ob es dir und Avril überhaupt bewusst ist, aber zwischen euch beiden geht etwas viel Tieferes vor sich. Ich weiß, dass Avril mich gern mit dir in ihrem Bett hat, aber sie würde mich dort auch nicht vermissen.«

»Ich glaube nicht, dass das stimmt«, sage ich

vorsichtig. Denn Avril würde ihn ganz bestimmt vermissen. Er ist ihr wichtig und der Sex ist großartig. Verdammt, ich würde ihn dort vermissen!

»Wie dem auch sei«, sagt er und macht eine abwehrende Geste mit der Hand. »Was auch immer da zwischen euch passiert, darf nicht auf die leichte Schulter genommen werden. Es ist eine Sache, unser Treiben locker zu sehen, aber bei euch beiden hat es sich zu etwas anderem entwickelt. Habe ich recht?«

Seufzend lehne ich mich im Sessel zurück und kneife mir in die Nasenwurzel. Als ich wieder zu ihm aufblicke, gestehe ich: »Ich habe so noch nie für eine Frau empfunden.«

»Was meinst du?«, fragt Andrew und ist nun derjenige, der bei mir nachbohrt.

Panik steigt in mir auf, denn während der letzten paar Wochen sind meine Gefühle Achterbahn gefahren. Alles ist so neu und ungewiss.

»Ich denke die ganze Zeit an sie«, sage ich zu meinem besten Freund und hoffe, indem ich die Worte offen ausspreche, wenigstens versuchen zu können, einen Sinn in den Dingen zu finden. »Und es ist nicht nur Sex. Ich frage mich, was sie sich im Fernsehen anschaut, bevor sie ins Bett geht, oder ob sie unter der Dusche singt.«

Auf Andrews Gesicht breitet sich ein amüsiertes Lächeln aus, aber das ignoriere ich.

»Ich bin so eifersüchtig, weil dieser Idiot Jamie ihr Blumen geschickt hat. Ich würde ihn gern noch einmal windelweich prügeln.«

Andrew nickt. »Das kann ich gut verstehen.«

»Ich war eifersüchtig auf dich«, gestehe ich mit tiefer Stimme und senke meinen Blick dorthin, wo meine Hände auf den Knien ruhen.

»Ich weiß«, sagt Andrew und ich schaue ihn an.

»Wie konntest du das wissen?«

»Ich weiß es einfach«, entgegnet er schulterzuckend. »Ich spüre es einfach, wenn ich mit euch beiden zusammen bin, und wenn wir gemeinsam im Bett liegen, ist es noch offensichtlicher.«

»Dann denkst du also, dass deine Teilnahme bei uns ... dem schaden wird, was Avril und ich gemeinsam aufbauen?«

»Vielleicht«, sagt Andrew. »Vielleicht auch nicht. Ihr steht beide auf diese Sache mit dem Sex-Club, vielleicht findet ihr ja irgendwann einen Dritten, der bei euch mitmachen will. Aber wenn du meinen Rat willst, dann konzentriert euch zunächst auf euch beide. Denn es könnte schwerwiegende Folgen haben, wenn es auseinandergeht.«

Das braucht er mir nicht zu sagen. Es ist die Sache, die mir am meisten Sorgen bereitet. Wenn ich Avrils Herz auf irgendeine Weise breche, ist unsere Freundschaft ruiniert, ganz zu schweigen von unserer geschäftlichen Partnerschaft. Es würde alles verändern.

Als ich herkam, war ich mir zwar ziemlich sicher, dass Andrew mit dieser Sache abgeschlossen hatte, dennoch wollte ich unbedingt einen Ratschlag von ihm bekommen. »Ich werde ehrlich zu dir sein. Ein Teil von mir möchte, dass du weiter mitmachst, weil es verhindern wird, dass sich die Dinge zwischen mir und Avril weiterentwickeln.«

Da.

Ich habe es gesagt.

Ich habe ausgesprochen, was mir wirklich Angst bereitet.

Andrew nickt. »Ja … wenn ich mit euch beiden im Bett bleibe, wird das mit euch nicht sehr weit gehen.«

Ich lächele ihn verlegen an. »Dann bleib bei uns. Wir sind nicht in Eile.«

»Feigling.« Andrew grinst mich an.

»Ich weiß nicht, was zum Teufel ich hier tue«, jammere ich und erhebe mich aus dem Sessel. Ich fange an, unruhig durch sein Wohnzimmer zu wandern. »Ich weiß nicht, wie man eine Beziehung führt. Ich weiß nicht, wie man sich auf jemanden einlässt. Ich weiß nicht, wie man für jemanden da ist.«

»Das ist dummes Zeug«, sagt Andrew geradeheraus. »Du führst seit siebzehn Jahren eine Beziehung mit Avril. Das ist Freundschaft nämlich … eine Beziehung. Wenn es um deine Firma geht, hast du dich immer wieder auf sie verlassen. Du bist für sie dagewesen, zuletzt, als Jamie sie betrogen hat. Du weißt bereits, wie man das alles macht, du musst es nur an diese neuen Umstände anpassen.«

Er sagt mir nichts, was ich nicht bereits wüsste. Ich bin verdammt noch mal klug und selbstkritisch genug, um meine Probleme zu verstehen.

Ich habe nicht wirklich Angst davor, dass ich Avril das Herz breche, denn die Situation könnte ich sicherlich lösen.

Ich habe Angst, dass sie mir das Herz bricht, und ich will diesen Schmerz nicht noch einmal spüren. Ich habe ihn gespürt, als ich meinen Vater verloren habe, und wenn es für einen Vater so einfach war, seinen Sohn zu verlieren, dann gehe ich mit Avril ein noch viel größeres Risiko ein. Sie ist nicht mein Fleisch und Blut.

»Krieg deine Vertrauensprobleme in den Griff«, rät Andrew mir, während ich aus dem Fenster auf die nächtliche Skyline von Las Vegas blicke. »Du solltest sie bei Avril nicht haben müssen. Sie würde dich niemals verletzen.«

Verdammt, tief drinnen weiß ich das selbst. Ich weiß es, ich weiß es, ich weiß es.

Und trotzdem werde ich diese beinahe schon klaustrophobische Angst nicht los.

»Eigentlich ist es ganz einfach«, sagt Andrew und ich blicke ihn an. »Nimm Abstand, so wie ich es getan habe, und lass es hinter dir, bevor es erst richtig kompliziert wird. Oder geh das Risiko ein, das vermutlich Beste zu erleben, was dir bisher in deinem Leben passiert ist.«

Auch das weiß ich.

Avril könnte das für mich sein.

Die Frau, die mich vor meinem Vater beschützt und ihn dann ausfindig gemacht hat, nur für den Fall, dass ich jemals meine Meinung über ihn ändere.

◆

ICH FAHRE NICHT wieder zu Avril, nachdem ich Andrews Wohnung verlassen habe. Ich schicke ihr eine Nachricht, um ihr mitzuteilen, dass ich mit Andrew ein gutes Gespräch geführt habe und ihr alles morgen erzählen würde. Sie antwortet mit nichts weiter als einem Herz-Emoji, was mir Unbehagen bereitet. Es fühlt sich gut und schlecht gleichzeitig an.

Als ich zu Hause ankomme, schalte ich meinen Laptop ein und lehne mich mit einem Glas Scotch in meinem Lieblingssessel zurück. Ich rufe Google auf und gebe den Namen meines Vaters ein, Lyndon Hawthorne. Ich bekomme 372.000 Ergebnisse und auf der ersten Seite finden sich nur Facebook-Profile.

Ich bewege meinen Cursor über den ersten Treffer und weiß, dass mit einem Klick die Möglichkeit besteht, sein Gesicht zu sehen. An dem Tag, an dem er vor unserer Wohnungstür aufgekreuzt ist, habe ich ihn zweifellos erkannt, weil ich niemals vergessen könnte, wie das Gesicht von jemandem aussieht, der seinen Sohn zurückgelassen und betrogen hat. Ich könnte niemals einem Mann vergeben, der die Drogen mehr geliebt hat als seinen eigenen Sohn.

Sollte ich mich damit überhaupt auseinandersetzen?

Würde es einen Unterschied machen?

Ich denke über den Mann nach, der ich heute bin, und den Erfolg, den ich in meinem Leben erreicht habe.

Den *ich allein* in meinem Leben erreicht habe.

Ich schließe Google und klappe den Deckel von meinem Laptop zu. Ich muss ihn nicht konfrontieren und brauche auch nichts weiter über dieses Arschloch zu erfahren. Es reicht aus zu wissen, dass er schwach war und ich stark bin.

Stark genug, um weiterzumachen und zu sehen, was sich aus mir und Avril entwickelt. Ich will sie und ich bin nicht bereit, sie gehen zu lassen. Ich weiß, dass wir nur vorwärtsgehen können, also habe ich vor, genau das zu tun.

Ich nehme mein Telefon, das neben mir auf dem Tisch liegt, und rufe Avril an. Sie hebt nach dem zweiten Klingeln ab. »Hey, du Hengst!«

Meine Lippen verziehen sich zu einem Lächeln und meine Brust füllt sich mit wohliger Wärme. »Kann ich vorbeikommen?«

»Ist es schlimm?«, fragt sie besorgt. »Was ist mit Andrew passiert?«

»Nein«, sage ich zu ihr, »es ist nicht schlimm und ich werde nur fünf Minuten brauchen, um dir das zu versichern.«

»Du könntest das auch am Telefon tun, wenn du wolltest«, merkt sie an.

»Ich will nicht vorbeikommen, um über Andrew zu

sprechen, auch wenn ich das tun werde. Ich will vorbeikommen, um mit dir zusammen zu sein.«

»Du warst vor einigen Stunden schon mit mir zusammen«, antwortet sie kess. Mir juckt es in den Fingern, ihr noch einmal den Arsch zu versohlen.

»Und ich will noch einmal mit dir zusammen sein«, sage ich sanft. »Und danach vermutlich noch einmal und bevor wir schlafen gehen. Und noch einmal morgens, wenn wir aufwachen. Und dann noch einmal nach dem Frühstück.«

Avril lacht. Oh Gott, wie ich diesen Klang liebe. Ich höre ihn seit siebzehn Jahren, aber er hat sich noch nie so gut angehört. »Dann wirst du also die ganze Nacht bei mir bleiben?«

»Das würde den Morgensex mit dir einfacher machen«, bemerke ich trocken.

Für uns ist das eine große Sache, denn die ganze Nacht in den Armen des anderen zu schlafen, ist eine tiefere Art der Intimität, die sich in keiner Weise damit vergleichen lässt, wenn sie, Andrew und ich die ganze Nacht in demselben Bett schlafen, weil wir von der Vögelei so erschöpft sind.

»Ich habe eine bessere Idee«, sage ich spontan.

»Und die wäre?«

»Lass uns dieses Wochenende wegfahren. Isla Catalina oder Tijuana?«

»Ich fahre nicht nach Tijuana!«, schnaubt sie ins Telefon.

Lachend erkläre ich ihr: »Okay. Dann eben Isla Catalina. Ich bin in etwa fünfzehn Minuten bei dir.«

»Ich werde nackt auf dich warten«, sagt sie und beendet das Gespräch.

Ich schaffe es in zehn Minuten zu ihrem Haus.

KAPITEL 24

Avril

ICH KLOPFE AN Andrews Bürotür, warte jedoch nicht, bis er mich hereinruft. Das tue ich nie, er platzt schließlich auch jedes Mal in mein Büro, wann immer ihm danach ist.

Er lächelt mich an, als er zu mir aufsieht, und ich bin so dankbar, dass er es mir leicht macht. An jenem Abend vor einigen Wochen, als Dane zu Andrew gefahren ist, um mit ihm zu reden, hat Andrew mir eine Nachricht geschrieben. Sie war einfach und schön, und ich habe ihn nie mehr geliebt.

Ich werde mich zurückziehen, Av. Es ist das Beste für alle. Vor dir und Dane liegen große Dinge. Für immer beste Freunde.

Wir haben in den letzten Wochen selbstverständlich darüber gesprochen, aber es hat nie einen unangenehmen, peinlichen oder reuevollen Moment gegeben. Wenn überhaupt sind wir uns noch näher gekommen, weil wir etwas durchgestanden haben, das so komplex und emotional aufgeladen war und ein großes Risiko für unsere Freundschaft dargestellt hat.

Weil Andrew derjenige meiner Freunde ist, mit dem ich gelästert und Herzensangelegenheiten ausgetauscht habe, ist es mir überhaupt nicht schwergefallen, ihn zu meinem Vertrauten zu machen, als es um Dane ging. Wir haben nicht über Sex gesprochen, weil das, was ich mit den beiden hatte, heilig ist, wir haben uns sonst aber über alles andere unterhalten.

Ich glaube, dass es Andrew teuflische Freude bereitet, Dane dabei zuzusehen, wie er bei dem Versuch, ein fester Freund zu sein, im Dunklen herumtastet. Wenn man darüber nachdenkt, ist es schon merkwürdig … Dane hat noch nie eine feste Beziehung geführt. Ich meine, Drew und ich hatten beide über die Jahre mehrere Beziehungen, was uns zu erfahrenen Veteranen auf diesem Gebiet macht.

Aber Dane fällt es manchmal schwer. Nachdem wir zum Beispiel erst ein Wochenende auf Isla Catalina und dann die nächsten vier Nächte bei ihm oder mir verbracht hatten, nahm er fälschlicherweise an, er könnte sich am fünften Abend mit seinen Freunden zum Abendessen treffen, ohne mir Bescheid zu sagen. Also ja … ich bin davon ausgegangen, dass wir etwas zusammen unternehmen würden, aber ich habe es ihm ebenfalls nicht missgönnt, einen Abend mit anderen Menschen zu verbringen. Allerdings hatte ich ein Problem mit der Tatsache, dass seine Sekretärin diejenige war, die mich über seine Pläne in Kenntnis gesetzt hat, als ich am Ende des Tages in sein Büro kam.

Sagen wir einfach, dass ich mich, als er an jenem Abend bei mir zu Hause auftauchte, lange nachdem das Abendessen und die anschließenden Drinks vorüber waren, geweigert habe, ihm die Tür zu öffnen und er damit eine wichtige Lektion in puncto Beziehungsführung gelernt hat.

Sei rücksichtsvoll, wenn du Pläne machst, und teile deiner Partnerin besagte Pläne mit.

Meistens jedoch befinde ich mich in einem dauerhaften Zustand der Glückseligkeit. Ich führe eine Beziehung mit einem Mann, den ich bereits seit langer Zeit liebe, ich habe den besten Sex meines Lebens und ich beginne, eine langfristige Zukunft mit Dane zu sehen.

Ich denke, er könnte etwas Ähnliches erkennen, aber ich bin mir dessen nicht sicher. Wir reden nicht über unsere Gefühle, sondern kommunizieren mittels unseres Verhaltens im Bett. Der Sex hat sich etwas verändert. Er ist auf persönlicher Ebene intensiver geworden. Mehr Küsse. Mehr Berührungen. Mehr Augenkontakt. Mehr geflüsterte Worte der Bestätigung.

Dane hat sich mir weiter geöffnet. Es gibt einfache Zeichen der Zuneigung, wie Kuscheln auf dem Sofa oder Gespräche bis tief in die Nacht, während wir einander im Bett zugewandt sind. Wir reden über alberne Filme oder diskutieren über Politik, auch wenn wir bei den meisten

Dingen ähnlicher Meinung sind.

All das bringt mein Herz zum Singen und es gibt keinen Zweifel, dass es mit Dane und mir nun kein Zurück mehr gibt. Ich will ihn auf jede nur vorstellbare Weise und ich kann nur hoffen, dass er mit der Zeit das Gleiche wollen wird.

»Was gibt's?«, fragt Andrew, als ich auf einem der Gästestühle Platz nehme und mich zurücklehne.

»Der Vorstand hat die Geldmittel für die Einstellung von drei weiteren Entwicklern abgesegnet«, erkläre ich ihm. »Du kannst also deine Leute an Bord holen.«

Nach langer Diskussion und Ratschlägen von den Vorstandsmitgliedern, bei der die Vor- und Nachteile abgewogen wurden, die eine geschäftliche Partnerschaft mit sich bringen würde, war einstimmig beschlossen worden, dass wir Fabron keine Zusammenarbeit mit unserem Unternehmen anbieten würden, um Zugang zu seinem Zytometer zu bekommen. In der Entwicklungs-phase werden wir nun etwas mehr Zeit benötigen, aber wir hatten das Gefühl, dass die dadurch gewahrte Unabhängigkeit es wert wäre zu warten.

Dane hat mir erzählt, dass Fabron es mit Fassung getragen hat, aber ich habe von ihm auch nichts anderes erwartet. Er ist ein liebenswürdiger, professioneller Mann. Ich würde Dane niemals verraten, dass Fabron mir vor nicht allzu langer Zeit eine E-Mail geschrieben hat, um mich wissen zu lassen, dass sich von seiner Seite aus nichts verändert hat. Ich könnte immer noch in seiner Firma arbeiten, wenn ich jemals Paris zu meinem Zuhause machen wollte.

Natürlich habe ich sein Angebot wieder höflich abgelehnt. Ich könnte es mir in einer Million Jahren nicht vorstellen, Dane zu verlassen. Das Unternehmen ... unter Umständen schon, aber niemals Dane.

»Sollen wir zur Feier des Tages ausgehen und ein paar Bier trinken?«, fragt Andrew.

»Sicher«, antworte ich lächelnd. »Dane hat eine Verabredung zum Abendessen, das passt also prima.«

»Und wenn er keine Verabredung zum Abendessen hätte?«, will Andrew hinterhältig grinsend wissen.

Ich blitze ihn kurz an, aber mein Blick ist nicht wirklich böse. Ich kann mit Andrews Neckereien umgehen. »Dann würde er mit uns Bier trinken gehen.«

»Was, wenn ich einen Abend allein mit meiner besten Freundin verbringen wollte?«, fährt er fort. »Mit ihr im Schlafanzug auf dem Sofa sitzen, kuscheln und alte Filme ansehen?«

Ich winke mit der Hand ab. »Damit hätte er gar kein Problem.«

»Oh doch, das hätte er«, höre ich aus dem Flur, drehe mich um und sehe, wie Dane das Büro betritt. »Er hätte mit nichts ein Problem, außer dem Kuscheln. Du hast bereits einen Kuschelpartner.«

Andrew lacht leise und ich erkenne, dass er die ganze Zeit gesehen hat, wie Dane an der Tür gestanden und versucht hat, ihn zu ködern. Dane würdigt ihn jedoch keines Blickes, sondern geht direkt auf mich zu. Mein Herz stolpert kurz, als ich die Intensität seines Blickes in mich aufnehme. Wir sind uns bei der Arbeit den ganzen Tag noch nicht begegnet und er sieht aus, als würde er verhungern.

Er beweist jedoch, dass er lediglich einen zärtlichen Kuss braucht, als er sich über die Rückenlehne meines Stuhls beugt und ich den Kopf hebe, damit meine Lippen die seinen berühren können.

»Ihr zwei seid unheimlich bezaubernd«, sagt Andrew amüsiert, aber keiner von uns sieht ihn an. Stattdessen gibt Dane mir einen weiteren Kuss, bevor er sich aufrichtet.

»Was ist los?«, frage ich, nachdem ich mich auf meinem Stuhl umgedreht habe, um seine Attraktivität in mich einzusaugen. Ich fand es immer so komisch, wenn ich Frauen dabei beobachtet habe, wie sie auf Dane reagiert haben, ob sie sich nun in seiner Anwesenheit befanden oder er lediglich an ihnen vorbeigegangen ist. Über die Jahre habe ich gedacht, ich hätte mich an sein gutes Aussehen gewöhnt und es würde mich nicht kümmern, aber jetzt weiß ich, dass das nicht stimmt. Ich hatte keinen Grund, ihn so zu betrachten, aber jetzt habe ich einen und sein Aussehen haut mich jedes Mal aufs Neue um, auch wenn ich ihn nur für einen Moment lang anschaue.

»Ich habe euch beide hier sitzen gesehen und mir gedacht, ich komme schnell vorbei und gebe dir einen

Kuss«, sagt er lächelnd.

Ich schwöre, ich muss mich mit den Händen an den Armlehnen des Stuhls festhalten, damit ich nicht in eine tiefe Ohnmacht falle. Dane hat sehr viele schmutzige, erotische Dinge zu mir gesagt, auf die mein Körper reagiert, aber so etwas Süßes von einem Mann, der es nicht gewohnt ist, romantisch zu sein, könnte meinen Tod bedeuten.

»Ihr beide geht heute Abend also ein Bier trinken?«, fragt er und schiebt seine Hände in die Taschen.

»Nur ein paar«, stellt Andrew klar. »Ich habe morgen früh eine Besprechung.«

Dane wendet mir seinen Blick zu. »Kann ich heute Abend nach meinem Abendessen zu dir kommen?«

»Selbstverständlich kannst du das«, antworte ich, während sich mein Gesicht erwärmt, wenn ich nur daran denke und weil es mir etwas peinlich ist, dass Andrew weiß, dass wir unseren gemeinsamen Abend planen. Er hat nicht im Geringsten angedeutet, dass er die Beziehung vermisst, die wir drei hatten, und scheint sich köstlich darüber zu amüsieren, dass Dane und ich es miteinander versuchen.

Dane klimpert in seiner Tasche mit einigen Schlüsseln, bevor er sie hervorzieht. Ich sehe ihm dabei zu, wie er einen von ihnen von dem Schlüsselring abdreht und ihn mir gibt.

»Was ist das?«, frage ich, als er mir das warme Metall in die Handfläche legt.

»Mein Haustürschlüssel«, sagt er beiläufig, aber bei seinen Worten fängt mein Kopf an zu schwimmen. »Du kannst mir heute Abend einen von deinen geben.«

»Das ist ganz schön dreist«, erwidere ich scharf, aber er grinst mich nur an.

»Habt viel Spaß und kommt nicht in Schwierigkeiten«, sagt Dane und wendet sich zum Gehen. Er hält jedoch einen Moment lang an, dreht sich um und deutet mit den Fingern warnend auf Andrew. »Und mit meinem Mädchen wird nicht gekuschelt!«

Mir wird erneut schwindelig, weil seine Worte zwar locker daher gesagt sind und neckend sein sollen, aber trotzdem eine Spitze an sich haben. Er zieht eine Grenze, die besagt, dass jegliche körperliche Intimität zwischen Andrew und mir für immer vorbei ist.

Das ist kein Problem, denn Andrew und ich kuscheln nicht. Und ganz sicher veranstalten wir auch keine Pyjamapartys. Wir stehen uns zwar so nahe, dass wir uns gegenseitig unsere Gefühle mitteilen, aber abgesehen von Umarmungen, sofern diese notwendig waren, sind wir nie übermäßig anhänglich gewesen.

»Ist angekommen, Kumpel«, antwortet Andrew und salutiert schwungvoll.

Nachdem Dane gegangen ist, dreht sich Andrew mit hochgezogenen Augenbrauen zu mir um und fragt mit ehrfürchtiger Stimme: »Was hast du mit ihm gemacht?«

Ich schüttele den Kopf, weil alles so wundersam ist. »Ich habe keine Ahnung, aber ich liebe es. Ich hätte mir niemals vorstellen können, dass er es in sich hat.«

»Ich habe es kommen sehen«, lässt Andrew mich weise wissen. »In Paris habe ich es zum ersten Mal ganz deutlich gesehen ... in der ersten Nacht, in der wir dort waren.«

Mein Gesicht wird dunkelrot, denn seit Andrew die Beziehung verlassen hat, haben wir nicht mehr über die Zeit gesprochen, in der wir miteinander intim waren. Ihm fällt es nicht auf oder es ist ihm egal, aber er sagt es mir ohne Umschweife direkt ins Gesicht: »Als wir beide gleichzeitig in dir waren ... er hat nur dich gespürt und du hast nur ihn gespürt.«

»Nein«, beeile ich mich zu sagen, weil es mir ein schlechtes Gefühl gibt, ganz so, als hätten wir Andrew mit Absicht ausgeschlossen.

»Avril«, tadelt er mich und blickt mir in die Augen. »Wir sollten vor dieser Zeit keine Angst haben. Für mich war unser Zusammensein wunderbar, aber es ist vorbei und liegt hinter uns. Ich bin dankbar, dass ich diese Augenblicke mit euch beiden erleben durfte, aber ich schaue nicht zurück, außer vielleicht mit einem wohligen Gefühl, weil ich dabei zugesehen habe, wie meine beiden besten Freunde sich ineinander verliebt haben, und ich direkt dabei war.«

Die Stärke seiner Worte nimmt mir den Atem und ich spüre, wie mir die Tränen in die Augen steigen.

»Es wird nicht geweint«, sagt Andrew streng.

Ich wische an meinen Augen herum und lache mit

zitternder Stimme. »Ich kann nichts dafür. Die letzten Monate waren vollkommen unwirklich. So viele Gefühle und Eindrücke. Die Risiken, die wir eingegangen sind, und Gott sei Dank haben sie uns nur noch stärker gemacht. Ist dir eigentlich klar, wie glücklich wir drei uns schätzen können, dass wir so etwas getan haben und unsere Freundschaft nicht nur keinen Schaden davongetragen hat, sondern jetzt vermutlich stärker ist als jemals zuvor?«

»Wir haben wirklich Glück«, murmelt Andrew. »Das hätte ganz schön in die Hose gehen können. Aber das ist es nicht und es macht mich glücklich, dich so glücklich zu sehen.«

Mein Lächeln wird breiter. »Das bin ich wirklich. Ich hätte mich nur niemals in einer Million Jahren an Danes Seite vorstellen können. Es fällt mir immer noch schwer zu begreifen, wie sich die Dinge entwickelt haben.«

»Er ist verrückt nach dir. Diese kleine Demonstration, die er soeben vorgeführt hat, beweist es, denn es war vollkommen untypisch für Dane.«

»Ich weiß.«

Einen Moment lang sind wir still und dann wagt Andrew es, die Frage zu stellen, die mir schreckliche Angst bereitet. »Liebst du ihn?«

Das Lächeln entgleitet meinem Gesicht und mein Herz klopft so heftig, dass ich meine Fingerknöchel gegen die Brust drücke. »Wie könnte ich es nicht tun? Ich meine, ich liebe und sorge mich so sehr um ihn als

Freund, dass nicht viel nötig gewesen ist, um mich vollständig in ihn zu verlieben.«

Andrews Gesichtsausdruck wird weich und in seinen Augen leuchtet die Freude für mich. »Es ist ziemlich offensichtlich. Das freut mich.«

Es freut mich, dass er sich freut. Ich bin mir nicht sicher, ob ich mich über die Sache selbst freue, denn ich habe keine Ahnung, wie Dane für mich empfindet. Es ist Furcht einflößend, jemanden zu lieben – und ich meine richtige Liebe, nicht nur die, die man für einen Freund empfindet –, ohne sich sicher zu sein, ob das Gegenüber dieses Gefühl erwidert.

Und dann noch mit dem Wissen, dass Dane unter Bindungsängsten leidet.

Ich lasse den Blick aus dem Fenster schweifen. Draußen ist es grau und nieselig, und es wirkt wie ein unheilvolles Vorzeichen. Vielleicht ist es das Beste, was er erreichen kann. Dane wird vielleicht nie heiraten oder Kinder haben wollen. Wir sind uns in den letzten zwei Monaten zwar so nahegekommen, aber darüber haben wir nie gesprochen. Er hat dieses Thema gewiss niemals angeschnitten und ich habe zu viel Angst, ihn zu fragen.

Ich fürchte mich zu sehr davor, dass er mir sagt: »Ich kann mit dir nicht so weit gehen, Av. Du bist mir zwar sehr wichtig, aber zu mehr bin ich einfach nicht fähig.«

»Es wird schon alles gut werden«, sagt Andrew und ich blicke ihn an. Seine Stimme klingt so selbstbewusst, dass ich sofort neuen Mut fasse. »Ich habe bei dieser

Beziehung zwischen dir und Dane ein gutes Gefühl. Ich glaube, er hat das Zeug dazu, um an deiner Seite zu bleiben. Du bist die einzige Frau, mit der er jemals diese Chance ergreifen würde, Avril.«

Mein Gott, ich hoffe, er hat recht, denn ich habe so viel in ihn investiert. Es würde mich zerstören, wenn ich mit ihm nicht alles haben könnte.

»Was geht da mit Jamie vor sich?«, fragt Andrew und ich blinzele einige Male, um zu begreifen, was er von mir wissen will, weil er so abrupt das Thema gewechselt hat.

Ich zucke mit den Schultern. »Er schreibt mir immer noch Nachrichten, aber nicht jeden Tag. Ich verstehe nicht, warum er nicht einfach loslassen kann. Und es macht Dane verrückt. Er würde ihn am liebsten noch einmal verprügeln.«

Andrew schnaubt. »So ist Dane nun mal. Aber ehrlich gesagt, tut mir der Kerl etwas leid. Ich glaube, dass er dich wirklich noch liebt und einen schrecklichen Fehler begangen hat.«

»Es war ein furchtbarer Fehler.« Ich habe in den letzten Wochen sehr viel darüber nachgedacht und Jamie verziehen. Ich habe ihn so sehr geliebt und er hat mir das Herz gebrochen, aber ich glaube ebenfalls, dass es sich dabei um eine einmalige Sache gehandelt hat. Einen Moment der Schwäche und das vergebe ich definitiv.

Ich bin aber ebenfalls dankbar dafür, denn so sehr ich Jamie auch geliebt habe, ist es doch nicht damit vergleichbar, wie ich für Dane empfinde. Ich könnte es niemals mit den siebzehn Jahren unerschütterlicher Freundschaft vergleichen, die als Basis unserer Beziehung dienen. Es war beinahe so, als wäre Jamies Mangel, die richtige Entscheidung zu treffen, vom Schicksal bestimmt gewesen, um mich zu Dane zu führen. Ich denke, ich könnte das tatsächlich glauben, deswegen bin ich dem Mann auch nicht böse.

Tatsächlich ist es sogar so, dass er mir beinahe schon leidtut, denn er leidet noch immer und ich tue das nicht. Ich habe die Sache nicht nur hinter mir gelassen, sondern den Mann gefunden, von dem ich denke, dass er mein Seelenverwandter ist.

»Er will mich einfach nur sehen«, sage ich zu Andrew. »Er möchte eine Gelegenheit, um mit mir zu sprechen. Ich denke, ich sollte es tun, damit ich ihm von Dane erzählen kann. Damit er weiß, dass es für uns kein Zurück gibt.«

»Wie findet Dane das denn?«, will Andrew wissen. »Du weißt schon … weil er ihn doch verprügeln will.«

»Ich habe mit ihm noch nicht darüber gesprochen«, gestehe ich verlegen. »Ich weiß, dass es ihm nicht gefallen wird, und es war bislang einfacher, mich nur mit Jamies Nachrichten auseinanderzusetzen. Dane ist wirklich sehr eifersüchtig.«

»Das ist er tatsächlich«, entgegnet Andrew und lacht leise. »Dane hat niemals in seinem Leben irgendjemandem etwas geneidet und trotzdem war er eifersüchtig auf mich, als wir beide miteinander im Bett waren.«

Bei der Erwähnung unserer gemeinsamen Erfahrungen erröte ich erneut und ich muss wirklich lernen, das unter Kontrolle zu bekommen. Ich meine … Dane und ich besuchen immer noch das Wicked Horse, um dort zu vögeln. Mir ist nicht mehr viel peinlich, aber aus irgendeinem Grund ist mir ein Gespräch mit Andrew über diese Sache unangenehm.

Deswegen frage ich auch nicht nach, warum Andrew dieser Meinung ist. Ich denke, dass er es einfach weiß, weil er viele Dinge über mich und Dane gewusst hat, noch lange bevor sie uns überhaupt klar waren.

»Ich sag dir was«, bemerke ich, als ich mir mit den Handflächen auf die Schenkel schlage und vom Stuhl aufstehe. »Wie wäre es, wenn wir beide ein wenig früher gehen und ein Bier trinken? Und bitte versprich mir, dass wir heute Abend keine tiefgehenden Gespräche mehr führen. Lass uns nur noch über lustige Sachen sprechen, okay?«

»Abgemacht«, sagt Andrew, klappt seinen Laptop zu und erhebt sich. »Bier und lustige Sachen. Kommt sofort.«

KAPITEL 25

Dane

»ICH NEHME ZWEI«, sagt Avril und legt zwei der Karten, die sie in der Hand hält, mit dem Gesicht nach unten auf den grünen Filzbezug des Tisches. Sie hat ein furchtbares Pokerface. An der Art und Weise, wie sie ihre Augenbrauen nach innen zieht und auf ihrer Lippe kaut, erkenne ich, dass die drei Karten, die sie behalten hat, auch nicht gerade fantastisch sind.

Trotzdem macht es mir Spaß, ihr dabei zuzusehen, wie sie mit mir am Pokertisch im Apartment sitzt, in einem absolut sexy Kleid mit tiefem Ausschnitt, das ihr an den Oberschenkeln hochgerutscht ist. Ich weiß, dass sie darunter keinen Slip trägt.

Oder zumindest hat sie mir das gesagt.

Wir haben uns heute Abend dazu entschlossen, ins Wicked Horse zu gehen, weil wir dort schon länger nicht mehr waren. In den letzten Wochen hat sich alles darum gedreht, sich in dieser Beziehung zurechtzufinden. Sowohl mit der Neuartigkeit und der Aufregung, die damit einhergehen, als auch mit den Ängsten, denen wir uns stellen müssen.

Aber ich habe ein gutes Gefühl dabei. Ich glaube, dass Avril und ich etwas ganz Besonderes miteinander haben, und ich weiß, dass es keine andere Frau auf der Welt gibt, mit der ich diese Sache jemals wagen würde.

Obwohl unser Sex absolut großartig ist, auch wenn wir meist nur bei ihr oder mir zu Hause miteinander schlafen und Andrew uns keine Gesellschaft mehr leistet, haben wir uns dazu entschlossen, heute Abend etwas Wilderes zu tun und den Club zu besuchen. Wir sind beide damit einverstanden, dass dieser Teil für immer zu unserem Leben dazugehören wird, aber ich weiß ebenfalls, dass dieser Teil nicht dominant sein wird.

Für mich ist das in Ordnung. Wenn ich mit Avril zusammen bin, vermisse ich es überhaupt nicht, und der Club dient nun ausschließlich dem Zweck, unsere perverse Seite zum Ausdruck zu bringen, wenn uns der Sinn danach steht. Und das ist den exorbitanten Mitgliedsbeitrag immer noch wert.

Der Dealer tauscht Avrils Karten. Sie nimmt sie auf und betrachtet sie, dabei vertiefen sich die Furchen auf ihrer Stirn. Sie sollte besser aussteigen.

Nach einem schnellen Blick auf meine Karten entscheide ich mich ebenfalls, zwei abzulegen, und behalte ein Paar Zehnen und ein Ass. Die anderen beiden Männer im Spiel tauschen ebenfalls ihre Karten und dann ist endlich Kynan an der Reihe. Dieser Arsch hat ein sensationelles Pokerface und ich nehme an, dass es bei seiner Arbeit als Sicherheitsberater und Söldner nicht ganz unpraktisch ist.

Da Avril links vom Dealer sitzt, muss sie den nächsten Einsatz tätigen. Sie betrachtet ihre Karten mit dem immer gleichen Stirnrunzeln und ich muss innerlich grinsen, als sie einen Zehn-Dollar-Chip auf den Haufen wirft. Nun bin ich an der Reihe und gebe meine Zehn, ebenso wie die nächsten beiden Spieler.

Als Kynan seinen Einsatz machen muss, schiebt er zunächst einen Zehn-Dollar-Chip in die Mitte und nimmt dann einen Zwanziger, um ihn ebenfalls dazuzulegen.

Zurück zu Avril, die durchdringend auf ihr Blatt starrt, mich dann von der Seite anblickt, als könnte ich ihr sagen, was sie tun soll, und ihre Augen wieder auf ihre Karten richtet. Schließlich nimmt sie einen Zwanzig-Dollar-Chip und wirft ihn auf den Haufen. »Call.«

Ich habe immer noch nur ein Paar Zehnen und ein Ass als höchste Karte, was nicht das Blatt schlagen wird, das Kynan auf der Hand hält. Ich steige aus, die anderen beiden Mitspieler tun es mir gleich.

Nun spielen nur noch Avril und Kynan gegeneinander und ich gehe davon aus, dass Avril gleich etwas Geld verlieren wird. Unter anderen Umständen würde ich mir Sorgen um sie machen, doch das tue ich nicht, denn für das, was sie tut, wird sie sehr gut bezahlt und es macht ihr nichts aus, dreißig Dollar zu verlieren. Deshalb lehne ich mich entspannt zurück und sehe dabei zu, wie mein Mädchen sich die Finger verbrennen wird, als die Gemeinschaftskarten ausgelegt werden.

»Interesse an einer Nebenwette?«, will Kynan mit einem teuflischen Grinsen von Avril wissen.

Sie legt den Kopf schief und in ihren Augen blitzt die Neugier auf. »Was zum Beispiel?«

»Wenn ich gewinne, kommst du zu mir herüber und gibst mir einen Blowjob. Wenn du gewinnst, bringe ich dich mit meinem Mund zum Orgasmus.«

Avril kann nicht einmal den Mund öffnen, um zu antworten, denn ich sage über den Tisch hinweg: »Auf gar keinen Fall.«

Kynan blickt mich an und ich sehe, dass es ihn amüsiert. Ich frage mich, ob er es nur gesagt hat, um mich zu ködern. Die wenigen Male, die wir hierhergekommen sind, hat er versucht, bei uns mitzumachen, aber wir haben abgelehnt, weil es Avril und mir bis jetzt ausreicht, dass nur wir beide zusammen sind. Der schnellen Reaktion nach zu urteilen, die ich gerade gezeigt habe, denke ich, dass ich noch nicht bereit dazu bin, sie zu teilen, und ich weiß auch nicht, ob ich es jemals sein werde.

Avril blickt mich ebenfalls an und sagt: »Ich kann für mich selbst sprechen.«

»Tu dir keinen Zwang an«, antworte ich und weise mit der Hand zu Kynan. »Aber er hat es schon kapiert.«

Einen Moment lang denke ich, dass ich sie verärgert habe, weil ich so rücksichtslos bin, aber dann nehmen ihre Augen erst einen warmen, dann feurigen Ausdruck an. »Mir gefällt es, wenn du dich wie ein Neandertaler verhältst.«

Ich lege den Kopf in den Nacken und lache, dann nehme ich meinen Scotch und trinke einen Schluck. Als ich das Glas abstelle, sage ich: »In diesem Fall werde ich sichergehen, dir fest an den Haaren zu ziehen, wenn ich dich später ficke.«

Alle Männer am Tisch fangen an zu lachen, auch Kynan. Aber in seinen Augen ist immer noch etwas Spitzbübisches zu erkennen, als er sich Avril erneut zuwendet und fragt: »Wie wäre es damit? Wenn ich gewinne, musst du deinem Freund einen sexy Lapdance vorführen und wir dürfen alle dabei zusehen.«

Verdammt, aber es ist sehr reizend, wie Avrils Gesicht rot anläuft, und ich weiß, es hat nichts damit zu tun, dass sie zu schüchtern wäre, es vor anderen Leuten zu tun. Ich glaube vielmehr, es liegt an der Tatsache, dass sie nicht tanzen kann. Jedes Mal wenn ich ihr bei dem Versuch zu tanzen zugesehen habe, hat sie sich bewegt wie ein Roboter und Andrew und ich haben uns darüber immer kaputtgelacht.

Zu meiner Überraschung hebt sie jedoch ihr Kinn und sagt: »Ich bin dabei.«

Kynan grinst breit und zeigt seine Karten. Ein Flush.

Avril schluckt schwer, legt jedoch ihre Karten vor

sich ab. Ich sehe meine anderen beiden Zehnen gemeinsam mit drei Sechsen. Ein Full House.

Kynan bricht in Gelächter aus, während Avril sich den Haufen Chips nimmt.

»Das war so unglaublich sexy«, sage ich zu ihr, als ich mich herüberbeuge, um sie zu küssen.

»Ich stimme zu«, entgegnet Kynan gutmütig und der Dealer sammelt die Karten ein, um sie für die nächste Runde zu mischen.

Einer der Männer steht vom Tisch auf und sagt: »Ich muss mal austreten. Machen wir fünf Minuten Pause.«

Die anderen nicken alle, erheben sich ebenfalls und nutzen die Zeit, um sich die Füße zu vertreten. Ich denke darüber nach, ob ich mir Avril einfach greifen soll, damit wir zum Vögeln in eins der anderen Zimmer verschwinden können, um danach den Heimweg anzutreten. Mir fällt auf, dass ich es sehr gern mag, mit ihr in ihrem Bett zu schlafen, weil es für einige fantastische Morgen sorgt.

Avril steht auf. Bevor ich mich überhaupt bewegen kann, setzt sie sich rittlings auf meinen Schoß. Der elastische Teil ihres Rocks schiebt sich nach oben und ich lege ihr meine Hände auf die Oberschenkel. Mein Schwanz wird ebenfalls hart, wenn ich daran denke, dass sich ihre nackte Muschi nur wenige Zentimeter über mir befindet.

Sie legt mir ihre Hände auf die Schultern und beugt sich nach vorne, um mich zu küssen. Ein heißer Kuss, der sofort voller Verlangen steckt. Ich drücke ihre Hüften nach unten, damit sie sich an meinem größer werdenden Schwanz reibt, löse meinen Mund von ihrem und flüstere: »Welches Zimmer möchtest du heute Abend besuchen?«

»Tun wir es einfach hier«, murmelt sie und küsst mich noch einmal. Ihre Zunge ist aggressiv, während sie mit ihren Fingern durch mein Haar fährt. Sie kreist mit den Hüften und ich spüre die Hitze ihrer Muschi sogar durch meine Anzughose.

»Oh Gott, Baby«, murmele ich und schiebe ihr eine Hand zwischen die Beine. Sie hebt ihren Po gerade genug an, sodass ich mit meinem Zeigefinger in sie eindringen kann. Sie ist feucht und so scharf, dass sich ihre Muschi fest um meinen Finger zusammenzieht.

Der Dealer sitzt immer noch am Tisch, aber das interessiert mich nicht. Er hat das alles schon gesehen, genau wie die anderen Männer, die irgendwann zurück-kommen werden.

Avril gibt einen wimmernden Laut von sich und wandert mit ihren Händen zu meiner Gürtelschnalle. Sie unterbricht den Kuss, um zu sehen, was sie tut, und ich lehne mich zurück, um sie machen zu lassen.

Ich blicke über ihre Schulter hinweg und sehe Kynan, der nicht weit vom Tisch entfernt steht. Er unterhält sich mit einigen Gästen, die jedoch alle ihren Blick auf Avril gerichtet haben … ihren Hintern, um genau zu sein, der wegen ihres hochgeschobenen Rocks teilweise entblößt ist.

Ich kämpfe gegen die Eifersucht, die mich trifft, genau wie ich es all die anderen Male getan habe, die wir hier waren, seit wir ein Paar geworden sind, und weiß, dass ich die Blicke der anderen aushalten muss, die auf sie gerichtet sind, wenn wir den Rausch von Sex in der Öffentlichkeit erleben wollen. Ich bin aber auch zufrieden zu wissen, dass ich der Einzige bin, mit dem sie schläft, deswegen erfüllt es mich ebenfalls mit Stolz, weil die anderen Männer gern hätten, was mir gehört.

Nachdem mein Schwanz befreit ist, küsst Avril mich gierig und kniet sich auf den Sitz des Stuhls, um sich aufzurichten und zu positionieren. Sie ergreift meinen Schwanz, führt ihn an ihre Öffnung und – mit ihrer Stirn an meine gedrückt – senkt sich auf mich herab.

Meine Güte, das fühlt sich fantastisch an! Es fühlt sich sogar noch besser an als der Sex, den wir letzte Nacht hatten, der sich wiederum besser angefühlt hat als der Sex, den wir in der Nacht zuvor hatten.

Immer besser.

Ich habe noch nie »immer besser« erlebt. Ich hatte großartigen und sogar sensationellen Sex, aber nichts davon ist vergleichbar mit dem, was ich bis jetzt mit Avril erlebt habe, und ich weiß nicht, warum ich es verdiene, dass es immer noch besser wird.

Aber ich akzeptiere es.

Sie lässt sich mit einem kleinen Grunzen auf mir nieder und leckt sich über die Lippen. Nachdem sie ihren Kopf zurückgelehnt hat, öffnet sie die Augen und blickt mich fest an, während sie sich aufrichtet.

»Ich liebe es, wenn du in mir bist«, flüstert sie, während sie anfängt, sich auf und ab zu bewegen. So sehr angeturnt von der Tatsache, dass sie so scharf auf mich war, um mich direkt am Pokertisch zu ficken, bin ich mir jetzt schon sicher, dass ich schnell und heftig in ihr abspritzen werde.

Ich schiebe meine Hand zwischen ihre Beine und übe Druck auf ihre Klitoris aus, während ihre Muschi mich streichelt.

»Mmmm«, stöhnt sie, als ich sie mit meinen Fingern berühre. Sie erhöht zwar nicht das Tempo, lässt sich jedoch ein klein wenig fester auf mich fallen.

Avril beugt sich nach vorne und fragt mit ihren Lippen ganz nahe an meinem Mund: »Gefällt es dir, wenn ich dich so ficke?«

Ich stöhne, denn Avril, die schmutzige Dinge sagt, ist noch eine Stufe schärfer. Ihre perverse Seite verblüfft mich noch immer und lässt mich in ihr noch härter werden. Die süße, kleine Avril ist so viel mehr, als ich jemals von ihr erwartet hätte.

»Ich komme, Baby«, flüstert sie, während sie sich auf mir bewegt.

Scheiße, ich auch.

»Dane«, murmelt sie und reitet mich. »Dane.«

Mein Name klingt wie ein Gebet und das macht mir ein klein wenig Angst, auch wenn es mich meiner Erlösung näherbringt.

Avril drückt sich fest auf mich, kreist ihre Hüften, um sich zu reiben, und ich spüre ihren Orgasmus überall an mir. Ihre Muschi zieht sich zusammen und kräuselt sich an meinem Schaft, während ihr ein langes, gehauchtes Stöhnen entfährt, das mir die Nackenhaare aufrecht stehen lässt.

»Scheiße!«, presse ich hervor, als mein Schwanz explodiert und ich meine Hüften nach oben drücke, um noch mehr von ihr zu bekommen. Am liebsten würde ich vollständig in sie hineinkriechen.

Ich vergrabe mein Gesicht an ihrem Hals, schlinge die Arme fest um sie und komme gemeinsam mit ihr, als ob wir dauerhaft miteinander verbunden wären. Obwohl uns andere Menschen zusehen, habe ich mich Avril niemals näher gefühlt als in diesem Moment. Ich habe sie nie so in mir gespürt, wie ich mich in ihr befinde.

Ihre nächsten Worte kommen zu mir und dringen beinahe nicht durch, aber als sie es tun, treffen sie mich hart.

»Ich liebe dich.«

Mein Körper reagiert, auch wenn meine Stimme dazu nicht in der Lage ist. Ich drücke sie fester an mich und mich durchfährt ein kleiner Schauer des Glücks und der Angst gleichzeitig. Sie schlingt ihre Arme um meine Schultern und hält mich fest. Sie drückt mich an sich und streichelt über meinen Rücken.

Ich weiß nicht, ob sie es aus Zuneigung oder Trost tut, aber der Teil von mir, der furchtbare Angst hat, ist mit beidem zufrieden.

KAPITEL 26

Avril

VERLIEBT ZU SEIN und nicht zu wissen, ob diese Liebe erwidert wird, ist gelinde gesagt beschissen. Es ist sogar noch schlimmer, bei der Arbeit mit Dane zusammen zu sein, denn ich sollte zuhören, was er zu sagen hat, während er im Konferenzraum am Kopf des Tisches steht und über die neuesten Testergebnisse unseres Blutanalysegeräts spricht. Andrew steht neben ihm, denn er hat gerade eine PowerPoint-Präsentation beendet, in der er die wissenschaftlichen Details näher erklärt hat.

Aber ich bin verliebt und mein Kopf schwebt in den Wolken. Vor knapp einer Woche habe ich diese drei Worte zu Dane gesagt, nachdem ich vor unseren Pokerfreunden eine Show abgezogen hatte. Ich bin mir bewusst, dass es nicht der romantischste Ort war, aber aus irgendeinem Grund war ich so überwältigt von meinen Gefühlen, dass ich mich nicht zurückhalten konnte. Es war, als ob mein Herz diese Worte einfach nicht mehr in sich behalten konnte, und ich habe sie herausgelassen, ohne einen Gedanken daran zu verschwenden, wie Dane darauf reagieren würde. Ich wusste nur, dass ich sie aussprechen musste.

Er hat sie nicht erwidert, aber die Dinge mit uns haben sich erneut verändert. Wir sind uns ganz sicher noch näher gekommen. Er ist noch vernarrter in mich. Tagsüber schreibt er mir süße Nachrichten und während der Nacht macht er Liebe mit mir. Er schickt mir Blumen, nur um mir zu sagen, dass er an mich gedacht hat, und er lacht und lächelt mehr, als er es jemals zuvor getan hat.

Das alles ist einfach so verwirrend, aber ich kann nichts weiter tun, als diesen Weg weiterzugehen. Ich kann nicht nicht in ihn verliebt sein und kann darüber hinaus nur hoffen, dass er eines Tages das Gleiche empfinden wird. Nicht nur, um die Worte auszusprechen, sondern um den Rest seines Lebens mit mir verbringen zu wollen. Das ist mein sehnlichster Wunsch.

Die Tür zum Konferenzraum öffnet sich und ich blicke in diese Richtung, weil die eintretende Person meine Aufmerksamkeit erregt. Es ist meine Sekretärin Leeza, die mit ihrem Blick den Tisch absucht, bis sie mich gefunden hat. Sie schaut mich entschuldigend an und bedeutet mir, zu ihr zu kommen. In den sechs Jahren, die sie nun schon für mich arbeitet, hat sie mich nicht ein einziges Mal während einer Besprechung gestört.

Ich rutsche geräuschlos von meinem Stuhl. Dane blickt mich einen Moment lang an, spricht jedoch trotzdem unbeirrt weiter.

Als ich die Tür erreiche, ist Leeza bereits in den Flur hinausgetreten. Ich ziehe die Tür hinter mir zu.

»Es tut mir leid, Sie stören zu müssen, Avril«, sagt sie und knetet die Hände. »Aber ein Mr. Jared Litener ist hier und er sagt, es sei ein Notfall, der es erfordere, Sie aus der Besprechung zu holen. Er wartet in Ihrem Büro auf Sie.«

Vor Schreck wird mir ganz schwindelig. Jared ist Jamies bester Freund und Geschäftspartner in ihrer Praxis für plastische Chirurgie. Er würde niemals hier auftauchen und sagen, er müsse dringend mit mir sprechen, wenn nicht etwas Schreckliches passiert wäre.

Meine Beine fühlen sich hölzern an, als ich den Flur entlanggehe, und meine Augen füllen sich bereits mit Tränen. Als ich meine Bürotür öffne, dreht Jared sich um und blickt mich an. Sein Gesicht ist von Kummer überzogen, die Augen blutunterlaufen. Ich habe ihn nicht mehr gesehen, seit Jamie und ich uns getrennt haben, aber in all den Jahren ist er mir ein guter Freund gewesen.

Ich versuche zu fragen, was passiert ist, aber meine Kehle ist wie zugeschnürt. Eine Träne fällt aus meinem Auge und rollt meine Wange hinunter, aber ich wische sie hastig weg.

Jared tritt auf mich zu und nimmt meine Hand.

Seine Stimme ist rau und sehr bewegt. »Jamie hatte ein Hirnaneurysma.«

Meinem Mund entweicht ein erstickter Laut und Jared drückt meine Hand, während er weiterspricht: »Ähm … die Hirnschäden waren zu groß. Er wird künstlich am Leben erhalten, aber es gibt keine Heilungschancen.«

»Nein!«, gelingt es mir zu schluchzen, dann sacken mir die Beine weg und ich falle nach vorne in Jareds Arme. So sicher ich mich auch gefühlt hatte, mich von Jamie zu trennen, hätte ich nie erwartet, dass ich mit so etwas konfrontiert werden würde.

»Ich bin gekommen, um es dir zu sagen, weil Jamie selbstverständlich wollen würde, dass du es erfährst, aber was noch viel wichtiger ist … er hat dich als seine Bevollmächtigte im Krankheitsfall angegeben.«

Diese Neuigkeit lässt mich zusammenzucken und ich ziehe mich von ihm zurück. »Was hat er getan?«

»Es muss eine Entscheidung getroffen werden«, sagt Jared leise. »Er hat eine Patientenverfügung unterzeichnet und dich als erste bevollmächtigte Person zum Treffen von Entscheidungen genannt, sollte er dazu nicht mehr in der Lage sein. Ich werde als zweiter Bevollmächtigter genannt.«

»Ich verstehe nicht.« Meine Stimme klingt wie ein Trällern, fast so, als würde ich lallen. »Warum würde er …«

Einen Moment lang blickt Jared unbehaglich drein,

aber dann seufzt er resignierend auf. »Er hatte vor, dir einen Antrag zu machen, Avril. Er hat alle seine Vermögensangelegenheiten geregelt, um sie dir zu hinterlassen, und wollte außerdem, dass du medizinische Entscheidungen in seinem Sinne triffst. Er hat alles bis ins kleinste Detail geplant, weil er sich so sicher war, dass ihr beide für immer zusammenbleiben würdet, aber dann hatte er diesen einen Moment, in dem bei ihm die Intelligenz ausgesetzt hat. Ich weiß, dass jetzt vermutlich nicht der richtige Zeitpunkt ist, um dir das alles zu erzählen, aber diese Frau, mit der er geschlafen hat … sie hat ihn wirklich gnadenlos angemacht. Ich weiß, dass es sein Verhalten nicht entschuldigt, aber er hat nicht danach gesucht. Er hat dich geliebt. Er wollte dich heiraten und eine Familie mit dir gründen.«

Die Tränen laufen mir jetzt ungehemmt aus den Augen, während ich versuche zu verstehen, was er sagt. Dass ich so dicht dran war, alles im Leben zu haben, von dem ich immer dachte, dass ich es wollte, und es durch einen Moment der Dummheit ruiniert wurde. Ich kann nicht einmal daran denken, wie dankbar ich für diesen Moment der Dummheit bin, weil es Dane und mich zusammengebracht hat. Das scheint mir ein Betrug an Jamie zu sein, der jetzt hirntot daliegt.

»Warum hat er das alles denn nicht geändert?«, frage ich Jared, während mir die Tränen weiterhin über die Wangen kullern. »Warum hat er meinen Namen auf den Papieren belassen, nachdem wir uns getrennt hatten?«

Jared lächelt traurig. »Er war ein ewiger Optimist. Er dachte, er könnte hart arbeiten und dich zurückgewinnen. Er hat niemals aufgegeben, daran zu glauben, dass du ihm eines Tages vielleicht doch noch eine Chance geben würdest.«

Ich entferne mich von Jared und lasse mich auf einen der Gästestühle fallen. Ich schlinge die Arme um meinen Bauch, beuge mich nach vorne und beginne zu schluchzen. Jared legt mir seine Hand auf die Schulter und lässt mich einfach weinen. Ich höre, wie er ebenfalls schnieft, aber ich habe nicht die Kraft, ihn zu trösten.

Ich will diese Verantwortung nicht tragen müssen.

Mir gefällt diese Schuld ganz und gar nicht, die sich auf mich niederzudrücken schient. Jetzt, da ich weiß, dass Jamie mir einen Antrag machen wollte, dass er einen Moment der Schwäche hatte, der alles zerstört hat, aber vor allen Dingen, weil mich dieser Moment zu einem größeren Glück geführt hat. Ich habe Jamie nicht auf die gleiche Art und Weise geliebt, wie ich Dane liebe. Wie könnte ich auch, wo mich mit ihm doch siebzehn Jahre voller tiefer Erinnerungen verbinden?

Endlich richte ich mich auf und sehe Jared über meine Schulter hinweg an. »Was muss ich tun? Was ist mit seinem Bruder?«

Jared schüttelt den Kopf. »Du weißt, dass er Phillip nicht sehr nahesteht. Und weil seine Eltern bereits verstorben sind, waren du und ich die nächste logische Wahl für ihn, um diese Entscheidungen zu treffen.«

Ich nicke verständnisvoll, während mir die Tränen weiterhin herunterlaufen. Aber so wirklich verstehe ich nichts von dem, was Jared sagt. Es ist so ungerecht, dass Jamie dieser Welt genommen wurde, wo er noch so jung und voller Leben war.

Es ist ungerecht, dass ich diese Entscheidungen für einen Mann treffen muss, den ich nicht mehr liebe, auch wenn ich sagen muss, dass ich die gute Beziehung, die wir miteinander hatten, schätze und respektiere. Auch wegen des guten Kerns, von dem ich weiß, dass er ihn in sich getragen hat.

»Weißt du, was sein Wunsch wäre?«, fragt Jared mich zögernd.

Ich nicke erneut und huste kurz, um meinen Hals freizubekommen. »Äh … ja. Wir haben einige Male darüber gesprochen. Wenn es keine Heilungschancen gibt, will er nicht künstlich am Leben gehalten werden. Genau wie ich.«

»Das stimmt«, entgegnet Jared leise. Es ist der Beweis dafür, dass er wirklich Jamies bester Freund war und ihn gut kannte. »Aber du bist die Bevollmächtigte. Du musst die Entscheidung treffen. Im Krankenhaus wirst du Formulare unterschreiben müssen und ich dachte … naja, dass du dich verabschieden willst.«

Ich krümme mich wieder zusammen, weil mich der Schmerz direkt in der Brust trifft, und fange erneut an zu schluchzen. Jared hockt sich neben den Stuhl und streichelt mir über den Rücken. Er murmelt Worte des

Trostes, aber sie dringen nicht wirklich bis zu mir vor.

Jamie wird auf meine Anweisung hin sterben und das schon sehr bald. Er wird sterben, ohne dass ich ihm eine Möglichkeit gegeben habe, die Sache mit uns abzuschließen. Ich hätte mich mit ihm einfach nur zum Mittagessen treffen und ihn sagen lassen können, was ihm auf dem Herzen lag. Ich hätte ihm in die Augen blicken und ihn wissen lassen können, dass es für uns keine Chance mehr gibt. Stattdessen ist er mit dem Gefühl gestorben, mich immer noch zu lieben, und hat darauf vertraut, dass ich in seinem Sinn handeln würde.

»Was geht hier vor?«, höre ich Danes Stimme aus dem Flur und blicke über meine Schulter. Selbst durch den Tränenschleier hindurch kann ich die verschwommenen Gestalten von Andrew und Dane erkennen.

Beinahe schon unkontrollierbar schluchzend beuge mich wieder nach vorne und fühle mich, als würde ich ersticken. Dann steht Dane plötzlich neben meinem Stuhl und zieht mich in seine Arme. Ich höre Jareds Stimme wie in einem Tunnel, als er Andrew und Dane berichtet, was mit Jamie passiert ist. Ich vergrabe mein Gesicht an Danes Brust und weine einfach nur weiter.

◆

NACHDEM ICH DIE Dokumente unterschrieben habe und Jamies Herz aufgehört hat zu schlagen, zieht Jared mich für eine letzte Umarmung an sich. Ich weiß nicht, ob wir in Kontakt bleiben werden, aber ich hoffe es. Wir haben soeben eine der tiefgehenden Erfahrungen meines Lebens miteinander geteilt. Während wir darauf warteten, dass Jamie stirbt, haben wir die meiste Zeit damit verbracht, uns lustige oder liebenswerte Geschichten über ihn zu erzählen. Wir haben gelacht und geweint. Ich habe Jared gestanden, wie schlecht ich mich gefühlt habe, dass ich ihm nicht die Gelegenheit gegeben habe, einen Schlussstrich zu ziehen, und er hat mich getröstet, indem er mir sagte, dass Jamie mich immer nur glücklich sehen wollte, und wenn ich es bin, dann ist auch er nun an einem sehr glücklichen Ort.

Wir verlassen sein Zimmer und umarmen uns noch einmal.

Ich sehe, dass Andrew mit verschränkten Armen an der Wand lehnt und auf mich wartet. In seinen Augen erkenne ich Trauer und Sorge um mich.

Nachdem Jared mich losgelassen hat, drehe ich mich um und sinke in Andrews Arme. Er hält mich fest und in den wenigen Augenblicken des Friedens in der Umarmung meines Freundes seufze ich einfach nur. Ich kann nicht mehr weinen und würde alles tun, wenn ich ein heißes Bad nehmen und dann in mein Bett gehen könnte.

Ich sehe auf die Uhr. Es ist erst drei Uhr nachmittags, aber ich bin erschöpft.

»Wo ist Dane?«, frage ich, als ich mich von Andrew löse, denn ich gehe davon aus, dass er in die Cafeteria gegangen ist, um Kaffee zu holen. Er und Andrew haben mich zum Krankenhaus gefahren und sind an meiner Seite geblieben, während mich der Arzt über Jamies Zustand aufgeklärt hat. Während ich die Papiere unterschrieben habe, um sein Leben zu beenden, ruhte Danes Hand die ganze Zeit auf meiner Schulter. Sie sind beide nach draußen getreten, als die Maschinen abgeschaltet wurden, damit Jared und ich uns endgültig verabschieden konnten.

Andrew blickt zu Boden und antwortet: »Äh … er ist zurückgefahren, um an einigen Besprechungen teilzunehmen.«

Ich blicke Andrew nur ausdruckslos an, während ich versuche zu verstehen, was er gerade gesagt hat. »Er ist zurückgefahren? Ins Büro?«

Andrew hebt den Kopf und ich kann an seinem Blick erkennen, dass selbst er der Meinung ist, dies sei ein verdammt schlechter Zug gewesen. Er lächelt mich aufmunternd an. »Er will, dass ich dich nach Hause fahre, und hat gesagt, er würde später zu dir kommen.«

»Bitte sag mir, dass das ein Scherz ist«, flehe ich Andrew fast schon an.

Bitte sag mir, dass mein bester Freund, Liebhaber und der Mann, in den ich verliebt bin, mich nach der traumatischsten Erfahrung meines Lebens nicht soeben im Krankenhaus zurückgelassen hat, um in »einigen Besprechungen« zu sitzen.

»Es tut mir leid, Av«, sagt Andrew zerknirscht. »Er versteht nicht –«

»Wage es ja nicht, ihn auch noch zu verteidigen!«, schneide ich ihm fauchend das Wort ab. »Ich kann mir nichts vorstellen, das meinem Partner das Recht geben würde, mich in einer solchen Situation hängen zu lassen.«

Andrew nickt nur, obwohl ich weiß, dass er vermutlich eine Million Gründe aufzählen könnte, warum Dane nicht hier ist. Aber ich kann sie mir schon selbst zusammenreimen.

Diese ganze Beziehungsnummer ist noch neu für ihn.

Er weiß nicht, wie er empfinden soll, weil du wegen deines Exfreundes so traurig bist.

Er hat noch nie dein Fels in der Brandung sein müssen, Av. Das ist immer meine Aufgabe gewesen.

Nichts davon ist eine Entschuldigung.

»Bring mich einfach nach Hause«, bitte ich erschöpft und nehme mir vor, mich mit Dane ein anderes Mal auseinanderzusetzen, wenn ich emotional etwas gefestigter bin. Ich weiß, dass ein Teil meines Ärgers nur daher rührt, dass ich heute von schrecklichen Dingen überwältigt wurde. Ich bin mir sicher, dass ich die Dinge bei Tageslicht betrachtet etwas rationaler sehen kann.

Das hält mich jedoch nicht davon ab, mein Telefon zu nehmen und Dane eine Nachricht zu schreiben. *Ich bin wirklich müde. Wenn ich nach Hause komme, werde ich sofort ins Bett gehen, du brauchst also nicht vorbeizukommen.*

Natürlich könnte nun jemand behaupten, ich hätte diese Nachricht als Test gesendet. Würde er die Auszeit nutzen, die ich ihm gebe, um sich nicht mit einer emotional angespannten Frau auseinandersetzen zu müssen, oder würde er mir am Ende trotzdem beistehen?

KAPITEL 27

Dane

MEINE BÜROTÜR FLIEGT auf und Andrew stürmt herein, die Augen leuchtend vor Wut. Ich habe so etwas bereits erwartet, deswegen bin ich darauf gefasst und bereit für eine Auseinandersetzung.

»Was zum Teufel tust du hier?«, fährt er mich an, nachdem er auf der anderen Seite meines Schreibtisches zum Stehen kommt und mit den Handflächen so fest auf die Tischplatte schlägt, dass er wackelt.

»Ich arbeite«, antworte ich ruhig, weil ich mich weigere, meine Lautstärke seiner Stimme anzupassen.

»Du verarschst mich, oder? Avril ist zu Hause, nachdem sie Jamie gestern den Stecker gezogen hat. Du hast dir nicht die Mühe gemacht, sie gestern Abend zu besuchen, aber ich hatte durchaus gedacht, dass du mit Sicherheit ein wenig deiner kostbaren Zeit opfern würdest, um heute früh zu ihr zu fahren.«

»Sie hat mir gestern Abend eine Nachricht geschickt, dass ich nicht vorbeizukommen brauche«, erkläre ich ihm.

»So dumm bist du doch nicht«, knurrt Andrew. »Es spielt keine Rolle, was sie dir geschrieben hat. Sie hat dich gestern gebraucht und du hast dich verdrückt.«

»Es tut mir leid, wenn es mich nicht so trifft wie Avril und dich«, knurre ich zurück, denn langsam geht mir bei seiner selbstgefälligen Art die Geduld aus.

»Was?«, entgegnet Andrew und zuckt mit dem Kinn.

»Ich kann mich wegen eines Mannes, der gestorben ist, nicht schlecht fühlen, weil ich ihn nicht ausstehen konnte. Er hat sie betrogen, hintergangen und verletzt. Ich werde deswegen kein schlechtes Gewissen haben.«

»Mein Gott ... du bist vielleicht dämlich!«, sagt Andrew mit einem Lachen, in dem absolut kein Humor steckt. »Du musst dich wegen Jamie nicht schlecht fühlen, aber ganz sicher solltest du dich schlecht fühlen, weil es deiner Freundin beschissen geht und sie dich braucht.«

Ich zucke mit den Schultern und blicke zu meinem Laptop. »Zum Trostspenden hat sie doch dich. Darin warst du ja schon immer gut.«

Ich bin nicht darauf vorbereitet, dass Andrew seine Hand ausstreckt, meinen Laptop ergreift und ihn durchs Zimmer schleudert. Er donnert gegen einen meiner Wandschränke, wobei sich der Bildschirm löst und abfällt.

»Was zum Teufel?«, brülle ich, springe von meinem Stuhl auf und umrunde den Schreibtisch.

»Ich habe dir soeben gesagt, dass es deiner Freundin schlecht geht, und du willst, dass ich mich darum kümmere?«, flüstert Andrew und sein gesamter Körper zittert vor Wut. Solange ich ihn kenne, habe ich ihn noch niemals so außer sich gesehen.

Irgendetwas scheint in mir zu explodieren und sämtliche Emotionen freizusetzen, die ich in den letzten vierundzwanzig Stunden unterdrückt habe. Ich balle meine Hände zu Fäusten, beuge mich zu Andrew und schnauze ihn an: »Und warum zum Teufel glaubst du, geht es ihr beschissen? Weil sie vermutlich noch Gefühle für ihn hat! Da vögelt sie mich … sagt mir, dass sie mich liebt, und plötzlich ist sie am Boden zerstört, weil dieses Stück Scheiße, das sie betrogen hat, tot ist.«

Andrew blinzelt nur einige Male mit großen Augen und tritt einen Schritt zurück. Seine Stimme ist ruhig, aber sehr überzeugt von dem, was er mir mitteilt. »Du bist wirklich ein Idiot.«

Ich gebe einen verächtlichen Laut von mir, wende ihm den Rücken zu und gehe wieder um meinen Schreibtisch herum. Dort angekommen setze ich mich hin, lehne mich zurück und lege meine Hände übereinander vor mir auf den Tisch. »Liebe ist eine Illusion, Andrew. Daran zu glauben gibt den Menschen ein gutes Gefühl, aber ich habe das nie getan. Ich weiß, dass sie zerbrechlich ist wie Glas, aber bei Weitem nicht so klar. Avril hat behauptet, dass sie mich liebt, und ich konnte es nicht begreifen. Ich konnte es nicht erwidern.

Verdammt, ich wollte es nicht erwidern, weil ich nur auf die nächste Hiobsbotschaft gewartet habe. Und hier ist sie.«

»Weißt du –«

»Ich dachte, ich wüsste, was das alles bedeutet«, unterbreche ich ihn, nachdem ich mich noch weiter zurückgelehnt habe. »Ich dachte, es bedeutet, dass man den Menschen, den man über alles liebt, über alles andere stellt. Dass man alles für diesen Menschen tun würde. Alles für die Liebe opfert. Aber wenn ein Vater das nicht einmal für seinen eigenen Sohn tun kann, wie hatte ich jemals glauben können, dass eine Frau das für mich tun würde?«

»Weil es Avril ist, du Arschloch!«, fährt Andrew mich durch zusammengepresste Zähne an. »Du kennst sie länger als deinen Vater. Wie kannst du es verdammt noch mal nicht wissen? Wie kannst du ihr nicht glauben?«

»Weil ich gerade dabei zugesehen habe, wie sie wegen eines anderen Mannes am Boden zerstört ist. Nachdem sie mir gesagt hat, dass sie mich liebt. Verstehst du überhaupt, wie viel Vertrauen ich in sie setzen musste, um mich überhaupt so weit auf sie einzulassen, und dann, von einem Augenblick auf den anderen, trauert sie bereits um einen anderen Mann?«

Andrew seufzt erschöpft und reibt sich mit den Händen übers Gesicht. »Sieh mal, Dane … ich verstehe, dass es schwer für dich ist, damit umzugehen, aber sei nachsichtig mit ihr. Sie hat ihn geliebt. Er ist unerwartet gestorben. Und er ist deswegen gestorben, weil sie die Papiere unterzeichnet hat, damit die Ärzte sein Leben beenden können. Du musst ihr zugestehen, deswegen einige Empfindungen haben zu dürfen.«

Jetzt seufze ich, drehe den Kopf und schaue aus dem Fenster. Ich kann den verurteilenden Blick auf Andrews Gesicht einfach nicht ertragen. »Jede Unsicherheit, die ich jemals über Liebe und feste Bindungen hatte, ist hochgekommen. Jeder hässliche Gedanke, der sich jemals in meinem Kopf befunden hat und der sich um jeden Idioten dreht, der sich dazu entschlossen hat, an die Liebe zu glauben, ist wie eine Lawine auf mich zugerollt. Ich könnte falschliegen. Verdammt, ich liege vermutlich sogar falsch, aber wenn ich so etwas wie das hier mit Avril nicht bewältigen kann, wie soll ich irgendetwas bewältigen? Es ist einfach alles zu viel. Ich bin nicht dafür ausgestattet —«

Ein Klopfen an der Tür unterbricht mich mitten im Satz und es schnürt mir die Kehle zusammen, als ich sehe, dass Avril eintritt.

Sie sieht furchtbar aus. Ihr Haar ist zu einem unordentlichen Dutt zusammengebunden und sie trägt Jeans und ein ausgeleiertes, langärmliges Berkeley-T-Shirt. Ihre Haut ist fahl und unter ihren Augen sind dunkle Ringe zu erkennen. Mein Magen zieht sich zusammen, als ich darüber nachdenke, dass ihr Aussehen viel mit ihrer Trauer um Jamie zu tun hat. Ich habe sie in meinen Armen gehalten, während sie wegen eines anderen Mannes ihr Elend und ihren Schmerz heraus geheult hat. Und jede Träne, die ihr aus den Augen geflossen ist, hat mich davon überzeugt, dass ihre Liebeserklärung an mich nur aus leeren Worten bestand.

»Habt ihr beide gerade über mich gesprochen?«, fragt sie und blickt von mir zu Andrew. Ich weiß, dass mein Gesicht ausdruckslos ist, denn etwa so fühle ich mich gerade, aber Andrews Miene sieht sehr schuldig aus.

Keiner von uns antwortet ihr.

Sie macht einige Schritte in mein Büro. »Ich wiederhole, habt ihr über mich gesprochen?«

Andrew hustet leicht und geht einen Schritt auf sie zu. »Ja. Wir machen uns Sorgen um dich.«

Avril lacht zynisch. »Ich glaube dir, dass *du* dir Sorgen um mich machst, Andrew«, sagt sie mit einer Stimme, die vor Zorn bebt. Sie dreht den Kopf, um mich anzusehen. »Aber du, Dane … wenn du wirklich besorgt wärst, hättest du mehr getan. Du wärst zu mir gefahren, um mich zu sehen, oder hättest angerufen. Es gibt eine Million Wege, auf denen du mir hättest zeigen können, dass ich dir wichtig bin, aber stattdessen versteckst du dich und überlässt es Andrew, die Aufgabe zu erledigen, die du übernehmen solltest.«

»Ich habe dir eine Nachricht geschickt«, sage ich. Aber sobald ich die Worte ausgesprochen habe, weiß ich, wie dürftig sie klingen.

»Ach ja«, sagt Avril und der Sarkasmus in ihrer

Stimme ist nicht zu überhören. »So eine fürsorgliche Nachricht. *Ich habe heute früh einige Besprechungen. Drew vertritt dich. Ich komme später vorbei.* Das hat mich direkt ins Herz getroffen, Dane.«

Die Schuld schnürt mir die Kehle zu, aber meine Nackenhaare bleiben aufrecht stehen, weil ich nun von meinen beiden besten Freunden attackiert werde. Zugegeben, ich verdiene es, aber ich bin einfach nicht in der Stimmung, um mich dieser Situation zu stellen.

Wir starren uns gegenseitig an, Avril hat ihren Blick, in dem eine Mischung aus Wut und ständiger Hoffnung zu sehen ist, fest auf mich gerichtet, und es bringt mich um. Ich bleibe auf gelassene Weise neutral und bemerke, dass sie das nur noch wütender macht.

Schließlich schaut sie zu Andrew. »Macht es dir etwas aus, wenn ich ein paar Minuten mit ihm allein spreche?«

Andrew lächelt sie an und nickt. Er geht direkt auf sie zu, schlingt einen Arm um ihren Hals und zieht sie dicht an sich, um ihr etwas ins Ohr zu flüstern. Was immer er auch sagt zeigt Wirkung, denn sie nickt zustimmend mit dem Kopf.

In meiner Brust brennt es, als er sie fest umarmt und danach auf die Schläfe küsst. Meiner Meinung nach behält er seine Lippen dort entschieden zu lange, aber ich halte den Mund.

Als Andrew zur Tür hinausgeht, würdigt er mich keines Blickes und ich weiß, dass er mehr als nur enttäuscht von mir ist.

Was soll's … er wird entweder darüber hinwegkommen oder auch nicht.

Ich schaue wieder zu Avril, die in aller Ruhe zu einem der Stühle geht, die auf der anderen Seite meines Schreibtisches stehen. Sie setzt sich auf die Stuhlkante, ihr Rücken so steif, als hätte sie einen Stock verschluckt, ihre Hände locker auf dem Schoß gefaltet.

Sie sieht bestärkt und entschlossen aus. Mein gesamter Körper ist so angespannt, dass ich das Gefühl habe, jeden Moment auseinanderzuspringen.

»Andrew hat mir gerade einen guten Ratschlag gegeben«, beginnt sie ruhig zu sprechen. »Er hat mir gesagt, dass ich mich im Zweifelsfall für dich entscheiden sollte, weil es auch für dich nicht einfach war und du einige Schwierigkeiten hast, mit alledem fertigzuwerden. Also werde ich genau das tun.«

»Das solltest du nicht«, entgegne ich, ohne nachzudenken. Die Worte sind grausam und dazu bestimmt, ihr deutlich zu machen, dass ich im Moment nichts bereue.

Avril atmet tief durch und obwohl sie versucht, gefasst zu wirken, zittert ihre Stimme leicht. »Dann bist du also nicht der Meinung, dass es unglaublich herzlos war, nicht nach mir zu sehen? Oder mir nicht ein klein wenig Mitgefühl zuzugestehen? Oder mich nicht an deiner Schulter ausweinen zu lassen?«

Scheiße … natürlich hatte ich Mitleid mit ihr und es hat mir das Herz zerrissen, sie so traurig zu sehen. Aber es hat mir das Herz zerrissen, dass sie *seinetwegen* so traurig war, und das kann ich nicht abschütteln, ganz egal wie sehr ich es auch versuche oder wie oft sie sich im Zweifelsfall noch für mich entscheiden würde.

Ich beuge mich auf meinem Stuhl nach vorne und lege meine Unterarme auf dem Schreibtisch ab. Mir wird bewusst, wie sehr dieses ganze Szenario einem Geschäftstreffen ähnelt. Als ob wir etwas unheimlich Ernstes und Wichtiges besprechen würden, das Auswirkungen auf Caterva haben könnte, dabei sprechen wir hier über unser Leben.

»Ich habe nicht das Zeug dazu, Av«, erkläre ich ihr. Wie erwartet gibt mir die Enttäuschung in ihren Augen ein so beschissenes Gefühl wie noch nie zuvor in meinem Leben. »Es tut mir leid.«

Ich kann nichts mehr sagen. Ich kann ihr ganz sicher nicht erzählen, wie haltlos ich mich gefühlt habe, als ich gesehen habe, wie sie um einen anderen Mann trauert, oder dass meine Unsicherheit und Verletzlichkeit mich überwältigt haben. Ich werde das vor ihr auf keinen Fall zugeben, weil es mich schwächer als sie macht und das meine persönliche Schande wäre.

Ebenso wenig kann ich ihr sagen, dass ich ihr nicht vertraue. Das habe ich bereits versucht und ich dachte, ich könnte mit diesen neuen Gefühlen umgehen, aber das geringste Zeichen, dass sie mich verlassen würde – auch wenn es nur wegen der Trauer um eine vergangene Liebe ist –, hat mich jede einzelne Tat und jedes einzelne Wort anzweifeln lassen, das sie je zu mir gesagt hat.

»Dann war es das also?«, fragt sie mit rauer Stimme, während sich ihre Augen mit Tränen füllen. »Mit uns ist es vorbei und wir sind einfach wieder ... beste Freunde?«

»Wenn uns das gelingt«, antworte ich, aber sogar ich weiß, dass die Dinge so nicht funktionieren. Ich habe ihr gerade das Herz gebrochen und es ist unmöglich, dass sie jemals wieder so mit mir lachen wird, wie Freunde es miteinander tun sollten.

»Das geht nicht«, flüstert sie. Ganz egal wie zärtlich die Worte auch klingen, sie sind so kraftvoll wie eine Stahltür, die mir vor der Nase zugeschlagen wird. In der Mitte meiner Brust breitet sich ein tiefer, stechender Schmerz aus, aber ich ignoriere ihn.

»Vielleicht irgendwann –«

»Nein«, unterbricht sie mich und steht auf. Sie blickt auf mich herab. Mit mehr Entschlossenheit in der Stimme, als ich jemals gehört habe, sagt sie: »Niemals. Ich kannte die Risiken. Ich wusste, was ich verlieren könnte, als ich versucht habe, etwas mit dir aufzubauen. Mir war bewusst, dass ich die Freundschaft aufs Spiel gesetzt habe, und ich war darauf vorbereitet, sie zu verlieren, weil ich dachte, du seist es wert, es zu versuchen. Aber so wie es aussieht lag ich daneben.«

Oh Gott, sie lag so verdammt weit daneben.

Mich überkommt Verzweiflung, drückt mich herunter ... entzieht der Welt die Farbe direkt vor meinen Augen und lässt sie grau wirken. Ich habe sie enttäuscht und mich selbst auch, aber ganz ehrlich ... ich hatte erwartet, dass die Dinge sich so entwickeln würden.

»Den Schmerz, den du mir zugefügt hast … davon kann ich mich nicht mehr erholen, Dane«, sagt sie und das Stechen in meiner Brust wird unerträglich.

Glücklicherweise muss ich sie nicht mehr ansehen, denn sie dreht sich um und verlässt wortlos mein Büro.

KAPITEL 28

Avril

ANDREW HÄLT MEINE Hand, als wir zu seinem Wagen gehen. Jamies Beerdigung war stilvoll. Jared hat einige Worte gesagt, einige seiner Freunde ebenfalls. Es war merkwürdig für mich, sie zu sehen, und ich saß in der letzten Reihe, um Abstand zu ihnen zu halten, weil ich nicht wusste, was ich sagen sollte.

Hallo. Schön, dich zu sehen! Ich bin die Frau, die Jamie das Herz gebrochen und dann die Papiere unterschrieben hat, um ihn sterben zu lassen.

Andrew drückt meine Hand und ich drücke zurück. Er war mein Fels in der Brandung und hat mich nicht nur darin unterstützt, meiner Trauer über Jamies Tod Ausdruck zu verleihen, sondern das ebenfalls für das plötzliche Ende meiner Beziehung mit Dane zu tun. Seit ich Danes Büro verlassen habe, bin ich nicht wieder zurück zur Arbeit gegangen. Während dieser Tage war Andrew die ganze Zeit bei mir und hat eifrig von meinem Wohnzimmer aus gearbeitet. Meinetwegen hätte er nicht dort sein müssen, denn die Tatsache, dass er für mich da sein wollte, war bereits Unterstützung genug. Nur weil ich darauf bestanden habe, ist er jeden Abend nach Hause gefahren, um in seinem eigenen Bett zu schlafen, und ich konnte mich in den Schlaf weinen, ohne dass er mich hört.

»Bist du okay?«, fragt Andrew, während wir nebeneinander über den Friedhof zu seinem Wagen gehen.

»Ich kann nicht mehr weinen«, antworte ich müde. »Ich habe keine einzige Träne mehr übrig.«

Meine Tränen für Jamie waren bereits versiegt, bevor ich das Krankenhaus verlassen hatte. Seitdem war jede Träne, die ich vergossen hatte, für Dane gewesen, aber als ich heute früh aufwachte, konnte ich nicht eine einzige mehr weinen.

Andrew führt mich zur Beifahrerseite seines Wagens und hält mir die Tür auf, damit ich einsteigen kann. Als er vorne um das Auto herumgeht, bewundere ich seine Stärke – nicht die körperliche, sondern die emotionale. Von uns dreien ist Andrew derjenige geworden, der am besten ausgerüstet ist, mit diesem Bruch fertigzuwerden.

Das bedeutet jedoch nicht, dass er nicht verdammt sauer auf Dane ist. In den vergangenen drei Tagen hat er ihn unerbittlich verflucht und verteufelt. Aber er hat mir ebenfalls gesagt, dass er der Meinung sei, Dane würde sich schon wieder beruhigen.

Es ist eine nette Ansicht, aber keine, die ich teile. Ich

kenne Dane besser, als Andrew es tut. Ich weiß aus erster Hand, wie tief die Probleme mit seinem Vater gehen. Als Dane sagte, er hätte nicht das Zeug dazu, meinte er es genau so, und ich habe es ihm geglaubt.

Die Fahrt zurück zu meinem Haus vergeht schweigend. Das ist das Zeichen einer guten Freundschaft – wenn man die Stille nicht mit unnützen Gesprächen füllen muss.

Davon abgesehen … habe ich auch nicht wirklich viel zu sagen. Stille ist tatsächlich das, was ich momentan will und brauche.

Als wir in meine Einfahrt einbiegen, zögert Andrew kurz, bevor er den Motor ausschaltet. »Möchtest du, dass ich mit reinkomme?«

Ich drehe den Kopf und lächele ihn an. »Um ehrlich zu sein … das möchte ich. Ich habe etwas, das ich dir geben muss.«

»Okay«, antwortet er und stellt den Motor aus.

Ich führe ihn ins Haus. Nachdem ich meine Handtasche auf dem Boden fallen gelassen und meine schwarzen Beerdigungspumps ausgezogen habe, gehe ich in mein Schlafzimmer. Andrew folgt mir und als er es betritt, atmet er überrascht aus.

»Was geht hier vor?«, fragt er und betrachtet die vier Koffer und zahlreichen Kartons, die ich gepackt, verschlossen und beschriftet habe.

Ich blicke ihn an und verschränke die Arme vor dem Bauch. Ich möchte, dass meine Worte überzeugt klingen, dennoch zittert meine Stimme. »Ich gehe fort.«

»Du verreist?«, fragt er zweifelnd, aber angesichts der gepackten Kisten weiß er, dass dies nicht die richtige Frage ist.

Kommentarlos gehe ich zu meiner Kommode und nehme zwei große, verschlossene Umschläge und einen kleineren heraus. Ich drehe mich wieder zu ihm um und reiche ihm den kleineren. Er blickt ihn an, als befinde sich darin eine Bombe kurz vor der Explosion.

Ich gehe einen weiteren Schritt auf ihn zu und drücke ihm den Umschlag in die Hand. »Das ist mein Kündigungsschreiben, in dem ich mitteile, dass ich Caterva mit sofortiger Wirkung verlasse.«

»Oh Gott, Scheiße!«, brüllt Andrew und schlägt sich mit den Händen an den Kopf, wobei er den Briefumschlag zerknittert. »Av ... nein! Das ist doch nicht die Antwort.«

»Das ist es«, sage ich leise.

Andrew wirft den Umschlag auf mein Bett und kommt auf mich zu. Er legt mir die Hände auf die Schultern und beugt sich zu mir herunter, sodass sich sein Gesicht ganz nahe vor meinem befindet. »Bitte, sprich mit mir. Worüber musst du dir klar werden? Lass mir dir helfen, das hier durchzustehen.«

Noch bevor er zu Ende gesprochen hat, schüttele ich bereits mit dem Kopf. »Ich muss mir über gar nichts klar werden.«

»Ich weiß, dass er dich verletzt hat —«

»Er hat mich zerfetzt, Andrew. Er hat mir nicht nur wehgetan oder mir das Herz gebrochen. Er hat mich von innen nach außen aufgeschlitzt und der Schmerz ist unerträglich. Ich kann nicht in seiner Nähe sein. Ich kann es einfach nicht.«

»Verdammt, dann nimm dir eine verlängerte Auszeit oder irgendetwas anderes, um darüber hinwegzukommen —«

»Andrew«, sage ich nachdrücklich, woraufhin er den Mund zuklappt. »Ich kann nicht darüber hinwegkommen. Diese Art von Verlust kann ich nicht verkraften.«

»Du handelst überstürzt«, erwidert er und ja … in dem Punkt muss ich ihm recht geben. Aber ich weiß, dass es das Richtige ist. Ich kann nicht weiterhin ein Teil von Danes Leben sein. Und das bedeutet sowohl ein Ende der Freundschaft als auch der Arbeitsbeziehung. Andrew seufzt und nimmt auf der Bettkante Platz. »Wie konnte das alles nur so beschissen enden?«

Ich gehe zum Bett, setze mich neben ihn und lege den Kopf auf seine Schulter. Die anderen beiden Umschläge, die ich ihm geben muss, liegen auf meinem Schoß.

»Wir sind so viele Risiken eingegangen.« Vor Trauer und Reue ist meine Stimme ganz belegt. »Wir wussten alle um die potenziellen Konsequenzen. Wir haben uns alle mit offenen Augen in diese Situation begeben. Und ich habe wirklich gedacht, dass alles gut werden würde, weißt du? Naiv wie ich bin, habe ich sogar gedacht, für den schlimmsten Fall, wenn es mit uns tatsächlich nicht funktioniert, dann könnte ich darüber hinwegkommen. Ich meine, wir sind beste Freunde. Wir können alles überstehen, nicht wahr?«

»Ich weiß es nicht, Av«, antwortet Andrew leise und legt seinen Arm um mich. »Ich stecke nicht in deiner Haut.«

»Ich weiß, dass du denkst, ich hätte mich drei Tage lang in diesem Haus verkrochen, um Jamie zu betrauern, aber das stimmt nicht. Ich meine, es war ein furchtbares und tragisches Ereignis, aber ich habe nachgedacht. Ich habe nur hier gesessen und gedacht und gedacht und noch mehr gedacht, bis mein Kopf angefangen hat wehzutun. Ich bin es eine Million Mal im Kopf durchgegangen und glaub mir, Andrew … ich kann nicht einfach wieder seine normale Freundin sein und platonische Liebe für ihn empfinden. Es wäre zu schmerzhaft für mich, ihn jeden Tag zu sehen … ihn zu lieben und diese Liebe nicht erwidert zu wissen. Es würde meine Seele zerstören und das ist etwas, was ich für niemanden aufgebe.«

Andrew seufzt resignierend und nimmt mich fester in den Arm.

»Ich habe gezockt, Drew«, murmele ich. »Ich habe den Würfel gerollt. Ich habe alles gesetzt in dem Wissen, dass er für mich möglicherweise nicht alles aufs Spiel setzen würde. Ich habe nur nicht damit gerechnet, dass es so furchtbar wehtun würde. Und es hat wehgetan, weil er einfach so aufgegeben hat. Er hat es nicht einmal versucht. Er ist beim ersten Hindernis, das sich ihm in den Weg gestellt hat, bereits weggelaufen. Und damit hat er mir zu verstehen gegeben, dass ich die Mühe nicht wert bin. Es hat mich zerstört zu wissen, dass ich ihm nicht einmal wichtig genug war, um es zu versuchen ... um das für ihn Unangenehme und seine Unbeholfenheit zu überwinden.«

Andrew lässt mich los und lehnt sich zurück, um mich anzublicken. »Du verstehst schon, dass er unsicher ist, oder? Er konnte nicht damit umgehen, wie hart dich Jamies Tod getroffen hat.«

»Natürlich weiß ich das. Ich weiß es, weil ich Dane kenne. Ich kenne ihn vermutlich besser, als er sich selbst kennt. Ich habe die Dämonen, die ihn verfolgen, mit eigenen Augen gesehen.«

Andrew legt den Kopf schief und sieht mich mit großen Augen an. »Was für Dämonen?«

Ich antworte ihm nicht, sondern reiche ihm lediglich einen der großen Umschläge. »Nächste Woche wird mein Haus zum Verkauf angeboten.«

Andrew flucht. »Scheiße ... du meinst es also tatsächlich ernst, oder?«

Ich antworte nicht auf seine Frage. »Die Immobilienfirma wird sich darum kümmern, dass der Rest meiner Sachen eingelagert wird. Ich habe dich als meinen Bevollmächtigten genannt und die Dokumente befinden sich in dem Umschlag, damit du den Verkauf abwickeln kannst, wenn sich ein Käufer gefunden hat. Würdest du das für mich tun?«

»Selbstverständlich tue ich das«, sagt er beinahe schon benommen, als er den Umschlag entgegennimmt. Ich fühle mich schrecklich, weil ich ihn gerade vollkommen überfordere.

Ich reiche ihm den letzten Umschlag. »Gib das hier Dane.«

»Was ist das?«, fragt er, als er ihn nimmt.

»Etwas, das ich ihm schon vor langer Zeit hätte geben sollen«, flüstere ich und starre auf den Umschlag, der alles enthält, das Dane benötigen würde, um seinen Vater zu finden. »Während unseres Abschlussjahres in Berkeley ist Danes Vater eines Tages bei uns zu Hause aufgetaucht. Dane war vollkommen aufgelöst und ich musste seinen Vater schließlich davonjagen, weil Dane einfach nur erstarrt war. Aber der Mann hat mir seinen Namen genannt und gesagt, dass er nur wieder Kontakt mit seinem Sohn aufnehmen wollte. Also habe ich ihn ausfindig gemacht und die Informationen für Dane behalten, sollte er jemals seinen Vater aufspüren wollen. Ich habe sie ihm jedoch nie gegeben. Ich habe sie behalten, weil ich dachte, Dane würde sie nicht haben wollen. Vor einigen Wochen habe ich versucht, sie ihm zu geben.«

Andrew blickt auf den Umschlag. »Aber er hat sie nicht genommen.«

»Er sagte, er wolle sie nicht. Aber vor zwei Tagen habe ich einen Ermittler engagiert, um die Informationen zu aktualisieren, und dabei kam heraus, dass sein Vater sich immer noch in derselben Stadt befindet und denselben Job verrichtet. Ich will, dass du Dane diesen Umschlag übergibst. Er kann selbst entscheiden, was er damit tun will, aber ich sollte diese Informationen nicht mehr besitzen.«

Ich erhebe mich vom Bett und streiche mein Kleid glatt. Mein Flug geht erst heute Abend und ich sehne mich nach einem heißen Bad, um die Spannung aus meinen Schultern zu lösen. Dann werde ich meine bequeme Trainingshose und einen Pullover anziehen, denn vor mir liegt ein langer Flug.

»Wohin geht die Reise?«, fragt Andrew, als er aufsteht. Er beugt sich nach vorne und nimmt den Umschlag, der meine Kündigung enthält.

»Paris«, antworte ich.

»Du nimmst den Job an, den Fabron dir angeboten hat«, stellt er fest.

Ich zucke mit den Schultern. »Ich werde mit ihm darüber sprechen und sehen, ob es etwas ist, das mich wirklich interessiert. Aber vermutlich werde ich sein Angebot annehmen.«

Andrew tritt auf mich zu und schüttelt den Kopf. Auf seinem Gesicht kann ich Angst und Zweifel erkennen. »Das ist alles so überstürzt, Avril. Das bist doch nicht du. Es sind doch erst drei Tage vergangen … du solltest Dane etwas Zeit geben.«

Ich lege meine Hand an seine Wange und lächele ihn an. »Zeit wird Dane bei dieser Sache nicht helfen. Seit neununddreißig Jahren ist er nun schon so und ich glaube ihm, wenn er mir sagt, dass er zu einer Beziehung nicht fähig ist. Aber mir wird die Zeit helfen. Zeit und Abstand sind das, was ich brauche.«

Einen Moment lang sagt er nichts, doch dann fragt er mich mit erstickter Stimme: »Aber was ist mit mir? Ich will diesen Abstand nicht. Ich will meine beste Freundin nicht verlieren.«

Und bei diesen Worten breche ich zusammen. Die Tränen steigen mir in die Augen und laufen mir die Wangen hinunter. Wie es aussieht, bin ich doch nicht so ausgetrocknet, wie ich gedacht habe. Ich werfe mich in Andrews Arme und wir drücken uns so fest, dass ich kaum noch Luft bekomme.

Als er seine Umarmung etwas lockert, gelingt es mir, ihm zu sagen: »Du wirst mir so sehr fehlen, Drew. Aber wir werden jeden Tag miteinander telefonieren und uns über FaceTime sehen und wir werden uns ständig besuchen. Du wirst mich nicht verlieren.«

»Doch, das tue ich«, beharrt er und drückt mich erneut an sich. »Auch wenn ich verstehe, warum du diesen Schritt gehst, musst du dennoch wissen, dass es ein Fehler ist, Avril. Du kannst es jetzt vielleicht noch nicht sehen, aber du machst einen Fehler.«

Ich schüttele den Kopf und drücke meine Wange an seine Brust. Während mir die Tränen herunterrinnen, sage ich zu ihm: »Der Fehler war, überhaupt etwas mit Dane anzufangen.«

KAPITEL 29

Andrew

M EIN MOBILTELEFON KLINGELT und es dauert weniger als eine Sekunde, um Avrils Klingelton zu erkennen. Ich nehme das Gerät in die Hand und hebe ab. »Wird auch langsam Zeit, dass du anrufst.«

»Wir sprechen doch jeden Tag miteinander«, tadelt sie mich lachend.

»Das stimmt, aber du hast mit deinem Anruf noch nie so lange gewartet.« Ich blicke auf die Uhr und frage sie: »Wie spät ist es da drüben ... fast Mitternacht?«

»Den Franzosen sind ihre späten Abendessen heilig«, antwortet sie und gähnt. »Es fällt mir schwer, mich daran zu gewöhnen.«

»Ich kann nicht glauben, dass du erst fünf Tage weg bist«, sage ich zu ihr, während ich mich auf meinem Schreibtischstuhl zurücklehne und die Füße auf den Tisch lege. »Es fühlt sich an wie fünf Jahre. Wann kommst du mich besuchen?«

Avril lacht noch einmal und in meinen Ohren klingt

das wie Musik. In der letzten Zeit habe ich davon nicht sehr viel gehört. »Das wird noch einige Monate dauern. Aber wie wäre es, wenn du mich hier besuchst? Meine Wohnung ist wirklich schön und ich habe ein großes, altes Sofa, auf dem du schlafen kannst. Oh, und ich scheine eine Katze adoptiert zu haben. Er ist ein bisschen kratzbürstig und ihm fehlt ein halbes Ohr, aber er weigert sich zu gehen und ich habe jetzt etwas Angst, ihn wieder vor die Tür zu setzen. Ich habe ihn Clyde genannt.«

»Oh du gütiger Gott. Du wirst zu einer dieser Frauen, die nur mit Katzen zusammenleben.«

Sie lacht noch lauter und ich muss grinsen. Verdammt, sie fehlt mir so sehr, aber wenn sie glücklich ist, dann ist das alles, was zählt.

Doch ohne ihr Gesicht zu sehen, vermag ich nicht zu beurteilen, wie echt dieses Lachen ist. Ich muss ihr in die Augen blicken, um die Wahrheit zu sehen.

»Hey«, sage ich, um das Gespräch aufrechtzuerhalten, »gestern habe ich Jared getroffen. Er hat etwas mit dir besprechen wollen, also habe ich ihm deine Nummer gegeben.«

Avril antwortet nicht. Nach einigen Sekunden muss ich sie erneut ansprechen. »Av … ist alles in Ordnung?«

Sie hustet kurz und sagt: »Äh … ja. Alles okay. Er hat angerufen. So wie es aussieht, wurde Jamies Testament verlesen und er hat mir alles vermacht.«

Ich pfeife anerkennend. »Alles?«

»Sein Haus, seine Bankkonten, Lebensversicherung und sein persönliches Hab und Gut. Jared hat die Praxis bekommen, aber das war ja klar.«

»Wie fühlst du dich damit?«, frage ich zögernd nach.

»Scheiße«, gesteht sie. »Ich will das Zeug nicht haben. Ich verdiene es nicht. Mit uns war es aus und vorbei.«

»Was wirst du jetzt machen?«

Avril seufzt und ich kann spüren, wie schwer ihr diese Sache auf der Seele lastet. »Ich weiß es nicht. Es einer der Wohltätigkeitsorganisationen spenden, die er unterstützt hat? Oder es der Forschung über Hirnaneurysmen zur Verfügung stellen?«

»Das sind beides gute Optionen«, versichere ich ihr. »Aber du musst keine voreiligen Entscheidungen treffen. Vielleicht kannst du mit Jared über mögliche Ideen sprechen. Du wirst schon das Richtige tun.«

Sie seufzt erneut, aber dieses Mal höre ich die Erleichterung darin. »Du weißt immer, was du zu mir sagen musst, um mich aufzuheitern, Drew.«

Scheinbar jedoch nicht genug, um sie davon abzuhalten, nach Paris abzuhauen und ihr gesamtes Leben zurückzulassen, weil Dane ein feiger Idiot ist.

»Mit wem bist du heute Abend essen gegangen? Fabron?«, frage ich sie. Ich weiß, dass er an ihr interessiert ist, und ich bin davon ausgegangen, dass er die Gelegenheit beim Schopfe packen würde.

Avril schnaubt. »Nein, es waren nur einige

Mitarbeiter von Révéler, die mit mir über das Unternehmen gesprochen haben, um mir bei der Entscheidungsfindung zu helfen. Und Fabron und ich sind nur Freunde. Nichts weiter.«

»Das muss ja nicht so bleiben«, entgegne ich. Nicht dass ich sie als Fabrons Partnerin sehen will, denn das will ich ganz und gar nicht. Ich möchte nur nicht, dass sie den Glauben an die Liebe aufgibt.

»Hast du nicht gehört, dass ich jetzt eine Katze habe?«, tadelt sie mich, ohne darauf einzugehen, was ich soeben gesagt habe. »Im Moment brauche ich nichts anderes.«

»Hör nicht auf, an die Liebe zu glauben, Av«, bitte ich sie leise. »Erinnere dich an alles, was ich bereits durchgemacht habe, und ich glaube noch immer daran, dass sie existiert und irgendwo da draußen auf mich wartet.«

Einen Augenblick lang ist sie still, dann antwortet sie: »Es ist immer noch zu frisch. Es wird sehr lange dauern, bevor ich mich nach etwas Neuem umsehen werde.«

Das Tonlose in ihrer Stimme besorgt mich. »Möchtest du, dass ich zu dir komme und dir dort etwas Gesellschaft leiste? Es wäre kein Problem für mich, mir etwas Urlaub zu nehmen.«

»Nein, natürlich nicht«, versichert sie mir. »Es geht mir gut. Es gibt so Tage, an denen ich traurig bin, aber ich bin mir sicher, dass es besser werden wird.«

»Ja, es wird besser werden«, bestätige ich zuversichtlich.

»Das muss es«, entgegnet sie beinahe schon verzweifelt und ich leide mit ihr.

Avril gähnt noch einmal und sagt: »Ich muss jetzt schlafen gehen. Telefonieren wir morgen?«

»Wir telefonieren morgen«, antworte ich verständnisvoll. »Ich hab dich lieb.«

»Hab dich auch lieb«, sagt sie und legt auf.

Sie hat sich nicht einmal nach Dane erkundigt. Auch während unserer anderen Gespräche hat sie nichts über ihn wissen wollen.

Ich denke, das ist auch ganz passend, denn Dane hat ebenfalls nicht nach ihr gefragt. Nachdem ich ihm ihre Kündigung übergeben hatte, habe ich ihn beobachtet, wie er das Schreiben still las und dann auf seinen Schreibtisch warf. Alles, was er sagte, war: »Ich werde Charlie Brent übergangsweise als Geschäftsführer einsetzen, bis wir beschlossen haben, was wir tun sollen.«

Seine Worte waren kühl und gefasst, aber er hat nicht verbergen können, dass seine Hand zitterte, als er die Kündigung las.

Seitdem ist er mürrisch und verschlossen und ich habe mich dafür entschieden, ihm seinen Freiraum zu geben. Ich bin etwas sauer auf ihn, dass er Avril einfach so hat gehen lassen, aber auf der anderen Seite ... liebe ich diesen Kerl immer noch genauso sehr wie Avril. Ich will, dass sie beide ihren Liebeskummer überwinden.

Wenn ich wüsste, wie ich ihnen helfen könnte, würde ich es tun.

Ich erhebe mich von meinem Stuhl und entschließe mich, einen Abstecher in sein Büro zu machen, um zu sehen, wie es ihm geht. Ich stehe zwar unumstößlich hinter Avril als diejenige, der Unrecht getan wurde, aber ich muss dennoch nachsichtig mit ihm sein. Nichts von dem, was er getan hat, ist aus böser Absicht oder Gedankenlosigkeit entstanden. Er war ehrlich zu ihr, auch wenn es sie zerstört hat, und ich muss ihm etwas Spielraum gewähren.

Ich mache mir nicht erst die Mühe, an seine Tür zu klopfen, denn das letzte Mal, als ich das tat, rief er nur: »Komm später wieder. Ich bin beschäftigt.«

Ich weiß sehr gut, dass er nicht beschäftigter war als an jedem anderen Tag auch, und ich habe sein Büro schon immer direkt betreten, es sei denn, er hat Besuch.

Ich öffne die Tür und schlüpfe hinein. Er blickt so vertieft auf seinen Computerbildschirm, dass er mich einen Moment lang gar nicht bemerkt. Ich trete einen Schritt nach vorne, dann hebt er den Kopf, um mich anzusehen.

Und meine Güte, er sieht vielleicht schlecht aus. So verdammt schlecht. Ich fühle mich furchtbar, denn ich hätte ihm in den letzten Tagen mehr Aufmerksamkeit zukommen lassen sollen.

Seine Augen sind rot umrandet und blutunterlaufen. Er hat sich seit schätzungsweise ... fünf Tagen nicht rasiert. Er trägt ein zerknittertes Hemd mit locker sitzender Krawatte und sein Gesicht ist so ausdrucksstark wie ein weißes Blatt Papier. Er sagt kein Wort, beobachtet mich aber, wie ich an seinen Schreibtisch herantrete.

»Was machst du gerade?«, frage ich beiläufig und setze mich.

Er klappt seinen Laptop zu, was merkwürdig ist, und sagt: »Einige Berichte überprüfen.«

»Was sagst du dazu?«

»Alles in Ordnung«, antwortet er abgelenkt. »Du hast gute Arbeit geleistet.«

Ich habe keinen Schimmer, wovon er spricht, weil er in der letzten Zeit überhaupt keine Berichte zur Durchsicht von mir erhalten hat. Er nimmt einen Stift von seinem Schreibtisch und fängt an, ihn zwischen seinen Fingern zu rollen, was ihm etwas gibt, dem er seinen Blick zuwenden kann, um mich nicht ansehen zu müssen.

»Es reicht, Dane!«, knurre ich.

Er hebt ruckartig den Kopf und der Stift fällt scheppernd auf den Schreibtisch. »Wie bitte?«

»Es reicht«, wiederhole ich nachdrücklich. »Komm darüber hinweg. Schau nach vorn. Du hast sie verloren, Mann. Ich weiß, dass es beschissen ist, weil du eine dämliche Wahl getroffen hast, als du dein kaltes, schwarzes Herz einer Frau vorgezogen hast, die dich liebt, aber verdammt, Mann! Du hast ein Unternehmen zu führen, also reiß dich verflucht noch mal zusammen und lass es hinter dir.«

»Du bist ein Arschloch«, murmelt er, hebt den Stift auf und rollt ihn erneut zwischen den Fingern. Die Tatsache, dass er versucht, mich zu ignorieren, macht mich wütend.

»Nein, *du* bist ein Arschloch! Du hast Avril vertrieben. Jetzt fehlt mir meine beste Freundin, weil du nicht nur ein selbstsüchtiger Wichser bist, sondern auch noch feige dazu!«

Dane beachtet mich nicht und dreht sich auf seinem Stuhl, um aus dem Fenster zu blicken. Er sagt kein einziges Wort zu seiner Verteidigung und an seinem Schweigen erkenne ich, dass er sich auf keine Diskussion mit mir einlassen wird.

»Du musst ins Wicked Horse gehen und dich vögeln lassen, Mann«, sage ich zu ihm.

Er zuckt zusammen und obwohl er mich nicht direkt ansieht, kann ich im Profil seine Grimasse erkennen. Interessant, dass die Erwähnung des Wicked Horse ihm unangenehm ist.

»Ich habe falschgelegen«, sagt er so leise, dass ich ihn beinahe nicht hören kann. Aber seine Stimme wird kräftiger, als er mich anblickt. »Ich habe mit allem vollkommen falschgelegen.«

»Was meinst du?«, frage ich und beuge mich auf meinem Stuhl nach vorne, um ihm meine ungeteilte Aufmerksamkeit zukommen zu lassen.

Dane seufzt und lehnt sich zurück. Er sieht aus, als sei er um etwa zehn Jahre gealtert. »Meine größte Angst bestand darin, dass Avril mich verlassen würde. Dass ich ihr nicht vertrauen könnte, weil mein Vater mir diese Fähigkeit entrissen hat. Also habe ich aufgegeben und bin weggelaufen. Ich habe sie weggestoßen, bevor sie mir das Herz brechen konnte. Aber ich habe so verdammt danebengelegen. Avril hat mich nicht verlassen und sie hätte es auch nicht getan. Ich habe sie verlassen. Ich bin genauso geworden wie mein verdammter Vater. Alles, was ich an ihm gehasst habe, habe ich nun ihr angetan. Ich bin zu dem Wichser geworden, den ich verachte.«

Ich möchte ein Klingelgeräusch machen und ihm sagen, dass er einen Preis gewonnen hat, weil ihm endlich die Wahrheit über diese ganze Sache über die Lippen gekommen ist. Aber das wäre grob und würde ihn vermutlich dazu bringen, sich wieder einzuigeln.

Ich erhebe mich, beuge mich über seinen Schreibtisch und klopfe mit dem Finger auf die Tischplatte. »Dann tu was dagegen.«

Dane hebt den Kopf und blickt mich an. Er mustert mich wortlos und ich werde von seiner versteinerten Miene nicht gerade ermutigt. Schließlich sagt er abgelenkt: »Ja ... vielleicht.«

»Willst du darüber reden? Ich werde dir helfen, es zu verstehen. Ich bin mir sicher, dass Avril —«

Dane hebt eine Hand und schüttelt den Kopf. »Ich muss nicht über Avril sprechen.«

»Was willst du denn dann tun?«, frage ich ihn leise. »Ich bin immer noch dein bester Freund. Sag mir, was du brauchst.«

Seine Lippen verziehen sich ein klein wenig nach oben, aber seine Augen leuchten nicht. »Ich muss es selbst herausfinden. Aber ich weiß dein Angebot zu schätzen.«

Ich nicke anerkennend und trete einen Schritt zurück. »Ich bin hier, wenn du mich brauchst. Ruf einfach an.«

»Das mache ich«, antwortet er, lässt den Kopf nach hinten sinken und starrt wieder aus dem Fenster.

Ich drehe mich um und verlasse sein Büro, doch ich habe etwas gesehen, das mich positiv stimmt.

Auf seinem Schreibtisch lag der Umschlag mit den Informationen über seinen Vater, den Avril mir für ihn gegeben hat. Er war geöffnet und der Inhalt auf dem Tisch verteilt.

KAPITEL 30

Dane

D AS ERSTE WEIHNACHTSFEST, an das ich mich erinnern kann, war mit meinem Vater. Meine Mutter war bei der Geburt gestorben und ich hatte mich immer gefragt, wie es wohl wäre, eine zu haben.

Aber dieses erste Weihnachten war schön. Ich bin mir nicht sicher, welcher Arbeit mein Vater nachging, aber weil er jede Nacht dreckig und verschwitzt nach Hause kam, weiß ich, dass es sich um eine Arbeit körperlicher Art handelte. Ich blieb bei Nachbarn in der Wohnung nebenan und er holte mich dort ab. Dann gingen wir nach Hause und ich saß im Badezimmer auf dem Klodeckel, während er duschte und mich fragte, was ich den ganzen Tag gemacht habe.

Ich wusste, dass mein Vater nicht sehr viel Geld verdiente, aber ich denke nicht, dass es mir auffiel. Dieses erste Weihnachten mit ihm, an das ich mich erinnere, habe ich viele Geschenke bekommen. Und mit viele meine ich vielleicht fünf oder sechs. Sie waren nicht besonders groß, aber ich hatte noch nie zuvor fünf oder sechs Spielsachen gleichzeitig gesehen, die alle für mich bestimmt waren, deswegen war es großartig.

Die Sache, an die ich mich am deutlichsten erinnere, ist das breite Lächeln meines Vaters, nachdem ich ein weiteres Geschenk ausgepackt hatte.

Im darauffolgenden Jahr befand ich mich in einer Pflegefamilie mit vier weiteren Pflegekindern. Die Pflegemutter, an deren Namen ich mich nicht einmal mehr erinnern kann, weil es von ihnen so viele gab, teilte uns mit, dass es keinen Weihnachtsmann gäbe, und ließ uns wissen: »Ich kann es mir nicht leisten, euch von dem bisschen, das der Staat mir zahlt, um auf euch miese Gören aufzupassen, auch noch Geschenke zu kaufen.«

Ich könnte viele solcher Geschichten erzählen über die unzähligen Familien, in denen ich gelebt habe, aber sie sind alle gleich. Nach drei Jahren als Pflegekind war ich hart und verschlossen. Ich betrachtete potenzielle Adoptiveltern mit Misstrauen und weigerte mich, mit ihnen zu sprechen, was mich nahezu unvermittelbar machte.

Der Mann, den ich vollkommen dafür verantwortlich mache, ist mein Vater und trotzdem stehe ich hier vor seiner Tür, meine Hand zum Klopfen bereit.

Ich atme tief durch und klopfe zweimal fest an. Während ich auf eine Reaktion warte, betrachte ich mir das heruntergekommene Mietshaus, in dem er wohnt. Es befindet sich nicht im schlechtesten Stadtbezirk, ist aber auch nicht weit davon entfernt. Als ich meinen Wagen auf dem Parkplatz abstellte, sah ich, wie ein Dealer Drogen verkaufte, deswegen erwarte ich auch, dass hinter der Tür ein zugedröhnter Mann steht.

Aber als sich die Tür öffnet, sehe ich stattdessen denselben Mann, der all die Jahre zuvor vor meiner Wohnungstür gestanden hat. Seine Haare sind grauer und um seine Augen herum hat er mehr Falten bekommen, aber er sieht fit, gesund und scharfsichtig aus.

»Das glaube ich ja nicht«, sagt er mit einer Stimme, die vor Emotion ganz heiser ist. »Dane.«

Mir fällt nichts ein, was ich sagen könnte. Von den tausend Dingen, über die ich während des Fluges oder der Fahrt im Mietwagen hierher nachgedacht habe, bringe ich kein einziges heraus.

»Komm rein«, sagt mein Vater, als er sich seiner Manieren bewusst wird. »Komm rein.«

Er tritt von der Tür zurück und ich betrete die kleine Zweizimmerwohnung. Der Teppich ist abgenutzt und die Wände haben Löcher, aber es ist sauber und ordentlich. Auf dem Boden neben dem grünkarierten Sofa steht eine Werkzeugkiste und im Fernsehen läuft eine Nachrichtensendung in leiser Lautstärke. Es scheint, als hätte ich sein Mikrowellenessen unterbrochen, das halb aufgegessen auf dem Sofatisch steht.

Ich blicke meinen Vater an und bemerke, dass er nun sehr nervös ist, mich hier zu haben. Er schiebt die Hände in die Taschen seiner Arbeitshose und wippt auf den Fersen vor und zurück. Wir starren einander an und wissen nicht, was wir sagen sollen.

Nachdem ich mich erneut in der kleinen Wohnung umgesehen habe, frage ich: »Du bist also Handwerker?«

»Ja«, sagt er mit einem zögernden Lächeln. »Alles, was generell so anfällt. Damit verdiene ich nicht viel Geld, aber für etwas zu essen und ein Dach über dem Kopf reicht es.«

Das trifft mich hart, denn ich weiß besser als viele andere, dass Menschen mehr brauchen als lediglich einen vollen Magen und ein Dach über dem Kopf. Sie brauchen so viel mehr.

Ich reibe mir den Nacken, weil ich spüre, wie sich die Anspannung von dort ausbreitet. Hierherzukommen war vermutlich eine absolut dämliche Idee.

»Weißt du«, beginne ich und lasse meine Hand sinken, »ich kenne nicht einmal die Einzelheiten dessen, was du getan hast, als sie mich dir weggenommen haben.«

Das Gesicht meines Vaters wird fahl und nimmt einen schmerzhaften Ausdruck an. »Ich habe Drogen genommen, Dane. So einfach ist das. Kokain, Heroin. Was auch immer ich in die Finger bekommen konnte. Ich habe angefangen zu dealen, um Zugriff und Geld zu haben, sie mir zu beschaffen. Du erinnerst dich nicht daran?«

Ich schüttele den Kopf. »Nicht wirklich. Ich erinnere

mich, dass ich für einige Tage bei den Nachbarn war und dann ist jemand gekommen, der mich mitgenommen und weggebracht hat.«

»Ich wurde verhaftet«, sagt er und hält meinem Blick stand. »Habe achtzehn Monate abgesessen. Als ich rauskam, habe ich sofort wieder angefangen zu dealen. Dann wurde ich wieder verhaftet, war für zwei Jahre im Knast. Während dieser Zeit im Gefängnis habe ich einige gute Kontakte geknüpft und als ich entlassen wurde, habe ich für diese Leute als Dealer gearbeitet. Als ich das dritte Mal verhaftet wurde, haben sie mich für sieben Jahre weggesperrt.«

»Und danach hast du nicht mehr gedealt?«, frage ich skeptisch.

»Ich habe nicht lange nach meiner Entlassung eine Frau kennengelernt. Angela. Sie hat mein Leben verändert. Ich denke, man könnte sagen, sie hat mich gerettet. Ich bin clean geblieben und als ich mich stark genug fühlte, habe ich sie geheiratet.«

»Du bist verheiratet?«

Ein schmerzvoller Ausdruck huscht über das Gesicht meines Vaters. »Sie ist vor acht Monaten gestorben. Leberkrebs.«

Ich denke sofort an Avril und der Gedanke daran, dass sie von einer zerstörerischen Krankheit sterben könnte, lässt mir übel werden. »Es tut mir leid«, bringe ich heraus.

Er hustet und murmelt: »Sie war ein Engel.

Ihretwegen werde ich nie wieder zu meinem alten Leben zurückkehren. Sie war diejenige, die mich ermutigt hat, dich in Berkeley aufzusuchen.«

»Hast du denn nicht gedacht, dass es zu dem Zeitpunkt schon zu spät sein würde?«, frage ich schroff, während die Wut in mir hochsteigt. Sein gesamtes Leben hat sich zum Guten gewendet, meines jedoch nicht.

»Ich musste es versuchen«, sagt er mit tiefer Stimme. »Und es war dumm. Ich hätte wissen sollen, dass du mir nicht vergeben kannst.«

»Das kann ich auch nicht«, entgegne ich stur. »Du hast deinen Sohn verlassen. Als du das erste Mal aus dem Gefängnis entlassen wurdest, bist du sofort wieder abgerutscht und hast nicht einmal versucht, mich zurückzubekommen.«

»Das habe ich«, widerspricht er heftig. »Ich habe es versucht. Aber mir wurde gesagt, dass der Prozess, dich zurückzubekommen, Zeit und Geld in Anspruch nehmen und ein harter Kampf werden würde. Es war ... so einfach, wieder in den alten Lebensstil hineinzurutschen, um das Geld aufzutreiben, aber damit fing auch die Drogensucht wieder an.«

»Mach nicht die Drogen dafür verantwortlich!«, fahre ich ihn an.

Er wird nicht wütend, aber seine Augen verengen sich und er blickt mich an. »Hast du eine Ahnung, was Sucht ist? Hast du jemals jemanden gekannt, der süchtig nach Drogen, Alkohol oder Glücksspiel ist?«

Ich schüttele den Kopf. Mir ist noch niemals jemand begegnet.

»Dann urteile auch nicht«, sagt er leise. »Denn Sucht ist eine Krankheit und sie zu bekämpfen ist schwer. Ich war schwach und konnte mich diesem Kampf eine sehr lange Zeit nicht stellen. Als ich die Sucht besiegt hatte, war es offensichtlich zu spät, aber ich habe nie die Hoffnung aufgegeben, dass wir eines Tages wieder zusammen sein würden. Dass du mir vergeben könntest.«

Ich atme lange aus und lasse seine Worte sacken. Tief in mir weiß ich, dass ein Großteil des Gesagten die Wahrheit ist. Ich weiß, dass meine Wut die eines kleinen Jungen ist, der aufgehört hat, Weihnachtsfeste zu haben.

»Ich weiß, du musst furchtbar wütend auf mich sein«, beginnt mein Vater zu sagen.

Ich drehe mich zu ihm um und habe bereits eine patzige Antwort auf den Lippen, aber als ich in sein Gesicht blicke, verfliegt sie. Er sieht so unheimlich beschämt aus. Zum ersten Mal sehe ich in ihm ein menschliches Wesen.

Seufzend reibe ich mir mit den Händen übers Gesicht. Als ich ihn wieder ansehe, gebe ich zu: »Ja, ich bin wütend auf dich. Aber ich bin auch wütend auf mich selbst, denn obwohl ich dich mein ganzes Leben verachtet habe, bin ich genauso geworden wie du.«

»Was meinst du damit?«

»Ich meine, dass ich die Person im Stich gelassen habe, die mich am meisten gebraucht hat. Ich habe zugelassen, dass meine eigenen Schwächen und Ängste mich davon abhalten, die bestmögliche Version meiner selbst zu sein.«

»Eine Frau?«, rät er.

»*Die* Frau«, bestätige ich. »Ich dachte, du hättest mein Leben ruiniert, aber wenn ich ehrlich zu mir selbst bin, habe ich ein fantastisches Leben geführt, als ich erst einmal erwachsen war. Jegliches Versagen ist allein mir anzulasten, nicht dir.«

»Du bist nicht genauso geworden wie ich«, sagt mein Vater. Ich blinzele ihn überrascht an, denn ich bin mir ziemlich sicher, dass dies der Grund ist, warum sich Avril jetzt in Paris aufhält. »Ich habe Jahre gebraucht, um die Kraft aufzubringen, meine Fehler zu berichtigen. Und es ist noch lange nicht wieder alles im Reinen. Aber es scheint, als würdest du nicht so lange brauchen, um das herauszufinden.«

»Es hat lange genug gedauert«, murmele ich. Eine Woche ist vergangen, seit sie abgereist ist, aber es fühlt sich an wie eine Ewigkeit.

»Du bist hierhergekommen, um mich zu konfrontieren, deine Wut herauszulassen und dabei selbst eine Erleuchtung zu bekommen«, vermutet mein Vater. »Ich hoffe, du hast das erreicht. Ich hoffe, dass du nun den Mut hast, deinem Mädchen hinterherzugehen.«

»Ich hatte den Mut bereits, bevor ich hierherkam«, sage ich ihm. »Ich habe schon meinen Flug von L.A. nach Paris gebucht, ich fliege heute Abend.«

Mein Vater blinzelt mich freudig überrascht an. »Warum bist du dann gekommen?«

»Weil ich wissen musste, warum du nicht da warst. Es war das letzte Puzzleteil, das noch gefehlt hat. Für den Großteil meines Lebens war es einfach zu glauben, dass du mich nicht geliebt hast.«

»Oh Gott, Dane … das war nie der Grund«, antwortet mein Vater und tritt mit ausgebreiteten Armen auf mich zu. Ich muss mich zusammenreißen, um nicht zurückzugehen, aber er hält inne, als ihm die unangenehme Situation bewusst wird. »Ich habe dich immer geliebt. Sogar als ich meinen Tiefpunkt erreicht und keine Hoffnung mehr hatte, habe ich dich geliebt. Im Gefängnis habe ich davon geträumt, dass ich dich eines Tages wiederbekomme. Und um ehrlich zu sein … die Drogen haben dabei geholfen, den Schmerz zu betäuben. Es war ein Teufelskreis und ich würde alles geben, um die Zeit zurückzudrehen und ihn eher zu durchbrechen, als ich es getan habe, denn dann hättest du nicht mit diesen Zweifeln leben müssen.«

Ich möchte ihm glauben, aber ich weiß nicht, ob ich das kann. Für mich ist er ein Fremder und zwischen uns existiert kein Vertrauen. Ich kann nicht einfach so drei Jahrzehnte Bitterkeit und Hass für diesen Mann abschütteln, aber ich könnte versuchen, meinen Frieden damit zu finden.

»Wenn ich wieder zurück in den Staaten bin, könnten wir uns vielleicht einmal zum Essen treffen oder so etwas«, schlage ich vorsichtig vor. »Damit wir uns ein wenig kennenlernen.«

Die Augen meines Vaters füllen sich mit Tränen und er nickt schnell. Seine Stimme ist vor Rührung ganz belegt. »Das würde mir sehr viel bedeuten.«

Ich strecke ihm meine Hand hin, das einzige Friedensangebot, das ich ihm machen kann. Aber es ist ein aufrichtiges. Er ergreift sie und wir schütteln uns die Hände.

Aber dann blicke ich auf die Uhr und sehe, dass es Zeit ist, zum Flughafen zu fahren. Denn Avril ist alles, was zählt.

KAPITEL 31

Avril

CLYDE MACHT EIN Geräusch … es ist ein stöhnender, klagender, knurrender Laut. Dann stupst er mit dem Kopf gegen die Tür und das ist mein Zeichen, ihn rauszulassen. Als ich das tue, trottet er nach draußen und geht die Treppe hinunter, wo irgendwann jemand die Haustür öffnen wird, damit er auf die Straße kann.

Er ist ein guter Gefährte für mich, weil er nicht viel braucht. Er kommt spät herein, um zu fressen, und sitzt dann an meinem Fenster, um zu beobachten, was unten im Hof vor sich geht. Er schläft am Fußende meines Bettes und morgens, nachdem ich ihn gefüttert habe, stupst er wieder die Tür an, um rauszugehen. Ich habe keine Ahnung, was er den ganzen Tag tut, obwohl ich den Verdacht habe, dass er sich mit anderen Streunerkatzen zankt, angesichts der Tatsache, dass ihm ein halbes Ohr fehlt und sein Gesicht mit Narben übersät ist.

Ich könnte heute unzählige Dinge tun. Ich weiß

nicht, wie oft ich schon in Paris war, aber ich habe bereits alle Sehenswürdigkeiten besucht, die ein Tourist gesehen haben sollte. Da ich jetzt jedoch darüber nachdenke, diese Stadt zu meinem Zuhause zu machen, gibt es so viel mehr zu entdecken. Fabron hat vorgeschlagen, zum Les Puces de St-Ouen zu gehen, dem größten Flohmarkt der Welt, und weil es ein Mittwoch ist, würde es wohl auch nicht zu voll sein. Aber ich gehe nicht gern einkaufen. Ich werde vielleicht einfach nur durch die Straßen spazieren und gut essen gehen, obwohl ich das nicht zu häufig tun kann oder ich werde nicht mehr in meine Klamotten passen. Das Essen in Paris ist gefährlich für ein Mädchen wie mich, das dazu neigt, sich zu überfressen, wenn es traurig und bedrückt ist.

Und ja … ich bin immer noch sehr traurig und bedrückt. Aus diesem Grund habe ich auch die Stelle bei Révéler noch nicht angenommen. Ich kann keine Entscheidungen dieses Ausmaßes treffen, solange ich solche emotionalen Höhen und Tiefen durchlebe. In der einen Minute denke ich, dass alles schon wieder okay werden wird. Es könnte passieren, wenn ich an einem Blumenstand in der Rue Amelot vorbeigehe und das leuchtende Gelb der Sonnenblumen mich zum Lächeln bringt. Aber bereits im nächsten Augenblick könnte mir ein Paar begegnen, das händchenhaltend an mir vorbeigeht, und ich breche wegen meines Verlustes in Tränen aus.

Ich habe bereits eine weitreichende Entscheidung

getroffen, während ich unter extremem gefühlsmäßigen Stress litt, und ich kann nur hoffen, dass es der richtige Schritt war. Ich kann mir immer noch nicht vorstellen, wie ich jemals bei Caterva bleiben könnte, wo ich Dane jeden Tag begegne und nicht mehr das habe, was wir beide hatten. Oder, Gott bewahre, ihn mit einer anderen Frau im Wicked Horse zu sehen. Ich bin mir ziemlich sicher, dass es das Beste für mich war, nach Paris zu kommen. Ich habe so viel Geld gespart, dass ich einige Jahre gut hier leben könnte, ohne arbeiten zu müssen, und vielleicht werde ich auch genau das tun. Es ist definitiv eine Möglichkeit, weil ich mir wegen des Jobs bei Révéler einfach nicht sicher bin.

Es ist nicht so, dass ich denke, ich würde für die Stelle nicht hervorragend geeignet sein, denn ich weiß, dass ich ideal wäre. Es wäre vermutlich eine größere Herausforderung für mich und selbstverständlich ist das Gehalt unschlagbar. Aber ich weiß nicht, ob ich in dieser Branche bleiben will. Es schmerzt, Teil einer der besten Biotech-Unternehmen weltweit gewesen zu sein, das kurz davorstand, einen großen medizinischen Durchbruch zu schaffen, und dann plötzlich nicht mehr dazuzugehören.

Damit eröffnen sich mir jedoch eine Menge anderer Möglichkeiten. Als meine Kündigung bei Caterva bekannt wurde, habe ich einige Anrufe von Headhuntern bekommen. Auch andere große Firmen, die nichts mit Biotech zu tun haben, haben ihr Interesse bekundet, und ich könnte anfangen, mich zukünftig in diese Richtung zu orientieren.

Doch davon einmal abgesehen geht es heute darum, was ich in Paris unternehmen soll, der Stadt, die ich liebe und in der ich vielleicht schon bald dauerhaft leben werde. Einkaufen oder essen?

Mein Magen knurrt und mir steht der Sinn nach Schokoladengebäck.

Mein gesunder Menschenverstand sagt mir, ich solle einfach nur spazieren gehen, damit ich wenigstens etwas Bewegung bekomme, wenn ich mich schon durch meine Depression hindurchessen werde.

Ich zucke zusammen, als es an der Tür klopft, weil ich immer noch mit meiner Hand an der Klinke dort stehe, seit ich Clyde rausgelassen habe. Ich öffne die Tür so schnell, dass der Mann auf der anderen Seite sich erschreckt und tatsächlich zurückspringt.

Ich lächele und er streckt mir eine weiße Schachtel entgegen, um die eine rote Schleife gebunden ist. »Zustellung für Miss Avril Carrigan.«

»Das bin ich«, antworte ich und nehme die Schachtel entgegen. Ich brauche gar nicht erst auf das Logo meiner Lieblingsbäckerei zu blicken, um zu wissen, was sich darin befindet. Ich kann die Schokoladencroissants bereits durch die dünne Pappe riechen und die Wärme an der Unterseite verrät mir, dass sie gerade frisch aus dem Ofen kommen.

Der Lieferant lächelt und geht wieder. Ich schließe die Tür, trage die Schachtel in meine kleine Küche und stelle sie auf die Arbeitsplatte.

Zweifelhaft starre ich sie an und denke mir, dass es nur eine weitere von Fabrons Maschen ist, um mich weichzukochen und die Stelle bei Révéler anzunehmen. Wir sind einige Male zusammen essen gegangen, haben uns die Firma noch einmal angesehen und ich wurde von einigen seiner Vorstandsmitglieder zu einem schicken Abendessen eingeladen. Aber ich schwöre bei Gott, mit einigen kleinen Süßigkeiten könnte es ihm durchaus gelingen, mich rumzukriegen.

Ich entscheide mich, etwas Selbstkontrolle zu üben, und nehme eine Dusche. Ich lasse mir Zeit mit meinem Make-up, denn wenn ich schon durch Paris spaziere, will ich dabei auch gut aussehen. Ich ziehe eine schwarze Caprihose und eine weiße Bluse an und wickele mir einen Schal mit Zebramuster um den Hals. Mein Haar binde ich zu einem tief sitzenden Pferdeschwanz zusammen und trage knallroten Lippenstift auf, um auszusehen wie eine echte Pariserin. Ich schlüpfe in ein Paar bequeme schwarze Ballerinas und gehe zur Tür, wo meine Handtasche an einem Haken an der Wand hängt.

Als ich an der Küche vorbeigehe, fällt mein Blick auf die Schachtel mit dem Gebäck. Ich habe noch nicht gefrühstückt und mein Magen knurrt laut.

Seufzend jage ich die Selbstkontrolle zum Teufel und beschließe, ein Croissant zu essen. Oder vielleicht auch nur ein halbes.

Um mich etwas zu quälen, bereite ich mir jedoch

zunächst eine Tasse Kaffee zu. Dafür muss ich Wasser kochen, damit ich meine Cafetiere nutzen kann, und das veranlasst meinen Magen nur noch stärker zu knurren, weil ich mich so sehr auf das Schokoladencroissant freue.

Bis ich den Kaffee heruntergedrückt, eingegossen und ihn mit genügend Milch und Zucker zubereitet habe, sabbere ich beinahe schon auf die Schachtel. Ich entferne die Schleife und öffne den Deckel.

Anstatt der Schokoladencroissants und einem Gebäck, das aussieht wie kleine Puddingtörtchen, fällt mir zunächst der viereckige weiße Umschlag auf, der obendrauf liegt. Ich nehme ihn heraus und erwarte, dass er eine kurze Nachricht von Fabron enthält, in der steht, ich solle das Gebäck genießen. Es wird sich dabei um eine seiner kleinen Verkaufsmaschen handeln. Ich lege die Karte auf die Arbeitsplatte und nehme ein Croissant heraus.

Ich zwinge mich dazu, es langsam zu essen, hebe heruntergefallene Krümel auf und lecke mir die Finger, um Schokoladentropfen aufzufangen. Zwischen den Bissen nippe ich an meinem Kaffee und genieße das langsame Tempo, in dem ich mein Frühstück zu mir nehme. Mein Leben hat immer in einer wilden Hetze stattgefunden, weil ich ständig eine Million Dinge zu tun hatte, aber die Zeit dafür nie ausgereicht hat. Es ist schwer, das Gebäck nicht nur gierig zu verschlingen und zur Tür zu stürzen.

Als ich fertig bin, verschließe ich die Schachtel. Ich

spüle meine Tasse aus und wasche mir die Hände. Dann schlendere ich zurück ins Bad, putze mir erneut die Zähne und trage neuen Lippenstift auf.

Als ich zum zweiten Mal auf dem Weg zur Tür bin, nehme ich den Umschlag von der Arbeitsplatte und öffne ihn. Drinnen befindet sich eine Karte mit weißer Vorderseite. Als ich sie aufklappe, fängt mein Herz sofort wie wild an zu klopfen, denn ich erkenne die Handschrift.

Ich bin hier. Ich werde in dem Café auf dich warten, in dem ich zum ersten Mal deine Hand gehalten habe.

Dane

Ich versuche, Luft einzusaugen, aber meine Lunge funktioniert nicht. Ich stolpere einige Schritte nach hinten und stoße gegen einen der Sessel in meinem Wohnzimmer. Während ich mir die Karte an die Brust presse, starre ich mit leerem Blick auf die Tür.

Dane ist hier?

Meinetwegen?

Was soll das überhaupt heißen?

Ich lese die Karte noch einmal. Ich kann in den zwei Zeilen, die er geschrieben hat, keinen Sinn finden. Wie hat er überhaupt wissen können, dass ich an einem Mittwochmorgen zu Hause sein würde und welches meine Lieblingsbäckerei ist? Obwohl ich Dane und seine eigensinnige Art kenne, hat er vermutlich Fabron angerufen und ihn aufgefordert, ihm mitzuteilen, ob ich den Job angenommen habe, und dann vermutlich seine beträchtlichen Beziehungen und sein Geld genutzt, um meine Kreditkarte zu hacken, auf der eine peinlich große Anzahl an Einkäufen bei Milo Couvreur Pâtisserie zu finden ist.

Ich erinnere mich an das erste Mal, als Dane meine Hand gehalten hat. Es war während unserer Reise nach Paris zusammen mit Andrew vor fast sieben Wochen. Ich befand mich in einer Dreierbeziehung mit zwei Männern und die Art und Weise, wie Dane und ich uns ohne Andrew an den Händen gehalten haben, hatte etwas sehr Intimes an sich. Es war beinahe so etwas wie ein schmutziges kleines Geheimnis und trotzdem war es gleichzeitig etwas ganz Besonderes. Es passierte, nachdem wir in einem kleinen Café in der Nähe unseres Hotels haltgemacht hatten und er mich dazu einlud, einkaufen zu gehen. Wir erhoben uns von unseren Stühlen und als ob es etwas ganz Natürliches wäre, nahm er meine Hand. Mein Herz geriet bei dieser romantischen Geste arg ins Stolpern und ich wusste, dass ich angefangen hatte, mich in ihn zu verlieben.

Das überwältigende Bedürfnis nach etwas Stabilität überkommt mich, also laufe ich zu meiner Handtasche und nehme mein Mobiltelefon heraus. Schnell wähle ich Andrews Nummer und es interessiert mich nicht, dass es in Las Vegas fast ein Uhr morgens ist.

Seine Stimme klingt verschlafen und belegt, als er abhebt. »Hallo?«

»Andrew ... wusstest du, dass Dane nach Paris kommt?«

Ich kann mir beinahe schon vorstellen, wie er sich kerzengerade im Bett aufsetzt, sich die Augen reibt und versucht aufzuwachen. »Er ist in Paris?«, fragt er.

Das beantwortet meine Frage. Andrew wusste es nicht.

»Er hat mir soeben eine Schachtel mit Gebäck zu meiner Wohnung schicken lassen, gemeinsam mit einer Karte, auf der steht, dass ich ihn in dem Café treffen soll, in dem wir schon einmal waren.«

Ich kann hören, wie Andrew gähnt, und dann wird seine Stimme etwas deutlicher. »Vor ein paar Tagen hat er mir eine Nachricht zukommen lassen, in der stand, dass er aus geschäftlichen Gründen nach L.A. fliegt. Mehr hat er allerdings nicht gesagt.«

»Also, er ist hier in Paris«, betone ich vollkommen überflüssigerweise, aber vermutlich weil ich es selbst immer noch nicht fassen kann.

»Warum würde er lügen und sagen, er fliegt nach L.A.?«, fragt Andrew nachdenklich. »Es sei denn ...«

Andrew bricht ab und ich warte darauf, dass er den Satz zu Ende spricht. Er bleibt jedoch stumm, also frage ich: »Was meinst du?«

»Gegen Ende letzter Woche ... bin ich in sein Büro gegangen, um nach ihm zu sehen, und die Informationen, die du über seinen Vater zusammengetragen hast, lagen kreuz und quer auf seinem Schreibtisch verteilt.«

»Sein Vater lebt aber nördlich von San Diego«, stelle ich fest.

»Ja, aber wenn er nach Paris fliegen wollte, gibt es Direktflüge vom Flughafen von Los Angeles. Er könnte dorthin geflogen sein und sich einen Mietwagen genommen haben, um schnell runter in den Süden zu fahren und ihn zu besuchen.«

Das macht Sinn, beantwortet aber immer noch nicht die Frage, warum er hier ist. Wenn Andrew nicht wusste, dass er kommt, wird er mir auch im Erteilen von Ratschlägen keine Hilfe sein.

»Worüber habt ihr beide euch letzte Woche sonst noch unterhalten?«, bohre ich nach.

»Streng geheim«, sagt Andrew nachdrücklich. »Ich spreche nicht über diese Dinge und das weißt du auch.«

»Worum ging es in eurem Gespräch?«, will ich wütend wissen. »Ich verstehe, dass du mir die Einzelheiten nicht mitteilen willst, aber ich brauche irgendetwas, Drew. Lass mich nicht blind in etwas hineinlaufen, wenn ich ihn sehe.«

»Dann wirst du dich also mit ihm treffen?«

»Ich weiß es nicht«, jammere ich. »Ich wünschte, ich wüsste, warum er hier ist.«

»Was genau hat er geschrieben?«

Ich halte die Karte vor mich und lese sie ihm vor. Andrew murmelt: »Überhaupt nicht kryptisch, oder?«

»Drew ... was ist passiert, seit ich weg bin? Wie hat er auf meine Kündigung reagiert?«

»Jedes Mal wenn wir miteinander telefoniert haben, habe ich darauf gewartet, dass du mich nach diesen Dingen fragst«, murmelt er.

Ich ziehe eine Grimasse. Jedes Mal wenn Andrew und ich miteinander gesprochen haben, musste ich mir tatsächlich auf die Zunge beißen, um mich nicht nach Dane zu erkundigen. Das hat es mir einfacher gemacht, mir vorzustellen, dass er sein Leben weiterlebt und nicht zurückblickt. Wenn ich mir das vergegenwärtigen könnte, wäre es mir vielleicht ebenso möglich, nach vorne zu schauen.

»Die Kündigung hat ihn schockiert«, sagt Andrew leise. »Ich bin direkt in sein Büro gegangen und habe sie ihm übergeben. Er hat eigentlich nichts gesagt. Danach haben wir nicht mehr über dich gesprochen, aber es ging ihm nicht gut. Letzte Woche habe ich ihn schließlich konfrontiert und dabei die Dinge über seinen Vater auf seinem Schreibtisch gesehen. Ich werde dir zwar nicht verraten, was er mir erzählt hat, aber ich glaube, er ist wirklich in sich gegangen, Av. Du solltest jetzt sofort losgehen und dich mit ihm treffen.«

Ich beginne, an meinem Daumennagel zu knabbern, eine nervöse Angewohnheit von mir.

»Was, wenn er nur hier ist, um einen Schlussstrich zu ziehen?«, frage ich ihn. »Was, wenn er nur gekommen ist, um sich bei mir zu entschuldigen und mir alles Gute zu wünschen?«

»Was, wenn er da ist, um dir zu sagen, dass er genau der Idiot ist, für den ich ihn schon immer gehalten habe?«, kontert er. »Was, wenn er bereit dazu ist, dir die Welt zu Füßen zu legen?«

»Das kann er nicht«, flüstere ich. »Er hat es selbst gesagt.«

»Menschen können sich ändern, Avril. Wenn sie wollen. Ich denke, die Tatsache, dass er nach Paris geflogen ist, ist vermutlich ein Zeichen, dass sich irgendetwas Großes in ihm verändert hat.«

Ich weiche aus, weil ich mir keine Hoffnungen machen will. »Vielleicht.«

»Triff dich einfach mit ihm«, sagt er mit Nachdruck. »Und dann ruf mich hinterher an und erzähl mir, wann die Hochzeit stattfindet.«

»Ich melde mich später«, antworte ich abgelenkt, denn auch nachdem ich mit Andrew gesprochen habe, stellen sich mir die Dinge immer noch genauso unklar dar wie vor dem Gespräch.

Nachdem ich aufgelegt habe, gehe ich zurück in die Küche. Ich nehme die Gebäckschachtel, öffne den Deckel und nehme ein weiteres Croissant und zwei Puddingtörtchen heraus. Ich lege alles auf einen Teller und gehe zurück in mein Wohnzimmer. Ich lasse mich in dem Armsessel am Fenster nieder, auf dem Clyde sonst immer liegt, und kuschele mich hinein.

Dann esse ich und denke darüber nach, was ich tun soll.

KAPITEL 32

Dane

ICH GEHE DIE Stufen zu Avrils Wohnung im dritten Stock hinauf. Ich bin nicht in der besten Laune, weil ich bereits zwei Tage in diesem dämlichen Café gesessen habe und sie nicht aufgetaucht ist. Heute früh habe ich dann beschlossen, dass es jetzt genug ist, und bin zu ihrer Wohnung gefahren.

Wenn die große Frage, die ich Avril stellen will, lautet: »Gibst du mir noch eine zweite Chance?«, dann denke ich, dass ich die Antwort bereits kenne. Dass sie nicht aufgetaucht ist, um sich mit mir zu treffen, spricht Bände.

Trotzdem werde ich Paris nicht eher verlassen, bis ich sie gesehen habe. Ich habe mit Fabron gesprochen und er hat mir bestätigt, dass sie sein Jobangebot immer noch nicht angenommen hat. Er hat sich ebenfalls wie ein Klugscheißer verhalten und mir geraten, ich solle mich zusammenreißen und die Sache entweder in Ordnung bringen oder sie gehen lassen, damit er sie weiter bearbeiten kann.

Als ich oben auf der Treppe ankomme, blicke ich zu ihrer Wohnungstür und werde sehr nervös. Wenn Avril tatsächlich entschieden haben sollte, dass ich die Mühe nicht wert bin, dann wird mein Leben sehr düster werden, nachdem sie es mir ins Gesicht gesagt hat.

Auf der anderen Seite bin ich niemand, der vorzeitig aufgibt. Vielleicht wird sie mir sagen, dass ich zur Hölle gehen soll, und dann werde ich sie so lange küssen, bis sie ihre Meinung ändert.

Das bringt mich zum Lächeln und ich gehe einen Schritt auf ihre Tür zu. Zu meiner Überraschung öffnet sie sich und eine überaus hässliche Katze, der ein halbes Ohr fehlt, schlüpft hindurch. Sie huscht an mir vorbei und trottet die Stufen hinunter. Ich sehe ihr nur einen Augenblick lang nach, bis meine Aufmerksamkeit auf die sich wieder schließende Tür gelenkt wird.

Ich mache einen Satz darauf zu und hämmere mit meinen Fingerknöcheln gegen das grau gestrichene Holz. Die Tür öffnet sich ruckartig und dort steht Avril. Es sind beinahe zwei Wochen vergangen, seit Jamie gestorben ist. Zwei Wochen, in denen ich nicht in der Lage war, sie festzuhalten und ihren Duft einzuatmen.

Ihre Augen werden groß und sie blinzelt ungläubig, mich dort zu sehen.

Ich blicke sie tadelnd an. »Hast du wirklich gedacht, ich würde nicht zu dir kommen, wenn du nicht zu mir kommst?«

»Ich ... ich ... ich ...«, stammelt sie.

»Lass mich reinkommen, Av«, sage ich grob, denn die bloße Tatsache, dass ich sie sehe, schnürt mir vor Emotion die Kehle zu. »Wir müssen uns unterhalten.«

Sie blinzelt noch einmal und tritt dann von der Tür zurück. Als ich eintrete, sehe ich mich kurz in ihrer Wohnung um. Sie ist klein und spärlich dekoriert, und ich nehme an, dass sie sie möbliert gemietet hat.

Als ich mich wieder zu ihr umdrehe, bemerke ich zum ersten Mal, dass sie einen Bademantel trägt. Ich habe sie zuvor noch nie in einem gesehen. Sie war immer nackt gewesen und wenn sie nicht nackt war, befand sie sich entweder unter der Dusche oder war für den Tag bereits angezogen. Der Bademantel erweckt den Eindruck, als genieße sie ihre freie Zeit ohne Arbeit, und das freut mich für sie. Avril hat ihr gesamtes Erwachsenenleben so hart gearbeitet und nimmt sich nur selten frei, um Zeit für sich zu haben.

Sie dreht sich von der Tür weg und verschränkt die Arme vor dem Bauch. Ihr Blick ist misstrauisch, ihre Haltung vorsichtig.

Es macht keinen Sinn, um den heißen Brei herumzureden.

»Warum bist du nicht gekommen, um dich mit mir zu treffen?«, frage ich. Ich will nur, dass sie mir die Wahrheit sagt, damit ich entscheiden kann, was ich als Nächstes tun werde. Denn ich habe sie zwei Wochen lang weder geküsst noch berührt ... und ich ziehe in

Betracht, sie vielleicht einfach ins Bett zu zerren. Dort werde ich ihr dann viele, viele Orgasmen bescheren, um sie müde zu machen, damit sie gezwungen ist, zu kapitulieren und mich zurückzunehmen.

»Du hast mich vergiftet«, sagt sie geradeheraus.

Ich zucke zusammen. »Was habe ich getan?«

»Das Zeug, das du mir nach Hause hast schicken lassen«, erklärt sie mit einem düsteren Lächeln. »Ich habe mir eine Lebensmittelvergiftung zugezogen. Ich vermute, es waren die Puddingtörtchen.«

»Machst du Witze?«, murmele ich ungläubig.

»Nein«, antwortet sie und schiebt sich an mir vorbei in die Küche. Ich folge ihr, was bedeutet, dass ich mich lediglich um fünfundvierzig Grad drehe und drei Schritte aus ihrem Wohnzimmer hinaustrete. Sie geht zum Kühlschrank und nimmt eine Flasche Mineralwasser heraus. »Vier Stunden später ist mir schlecht geworden. Ich habe den Rest des Tages, die gesamte Nacht und den Großteil von gestern damit verbracht, mir die Seele aus dem Leib zu kotzen.«

»Meine Güte, Avril«, sage ich und schüttele den Kopf. »Warum hast du mir denn keine Nachricht geschickt? Ich hätte kommen und dir helfen können.«

»So stelle ich mir nicht gerade ein Wiedersehen vor«, murmelt sie mit einem kleinen Lächeln.

»Wie geht es dir jetzt?«, frage ich, während sie den Schraubverschluss der Glasflasche öffnet, die sie in den Händen hält.

Sie trinkt einen Schluck und sagt: »Viel besser. Ich glaube, ich kann heute sogar versuchen, etwas zu essen, aber Croissants und Puddingtörtchen werde ich nie wieder anrühren.«

Avril starrt mich einfach nur an und ich erwidere ihren Blick. Die Stille wird etwas unangenehm und ich weiß nicht, worauf ich eigentlich warte. Es ist nicht so, als würde ich von Avril erwarten, das Gespräch zu führen, weil sie nicht diejenige ist, die sich für irgendetwas entschuldigen müsste.

»Können wir uns ins Wohnzimmer setzen?«, frage ich zögernd. Was zum Teufel ... ich zögere niemals mit irgendetwas, das ich will oder um das ich gebeten habe, aber ich hatte noch niemals zuvor so viel zu verlieren wie in diesem Moment. Meine Nerven liegen blank.

»Sicher«, sagt sie beiläufig.

Sie geht zu einem Sessel am Fenster, nimmt darin Platz und zieht die Beine unter sich. Sie stützt sich auf der Armlehne ab und hält die Flasche Wasser locker in der Hand.

Ich setze mich auf das kleine Sofa, das im rechten Winkel danebensteht. Es knarzt und ächzt, als ich mich darauf niederlasse, und verströmt einen leichten Geruch von Mottenkugeln und Räucherstäbchen. Bevor ich es mir überhaupt bequem machen kann, weiß ich bereits, dass ich dieses Gespräch nicht im Sitzen führen kann. Ich bin so voller nervöser Energie und will unbedingt Vergebung von ihr erfahren, dass ich sofort wieder aufstehe.

Avril kichert und ich blicke sie mit hochgezogener Augenbraue an.

Sie nickt zum Sofa. »Du konntest noch nie still sitzen, wenn du kurz davorstandst, einen wichtigen Vortrag zu halten. Du läufst immer hin und her.«

Als Antwort darauf zieht sich mein Herz zusammen, denn das Bewusstsein, wie gut mich diese Frau kennt, trifft mich mit voller Wucht. Plötzlich scheint alles, was auf dem Spiel steht, so verhängnisvoll zu sein, dass ich mir sicher bin, mein Leben wird zu Ende sein, wenn ich sie nicht haben kann.

»Ich habe meinen Vater besucht«, teile ich ihr zu Anfang mit, auch wenn das eigentlich nicht der Beginn meines Wegs zur Selbstverwirklichung ist.

Das Lächeln, das sie mir im Gegenzug schenkt, sieht traurigerweise süß aus. Ihr Blick wird weich und verständnisvoll. »Wie ist es gelaufen?«

»Es war ganz in Ordnung«, erzähle ich ihr, während ich um den ovalen Sofatisch herumgehe und mich neben ihrem Sessel ans Fenster stelle. Ich blicke auf den Hinterhof hinaus und sehe die hässliche Katze neben einer Laterne sitzen. Dann drehe ich den Kopf und schaue Avril an. »Aber nichts Weltbewegendes. Er hat mir Dinge erzählt, die ich nicht gewusst habe. Wo er sich aufgehalten hat und warum er nie versucht hat, mich zurückzubekommen.«

»Hat es dir geholfen zu verstehen?«, fragt sie.

Ich schüttele lächelnd den Kopf. »Nicht dabei, mehr über mich zu verstehen. Aber es hat mir geholfen, ihn zu verstehen.«

»Ist das der Grund, warum du nach Paris gekommen bist, um mich zu sehen?«, fragt sie und blickt auf die Stelle, an der sie mit ihrem Daumen das Kondenswasser von der Flasche abwischt.

Ohne nachzudenken, strecke ich die Hand aus und berühre mit den Fingern ihr Kinn. Ich zwinge sie, zu mir aufzusehen, und die große Angst gemischt mit etwas Hoffnung, die ich in ihren Augen erkenne, lässt mir die Knie weich werden.

Ich schüttele den Kopf. »Mein Vater hat nichts damit zu tun, dass ich hier bin. Ich hatte meinen Flug bereits gebucht und mich spontan entschlossen, ihn zu besuchen, weil ich bis zum Abflug noch etwas Zeit hatte.«

»Oh«, sagt sie leise. »Woher kam deine Erleuchtung dann?«

»Sie kam, als du mich verlassen hast«, erkläre ich ihr. Ich hocke mich neben ihren Sessel und lege meine Hände auf die Armlehne. »Ich brauchte keine große Eingebung und ich musste auch keine Psychoanalyse durchlaufen. Ich wusste bereits, dass ich beim Thema Bindungen feige und schwach bin, und ich wusste ebenfalls, dass der Grund dafür darin liegt, dass mein Vater mich verlassen hat.«

»Du bist nicht feige –«

Ich lege meine Finger auf ihre Lippen und drücke sie zusammen. »Das war ich. Du hast mich während deiner Zeit der Trauer gebraucht und ich habe stattdessen nach Beweisen dafür gesucht, dass du mich nicht lieben könntest. Ich habe es zugelassen, dass jede einzelne Unsicherheit mich überwältigt, und das ist mir in meinem ganzen Leben noch nicht passiert. Ich habe es geschafft, ein wundersames medizinisches Konzept zum Leben zu erwecken, Millionen von Dollar von risikofreudigen Anlegern zu beschaffen und mein gesamtes Leben und meinen Ruf in mein Unternehmen investiert, und nicht ein einziges Mal war ich deswegen unsicher oder habe gezweifelt. Und dann kommt da diese Frau, die ich schon seit Ewigkeiten kenne, und in dem Moment, in dem sie mir sagt, dass sie mich liebt, gehe ich davon aus, dass sie mich verlassen wird. Ich habe dir nicht einmal einen Vertrauensbonus gegeben, Avril. Das war mein großer Fehler.«

Ich lasse meine Finger von ihrem Mund sinken. Sie blickt mich einen Moment an, dann murmelt sie: »Ich weiß deine Worte zu schätzen, aber warum bist du hier?«

»Ich bin hier«, sage ich, während ich mich nach vorne beuge und mein Gesicht nahe an ihres bringe, ohne meinen Blick auf ihre Schönheit zu ruinieren, »weil ich dich liebe. Und ich glaube, dass ich das schon immer getan habe, aber zu viel Angst hatte, dieses Gefühl in meinem Leben zuzulassen. Ich habe es so dermaßen versaut, indem ich dich habe gehen lassen, und jetzt bin ich hier in Paris, sitze vor dir und flehe dich an, mir bitte noch eine Chance zu geben.«

Die kleinen Muskeln um Avrils Mund herum zucken vor Ergriffenheit und ihre Augen beginnen zu glänzen. »Du liebst mich?«

»Das habe ich schon immer getan«, sage ich zu ihr. »Als Freunde auf eine andere Art, aber diese Art ist immer noch vorhanden. Ich bewundere und respektiere dich. Ich vertraue dir so sehr, aber ich hatte zu große Angst davor, es zuzugeben. Und jetzt will ich dich auf eine vollkommen neue Art und Weise mit meinem Herz und meiner Seele lieben. Avril … ich will ein Leben mit dir. Ich will eine feste Beziehung. Ich will der Mann sein, der für dich da ist, wenn du stolperst, damit ich dir aufhelfen, dir den Staub abklopfen und dir dabei helfen kann weiterzugehen. Ich will der Mann sein, an den du dich anlehnen kannst, wenn du um deine Exfreunde trauerst. Ich bin bereit, all diese Herausforderungen anzunehmen und sämtliche andere, denen du in deinem Leben gegenüberstehen wirst. Ich bin so verdammt bereit dazu und wenn du nicht mit mir nach Las Vegas zurückkommst, dann werde ich mit dir hier in Paris bleiben. Ich werde die verdammte Firma verkaufen oder sie Andrew übergeben, und ich werde dein Hausdiener sein, während du die Karrierefrau bist. Aber ich bin bereit und ich bin hier und ich möchte nur, dass du mir noch eine Chance gibst. Wir können nicht zurückgehen, Av. Wir können nicht einfach so wieder Freunde sein und ich will diese Freundschaft auch nicht verlieren, deswegen ist der einzige Weg der nach vorne.«

Aus ihren leuchtenden blauen Augen fällt eine einzelne Träne und ich sehe dabei zu, wie sie ihre weiche Wange hinunterläuft. Avril atmet zitternd ein. Als sie ausatmet, sagt sie: »Das war ja eine ganz schöne Rede, Mr. Hawthorne.«

»Ich bin mir ziemlich sicher, dass unterwürfige Reden in Situationen wie dieser vonnöten sind«, versichere ich ihr.

Dann entfährt Avril das schönste Lachen, das ich jemals gehört habe, und es gibt mir Hoffnung, weil sie mich jetzt lustig findet.

»Dann liebst du mich also wirklich?«, fragt sie mit gespielter Skepsis.

»Es geht nicht nur darum, dass ich dich liebe, Baby. Es geht darum, das Konzept der Liebe anzunehmen und mein Herz dem vollständig zu öffnen. Dort bin ich angekommen und ich bin bereit dafür. Ich bin bereit, es dir zu zeigen, wenn du mich lässt.«

Ich bin weder darauf vorbereitet, dass Avril ihre Arme um meinen Hals schlingt, noch auf die Kraft, mit der sie mich aus meiner hockenden Position heraus über die Armlehne zieht. Es ist etwas unbequem, aber ich lasse es zu, dass sie ihr Gesicht an meinem Hals vergräbt und mich fest an sich drückt, während ich meinerseits versuche, die Arme um sie zu legen.

»Scheiß drauf«, murmele ich, als ich aufstehe und sie

aus dem Sessel hebe.

Avril schlingt ihre Beine um mich und hält sich an mir fest. Ich mache zwei Schritte, drehe mich um und lasse mich auf dem quietschenden Sofa nieder. Ich positioniere sie auf meinem Schoß und lasse sie mich weiter umarmen, während ich sie festhalte.

Schließlich legt sie den Kopf zurück und blickt mich aus Augen an, die immer noch feucht von ihren Freudentränen glänzen. Mir macht es nichts aus, dass sie weint, solange es nur Glück ist, das mir entgegen scheint.

Sie nickt und nimmt mein Gesicht in ihre Hände. »Natürlich gebe ich dir noch eine Chance. Du bist meine Liebe. Ich werde dir eine Chance nach der anderen geben, Dane. Wenn du strauchelst, bekommst du von mir ebenfalls eine neue Chance.«

»Ich bin mir nicht sicher, warum du das tust, wo ich dich doch so sehr verletzt habe.« So wie es aussieht, werde ich immer noch von einigen Unsicherheiten geplagt.

»Seit siebzehn Jahren bin ich an deiner Seite. Ich bin mit dir durch Höhen und Tiefen gegangen und habe deinen Vater mit einem Baseballschläger davongejagt. Wir haben einen Sex-Club besucht und Dreier gehabt und Eiscreme im Bett gegessen. Du bist der Mann für mich, Dane. Du bist es oder niemand, deswegen werde ich auch nicht aufgeben, wenn es wieder schwierig werden sollte.«

»Das werde ich auch nicht tun«, verspreche ich. »Ich

schwöre, dass ich bis ans Ende mit dir zusammenbleiben werde.«

Das Lächeln, das sie mir schenkt, ist so süß und voller Liebe, dass ich sie kaum ansehen kann. Ich neige den Kopf und nun bin ich derjenige, der sein Gesicht an ihrem Hals vergräbt. Ich werde nicht zulassen, dass sie meine Rührung sieht.

Noch nicht.

Stattdessen murmele ich an ihrer Haut: »Sag es mir, Avril. Sag mir, was ich wirklich hören will.«

Sie legt mir ihre Hand an den Hinterkopf und drückt mich an sich. Dann flüstert sie: »Ich liebe dich, Dane.«

»Oh Gott, ich liebe dich auch«, antworte ich und drücke ihr meine Lippen auf den Hals. Ich gebe ihr einen zärtlichen Kuss und löse mich dann von dieser Stelle, um sie auf den Mund zu küssen.

Sie öffnet sich mir und meine Zunge findet ihren Weg direkt zu ihrer. Avrils Stöhnen gleitet meine Kehle hinab und ich lasse meine Hand in ihren Bademantel gleiten, um ihre Brust zu umschließen.

»Wie ich diesen Körper vermisst habe«, sage ich, als ich mich zurücklehne und sie anblicke. »Bitte sag mir, dass dein Bett nicht so furchtbar quietscht wie dieses Sofa.«

Sie lacht und nickt: »Ich fürchte, das tut es.«

»Scheiß drauf.« Ich erhebe mich vom Sofa und gehe in den kleinen Flur, wo ich annehme, dass ich dort irgendwo in der Nähe ihr Schlafzimmer finden werde. »Die Nachbarn können an dem Glück unserer Wiedervereinigung teilhaben.«

Und dann schenkt sie mir wieder dieses wunderbare Geräusch.

Avrils Lachen, das so lange erklingt, bis wir im Schlafzimmer angekommen sind.

EPILOG

Andrew

Drei Monate später ...

E S IST DIE Hochzeit, von der ganz Las Vegas und die gesamte Biotech-Branche sprechen. Der millionenschwere Unternehmer Dane Hawthorne heiratet seine Langzeitfreundin und leitende Geschäftsführerin Avril Carrigan.

Die Kirche ist beinahe bis auf den letzten Platz besetzt. Während Avrils Familie zwei Reihen auf ihrer Seite füllt, befindet sich auf Danes Seite in der ersten Reihe lediglich sein Vater. Lyndon Hawthorne sitzt aufrecht und in einem, wie es scheint, neuen Anzug und rückt nervös seinen Krawattenknoten zurecht. Er und Dane nähern sich immer noch an, aber ich kann sehen, dass seine Präsenz hier wirklich das ist, was Dane gebraucht hat, damit seine Wunden heilen.

Die Türen zum Vorraum öffnen sich und dort steht Avril und sieht strahlender und glücklicher aus, als ich sie jemals in meinem Leben gesehen habe. Sie trägt ein schneeweißes, trägerloses Kleid ohne jegliche Verzierungen. Der Schleier bedeckt ihr Gesicht nicht und reicht ihr nur bis zur Taille. Ich habe keine Ahnung, welche Art von Blumen sie in der Hand hält, aber sie sind wirklich hübsch.

Die Musik beginnt und alle erheben sich, als Avril von ihrem Vater in die Kirche geführt wird. Seine Brust ist vor Stolz geschwellt. Avril blickt einige Male nach links und rechts zu den Hochzeitsgästen, aber dann wendet sie den Kopf und sieht mir in die Augen. Mit jedem langsamen Schritt, den sie und ihr Vater tun, klopft mein Herz schneller. Je näher sie mir kommt, desto stärker werden die Schauer, die mir über den Rücken jagen.

Die beiden brauchen weniger als fünfzehn Sekunden, um dort anzukommen, wo ich auf halbem Weg zum Altar stehe, aber es kommt mir vor wie eine Ewigkeit. Wir haben diesen Gang bereits einmal geübt und es hat alles perfekt geklappt, aber meine Handflächen schwitzen trotzdem, als ihr Vater sie mir übergibt. Er klopft mir auf die Schulter und ich nehme seinen Platz sein. Avril legt ihre Hand in meine Armbeuge und drückt sie leicht.

»Bereit?«, frage ich.

»Bereit«, antwortet sie und wir gehen im Gleichschritt auf Dane zu.

Ich schaue nach links zu Avril, die ihren Blick fest auf ihren zukünftigen Ehemann gerichtet hat, der am Altar auf uns wartet. Die beiden haben sich ganz schön in die Haare darüber bekommen, ob ich nun Trauzeuge oder Brautjungfer sein sollte, doch ich habe Avril versichert, dass ich kein aufgebauschtes, rosafarbenes Kleid tragen würde.

Sie haben sich auf einen Kompromiss geeinigt, was man mit der Liebe seines Lebens tun sollte, die schon bald der Lebenspartner sein wird, und ich habe mich entschieden, sie zum Altar zu führen und sie Dane zu übergeben. Ich glaube nicht, dass ihrer Mutter diese Idee besonders gut gefallen hat, weil es nicht der Tradition entspricht, dass ein Vater seine Tochter weggibt, aber Avril hat darauf bestanden, dass ich derjenige sein sollte, der sie zu Dane führt.

Wir drei sind die Einzigen, die uns der Ironie dieser Situation bewusst sind.

Ich schaue zu Dane und genau wie Avrils ist auch sein Blick konzentriert und intensiv. Er betrachtet sie von oben bis unten und besieht sich ihr Kleid, bevor er ihr wieder in die Augen schaut. Sein Gesichtsausdruck ist hungrig, aber nicht auf sexuelle Weise. Nein, er ist hungrig danach, Avril endlich dauerhaft an sich zu binden, was auch der Grund dafür ist, warum diese Hochzeit so schnell stattfindet.

Als wir bei Dane ankommen, bin ich darauf vorbereitet, Avrils Hand zu nehmen und sie in seine zu legen, aber ich staune, als er seinen Arm um meinen Hals schlingt und mich stattdessen für eine feste Umarmung an sich zieht. Ich stolpere beinahe und falle auf ihn, und dann wird Avril ebenfalls an uns gedrückt, weil er sie mit seinem anderen Arm in die Umarmung hineinzieht.

Wir drei drängen uns dicht aneinander, die Einheit einer soliden Freundschaft.

Dann löse ich mich von ihnen.

Ich fasse beide am Handgelenk und führe ihre Hände zusammen, wo sie einander festhalten.

Dann trete ich zur Seite – selbstverständlich an die des Bräutigams, denn noch einmal, ich werde keine Brautjungfer sein – und sehe dabei zu, wie meine beiden besten Freunde sich das Jawort geben.

~ Ende ~

Biografie

Seit der Veröffentlichung ihres ersten modernen Liebes-romans »Off Sides« im Januar 2013 hat Sawyer Bennett viele weitere Bücher herausgebracht, von denen ein Großteil auf den Bestsellerlisten der New York Times, USA Today und des Wall Street Journals zu finden war.

Als reformierte Strafverteidigerin aus North Carolina bedient Sawyer sich Erfahrungen des Alltags, um ansprechende Geschichten zu schreiben, mit denen ihre Leserinnen und Leser sich identifizieren können. Angefangen bei New Adult Literatur bis hin zu erotischen Liebesromanen schreibt Sawyer Bücher für fast jeden Geschmack.

Sawyer mag ihre Bloody Marys stark und ihre Martinis

schmutzig; ihre Helden sind in der Regel eine Kombination aus beidem. Wenn Sawyer nicht gerade fiktive Liebesgeschichten zum Leben erweckt, arbeitet sie als Chauffeurin, Frisörin, Köchin, Putzfrau und persönliche Assistentin für ihre äußerst aktive Tochter und als Vollzeitbedienstete für ihre bezaubernd frechen Hunde. Sie glaubt an das Gute im Menschen und dass ein schlechter Tag mit einem Besuch im Fitnessstudio und einem Stück Kuchen gerettet werden kann – oder am besten mit beidem.

Sawyer beschäftigt sich ebenfalls mit den Bereichen allgemeine Belletristik und Frauenliteratur unter dem Pseudonym S. Bennett. Außerdem veröffentlicht sie herzige Liebesromane unter dem Namen Juliette Poe.

Besuchen Sie Sawyer im Netz!

sawyerbennett.com

twitter.com/bennettbooks

facebook.com/bennettbooks

Bücher von Sawyer Bennett

Wicked Horse Vegas – Die Serie:
Sündhafter Gefallen (Buch Eins)
Sündhaftes Begehren (Buch Zwei)
Sündhafte Eifersucht (Buch Drei)
Sündhafte Vermählung (Buch Vier)
(ab Ende Februar 2019 erhältlich)

The Wicked Horse – Die Serie:
Wicked Fall (Buch 1)
Wicked Lust (Buch 2)
Wicked Need (Buch 3)

**Und auch die folgenden Bücher von Sawyer Bennett
werden in Kürze auf Deutsch erhältlich sein:**

Aus der Reihe »Wicked Horse Vegas«:
Wicked Choice (Buch 4)
Wicked Knight (Buch 5)

Aus der Reihe »Legal Affairs«
Legal Affairs (Buch 1)
Confessions of a Litigation God (Buch 2)
Clash (Buch 3)
Grind (Buch 4)
Yield (Buch 5)
Sexy Lies and Rock & Roll (Buch 6)
The Pecker Briefs (Buch 7)

Aus der Reihe »The Wicked Horse«:
Wicked Ride (Buch 4)
Wicked Bond (Buch 5)